LA CURÉE

OUVRAGES DU MÊME AUTEUR

DANS LA BIBLIOTHÈQUE CHARPENTIER

à 3 fr. 50 le volume

LES ROUGON-MACQUART

Histoire naturelle et sociale d'une famille sous le second Empire.

LA FORTUNE DES ROUGON. 11ᵉ édition......................... 1 vol.

UNE PAGE D'AMOUR. 28ᵉ édition............................. 1 vol.

LE VENTRE DE PARIS. 11ᵉ éditton. .... 1 vol.

LA CURÉE. 13ᵉ édition..................................... 1 vol.

LA CONQUÊTE DE PLASSANS. 9ᵉ édition...................... 1 vol.

LA FAUTE DE L'ABBÉ MOURET. 11ᵉ édition................... 1 vol.

SON EXCELLENCE EUGÈNE ROUGON. 11ᵉ édition................ 1 vol.

L'ASSOMMOIR. 55ᵉ édition................................. 1 vol.

CONTES A NINON. Nouvelle édition................ 1 vol.

NOUVEAUX CONTES A NINON........... ... 1 vol.

THÉATRE............................. .... 1 vol.

CORBEIL. Typ. et stér. CRÉTÉ.

LES ROUGON-MACQUART

HISTOIRE NATURELLE ET SOCIALE D'UNE FAMILLE SOUS LE SECOND EMPIRE

LA CURÉE

PAR

ÉMILE ZOLA

SEIZIÈME ÉDITION

PARIS

G. CHARPENTIER, ÉDITEUR

13, RUE DE GRENELLE-SAINT-GERMAIN, 13

1879

LA CURÉE

1

Au retour, dans l'encombrement des voitures qui rentraient par le bord du lac, la calèche dut marcher au pas.
Un moment, l'embarras devint tel, qu'il lui fallut même
s'arrêter.

Le soleil se couchait dans un ciel d'octobre, d'un gris
clair, strié à l'horizon de minces nuages. Un dernier rayon,
qui tombait des massifs lointains de la cascade, enfilait la
chaussée, baignant d'une lumière rousse et pâlie la longue
suite des voitures devenues immobiles. Les lueurs d'or, les
éclairs vifs que jetaient les roues semblaient s'être fixés le
long des réchampis jaune paille de la calèche, dont les panneaux gros bleu reflétaient des coins du paysage environnant.
Et, plus haut, en plein dans la clarté rousse qui les éclairait
par derrière, et qui faisait luire les boutons de cuivre de
leurs capotes à demi pliées, retombant du siège, le cocher et
le valet de pied, avec leur livrée bleu sombre, leurs culottes
mastic et leurs gilets rayés noir et jaune, se tenaient raides,
graves et patients, comme des laquais de bonne maison qu'un

embarras de voitures ne parvient pas à fâcher. Leurs chapeaux, ornés d'une cocarde noire, avaient une grande dignité.
Seuls, les chevaux, un superbe attelage bai, soufflaient d'impatience.

— Tiens, dit Maxime, Laure d'Aurigny, là-bas, dans ce
coupé... Vois donc, Renée.

Renée se souleva légèrement, cligna les yeux, avec cette
moue exquise que lui faisait faire la faiblesse de sa vue.

— Je la croyais en fuite, dit-elle... Elle a changé la couleur de ses cheveux, n'est-ce pas?

— Oui, reprit Maxime en riant, son nouvel amant déteste
le rouge.

Renée, penchée en avant, la main appuyée sur la portière basse de la calèche, regardait, éveillée du rêve triste
qui, depuis une heure, la tenait silencieuse, allongée au
fond de la voiture, comme dans une chaise longue de convalescente. Elle portait, sur une robe de soie mauve, à tablier et à tunique, garnie de larges volants plissés, un petit
paletot de drap blanc, aux revers de velours mauve, qui lui
donnait un grand air de crânerie. Ses étranges cheveux
fauve pâle, dont la couleur rappelait celle du beurre fin,
étaient à peine cachés par un mince chapeau orné d'une
touffe de roses du Bengale. Elle continuait à cligner les
yeux, avec sa mine de garçon impertinent, son front pur
traversé d'une grande ride, sa bouche dont la lèvre supérieure avançait, ainsi que celle des enfants boudeurs. Puis,
comme elle voyait mal, elle prit son binocle, un binocle
d'homme, à garniture d'écaille, et le tenant à la main, sans
se le poser sur le nez, elle examina la grosse Laure d'Aurigny tout à son aise, d'un air parfaitement calme.

Les voitures n'avançaient toujours pas. Au milieu des
taches unies, de teinte sombre, que faisait la longue file
des coupés, fort nombreux au Bois par cette après-midi
d'automne, brillaient le coin d'une glace, le mors d'un

cheval, la poignée argentée d'une lanterne, les galons d'un laquais haut placé sur son siège. Çà et là, dans un landau découvert, éclatait un bout d'étoffe, un bout de toilette de femme, soie ou velours. Il était peu à peu tombé un grand silence sur tout ce tapage éteint, devenu immobile. On entendait, du fond des voitures, les conversations des piétons. Il y avait des échanges de regards muets, de portières à portières; et personne ne causait plus, dans cette attente que coupaient seuls les craquements des harnais et le coup de sabot impatient d'un cheval. Au loin, les voix confuses du Bois se mouraient.

Malgré la saison avancée, tout Paris était là : la duchesse de Sternich, en huit-ressorts; madame de Lauwerens, en victoria très-correctement attelée; la baronne de Meinhold, dans un ravissant cab bai-brun; la comtesse Vanska, avec ses poneys pie; madame Daste, et ses fameux stappers noirs; madame de Guende et madame Teissière, en coupé; la petite Sylvia, dans un landau gros bleu. Et encore don Carlos, en deuil, avec sa livrée antique et solennelle; Selim pacha, avec son fez et sans son gouverneur; la duchesse de Rozan, en coupé-égoïste, avec sa livrée poudrée à blanc; M. le comte de Chibray, en dog-cart; M. Simpson, en mail de la plus belle tenue; toute la colonie américaine. Enfin deux académiciens, en fiacre.

Les premières voitures se dégagèrent et, de proche en proche, toute la file se mit bientôt à rouler doucement. Ce fut comme un réveil. Mille clartés dansantes s'allumèrent, des éclairs rapides se croisèrent dans les roues, des étincelles jaillirent des harnais secoués par les chevaux. Il y eut sur le sol, sur les arbres, de larges reflets de glace qui couraient. Ce pétillement des harnais et des roues, ce flamboiement des panneaux vernis dans lesquels brûlait la braise rouge du soleil couchant, ces notes vives que jetaient les livrées éclatantes perchées en plein ciel et les toilettes

riches débordant des portières, se trouvèrent ainsi emportés
dans un grondement sourd, continu, rhythmé par le trot des
attelages. Et le défilé alla, dans les mêmes bruits, dans les
mêmes lueurs, sans cesse et d'un seul jet, comme si les premières voitures eussent tiré toutes les autres après elles.

Renée avait cédé à la secousse légère de la calèche se
remettant en marche, et, laissant tomber son binocle, s'était
de nouveau renversée à demi sur les coussins. Elle attira
rileusement à elle un coin de la peau d'ours qui emplissait
l'intérieur de la voiture d'un nappe de neige soyeuse. Ses
mains gantées se perdirent dans la douceur des longs poils
frisés. Une bise se levait. La tiède après-midi d'octobre qui,
en donnant au Bois un regain de printemps, avait fait sortir
les grandes mondaines en voiture découverte, menaçait de
se terminer par une soirée d'une fraîcheur aiguë.

Un moment, la jeune femme resta pelotonnée, retrouvant
la chaleur de son coin, s'abandonnant au bercement voluptueux de toutes ces roues qui tournaient devant elle. Puis,
levant la tête vers Maxime, dont les regards déshabillaient
tranquillement les femmes étalées dans les coupés et dans
les landaus voisins :

— Vrai, demanda-t-elle, est-ce que tu la trouves jolie,
cette Laure d'Aurigny? Vous en faisiez un éloge, l'autre
jour, lorsqu'on a annoncé la vente de ses diamants!... A
propos, tu n'as pas vu la rivière et l'aigrette que ton père
m'a achetées à cette vente ?

— Certes, il fait bien les choses, dit Maxime sans répondre, avec un rire méchant. Il trouve moyen de payer les dettes
de Laure et de donner des diamants à sa femme.

La jeune femme eut un léger mouvement d'épaules.

— Vaurien ! murmura-t-elle en souriant.

Mais le jeune homme s'était penché, suivant des yeux
une dame dont la robe verte l'intéressait. Renée avait
reposé sa tête, les yeux demi-clos, regardant paresseusement

dès deux côtés de l'allée, sans voir. A droite, filaient doucement des taillis, des futaies basses, aux feuilles roussies,
aux branches grêles; par instants, sur la voie réservée aux
cavaliers, passaient des messieurs à la taille mince, dont les
montures, dans leur galop, soulevaient de petites fumées de
sable fin. A gauche, au bas des étroites pelouses qui descendent, coupées de corbeilles et de massifs, le lac dormait,
d'une propreté de cristal, sans une écume, comme taillé
nettement sur ses bords par la bêche des jardiniers; et, de
l'autre côté de ce miroir clair, les deux îles, entre lesquelles
le pont qui les joint faisait une barre grise, dressaient leurs
falaises aimables, alignaient sur le ciel pâle les lignes théâtrales de leurs sapins, de leurs arbres aux feuillages per-
sistants dont l'eau reflétait les verdures noires, pareilles à
des franges de rideaux savamment drapées au bord de l'horizon. Ce coin de nature, ce décor qui semblait fraîchement
peint, baignait dans une ombre légère, dans une vapeur
bleuâtre qui achevait de donner aux lointains un charme
exquis, un air d'adorable fausseté. Sur l'autre rive, le Châ-
let des Iles, comme verni de la veille, avait des luisants de
joujou neuf; et ces rubans de sable jaune, ces étroites allées
de jardin, qui serpentent dans les pelouses et tournent autour
du lac, bordées de branches de fonte imitant des bois rusti-
ques, tranchaient plus étrangement, à cette heure dernière,
sur le vert attendri de l'eau et du gazon.

Accoutumée aux grâces savantes de ces points de vue,
Renée, reprise par ses lassitudes, avait baissé complétement
les paupières, ne regardant plus que ses doigts minces qui
enroulaient sur leurs fuseaux les longs poils de la peau
d'ours. Mais il y eut une secousse dans le trot régulier de
la file des voitures. Et, levant la tête, elle salua deux jeunes
femmes couchées côte à côte, avec une langueur amoureuse,
dans un huit-ressorts qui quittait à grand fracas le bord du
lac pour s'éloigner par une allée latérale. Madame la mar-

1.

quise d'Espanet, dont le mari, alors aide de camp de l'empereur, venait de se rallier bruyamment au scandale de la vieille
noblesse boudeuse, était une des plus illustres mondaines
du second empire; l'autre, madame Haffner, avait épousé
un fameux industriel de Colmar, vingt fois millionnaire, et
dont l'empire faisait un homme politique. Renée, qui avait
connu en pension les deux inséparables, comme on les nommait d'un air fin, les appelait Adeline et Suzanne, de leurs
petits noms. Et comme, après leur avoir souri, elle allait se
pelotonner de nouveau, un rire de Maxime la fit se tourner.

—Non, vraiment, je suis triste, ne ris pas, c'est sérieux,
dit-elle en voyant le jeune homme qui la contemplait rail-
leusement, en se moquant de son attitude penchée.

Maxime prit une voix drôle.

—Nous aurions de gros chagrins, nous serions jalouse !

Elle parut toute surprise.

—Moi ! dit-elle. Pourquoi jalouse?

Puis elle ajouta, avec sa moue de dédain, comme se
souvenant :

—Ah ! oui, la grosse Laure ! Je n'y pense guère, va. Si
Aristide, comme vous voulez tous me le faire entendre, a
payé les dettes de cette fille et lui a évité ainsi un voyage
à l'étranger, c'est qu'il aime l'argent moins que je ne le
croyais. Cela va le remettre en faveur auprès des dames...
Le cher homme, je le laisse bien libre.

Elle souriait, elle disait « le cher homme, » d'un ton
plein d'une indifférence amicale. Et subitement, redeve-
nant très-triste, promenant autour d'elle ce regard désespéré des femmes qui ne savent à quel amusement se donner,
elle murmura :

—Oh ! je voudrais bien.... Mais non, je ne suis pas jalouse, pas jalouse du tout.

Elle s'arrêta, hésitante.

—Vois-tu, je m'ennuie, dit-elle enfin d'une voix brusque.

Alors elle se tut, les lèvres pincées. La file des voitures passait toujours le long du lac, d'un trot égal, avec un bruit particulier de cataracte lointaine. Maintenant, à gauche, entre l'eau et la chaussée, se dressaient des petits bois d'arbres verts, aux troncs minces et droits, qui formaient de curieux faisceaux de colonnettes. A droite, les taillis, les futaies basses avaient cessé; le Bois s'était ouvert en larges pelouses, en immenses tapis d'herbe, plantés çà et là d'un bouquet de grands arbres; les nappes vertes se suivaient, avec des ondulations légères, jusqu'à la Porte de la Muette, dont on apercevait très-loin la grille basse, pareille à un bout de dentelle noire tendu au ras du sol; et, sur les pentes, aux endroits où les ondulations se creusaient, l'herbe était toute bleue. Renée regardait, les yeux fixes, comme si cet agrandissement de l'horizon, ces prairies molles, trempées par l'air du soir, lui eussent fait sentir plus vivement le vide de son être.

Au bout d'un silence, elle répéta, avec l'accent d'une colère sourde :

— Oh! je m'ennuie, je m'ennuie à mourir.

— Sais-tu que tu n'es pas gaie, dit tranquillement Maxime. Tu as tes nerfs, c'est sûr.

La jeune femme se rejeta au fond de la voiture.

— Oui, j'ai mes nerfs, répondit-elle sèchement.

Puis elle se fit maternelle.

— Je deviens vieille, mon cher enfant; j'aurai trente ans bientôt. C'est terrible. Je ne prends de plaisir à rien... A vingt ans, tu ne peux savoir....

— Est-ce que c'est pour te confesser que tu m'as emmené? interrompit le jeune homme. Ce serait diablement long.

Elle accueillit cette impertinence avec un faible sourire, comme une boutade d'enfant gâté à qui tout est permis.

— Je te conseille de te plaindre, continua Maxime; tu dépenses plus de cent-mille francs par an pour ta toilette,

tu habites un hôtel splendide, tu as des chevaux superbes,
tes caprices font loi, et les journaux parlent de chacune de
tes robes nouvelles comme d'un événement de la dernière
gravité; les femmes te jalousent, les hommes donneraient
dix ans de leur vie pour te baiser le bout des doigts... Est-ce
vrai ?

Elle fit, de la tête, un signe affirmatif, sans répondre.
Les yeux baissés, elle s'était remise à friser les poils de la
peau d'ours.

— Va, ne sois pas modeste, poursuivit Maxime; avoue
carrément que tu es une des colonnes du second empire.
Entre nous, on peut se dire de ces choses-là. Partout, aux
Tuileries, chez les ministres, chez les simples millionnaires,
en bas et en haut, tu règnes en souveraine. Il n'y a pas de
plaisir où tu n'aies mis les deux pieds, et si j'osais, si le respect que je te dois ne me retenait pas, je dirais...

Il s'arrêta quelques secondes, riant; puis il acheva cavalièrement sa phrase.

— Je dirais que tu as mordu à toutes les pommes.

Elle ne sourcilla pas.

— Et tu t'ennuies ! reprit le jeune homme avec une vivacité comique. Mais c'est un meurtre !... Que veux-tu? que
rêves-tu donc?

Elle haussa les épaules, pour dire qu'elle ne savait pas.
Bien qu'elle penchât la tête, Maxime la vit alors si sérieuse,
si sombre, qu'il se tut. Il regarda la file des voitures qui,
en arrivant au bout du lac, s'élargissait, emplissait le large
carrefour. Les voitures, moins serrées, tournaient avec une
grâce superbe; le trot plus rapide des attelages sonnait
hautement sur la terre dure.

La calèche, en faisant le grand tour pour prendre la file,
eut une oscillation qui pénétra Maxime d'une volupté vague.
Alors, cédant à l'envie d'accabler Renée :

— Tiens, dit-il, tu mériterais d'aller en fiacre ! Ce serait bien fait !... Eh ! regarde ce monde qui rentre à Paris, ce monde qui est à tes genoux. On te salue comme une reine, et peu s'en faut que ton bon ami, M. de Mussy, ne t'envoie des baisers.

En effet, un cavalier saluait Renée. Maxime avait parlé d'un ton hypocritement moqueur. Mais Renée se tourna à peine, haussa les épaules. Cette fois, le jeune homme eut un geste désespéré.

— Vrai, dit-il, nous en sommes là ?..... Mais, bon Dieu, tu as tout, que veux-tu encore ?

Renée leva la tête. Elle avait dans les yeux une clarté chaude, un ardent besoin de curiosité inassouvie.

— Je veux autre chose, répondit-elle à demi-voix.

— Mais puisque tu as tout, reprit Maxime en riant, autre chose, ce n'est rien... Quoi, autre chose ?

— Quoi ? répéta-t-elle...

Et elle ne continua pas. Elle s'était tout à fait tournée, elle contemplait l'étrange tableau qui s'effaçait derrière elle. La nuit était presque venue ; un lent crépuscule tombait comme une cendre fine. Le lac, vu de face, dans le jour pâle qui traînait encore sur l'eau, s'arrondissait, pareil à une immense plaque d'étain ; aux deux bords, les bois d'arbres verts dont les troncs minces et droits semblent sortir de la nappe dormante, prenaient, à cette heure, des apparences de colonnades violâtres, dessinant de leur architecture régulière les courbes étudiées des rives ; puis, au fond, des massifs montaient, de grands feuillages confus, de larges taches noires fermaient l'horizon. Il y avait là, derrière ces taches, une lueur de braise, un coucher de soleil à demi-éteint qui n'enflammait qu'un bout de l'immensité grise. Au-dessus de ce lac immobile, de ces futaies basses, de ce point de vue si singulièrement plat, le creux du ciel s'ouvrait, infini, plus profond et plus large. Ce grand morceau de ciel sur ce petit coin de nature, avait un frisson,

une tristesse vague ; et il tombait de ces hauteurs pâlissantes
une telle mélancolie d'automne, une nuit si douce et si navrée, que le Bois, peu à peu enveloppé dans un linceul
d'ombre, perdait ses grâces mondaines, agrandi, tout plein
du charme puissant des forêts. Le trot des équipages, dont
les ténèbres éteignaient les couleurs vives, s'élevait, sem-
blable à des voix lointaines de feuilles et d'eaux courantes.
Tout allait en se mourant. Dans l'effacement universel,
au milieu du lac, la voile latine de la grande barque de promenade se détachait, nette et vigoureuse, sur la lueur de
braise du couchant. Et l'on ne voyait plus que cette voile,
que ce triangle de toile jaune, élargi démesurément.

Renée, dans ses satiétés, éprouva une singulière sensation de désirs inavouables, à voir ce paysage qu'elle ne reconnaissait plus, cette nature si artistement mondaine, et
dont la grande nuit frissonnante faisait un bois sacré, une
de ces clairières idéales au fond desquelles les anciens dieux
cachaient leurs amours géantes, leurs adultères et leurs
incestes divins. Et, à mesure que la calèche s'éloignait, il
lui semblait que le crépuscule emportait derrière elle, dans
ses voiles tremblants, la terre du rêve, l'alcôve honteuse
et surhumaine où elle eût enfin assouvi son cœur malade, sa chair lassée.

Quand le lac et les petits bois, évanouis dans l'ombre, ne
furent plus, au ras du ciel, qu'une barre noire, la jeune
femme se retourna brusquement, et, d'une voix où il y
avait des larmes de dépit, elle reprit sa phrase interrompue :

— Quoi ?... autre chose, parbleu ! je veux autre chose.
Est-ce que je sais, moi ! Si je savais... Mais, vois-tu, j'ai
assez de bals, assez de soupers, assez de fêtes comme cela.
C'est toujours la même chose. C'est mortel... Les hommes
sont assommants, oh ! oui, assommants...

Maxime se mit à rire. Des ardeurs perçaient sous les mines

aristocratiques de la grande mondaine. Elle ne clignait plus les paupières ; la ride de son front se creusait durement ; sa lèvre d'enfant boudeur s'avançait, chaude, en quête de ces jouissances qu'elle souhaitait sans pouvoir les nommer. Elle vit le rire de son compagnon, mais elle était trop frémissante pour s'arrêter ; à demi-couchée, se laissant aller au bercement de la voiture, elle continua par petites phrases sèches :

— Certes, oui, vous êtes assommants... Je ne dis pas cela pour toi, Maxime : tu es trop jeune... Mais si je te contais combien Aristide m'a pesé dans les commencements ! Et les autres donc ! ceux qui m'ont aimée... Tu sais, nous sommes deux bons camarades, je ne me gêne pas avec toi ; eh bien ! vrai, il y a des jours où je suis tellement lasse de vivre ma vie de femme riche, adorée, saluée, que je voudrais être une Laure d'Aurigny, une de ces dames qui vivent en garçon.

Et comme Maxime riait plus haut, elle insista :

— Oui, une Laure d'Aurigny. Ça doit être moins fade, moins toujours la même chose.

Elle se tut quelques instants, comme pour s'imaginer la vie qu'elle mènerait, si elle était Laure. Puis, d'un ton découragé :

— Après tout, reprit-elle, ces dames doivent avoir leurs ennuis, elles aussi. Rien n'est drôle, décidément. C'est à mourir... Je le disais bien, il faudrait autre chose ; tu comprends, moi, je ne devine pas ; mais autre chose, quelque chose qui n'arrivât à personne, qu'on ne rencontrât pas tous les jours, qui fût une jouissance rare, inconnue...

Sa voix s'était ralentie. Elle prononça ces derniers mots, cherchant, s'abandonnant à une rêverie profonde. La calèche montait alors l'avenue qui conduit à la sortie du Bois. L'ombre croissait ; les taillis couraient, aux deux bords, comme des murs grisâtres ; les chaises de fonte, peintes en

jaune, ou s'étale, par les beaux soirs, la bourgeoisie endi-
manchée, filaient le long des trottoirs, toutes vides, ayant
la mélancolie noire de ces meubles de jardin que l'hiver
surprend ; et le roulement, le bruit sourd et cadencé des
voitures qui rentraient, passait comme une plainte triste,
dans l'allée déserte.

Sans doute Maxime sentit tout le mauvais ton qu'il y avait
à trouver la vie drôle. S'il était encore assez jeune pour se
livrer à un élan d'heureuse admiration, il avait un égoïsme
trop large, une indifférence trop railleuse, il éprouvait déjà
trop de lassitude réelle, pour ne pas se déclarer écœuré,
blasé, fini. D'ordinaire, il mettait quelque gloire à cet aveu.

Il s'allongea comme Renée, il prit une voix dolente.

— Tiens ! tu as raison, dit-il ; c'est crevant. Va, je ne m'a-
muse guère plus que toi ; j'ai souvent aussi rêvé autre chose...
Rien n'est bête comme de voyager. Gagner de l'argent,
j'aime encore mieux en manger, quoique ce ne soit pas toujours aussi amusant qu'on se l'imagine d'abord. Aimer,
être aimé, on en a vite plein le dos, n'est-ce pas ?... ah oui,
on en a plein le dos !...

La jeune femme ne répondant pas, il continua, pour la
surprendre par une grosse impiété :

— Moi, je voudrais être aimé par une religieuse. Hein,
ce serait peut-être drôle !... Tu n'as jamais fait le rêve, toi,
d'aimer un homme auquel tu ne pourrais penser sans commettre un crime ?

Mais elle resta sombre, et Maxime, voyant qu'elle se taisait toujours, crut qu'elle ne l'écoutait pas. La nuque appuyée contre le bord capitonné de la calèche, elle semblait
dormir les yeux ouverts. Elle songeait, inerte, livrée aux
rêves qui la tenaient ainsi affaissée, et, par moments, de légers battements nerveux agitaient ses lèvres. Elle était mollement envahie par l'ombre du crépuscule ; tout ce que
cette ombre contenait d'indécise tristesse, de discrète vo-

lupté, d'espoir inavoué, la pénétrait, la baignait dans une sorte d'air alangui et morbide. Sans doute, tandis qu'elle regardait fixement le dos rond du valet de pied assis sur le siége, elle pensait à ces joies de la veille, à ces fêtes qu'elle trouvait si fades, dont elle ne voulait plus ; elle voyait sa vie passée, le contentement immédiat de ses appétits, l'écœurement du luxe, la monotonie écrasante des mêmes tendresses et des mêmes trahisons. Puis, comme une espérance, se levait en elle, avec des frissons de désir, l'idée de cet « autre chose » que son esprit tendu ne pouvait trouver. Là, sa rêverie s'égarait. Elle faisait effort, mais toujours le mot cherché se dérobait dans la nuit tombante, se perdait dans le roulement continu des voitures. Le bercement souple de la calèche était une hésitation de plus qui l'empêchait de formuler son envie. Et une tentation immense montait de ce vague, de ces taillis que l'ombre endormait aux deux bords de l'allée, de ce bruit de roues et de cette oscillation molle qui l'emplissait d'une torpeur délicieuse. Mille petits souffles lui passaient sur la chair : songeries inachevées, voluptés innommées, souhaits confus, tout ce qu'un retour du Bois, à l'heure où le ciel pâlit, peut mettre d'exquis et de monstrueux dans le cœur lassé d'une femme. Elle tenait ses deux mains enfouies dans la peau d'ours, elle avait très-chaud sous son paletot de drap blanc, aux revers de velours mauve. Comme elle allongeait un pied, pour se détendre dans son bien-être, elle frôla de sa cheville la jambe tiède de Maxime, qui ne prit même pas garde à cet attouchement. Une secousse la tira de son demi-sommeil. Elle leva la tête, regardant étrangement de ses yeux gris le jeune homme vautré en toute élégance.

A ce moment, la calèche sortit du Bois. L'avenue de l'Impératrice s'allongeait toute droite dans le crépuscule, avec les deux lignes vertes de ses barrières de bois peint, qui allaient se toucher à l'horizon. Dans la contre-allée réservée

2

aux cavaliers, un cheval blanc, au loin, faisait une tache claire trouant l'ombre grise. Il y avait, de l'autre côté, le long de la chaussée, çà et là, des promeneurs attardés, des groupes de points noirs, se dirigeant doucement vers Paris. Et, tout en haut, au bout de la traînée grouillante et confuse des voitures, l'Arc-de-Triomphe, posé de biais, blanchissait sur un vaste pan de ciel couleur de suie.

Tandis que la calèche remontait d'un trot plus vif, Maxime, charmé de l'allure anglaise du paysage, regardait, aux deux côtés de l'avenue, les hôtels, d'architecture capricieuse, dont les pelouses descendent jusqu'aux contre-allées ; Renée, dans sa songerie, s'amusait à voir, au bord de l'horizon, s'allumer un à un les becs de gaz de la place de l'Étoile, et à mesure que ces lueurs vives tachaient le jour mourant de petites flammes jaunes, elle croyait entendre des appels secrets, il lui semblait que le Paris flamboyant des nuits d'hiver s'illuminait pour elle, lui préparait la jouissance inconnue que rêvait son assouvissement.

La calèche prit l'avenue de la Reine-Hortense, et vint s'arrêter au bout de la rue Monceaux, à quelques pas du boulevard Malesherbes, devant un grand hôtel situé entre cour et jardin. Les deux grilles chargées d'ornements dorés, qui s'ouvraient sur la cour, étaient chacune flanquées d'une paire de lanternes, en forme d'urnes également couvertes de dorures, et dans lesquelles flambaient de larges flammes de gaz. Entre les deux grilles, le concierge habitait un élégant pavillon, qui rappelait vaguement un petit temple grec.

Comme la voiture allait entrer dans la cour, Maxime sauta lestement à terre.

— Tu sais, lui dit Renée, en le retenant par la main, nous nous mettons à table à sept heures et demie. Tu as plus d'une heure pour aller t'habiller. Ne te fais pas attendre.

Et elle ajouta avec un sourire :

— Nous aurons les Mareuil... Ton père désire que tu sois très-galant avec Louise.

Maxime haussa les épaules.

— En voilà une corvée ! murmura-t-il d'une voix maussade. Je veux bien épouser, mais faire sa cour, c'est trop bête... Ah ! que tu serais gentille, Renée, si tu me délivrais de Louise, ce soir.

Il prit son air drôle, la grimace et l'accent qu'il empruntait à Lassouche, chaque fois qu'il allait débiter une de ses plaisanteries habituelles :

— Veux-tu, belle maman chérie ?

Renée lui secoua la main comme à un camarade. Et d'un ton rapide, avec une audace nerveuse de raillerie :

— Eh ! si je n'avais pas épousé ton père, je crois que tu me ferais la cour.

Le jeune homme dut trouver cette idée très-comique, car il avait déjà tourné le coin du boulevard Malesherbes, qu'il riait encore.

La calèche entra et vint s'arrêter devant le perron.

Ce perron, aux marches larges et basses, était abrité par une vaste marquise vitrée, bordée d'un lambrequin à franges et à glands d'or. Les deux étages de l'hôtel s'élevaient sur des offices, dont on apercevait, presque au ras du sol, les soupiraux carrés garnis de vitres dépolies. En haut du perron, la porte du vestibule avançait, flanquée de maigres colonnes prises dans le mur, formant ainsi une sorte d'avant-corps percé à chaque étage d'une baie arrondie, e montant jusqu'au toit, où il se terminait par un delta. De chaque côté, les étages avaient cinq fenêtres, régulièrement alignées sur la façade, entourées d'un simple cadre de pierre. Le toit, mansardé, était taillé carrément, à larges pans presque droits.

Mais, du côté du jardin, la façade était autrement somptueuse. Un perron royal conduisait à une étroite terrasse qui

régnait tout le long du rez-de-chaussée ; la rampe de cette
terrasse, dans le style des grilles du parc Monceaux, était
encore plus chargée d'or que la marquise et les lanternes de
a cour. Puis l'hôtel se dressait, ayant aux angles deux pavillons, deux sortes de tours engagées à demi dans le corps
du bâtiment, et qui ménageaient à l'intérieur des pièces
rondes. Au milieu, une autre tourelle, plus enfoncée, se
renflait légèrement. Les fenêtres, hautes et minces pour les
pavillons, espacées davantage et presque carrées sur les
parties plates de la façade, avaient, au rez-de-chaussée, des
balustrades de pierre, et des rampes de fer forgé et doré
aux étages supérieurs. C'était un étalage, une profusion, un
écrasement de richesses. L'hôtel disparaissait sous les sculptures. Autour des fenêtres, le long des corniches, couraient
des enroulements de rameaux et de fleurs ; il y avait des
balcons pareils à des corbeilles de verdure, que soutenaient
de grandes femmes nues, les hanches tordues, les pointes
des seins en avant ; puis, çà et là, étaient collés des écus-
sons de fantaisie, des grappes, des roses, toutes les efflorescences possibles de la pierre et du marbre. A mesure que
l'œil montait, l'hôtel fleurissait davantage. Autour du toit,
régnait une balustrade sur laquelle étaient posées, de distance en distance, des urnes où des flammes de pierre flambaient. Et là, entre les œils-de-bœuf des mansardes, qui
s'ouvraient dans un fouillis incroyable de fruits et de feuillages, s'épanouissaient les pièces capitales de cette décoration étonnante, les frontons des pavillons, au milieu desquels reparaissaient les grandes femmes nues, jouant avec
des pommes, prenant des poses, parmi des poignées de joncs.
Le toit, chargé de ces ornements, surmonté encore de ga-
leries de plomb découpées, de deux paratonnerres et de
quatre énormes cheminées symétriques, sculptées comme
le reste, semblait être le bouquet de ce feu d'artifice archi-
tectural.

A droite, se trouvait une vaste serre, scellée au flanc même de l'hôtel, communiquant avec le rez-de-chaussée par la porte-fenêtre d'un salon. Le jardin, qu'une grille basse, masquée par une haie, séparait du parc Monceaux, avait une pente assez forte. Trop petit pour l'habitation, si étroit qu'une pelouse et quelques massifs d'arbres verts l'emplissaient, il était simplement comme une butte, comme un socle de verdure, sur lequel se campait fièrement l'hôtel en toilette de gala. A la voir du parc, au-dessus de ce gazon propre, de ces arbustes dont les feuillages vernis luisaient, cette grande bâtisse, neuve encore et toute blafarde, avait la face blème, l'importance riche et sotte d'une parvenue, avec son lourd chapeau d'ardoises, ses rampes dorées, son ruissellement de sculptures. C'était une réduction du nouveau Louvre, un des échantillons les plus caractéristiques du style Napoléon III, ce bâtard opulent de tous les styles. Les soirs d'été, lorsque le soleil oblique allumait l'or des rampes sur la façade blanche, les promeneurs du parc s'arrêtaient, regardaient les rideaux de soie rouge drapés aux fenêtres du rez-de-chaussée ; et, au travers des glaces si larges et si claires qu'elles semblaient, comme les glaces des grands magasins modernes, mises là pour étaler au dehors le faste intérieur, ces familles de petits bourgeois apercevaient des coins de meubles, des bouts d'étoffes, des morceaux de plafonds d'une richesse éclatante, dont la vue les clouait d'admiration et d'envie au beau milieu des allées.

Mais, à cette heure, l'ombre tombait des arbres, la façade dormait. De l'autre côté, dans la cour, le valet de pied avait respectueusement aidé Renée à descendre de voiture. Les écuries, à bandes de briques rouges, ouvraient, à droite, leurs larges portes de chêne bruni, au fond d'un hangar vitré. A gauche, comme pour faire pendant, il y avait, collée au mur de la maison voisine, une niche très-ornée, dans laquelle une nappe d'eau coulait perpétuellement d'une co-

2.

quille que deux Amours tenaient à bras tendus. La jeune
femme resta un instant au bas du perron, donnant de légères tapes à sa jupe, qui ne voulait point descendre. La cour,
que venaient de traverser les bruits de l'attelage, reprit sa
solitude, son silence aristocratique, coupé par l'éternelle
chanson de la nappe d'eau. Et seules encore, dans la masse
noire de l'hôtel, où le premier des grands dîners de l'automne allait bientôt allumer les lustres, les fenêtres basses
flambeaient, toutes braisillantes, jetant sur le petit pavé de
la cour, régulier et net comme un damier, des lueurs vives
d'incendie.

Comme Renée poussait la porte du vestibule, elle se trouva
en face du valet de chambre de son mari, qui descendait
aux offices, tenant une bouilloire d'argent. Cet homme était
superbe, tout de noir habillé, grand, fort, la face blanche,
avec les favoris corrects d'un diplomate anglais, l'air grave
et digne d'un magistrat.

— Baptiste, demanda la jeune femme, monsieur est-il
rentré?

— Oui, madame, il s'habille, répondit le valet avec une
inclination de tête que lui aurait enviée un prince saluant la
foule.

Renée monta lentement l'escalier, en retirant ses gants.

Le vestibule était d'un grand luxe. En entrant, on éprouvait une légère sensation d'étouffement. Les tapis épais qui
couvraient le sol et qui montaient les marches, les larges
tentures de velours rouge qui masquaient les murs et les
portes, alourdissaient l'air d'un silence, d'une senteur tiède
de chapelle. Les draperies tombaient de haut, et le plafond,
très-élevé, était orné de rosaces saillantes, posées sur un
treillis de baguettes d'or. L'escalier, dont la double balustrade de marbre blanc avait une rampe de velours rouge,
s'ouvrait en deux branches, légèrement tordues, et entre
lesquelles se trouvait, au fond, la porte du grand salon. Sur

le premier palier, une immense glace tenait tout le mur.
En bas, au pied des branches de l'escalier, sur des socles de
marbre, deux femmes de bronze doré, nues jusqu'à la ceinture, portaient de grands lampadaires à cinq becs, dont les
clartés vives étaient adoucies par des globes de verre dépoli.
Et, des deux côtés, s'alignaient d'admirables pots de majolique, dans lesquels fleurissaient des plantes rares.

Renée montait, et, à chaque marche, elle grandissait dans
la glace; elle se demandait, avec ce doute des actrices les
plus applaudies, si elle était vraiment délicieuse, comme on
le lui disait.

Puis, quand elle fut dans son appartement, qui était au
premier étage, et dont les fenêtres donnaient sur le parc
Monceaux, elle sonna Céleste, sa femme de chambre, et se
fit habiller pour le dîner. Cela dura cinq bons quarts d'heure.
Lorsque la dernière épingle eut été posée, comme il faisait
très-chaud dans la pièce, elle ouvrit une fenêtre, s'accouda,
s'oublia. Derrière elle, Céleste tournait discrètement, ran-
geant un à un les objets de toilette.

En bas, dans le parc, une mer d'ombre roulait. Les masses couleur d'encre des hauts feuillages secoués par de brusques rafales, avaient un large balancement de flux et de re-
flux, avec ce bruit de feuilles sèches qui rappelle l'égouttement des vagues sur une plage de cailloux. Seuls, rayant
par instants ce remous de ténèbres, les deux yeux jaunes
d'une voiture paraissaient et disparaissaient entre les massifs, le long de la grande allée qui va de l'avenue de la
Reine-Hortense au boulevard Malesherbes. Renée, en face
de ces mélancolies de l'automne, sentit toutes ses tristesses
lui remonter au cœur. Elle se revit enfant dans la maison de
son père, dans cet hôtel silencieux de l'île Saint-Louis, où
depuis deux siècles les Béraud Du Châtel mettaient leur gravité noire de magistrats. Puis elle songea au coup de baguette de son mariage, à ce veuf qui s'était vendu pour l'é-

pouser, et qui avait troqué son nom de Rougon contre ce
nom de Saccard, dont les deux syllabes sèches avaient sonné
à ses oreilles, les premières fois, avec la brutalité de deux
râteaux ramassant de l'or; il la prenait, il la jetait dans
cette vie à outrance, où sa pauvre tête se détraquait un peu
plus tous les jours. Alors, elle se mit à rêver, avec une joie
puérile, aux belles parties de raquette qu'elle avait faites
jadis avec sa jeune sœur Christine. Et, quelque matin, elle
s'éveillerait du rêve de jouissance qu'elle faisait depuis dix
ans, folle, salie par une des spéculations de son mari, dans
laquelle il se noierait lui-même. Ce fut comme un pressentiment rapide. Les arbres se lamentaient à voix plus haute.
Renée, troublée par ces pensées de honte et de châtiment,
céda aux instincts de vieille et honnête bourgeoisie qui dormaient au fond d'elle; elle promit à la nuit noire de s'a-
mender, de ne plus tant dépenser pour sa toilette, de chercher quelque jeu innocent qui pût la distraire, comme aux
jours heureux du pensionnat, lorsque les élèves chantaient :
Nous n'irons plus au bois, en tournant doucement sous les
platanes.

A ce moment, Céleste, qui était descendue, rentra et
murmura à l'oreille de sa maîtresse :

— Monsieur prie madame de descendre. Il y a déjà plusieurs personnes au salon.

Renée tressaillit. Elle n'avait pas senti l'air vif qui glaçait
ses épaules. En passant devant son miroir, elle s'arrêta, se
regarda d'un mouvement machinal. Elle eut un sourire involontaire, et descendit.

En effet, presque tous les convives étaient arrivés. Il y
avait en bas sa sœur Christine, une jeune fille de vingt ans,
très-simplement mise en mousseline blanche; sa tante Élisabeth, la veuve du notaire Aubertot, en satin noir, petite
vieille de soixante ans, d'une amabilité exquise; la sœur
de son mari, Sidonie Rougon, femme maigre, doucereuse,

sans âge certain, au visage de cire molle, et que sa robe
de couleur éteinte effaçait encore davantage ; puis les Ma
reuil, le père, M. de Mareuil, qui venait de quitter le deuil
de sa femme, un grand bel homme, vide, sérieux, ayant
une ressemblance frappante avec le valet de chambre Baptiste, et la fille, cette pauvre Louise, comme on la nommait, une enfant de dix-sept ans, chétive, légèrement bossue, qui portait avec une grâce maladive une robe de foulard
blanc, à pois rouges ; puis tout un groupe d'hommes graves,
gens très-décorés, messieurs officiels à têtes blêmes et muettes, et, plus loin, un autre groupe, des jeunes hommes,
l'air vicieux, le gilet largement ouvert, entourant cinq ou
six dames de haute élégance, parmi lesquelles trônaient les
inséparables, la petite marquise d'Espanet, en jaune, et la
blonde madame Haffner, en violet. M. de Mussy, ce cavalier
au salut duquel Renée n'avait pas répondu, était là également, avec la mine inquiète d'un amant qui sent venir
son congé. Et, au milieu des longues traînes étalées sur
le tapis, deux entrepreneurs, deux maçons enrichis, les
Mignon et Charrier, avec lesquels Saccard devait terminer
une affaire le lendemain, promenaient lourdement leurs
fortes bottes, les mains derrière le dos, crevant dans leur
habit noir.

Aristide Saccard, debout auprès de la porte, tout en pé-
rorant devant le groupe des hommes graves, avec son nasillement et sa verve de méridional, trouvait le moyen de
saluer les personnes qui arrivaient. Il leur serrait la main,
leur adressait des paroles aimables. Petit, la mine chafouine, il se pliait comme une marionnette ; et de toute sa
personne grêle, rusée, noirâtre, ce qu'on voyait le mieux,
c'était la tache rouge du ruban de la Légion d'honneur qu'il
portait très-large.

Quand Renée entra, il y eut un murmure d'admiration.
Elle était vraiment divine. Sur une première jupe de tulle,

garnie, derrière, d'un flot de volants, elle portait une tunique de satin vert tendre, bordée d'une haute dentelle d'Angleterre, relevée et attachée par de grosses touffes de violettes ; un seul volant garnissait le devant de la jupe, où des bouquets de violettes, reliés par des guirlandes de lierre, fixaient une légère draperie de mousseline. Les grâces de la tête et du corsage étaient adorables, au-dessus de ces jupes d'une ampleur royale et d'une richesse un peu chargée. Décolletée jusqu'à la pointe des seins, les bras découverts avec des touffes de violettes sur les épaules, la jeune femme semblait sortir toute nue de sa gaîne de tulle et de satin, pareille à une de ces nymphes dont le buste se dégage des chênes sacrés ; et sa gorge blanche, son corps souple, était déjà si heureux de sa demi-liberté, que le regard s'attendait toujours à voir peu à peu le corsage et les jupes glisser, comme le vêtement d'une baigneuse, folle de sa chair. Sa coiffure haute, ses fins cheveux jaunes retroussés en forme de casque, et dans lesquels courait une branche de lierre, retenue par un nœud de violettes, augmentaient encore sa nudité, en découvrant sa nuque que des poils follets, semblables à des fils d'or, ombraient légèrement. Elle avait, au cou, une rivière à pendeloques, d'une eau admirable, et, sur le front, une aigrette faite de brins d'argent, constellés de diamants. Et elle resta ainsi quelques secondes sur le seuil, debout dans sa toilette magnifique, les épaules moirées par les clartés chaudes. Comme elle avait descendu vite, elle soufflait un peu. Ses yeux, que le noir du parc Monceaux avait emplis d'ombre, clignaient devant ce flot brusque de lumière, lui donnaient cet air hésitant des myopes, qui était chez elle une grâce.

En l'apercevant, la petite marquise se leva vivement, courut à elle, lui prit les deux mains ; et tout en l'examinant des pieds à la tête, elle murmurait d'une voix flûtée :

— Ah ! chère belle, chère belle…..

Cependant, il y eut un grand mouvement, tous les convives vinrent saluer la belle madame Saccard, comme on nommait Renée dans le monde. Elle toucha la main presque à tous les hommes. Puis elle embrassa Christine, en lui demandant des nouvelles de son père, qui ne venait jamais à l'hôtel du parc Monceaux. Et elle restait debout, souriante, saluant encore de la tête, les bras mollement arrondis, devant le cercle des dames qui regardaient curieusement la rivière et l'aigrette.

La blonde madame Haffner ne put résister à la tentation ; elle s'approcha, regarda longuement les bijoux, et dit d'une voix jalouse :

— C'est la rivière et l'aigrette, n'est-ce pas ?…..

Renée fit un signe affirmatif. Alors toutes les femmes se répandirent en éloges ; les bijoux étaient ravissants, divins ; puis elles en vinrent à parler, avec une admiration pleine d'envie, de la vente de Laure d'Aurigny, dans laquelle Saccard les avait achetés pour sa femme ; elles se plaignirent de ce que ces filles enlevaient les plus belles choses, bientôt il n'y aurait plus de diamants pour les honnêtes femmes. Et, dans leurs plaintes, perçait le désir de sentir sur leur peau nue un de ces bijoux que tout Paris avait vus aux épaules d'une impure illustre, et qui leur conteraient peut-être à l'oreille les scandales des alcôves où s'arrêtaient si complaisamment leurs rêves de grandes dames. Elles connaissaient les gros prix, elles citèrent un superbe cachemire, des dentelles magnifiques. L'aigrette avait coûté quinze mille francs, la rivière cinquante mille francs. Madame d'Espanet était enthousiasmée par ces chiffres. Elle appela Saccard, elle lui cria :

— Venez donc qu'on vous félicite ! Voilà un bon mari !

Aristide Saccard s'approcha, s'inclina, fit de la modestie. Mais son visage grimaçant trahissait une satisfaction vive.

Et il regardait du coin de l'œil les deux entrepreneurs, les deux maçons enrichis, plantés à quelques pas, écoutant sonner les chiffres de quinze mille et de cinquante mille francs, avec un respect visible.

A ce moment, Maxime, qui venait d'entrer, adorablement pincé dans son habit noir, s'appuya avec familiarité sur l'épaule de son père, et lui parla bas, comme à un camarade, en lui désignant les maçons d'un regard. Saccard eut le sourire discret d'un acteur applaudi.

Quelques convives arrivèrent encore. Il y avait au moins une trentaine de personnes dans le salon. Les conversations reprirent; pendant les moments de silence, on entendait, derrière les murs, des bruits légers de vaisselle et d'argenterie. Enfin, Baptiste ouvrit une porte à deux battants, et, majestueusement, il dit la phrase sacramentelle : .

— Madame est servie.

Alors, lentement, le défilé commença. Saccard donna le bras à la petite marquise; Renée prit celui d'un vieux monsieur, un sénateur, le baron Gouraud, devant lequel tout le monde s'aplatissait avec une humilité grande; quant à Maxime, il fut obligé d'offrir son bras à Louise de Mareuil; puis venaient le reste des convives, en procession, et, tout au bout, les deux entrepreneurs, les mains ballantes.

La salle à manger était une vaste pièce carrée, dont les boiseries de poirier noirci et verni montaient à hauteur d'homme, ornées de minces filets d'or. Les quatre grands panneaux avaient dû être ménagés de façon à recevoir des peintures de nature morte; mais ils étaient restés vides, le propriétaire de l'hôtel ayant sans doute reculé devant une dépense purement artistique. On les avait simplement tendus de velours gros vert. Les meubles, les rideaux et les portières de même étoffe, donnaient à la pièce un caractère sobre et grave, calculé pour concentrer sur la table toutes les splendeurs de la lumière.

Et, à cette heure, en effet, au milieu du large tapis persan, de teinte sombre, qui étouffait le bruit des pas, sous la clarté crue du lustre, la table, entourée de chaises dont les dossiers noirs, à filets d'or, l'encadraient d'une ligne sombre, était comme un autel, comme une chapelle ardente, où, sur la blancheur éclatante de la nappe, brûlaient les flammes claires des cristaux et des pièces d'argenterie. Au delà des dossiers sculptés, dans une ombre flottante, à peine apercevait-on les boiseries des murs, un grand buffet bas, des pans de velours qui traînaient. Forcément, les yeux revenaient à la table, s'emplissaient de cet éblouissement. Un admirable surtout d'argent mat, dont les ciselures luisaient, en occupait le centre; c'était une bande de faunes enlevant des nymphes ; et, au-dessus du groupe, sortant d'un large cornet, un énorme bouquet de fleurs naturelles retombait en grappes. Aux deux bouts, des vases contenaient également des gerbes de fleurs; deux candélabres, appareillés au groupe du milieu, faits chacun d'un satyre courant, emportant sur l'un de ses bras une femme pâmée, et tenant de l'autre une torchère à dix branches, ajoutaient l'éclat de leurs bougies au rayonnement du lustre central. Entre ces pièces principales, les réchauds, grands et petits, s'alignaient symétriquement, chargés du premier service, flanqués par des coquilles contenant des hors-d'œuvre, séparés par des corbeilles de porcelaine, des vases de cristal, des assiettes plates, des compotiers montés, contenant la partie du dessert qui était déjà sur la table. Le long du cordon des assiettes, l'armée des verres, les carafes d'eau et de vins, les petites salières, tout le cristal du service était mince et léger comme de la mousseline, sans une ciselure, et si transparent, qu'il ne jetait aucune ombre. Et le surtout, les grandes pièces

3

semblaient des fontaines de feu ; des éclairs couraient dans le flanc poli des réchauds ; les fourchettes, les cuillers, les couteaux à manches de nacre, faisaient des barres de flammes ; des arcs-en-ciel allumaient les verres ; et, au milieu de cette pluie d'étincelles, dans cette masse incandescente, les carafes de vin tachaient de rouge la nappe chauffée à blanc.

En entrant, les convives, qui souriaient aux dames qu'ils avaient à leur bras, eurent une expression de béatitude discrète. Les fleurs mettaient une fraîcheur dans l'air tiède. Des fumets légers traînaient, mêlés au parfum des roses. Et c'était la senteur âpre des écrevisses et l'odeur aigrelette des citrons qui dominaient.

Puis, quand tout le monde eut trouvé son nom, écrit sur le revers de la carte du menu, il y eut un bruit de chaises, un grand froissement de jupes de soie. Les épaules nues, étoilées de diamants, flanquées d'habits noirs qui en faisaient ressortir la pâleur, ajoutèrent leurs blancheurs laiteuses au rayonnement de la table. Le service commença, au milieu de petits sourires échangés entre voisins, dans un demi-silence que ne coupaient encore que les cliquetis assourdis des cuillers. Baptiste remplissait les fonctions de maître d'hôtel avec ses attitudes graves de diplomate ; il avait sous ses ordres, outre les deux valets de pied, quatre aides qu'il recrutait seulement pour les grands dîners. A chaque mets qu'il enlevait, et qu'il allait découper, au fond de la pièce, sur une table de service, trois des domestiques faisaient doucement le tour de la table, un plat à la main, offrant le mets par son nom, à demi-voix. Les autres versaient les vins, veillaient au pain et aux carafes. Les relevés et les entrées s'en allèrent et se promenèrent ainsi lentement, sans que le rire perlé des dames devînt plus aigu.

Les convives étaient trop nombreux pour que la conver-

sation pût aisément devenir générale. Cependant, au second service, lorque les rôtis et les entremets eurent pris
la place des relevés et des entrées, et que les grands vins de
Bourgogne, le Pomard, le Chambertin, succédèrent au Léo-
ville et au Château-Lafitte, le bruit des voix grandit, des
éclats de rire firent tinter les cristaux légers. Renée, au milieu de la table, avait, à sa droite le baron Gouraud, à sa
gauche M. Toutin-Laroche, ancien fabricant de bougies,
alors conseiller municipal, directeur du Crédit viticole,
membre du conseil de surveillance de la Société générale
des ports du Maroc, homme maigre et considérable, que
Saccard, placé en face, entre madame d'Espanet et madame
Haffner, appelait d'une voix flatteuse tantôt : « Mon cher
collègue, » et tantôt : « Notre grand administrateur. » Ensuite venaient les hommes politiques : M. Hupel de la
Noue, un préfet qui passait huit mois de l'année à Paris ;
trois députés, parmi lesquels M. Haffner étalait sa large face
alsacienne ; puis M. de Saffré, un charmant jeune homme,
secrétaire d'un ministre ; M. Michelin, chef du bureau de
la voirie ; et d'autres employés supérieurs. M. de Mareuil,
candidat perpétuel à la députation, se carrait en face du
préfet, auquel il faisait les doux yeux. Quant à M. d'Espanet,
il n'accompagnait jamais sa femme dans le monde. Les dames de la famille étaient placées entre les plus marquants
de ces personnagee. Saccard avait cependant réservé sa
sœur Sidonie, qu'il avait mise plus loin, entre les deux entrepreneurs, le sieur Charrier à droite, le sieur Mignon à
gauche, comme à un poste de confiance où il s'agissait de
vaincre. Madame Michelin, la femme du chef de bureau,
une jolie brune, toute potelée, se trouvait à côté de M. de
Saffré, avec lequel elle causait vivement à voix basse. Puis,
aux deux bouts de la table, était la jeunesse, des auditeurs
au Conseil d'État, des fils de pères puissants, des petits millionnaires en herbe, M. de Mussy, qui jetait à Renée des

regards désespérés, Maxime ayant à sa droite Louise de Mareuil, et dont sa voisine semblait faire la conquête. Peu à peu, ils s'étaient mis à rire très-haut. Ce fut de là que partirent les premiers éclats de gaieté.

Cependant, M. Hupel de la Noue demanda galamment :

— Aurons-nous le plaisir de voir Son Excellence, ce soir?

— Je ne crois pas, répondit Saccard d'un air important qui cachait une contrariété secrète. Mon frère est si occupé!... Il nous a envoyé son secrétaire, M. de Saffré, pour nous présenter ses excuses.

Le jeune secrétaire, que madame Michelin accaparait décidément, leva la tête en entendant prononcer son nom, et s'écria à tout hasard, croyant qu'on s'était adressé à lui :

— Oui, oui, il doit y avoir une réunion des ministres a neuf heures, chez le garde des sceaux.

Pendant ce temps, M. Toutin-Laroche, qu'on avait interrompu, continuait gravement, comme s'il eût péroré dans le silence attentif du conseil municipal :

— Les résultats sont superbes. Cet emprunt de la Ville restera comme une des plus belles opérations financières de l'époque. Ah! messieurs...

Mais, ici, sa voix fut de nouveau couverte par des rires qui éclatèrent brusquement à l'un des bouts de la table. On entendait, au milieu de ce souffle de gaieté, la voix de Maxime, qui achevait une anecdote : « Attendez donc, je n'ai pas fini. La pauvre amazone fut relevée par un cantonnier. On dit qu'elle lui fait donner une brillante éducation pour l'épouser plus tard. Elle ne veut pas qu'un homme autre que son mari puisse se flatter d'avoir vu certain signe noir placé au-dessus de son genou. » Les rires reprirent de plus belle ; Louise riait franchement, plus haut que les hommes. Et doucement, au milieu de ces rires, comme sourd, un laquais allongeait en ce moment, entre chaque convive, sa tête grave et blême, offrant des aiguillettes de canard sauvage, à voix basse.

Aristide Saccard fut fâché du peu d'attention qu'on accordait à M. Toutin-Laroche. Il reprit, pour lui montrer qu'il l'avait écouté :

— L'emprunt de la ville...

Mais M. Toutin-Laroche n'était pas homme à perdre le fil d'une idée :

— Ah ! messieurs, continua-t-il quand les rires furent calmés, la journée d'hier a été une grande consolation pour nous, dont l'administration est en butte à tant d'ignobles attaques. On accuse le Conseil de conduire la Ville à sa ruine, et, vous le voyez, dès que la Ville ouvre un emprunt, tout le monde nous apporte son argent, même ceux qui crient.

— Vous avez fait des miracles, dit Saccard. Paris est devenu la capitale du monde.

— Oui, c'est vraiment prodigieux, interrompit M. Hupel de la Noue. Imaginez-vous que moi, qui suis un vieux Parisien, je ne reconnais plus mon Paris. Hier, je me suis perdu pour aller de l'Hôtel de Ville au Luxembourg. C'est prodigieux, prodigieux !,

Il y eut un silence. Tous les hommes graves écoutaient maintenant.

— La transformation de Paris, continua M. Toutin-Laroche, sera la gloire du règne. Le peuple est ingrat : il devrait baiser les pieds de l'empereur. Je le disais ce matin au Conseil, où l'on parlait du grand succès de l'emprunt : « Messieurs, laissons dire ces braillards de l'opposition : bouleverser Paris, c'est le fertiliser. »

Saccard sourit, en fermant les yeux, comme pour mieux savourer la finesse du mot. Il se pencha derrière le dos de madame d'Espanet, et dit à M. Hupel de la Noue, assez haut pour être entendu :

— Il a un esprit adorable.

3.

Cependant, depuis qu'on parlait des travaux de Paris, le sieur Charrier tendait le cou, comme pour se mêler à la conversation. Son associé Mignon n'était occupé que de madame Sidonie, qui lui donnait fort à faire. Saccard, depuis le commencement du dîner, surveillait les entrepreneurs du coin de l'œil.

— L'administration, dit-il, a rencontré tant de dévouements ! Tout le monde a voulu contribuer à la grande œuvre. Sans les riches compagnies qui lui sont venues en aide, la Ville n'aurait jamais pu faire si bien ni si vite.

Il se tourna, et avec une sorte de brutalité flatteuse :

— Messieurs Mignon et Charrier en savent quelque chose, eux qui ont eu leur part de peine, et qui auront leur part de gloire.

Les maçons enrichis reçurent béatement cette phrase en pleine poitrine. Mignon, auquel madame Sidonie disait en minaudant : « Ah ! monsieur, vous me flattez ; non, le rose serait trop jeune pour moi..., » la laissa au milieu de sa phrase, pour répondre à Saccard :

— Vous êtes trop bon ; nous avons fait nos affaires.

Mais Charrier était plus dégrossi. Il acheva son verre de Pomard et trouva moyen de faire une phrase :

— Les travaux de Paris, dit-il, ont fait vivre l'ouvrier.

— Dites aussi, reprit M. Toutin-Laroche, qu'ils ont donné un magnifique élan aux affaires financières et industrielles.

— Et n'oubliez pas le côté artistique ; les nouvelles voies sont majestueuses, ajouta M. Hupel de la Noue, qui se piquait d'avoir du goût.

— Oui, oui, c'est un beau travail, murmura M. de Mareuil, pour dire quelque chose.

— Quant à la dépense, déclara gravement le député Haffner qui n'ouvrait la bouche que dans les grandes occasions, nos enfants la payeront, et rien ne sera plus juste.

Et comme, en disant cela, il regardait M. de Saffré que

la jolie madame Michelin semblait bouder depuis un instant, le jeune secrétaire pour paraître au courant de ce qu'on disait, répéta :

— Rien ne sera plus juste, en effet.

Tout le monde avait dit son mot, dans le groupe que les hommes graves formaient au milieu de la table. M. Michelin, le chef de bureau, souriait, dodelinait de la tête ; c'était, d'ordinaire, sa façon de prendre part à une conversation ; il avait des sourires pour saluer, pour répondre, pour approuver, pour remercier, pour prendre congé, toute une jolie collection de sourires qui le dispensaient presque de jamais se servir de la parole, ce qu'il jugeait sans doute plus poli et plus favorable à son avancement.

Un autre personnage était également resté muet, le baron Gouraud, qui mâchait lentement comme un bœuf aux paupières lourdes. Jusque-là, il avait paru absorbé dans le spectacle de son assiette. Renée, aux petits soins pour lui, n'en obtenait que de légers grognements de satisfaction. Aussi fut-on surpris de le voir lever la tête et de l'entendre dire, en essuyant ses lèvres grasses :

— Moi qui suis propriétaire, lorsque je fais réparer et décorer un appartement, j'augmente mon locataire.

La phrase de M. Haffner : « Nos enfants payeront, » avait réussi à réveiller le sénateur. Tout le monde battit discrètement des mains, et M. de Saffré s'écria :

— Ah! charmant, charmant, j'enverrai demain le mot aux journaux.

— Vous avez bien raison, messieurs, nous vivons dans un bon temps, dit le sieur Mignon, comme pour conclure, au milieu des sourires et des admirations que le mot du baron excitait. J'en connais plus d'un qui ont joliment arrondi leur fortune. Voyez-vous, quand on gagne de l'argent, tout est beau.

Ces dernières paroles glacèrent les hommes graves. La

conversation tomba net, et chacun parut éviter de regarder
son voisin. La phrase du maçon atteignait ces messieurs,
roide comme le pavé de l'ours. Michelin, qui justement contemplait Saccard d'un air agréable, cessa de sourire, très-
effrayé d'avoir eu l'air un instant d'appliquer les paroles de
l'entrepreneur au maître de la maison. Ce dernier lança un
coup d'œil à madame Sidonie, qui accapara de nouveau Mignon, en disant : « Vous aimez donc le rose, monsieur... »
Puis Saccard fit un long compliment à madame d'Espanet ;
sa figure noirâtre, chafouine, touchait presque les épaules
laiteuses de la jeune femme, qui se renversait avec de petits
rires.

On était au dessert. Les laquais allaient d'un pas plus vif
autour de la table. Il y eut un arrêt, pendant que la nappe
achevait de se charger de fruits et de sucreries. A l'un des
bouts, du côté de Maxime, les rires devenaient plus clairs ;
on entendait la voix aigrelette de Louise dire : « Je vous
assure que Sylvia avait une robe de satin bleu dans son rôle
de Dindonnette ; » et une autre voix d'enfant ajoutait :
« Oui, mais la robe était garnie de dentelles blanches. »
Un air chaud montait. Les visages, plus roses, étaient comme
amollis par une béatitude intérieure. Deux laquais firent le
tour de la table, versant de l'alicante et du tokai.

Depuis le commencement du dîner, Renée semblait distraite. Elle remplissait ses devoirs de maîtresse de maison
avec un sourire machinal. A chaque éclat de gaieté qui venait du bout de la table, où Maxime et Louise, côte à côte,
plaisantaient comme de bons camarades, elle jetait de ce
côté un regard luisant. Elle s'ennuyait. Les hommes graves l'assommaient. Madame d'Espanet et madame Haffner lui
lançaient des regards désespérés.

— Et les prochaines élections, comment s'annoncent-
elles ? demanda brusquement Saccard à M. Hupel de la
Noue.

— Mais très-bien, répondit-celui-ci en souriant ; seulement je n'ai pas encore de candidats désignés pour mon département. Le ministre hésite, paraît-il.

M. de Mareuil, qui, d'un coup d'œil, avait remercié Saccard d'avoir entamé ce sujet, semblait être sur des charbons ardents. Il rougit légèrement, il fit des saluts embar-
rassés, lorsque le préfet, s'adressant à lui, continua :

— On m'a beaucoup parlé de vous dans le pays, monsieur. Vos grandes propriétés vous y font de nombreux amis,
et l'on sait combien vous êtes dévoué à l'empereur. Vous
avez toutes les chances.

— Papa, n'est-ce pas que la petite Sylvia vendait des
cigarettes à Marseille, en 1849 ? cria à ce moment Maxime,
du bout de la table.

Et comme Aristide Saccard feignait de ne pas entendre,
le jeune homme reprit d'un ton plus bas :

— Mon père l'a connue particulièrement.

Il y eut quelques rires étouffés. Cependant, tandis que
M. de Mareuil saluait toujours, M. Haffner avait repris d'une
voix sentencieuse :

— Le dévouement à l'empereur est la seule vertu, le
seul patriotisme, en ces temps de démocratie intéressée.
Quiconque aime l'empereur aime la France. C'est avec une
joie sincère que nous verrions monsieur devenir notre collègue.

— Monsieur l'emportera, dit à son tour M. Toutin-Laroche. Les grandes fortunes doivent se grouper autour du
trône.

Renée n'y tint plus. En face d'elle, la marquise étouffait
un bâillement. Et comme Saccard allait reprendre la parole :

— Par grâce, mon ami, ayez un peu pitié de nous, lui
dit sa femme, avec un joli sourire. Laissez là votre vilaine
politique.

Alors, M. Hupel de la Noue, galant comme un préfet, se récria, dit que ces dames avaient raison. Et il entama le récit d'une histoire scabreuse qui s'était passée dans son chef-lieu. La marquise, madame Haffner et les autres dames rirent beaucoup de certains détails. Le préfet contait d'une façon très-piquante, avec des demi-mots, des réticences, des inflexions de voix, qui donnaient un sens très-polisson aux termes les plus innocents. Puis on parla du premier mardi de la duchesse, d'une bouffonnerie qu'on avait jouée la veille, de la mort d'un poëte et des dernières courses d'automne. M. Toutin-Laroche, aimable à ses heures, compara les femmes à des roses, et M. de Mareuil, dans le trouble où l'avaient laissé ses espérances électorales, trouva des mots profonds sur la nouvelle forme des chapeaux. Renée restait distraite.

Cependant, les convives ne mangeaient plus. Un vent chaud semblait avoir soufflé sur la table, terni les verres, émietté le pain, noirci les pelures de fruit dans les assiettes, rompu la belle symétrie du service. Les fleurs se fanaient, dans les grands cornets d'argent ciselé. Et les convives s'oubliaient là un instant, en face des débris du dessert, béats, sans courage pour se lever. Un bras sur la table, à demi penchés, ils avaient le regard vide, le vague affaissement de cette ivresse mesurée et décente des gens du monde qui se grisent à petits coups. Les rires étaient tombés, les paroles se faisaient rares. On avait bu et mangé beaucoup, ce qui rendait plus grave encore la bande des hommes décorés. Les dames, dans l'air alourdi de la salle, sentaient des moiteurs leur monter au front et à la nuque. Elles attendaient qu'on passât au salon, sérieuses, un peu pâles, comme si leur tête eût légèrement tourné. Madame d'Espanet était toute rose, tandis que les épaules de madame Haffner avaient pris des blancheurs de cire. Cependant, M. Hupel de la Noue examinait le manche d'un couteau; M. Toutin-Laroche lançait encore à M. Haffner des lambeaux de phrase, que celui-ci accueillait par des hochements de tête ; M. de Mareuil rêvait en regardant M. Michelin, qui lui souriait fine- ment. Quant à la jolie madame Michelin, elle ne parlait plus depuis longtemps ; très-rouge, elle laissait pendre sous la nappe une main que M. de Saffré devait tenir dans la sienne, car il s'appuyait gauchement sur le bord de la table, les sourcils tendus, avec la grimace d'un homme qui résout un problème d'algèbre. Madame Sidonie avait vaincu, elle aussi ; les sieurs Mignon et Charrier, accoudés tous deux et tour- nés vers elle, paraissaient ravis de recevoir ses confidences ; elle avouait qu'elle adorait le laitage et qu'elle avait peur des revenants. Et Aristide Saccard, lui-même, les yeux demi-clos, plongé dans cette béatitude d'un maître de mai- son qui a conscience d'avoir grisé honnêtement ses convives, ne songeait point à quitter la table ; il contemplait, avec une tendresse respectueuse, le baron Gouraud, appesanti, digérant, allongeant sur la nappe blanche sa main droite, une main de vieillard sensuel, courte, épaisse, tachée de plaques violettes et couverte de poils roux.

Renée acheva machinalement les quelques gouttes de tokai qui restaient au fond de son verre. Des feux lui mon- taient à la face ; les petits cheveux pâles de son front et de sa nuque, rebelles, s'échappaient, comme mouillés par un souffle humide. Elle avait les lèvres et le nez amincis ner- veusement, le visage muet d'un enfant qui a bu du vin pur. Si de bonnes pensées bourgeoises lui étaient venues en face des ombres du parc Monceaux, ces pensées se noyaient, à cette heure, dans l'excitation des mets, des vins, des lu- mières, de ce milieu troublant où passaient des haleines et des gaietés chaudes. Elle n'échangeait plus de tranquilles sourires avec sa sœur Christine et sa tante Élisabeth, mo- destes toutes deux, s'effaçant, parlant à peine. Elle avait, d'un regard dur, fait baisser les yeux du pauvre M. de Mussy.

Dans son apparente distraction, bien qu'elle évitât maintenant de se tourner, appuyée contre le dossier de sa chaise,
où le satin de son corsage craquait doucement, elle laissait
échapper un imperceptible frisson des épaules, à chaque
nouvel éclat de rire qui lui venait du coin où Maxime et
Louise plaisantaient, toujours aussi haut, dans le bruit mourant des conversations.

Et derrière elle, au bord de l'ombre, dominant de sa
haute taille la table en désordre et les convives pâmés, Baptiste se tenait debout, la chair blanche, la mine grave, avec
l'attitude dédaigneuse d'un laquais qui a repu ses maîtres.
Lui seul, dans l'air chargé d'ivresse, sous les clartés crues
du lustre qui jaunissaient, restait correct, avec sa chaîne
d'argent au cou, ses yeux froids où la vue des épaules des
femmes ne mettait pas une flamme, son air d'eunuque servant des Parisiens de la décadence et gardant sa dignité.

Enfin, Renée se leva, d'un mouvement nerveux. Tout le
monde l'imita. On passa au salon, où le café était servi.

Le grand salon de l'hôtel était une vaste pièce longue,
une sorte de galerie, allant d'un pavillon à l'autre, occupant toute la façade, du côté du jardin. Une large porte-
fenêtre s'ouvrait sur le perron. Cette galerie était resplendissante d'or. Le plafond, légèrement cintré, avait des enroulements capricieux courant autour de grands médaillons
dorés, qui luisaient comme des boucliers. Des rosaces, des
guirlandes éclatantes bordaient la voûte ; des filets, pareils
à des jets de métal en fusion, coulaient sur les murs, enca-
drant les panneaux, tendus de soie rouge ; des tresses de
roses, avec des gerbes épanouies au sommet, retombaient
le long des glaces. Sur le parquet, un tapis d'Aubusson étalait ses fleurs de pourpre. Le meuble de damas de soie rouge,
les portières et les rideaux de même étoffe, l'énorme pendule rocaille de la cheminée, les vases de Chine posés sur
les consoles, les pieds des deux tables longues ornées de

mosaïques de Florence, jusqu'aux jardinières placées dans
les embrasures des fenêtres, suaient l'or, égouttaient l'or
Aux quatre angles se dressaient quatre grandes lampes posées sur des socles de marbre rouge, auxquels les atta-
chaient des chaînes de bronze doré, tombant avec des grâces
symétriques. Et, du plafond, descendaient trois lustres à
pendeloques de cristal, ruisselants de gouttes de lumières
bleues et roses, et dont les clartés ardentes faisaient flamber
tout l'or du salon.

Les hommes se retirèrent bientôt dans le fumoir. M. de
Mussy vint prendre familièrement le bras de Maxime, qu'il
avait connu au collége, bien qu'il eût six ans de plus que
lui. Il l'entraîna sur la terrasse, et après qu'ils eurent al
lumé un cigare, il se plaignit amèrement de Renée.

— Mais qu'a-t-elle donc, dites ? Je l'ai vue hier, elle
était adorable. Et voilà qu'aujourd'hui elle me traite comme
si tout était fini entre nous. Quel crime ai-je pu commettre ?
Vous seriez bien aimable, mon cher Maxime, de l'interroger, de lui dire combien elle me fait souffrir.

— Ah ! pour cela, non ! répondit Maxime en riant. Renée
a ses nerfs, je ne tiens pas à recevoir l'averse. Débrouillez-
vous, faites vos affaires vous-même.

Et il ajouta, après avoir lentement exhalé la fumée de
son havane :

— Vous voulez me faire jouer un joli rôle, vous !

Mais M. de Mussy parla de sa vive amitié, et il déclara
au jeune homme qu'il n'attendait qu'une occasion pour lui
prouver combien il lui était dévoué. Il était bien malheureux, il aimait tant Renée !

— Eh bien ! c'est convenu, dit enfin Maxime, je lui dirai
un mot ; mais, vous savez, je ne promets rien ; elle va m'envoyer coucher, c'est sûr.

Ils rentrèrent dans le fumoir, ils s'allongèrent dans de
larges fauteuils-dormeuses. Là, pendant une grande demi-

4

heure, M. de Mussy conta ses chagrins à Maxime; il lui dit
pour la dixième fois comment il était tombé amoureux de
sa belle-mère, comment elle avait bien voulu le distinguer;
et Maxime, en attendant que son cigare fût achevé, lui donnait des conseils, lui expliquait Renée, lui indiquait de
quelle façon il devait se conduire pour la dominer.

Saccard étant venu s'asseoir à quelques pas des jeunes
gens, M. de Mussy garda le silence et Maxime conclut en
disant :

— Moi, si j'étais à votre place, j'agirais très-cavalière-
ment. Elle aime ça.

Le fumoir occupait, à l'extrémité du grand salon, une
des pièces rondes formées par les tourelles. Il était de style
très-riche et très-sobre. Tendu d'une imitation de cuir de
Cordoue, il avait des rideaux et des portières en algérienne,
et, pour tapis, une moquette à dessins persans. Le meuble,
recouvert de peau de chagrin couleur bois, se composait de
pouffs, de fauteuils et d'un divan circulaire qui tenait en
partie la rondeur de la pièce. Le petit lustre du plafond,
les ornements du guéridon, la garniture de la cheminée,
étaient en bronze florentin vert pâle.

Il n'était guère resté avec les dames que quelques jeunes
gens et des vieillards à faces blanches et molles, ayant le
tabac en horreur. Dans le fumoir, on riait, on plaisantait
très-librement. M. Hupel de la Noue égaya fort ces messieurs en leur racontant de nouveau l'histoire qu'il avait dite
pendant le dîner, mais en la complétant par des détails tout
à fait crus. C'était sa spécialité ; il avait toujours deux ver-
sions d'une anecdote, l'une pour les dames, l'autre pour
les hommes. Puis, quand Aristide Saccard entra, il fut entouré et complimenté ; et comme il faisait mine de ne pas
comprendre, M. de Saffré lui dit, dans une phrase très-ap-
plaudie, qu'il avait bien mérité de la patrie en empêchant la
belle Laure d'Aurigny de passer aux Anglais.

— Non, vraiment, messieurs, vous vous trompez, balbutiait Saccard avec une fausse modestie.

— Va, ne te défends donc pas ! lui cria plaisamment
Maxime. A ton âge, c'est très-beau.

Le jeune homme, qui venait de jeter son cigare, rentra
dans le grand salon. Il était venu beaucoup de monde. La
galerie était pleine d'habits noirs, debout, causant à demi-
voix, et de jupes, étalées largement le long des causeuses.
Des laquais commençaient à promener des plats d'argent,
chargés de glaces et de verres de punch.

Maxime, qui désirait parler à Renée, traversa le grand
salon dans sa longueur, sachant bien où il trouverait le
cénacle de ces dames. Il y avait, à l'autre extrémité de la
galerie, faisant pendant au fumoir, une pièce ronde dont
on avait fait un adorable petit salon. Ce salon, avec ses tentures, ses rideaux et ses portières de satin bouton d'or,
avait un charme voluptueux, d'une saveur originale et
exquise. Les clartés du lustre, très-délicatement fouillé,
chantaient une symphonie en jaune mineur, au milieu de
toutes ces étoffes couleur de soleil. C'était comme un ruissellement de rayons adoucis, un coucher d'astre s'endor-
mant sur une nappe de blés mûrs. A terre, la lumière se
mourait sur un tapis d'Aubusson semé de feuilles sèches.
Un piano d'ébène marqueté d'ivoire, deux petits meubles
dont les glaces laissaient voir un monde de bibelots, une
table Louis XVI, une console jardinière surmontée d'une
énorme gerbe de fleurs, suffisaient à meubler la pièce. Les
causeuses, les fauteuils, les pouffs, étaient recouverts de
satin bouton d'or capitonné, coupé par de larges bandes de
satin noir brodé de tulipes voyantes. Et il y avait encore
des siéges bas, des siéges volants, toutes les variétés élé-
gantes et bizarres du tabouret. On ne voyait pas le bois de
ces meubles ; le satin, le capiton couvrait tout. Les dossiers
se renversaient avec des rondeurs moelleuse de traversins.

C'était comme des lits discrets où l'on pouvait dormir et
aimer dans le duvet, au milieu de la sensuelle symphonie
en jaune mineur.

Renée aimait ce petit salon, dont une des portes-fenêtres
s'ouvrait sur la magnifique serre chaude scellée au flanc de
l'hôtel. Dans la journée, elle y passait ses heures d'oisiveté.
Les tentures jaunes, au lieu d'éteindre sa chevelure pâle, la
doraient de flammes étranges ; sa tête se détachait au milieu
d'une lueur d'aurore, toute rose et blanche, comme celle
d'une Diane blonde s'éveillant dans la lumière du matin; et
c'était pourquoi, sans doute, elle aimait cette pièce qui
mettait sa beauté en plein ciel.

A cette heure, elle était là avec ses intimes. Sa sœur et sa
tante venaient de partir. Il n'y avait plus, dans le cénacle,
que des têtes folles. Renversée à demi au fond d'une causeuse, Renée écoutait les confidences de son amie Adeline,
qui lui parlait à l'oreille, avec des mines de chatte et des
rires brusques. Suzanne Haffner était fort entourée; elle
tenait tête à un groupe de jeunes gens qui la serraient de
très-près, sans qu'elle perdît sa langueur d'Allemande, son
effronterie provocante, nue et froide comme ses épaules.
Dans un coin, madame Sidonie endoctrinait à voix basse une
jeune femme aux cils de vierge. Plus loin, Louise, debout,
causait avec un grand garçon timide, qui rougissait; tandis
que le baron Gouraud, en pleine clarté, sommeillait dans
son fauteuil, étalant ses chairs molles, sa carrure d'éléphant
blême, au milieu des grâces frêles et de la soyeuse délicatesse des dames. Et, dans la pièce, sur les jupes de satin aux
plis durs et vernis comme de la porcelaine, sur les épaules
dont les blancheurs laiteuses s'étoilaient de diamants, une
lumière de féerie tombait en poussière d'or. Une voix
fluette, un rire pareil à un roucoulement, sonnaient, avec
des limpidités de cristal. Il faisait très-chaud. Des éventails
battaient lentement, comme des ailes, jetant à chaque souf-

fle, dans l'air alangui, les parfums musqués des corsages.

Quand Maxime parut sur le seuil de la porte, Renée, qui écoutait la marquise d'une oreille distraite, se leva vivement, feignit d'avoir à remplir son rôle de maîtresse de maison. Elle passa dans le grand salon où le jeune homme la suivit. Là, elle fit quelques pas, souriante, donnant des poignées de main ; puis, attirant Maxime à l'écart :

—Eh ! dit-elle à demi-voix, d'un air ironique, la corvée est douce, ce n'est plus si bête de faire sa cour.

—Je ne comprends pas, répondit le jeune homme qui allait plaider la cause de M. de Mussy.

—Mais il me semble que j'ai bien fait de ne pas te délivrer de Louise. Vous allez vite, tous les deux.

Et elle ajouta, avec une sorte de dépit :

—C'était indécent, à table.

Maxime se mit à rire.

—Ah ! oui, nous nous sommes conté des histoires. Je l'ignorais, cette fillette. Elle est drôle. Elle a l'air d'un garçon.

Et comme Renée continuait à faire la grimace irritée d'une prude, le jeune homme qui ne lui connaissait pas de telles indignations, reprit avec sa familiarité souriante :

—Est-ce que tu crois, belle-maman, que je lui ai pincé les genoux sous la table ? Que diable, on sait se conduire avec une fiancée !... J'ai quelque chose de plus grave à te dire. Écoute-moi... Tu m'écoutes, n'est-ce pas ?...

Il baissa encore la voix.

—Voilà... M. de Mussy est très-malheureux, il vient de me le dire. Moi, tu comprends, ce n'est pas mon rôle de vous raccommoder, s'il y a de la brouille. Mais, tu sais, je l'ai connu au collége, et comme il avait l'air vraiment désespéré, je lui ai promis de te dire un mot...

Il s'arrêta. Renée le regardait d'un air indéfinissable.

—Tu ne réponds pas ?... continua-t-il. C'est égal, ma

4.

commission est faite. Arrangez-vous comme vous voudrez...
Mais, vrai, je te trouve cruelle. Ce pauvre garçon m'a fait
de la peine. A ta place, je lui enverrais au moins une bonne
parole.

Alors, Renée qui n'avait pas cessé de regarder Maxime de
ses yeux fixes, où brûlait une flamme vive, répondit :

— Va dire à M. de Mussy qu'il m'embête.

Et elle se remit à marcher doucement au milieu des
groupes, souriant, saluant, donnant des poignées de main.
Maxime resta planté, d'un air surpris; puis il eut un rire
silencieux.

Peu désireux de remplir sa commission auprès de M. de
Mussy, il fit le tour du grand salon. La soirée tirait à sa fin,
merveilleuse et banale comme toutes les soirées. Il était près
de minuit, le monde s'en allait peu à peu. Ne voulant pas
rentrer se coucher sur une impression d'ennui, il se décida
à chercher Louise. Il passait devant la porte de sortie, lorsqu'il vit, dans le vestibule, la jolie madame Michelin, que
son mari enveloppait délicatement dans une sortie de bal
bleue et rose :

—Il a été charmant, charmant, disait la jeune femme.
Pendant tout le dîner, nous avons causé de toi. Il parlera
au ministre; seulement, ce n'est pas lui que ça regarde...

Et, comme, à côté d'eux, un laquais emmaillotait le baron
Gouraud dans une grande pelisse fourrée :

— C'est ce gros père-là qui enlèverait l'affaire! ajouta-
t-elle à l'oreille de son mari, tandis qu'il lui nouait sous le
menton le cordon du capuchon. Il fait ce qu'il veut au ministère. Demain, chez les Mareuil, il faudra tâcher...

M. Michelin souriait. Il emmena sa femme avec précaution, comme s'il eût tenu au bras un objet fragile et précieux. Maxime, après s'être assuré d'un coup d'œil que
Louise n'était pas dans le vestibule, alla droit au petit salon.
En effet, elle s'y trouvait encore, presque seule, attendant

son père, qui avait dû passer la soirée dans le fumoir, avec les hommes politiques. Ces dames, la marquise, madame Haffner, étaient parties. Il ne restait plus que madame Sidonie, disant combien elle aimait les bêtes à quelques femmes de fonctionnaires.

— Ah ! voilà mon petit mari, s'écria Louise. Asseyez-vous là et dites-moi dans quel fauteuil mon père a pu s'endormir. Il se sera déjà cru à la Chambre.

Maxime lui répondit sur le même ton, et les jeunes gens retrouvèrent leurs grands éclats de rire du dîner. Assis à ses pieds, sur un siége très-bas, il finit par lui prendre les mains, par jouer avec elle, comme avec un camarade. Et, en vérité, dans sa robe de foulard blanc à pois rouges, avec son corsage montant, sa poitrine plate, sa petite tête laide et fûtée de gamin, elle ressemblait à un garçon déguisé en fille. Mais, par instants, ses bras grêles, sa taille déviée, avaient des poses abandonnées, et des ardeurs passaient au fond de ses yeux pleins encore de puérilité, sans qu'elle rougît le moins du monde des jeux de Maxime. Et tous deux de rire, se croyant seuls, sans même apercevoir Renée, debout au milieu de la serre, à demi cachée, qui les regardait de loin.

Depuis un instant, la vue de Maxime et de Louise, comme elle traversait une allée, avait brusquement arrêté la jeune femme derrière un arbuste. Autour d'elle, la serre chaude, pareille à une nef d'église, et dont de minces colonnettes de fer montaient d'un jet soutenir le vitrail cintré, étalait ses végétations grasses, ses nappes de feuilles puissantes, ses fusées épanouies de verdure.

Au milieu, dans un bassin ovale, au ras du sol, vivait, de la vie mystérieuse et glauque des plantes d'eau, toute la flore aquatique des pays du soleil. Des Cyclanthus, dressant leurs panaches verts, entouraient, d'une ceinture monumentale, le jet d'eau, qui ressemblait au chapiteau tronqué de quelque colonne cyclopéenne. Puis, aux deux bouts, de grands Tornélia élevaient leurs broussailles étranges, au-dessus du bassin, leurs bois secs, dénudés, tordus comme des serpents malades, et laissant tomber des racines aérien-nes, semblables à des filets de pêcheur pendus au grand air. Près du bord, un Pandanus de Java épanouissait sa gerbe de feuilles verdâtres, striées de blanc, minces comme des épées, épineuses et dentelées comme des poignards malais. Et, à fleur d'eau, dans la tiédeur de la nappe dormante doucement chauffée, des Nymphéa ouvraient leurs étoiles roses, tandis que des Euryales laissaient traîner leurs feuilles rondes, leurs feuilles lépreuses, nageant à plat comme des dos de crapauds monstrueux couverts de pustules.

Pour gazon, une large bande de Sélaginelle entourait le bassin. Cette fougère naine formait un épais tapis de mousse, d'un vert tendre. Et, au delà de la grande allée circulaire, quatre énormes massifs allaient d'un élan vigoureux jus-qu'au cintre : les Palmiers, légèrement penchés dans leur grâce, épanouissaient leurs éventails, étalaient leurs têtes ar-rondies, laissaient pendre leurs palmes, comme des avirons lassés par leur éternel voyage dans le bleu de l'air ; les grands Bambous de l'Inde montaient droits, frêles et durs, faisant tomber de haut leur pluie légère de feuilles ; un Ravenala, l'arbre du voyageur, dressait son bouquet d'im-menses écrans chinois ; et, dans un coin, un Bananier, chargé de ses fruits, allongeait de toutes parts ses longues feuilles horizontales, où deux amants pourraient se coucher à l'aise en se serrant l'un contre l'autre. Aux angles, il y avait des Euphorbes d'Abyssinie, ces cierges épineux, con-trefaits, pleins de bosses honteuses, suant le poison. Et, sous les arbres, pour couvrir le sol, des fougères basses, les Adiantum, les Ptérides, mettaient leurs dentelles déli-cates, leurs fines découpures. Des Alsophila, d'espèce plus haute, étageaient leurs rangs de rameaux symétriques, sexan-

gulaires, si réguliers, qu'on aurait dit de grandes pièces
de faïence destinées à contenir les fruits de quelque dessert gigantesque. Puis, une bordure de Bégonia et de Caladium entourait les massifs; les Bégonia, à feuilles torses,
tachées superbement de vert et de rouge; les Caladium,
dont les feuilles en fer de lance, blanches et à nervures
vertes, ressemblent à de larges ailes de papillon; plantes
bizarres dont le feuillage vit étrangement, avec un éclat
sombre ou pâlissant de fleurs malsaines.

Derrière les massifs, une seconde allée, plus étroite,
faisait le tour de la serre. Là, sur des gradins, cachant à
demi les tuyaux de chauffage, fleurissaient les Maranta,
douces au toucher comme du velours, les Gloxinia, aux cloches violettes, les Dracena, semblables à des lames de vieille
laque vernie.

Mais un des charmes de ce jardin d'hiver était, aux quatre
coins, des antres de verdure, des berceaux profonds, que
recouvraient d'épais rideaux de lianes. Des bouts de forêt
vierge avaient bâti, en ces endroits, leurs murs de feuilles,
leurs fouillis impénétrables de tiges, de jets souples, s'ac-
crochant aux branches, franchissant le vide d'un vol hardi,
retombant de la voûte comme des glands de tentures riches.
Un pied de Vanille, dont les gousses mûres exhalaient des
senteurs pénétrantes, courait sur la rondeur d'un porti-
que garni de mousse; les Coques du Levant tapissaient
les colonnettes de leurs feuilles rondes; les Bauhinia, aux
grappes rouges, les Quisqualus, dont les fleurs pendaient
comme des colliers de verroterie, filaient, se coulaient, se
nouaient, ainsi que des couleuvres minces, jouant et s'allongeant sans fin dans le noir des verdures.

Et, sous les arceaux, entre les massifs, çà et là, des chaînettes de fer soutenaient des corbeilles, dans lesquelles
s'étalaient des Orchidées, les plantes bizarres du plein ciel,
qui poussent de toutes parts leurs rejets trapus, noueux et

déjetés comme des membres infirmes. Il y avait les Sabots
de Vénus, dont la fleur ressemble à une pantoufle merveilleuse, garnie au talon d'ailes de libellule ; les Æridès, si
tendrement parfumées ; les Stanhopéa, aux fleurs pâles,
tigrées, qui soufflent au loin, comme des gorges amères de
convalescent, une haleine âcre et forte.

Mais ce qui, de tous les détours des allées, frappait les
regards, c'était un grand Hibiscus de la Chine, dont l'immense nappe de verdure et de fleurs couvrait tout le flanc
de l'hôtel, auquel la serre était scellée. Les larges fleurs
pourpres de cette mauve gigantesque, sans cesse renaissantes, ne vivent que quelques heures. On eût dit des bouches sensuelles de femme qui s'ouvraient, les lèvres rouges,
molles et humides, de quelque Messaline géante, que des
baisers meurtrissaient, et qui toujours renaissaient avec leur
sourire avide et saignant.

Renée, près du bassin, frissonnait au milieu de ces floraisons superbes. Derrière elle, un grand sphinx de marbre
noir, accroupi sur un bloc de granit, la tête tournée vers
l'aquarium, avait un sourire de chat discret et cruel ; et
c'était comme l'Idole sombre, aux cuisses luisantes, de cette
terre de feu. A cette heure, des globes de verre dépoli éclai-
raient les feuillages de nappes laiteuses. Des statues, des
têtes de femme dont le cou se renversait, gonflé de rires,
blanchissaient au fond des massifs, avec des taches d'ombres
qui tordaient leurs rires fous. Dans l'eau épaisse et dormante du bassin, d'étranges rayons se jouaient, éclairant
des formes vagues, des masses glauques, pareilles à des
ébauches de monstres. Sur les feuilles lisses du Ravenala,
sur les éventails vernis des Lataniers, un flot de lueurs blanches coulait ; tandis que, de la dentelle des Fougères, tombaient en pluie fine des gouttes de clarté. En haut, brillaient des reflets de vitre, entre les têtes sombres des hauts
Palmiers. Puis, tout autour, du noir s'entassait ; les ber-

ceaux, avec leurs draperies de lianes, se noyaient dans les ténèbres, ainsi que des nids de reptiles endormis.

Et sous la lumière vive, Renée songeait, en regardant de loin Louise et Maxime. Ce n'était plus la rêverie flottante, la grise tentation du crépuscule, dans les allées fraîches du Bois. Ses pensées n'étaient plus bercées et endormies par le trot de ses chevaux, le long des gazons mondains, des taillis où les familles bourgeoises dînent le dimanche. Maintenant un désir net, aigu, l'emplissait.

Un amour immense, un besoin de volupté, flottait dans cette nef close, où bouillait la séve ardente des tropiques. La jeune femme était prise dans ces noces puissantes de la terre, qui engendraient autour d'elle ces verdures noires, ces tiges colossales ; et les couches âcres de cette mère de feu, cet épanouissement de forêt, ce tas de végétations, toutes brûlantes des entrailles qui les nourrissaient, lui jetaient des effluves troublants, chargés d'ivresse. A ses pieds, le bassin, la masse d'eau chaude, épaissie par les sucs des racines flottantes, fumait, mettait à ses épaules un manteau de vapeurs lourdes, une buée qui lui chauffait la peau, comme l'attouchement d'une main moite de volupté. Sur sa tête, elle sentait le jet des Palmiers, les hauts feuillages secouant leur arôme. Et plus que l'étouffement chaud de l'air, plus que les clartés vives, plus que les fleurs larges, éclatantes, pareilles à des visages riant ou grimaçant entre les feuilles, c'était surtout les odeurs qui la brisaient. Un parfum indéfinissable, fort, excitant, traînait, fait de mille parfums : sueurs humaines, haleines de femmes, senteurs de chevelures ; et des souffles doux et fades jusqu'à l'évanouissement, étaient coupés par des souffles pestilentiels, rudes, chargés de poisons. Mais, dans cette musique étrange des odeurs, la phrase mélodique qui revenait toujours, dominant, étouffant les tendresses de la Vanille et les acuités des Orchidées, c'était cette odeur humaine, pénétrante, sensuelle, cette odeur d'amour qui s'échappe le matin de la chambre close de deux jeunes époux.

Renée, lentement, s'était adossée au socle de granit. Dans sa robe de satin vert, la gorge et la tête rougissantes, mouillées des gouttes claires de ses diamants, elle ressemblait à une grande fleur, rose et verte, à un des Nymphéa du bassin, pâmé par la chaleur. A cette heure de vision nette, toutes ses bonnes résolutions s'évanouissaient à jamais, l'ivresse du dîner remontait à sa tête, impérieuse, victorieuse, doublée par les flammes de la serre. Elle ne songeait plus aux fraîcheurs de la nuit qui l'avaient calmée, à ces ombres murmurantes du parc, dont les voix lui avaient conseillé la paix heureuse. Ses sens de femme ardente, ses caprices de femme blasée s'éveillaient. Et, au-desus d'elle, le grand Sphinx de marbre noir riait d'un rire mystérieux, comme s'il avait lu le désir enfin formulé qui galvanisait ce cœur mort, le désir longtemps fuyant, « l'autre chose » vainement cherchée par Renée dans le bercement de sa calèche, dans la cendre fine de la nuit tombante, et que venait brusquement de lui révéler sous la clarté crue, au milieu de ce jardin de feu, la vue de Louise et de Maxime, riant et jouant, les mains dans les mains.

A ce moment, un bruit de voix sortit d'un berceau voisin, dans lequel Aristide Saccard avait conduit les sieurs Mignon et Charrier.

— Non, vrai, monsieur Saccard, disait la voix grasse de celui-ci, nous ne pouvons vous racheter cela à plus de deux cents francs le mètre.

Et la voix aigre de Saccard se récriait :

— Mais, dans ma part, vous m'avez compté le mètre de terrain à deux cent cinquante francs.

— Eh bien! écoutez, nous mettrons deux cent vingt-cinq francs.

Et les voix continuèrent, brutales, sonnant étrangement sous les palmes tombantes des massifs. Mais elles traversèrent comme un vain bruit le rêve de Renée, devant laquelle se dressait, avec l'appel du vertige, une jouissance inconnue, chaude de crime, plus âpre que toutes celles qu'elle avait déjà épuisées, la dernière qu'elle eût encore à boire. Elle n'était plus lasse.

L'arbuste derrière lequel elle se cachait à demi, était une plante maudite, un Tanghin de Madagascar, aux larges feuilles de buis, aux tiges blanchâtres, dont les moindres nervures distillent un lait empoisonné. Et, à un moment, comme Louise et Maxime riaient plus haut, dans le reflet jaune, dans le coucher de soleil du petit salon, Renée, l'esprit perdu, la bouche sèche et irritée, prit entre ses lèvres un rameau du Tanghin, qui lui venait à hauteur des dents, et mordit une des feuilles amères.

II

Aristide Rougon s'abattit sur Paris, au lendemain du 2 Décembre, avec ce flair des oiseaux de proie qui sentent de loin les champs de bataille. Il arrivait de Plassans, une sous-préfecture du Midi, où son père venait enfin de pêcher dans l'eau trouble des événements une recette particulière longtemps convoitée. Lui, jeune encore, après s'être compromis comme un sot, sans gloire ni profit, avait dû s'estimer heureux de se tirer sain et sauf de la bagarre. Il accourait, enrageant d'avoir fait fausse route, maudissant la province, parlant de Paris avec des appétits de loup, jurant « qu'il ne serait plus si bête » ; et le sourire aigu dont il accompagnait ces mots prenait une terrible signification sur ses lèvres minces.

Il arriva dans les premiers jours de 1852. Il amenait avec lui sa femme Angèle, une personne blonde et fade, qu'il installa dans un étroit logement de la rue Saint-Jacques, comme un meuble gênant dont il avait hâte de se débarrasser. La jeune femme n'avait pas voulu se séparer de sa fille, la petite Clotilde, une enfant de quatre ans, que le père aurait volontiers laissée à la charge de sa famille. Mais

il ne s'était résigné au désir d'Angèle qu'à la condition
d'oublier au collége de Plassans leur fils Maxime, un galopin de onze ans, sur lequel sa grand'mère avait promis
de veiller. Aristide voulait avoir les mains libres ; une femme
et une enfant lui semblaient déjà un poids écrasant pour un
homme décidé à franchir tous les fossés, quitte à se casser
les reins ou à rouler dans la boue.

Le soir même de son arrivée, pendant qu'Angèle défai-
sait les malles, il éprouva l'âpre besoin de courir Paris,
de battre de ses gros souliers de provincial ce pavé brûlant
d'où il comptait faire jaillir des millions. Ce fut une vraie
prise de possession. Il marcha pour marcher, allant le long
des trottoirs, comme en pays conquis. Il avait la vision très-
nette de la bataille qu'il venait livrer, et il ne lui répugnait
pas de se comparer à un habile crocheteur de serrures qui,
par ruse ou par violence, va prendre sa part de la richesse
commune qu'on lui a méchamment refusée jusque-là. S'il
avait éprouvé le besoin d'une excuse, il aurait invoqué ses
désirs étouffés pendant dix ans, sa misérable vie de province, ses fautes surtout, dont il rendait la société entière
responsable. Mais à cette heure, dans cette émotion du
joueur qui met enfin ses mains ardentes sur le tapis vert,
il était tout à la joie, une joie à lui, où il y avait des satisfactions d'envieux et des espérances de fripon impuni. L'air
de Paris le grisait, il croyait entendre, dans le roulement
des voitures, les voix de Macbeth, qui lui criaient : Tu seras
riche ! Pendant près de deux heures, il alla ainsi de rue en
rue, goûtant les voluptés d'un homme qui se promène dans
son vice. Il n'était pas revenu à Paris depuis l'heureuse année qu'il y avait passée comme étudiant. La nuit tombait ;
son rêve grandissait dans les clartés vives que les cafés et
les magasins jetaient sur les trottoirs ; il se perdit.

Quand il leva les yeux, il se trouvait vers le milieu du
faubourg Saint-Honoré. Un de ses frères, Eugène Rougon,

habitait une rue voisine, la rue de Penthièvre. Aristide, en venant à Paris, avait surtout compté sur Eugène qui, après avoir été un des agents les plus actifs du coup d'État, était à cette heure une puissance occulte, un petit avocat dans lequel naissait un grand homme politique. Mais, par une superstition de joueur, il ne voulut pas aller frapper ce soir-là à la porte de son frère. Il regagna lentement la rue Saint-Jacques, songeant à Eugène avec une envie sourde, regardant ses pauvres vêtements encore couverts de la poussière du voyage, et cherchant à se consoler en reprenant son rêve de richesse. Ce rêve lui-même était devenu amer. Parti par un besoin d'expansion, mis en joie par l'activité boutiquière de Paris, il rentra, irrité du bonheur qui lui semblait courir les rues, rendu plus féroce, s'imaginant des luttes acharnées, dans lesquelles il aurait plaisir à battre et à duper cette foule qui l'avait coudoyé sur les trottoirs. Jamais il n'avait ressenti des appétits aussi larges, des ardeurs aussi immédiates de jouissance.

Le lendemain, au jour, il était chez son frère. Eugène habitait deux grandes pièces froides, à peine meublées, qui glacèrent Aristide. Il s'attendait à trouver son frère vautré en plein luxe. Ce dernier travaillait devant une petite table noire. Il se contenta de lui dire, de sa voix lente, avec un sourire :

— Ah ! c'est toi, je t'attendais.

Aristide fut très-aigre. Il accusa Eugène de l'avoir laissé végéter, de ne pas même lui avoir fait l'aumône d'un bon conseil, pendant qu'il pataugeait en province. Il ne devait jamais se pardonner d'être resté républicain jusqu'au 2 Décembre ; c'était sa plaie vive, son éternelle confusion. Eugène avait tranquillement repris sa plume. Quand il eut fini :

— Bah ! dit-il, toutes les fautes se réparent. Tu es plein d'avenir.

Il prononça ces mots d'une voix si nette, avec un regard si pénétrant, qu'Aristide baissa la tête, sentant que son frère descendait au plus profond de son être. Celui-ci continua avec une brutalité amicale :

— Tu viens pour que je te place, n'est-ce pas? J'ai déjà songé à toi, mais je n'ai encore rien trouvé. Tu comprends, je ne puis te mettre n'importe où. Il te faut un emploi où tu fasses ton affaire sans danger pour toi ni pour moi... Ne te récrie pas, nous sommes seuls, nous pouvons nous dire certaines choses...

Aristide prit le parti de rire.

— Oh! je sais que tu es intelligent, poursuivit Eugène, et que tu ne commettrais plus une sottise improductive... Dès qu'une bonne occasion se présentera, je te caserai. Si d'ici là tu avais besoin d'une pièce de vingt francs, viens me la demander.

Ils causèrent un instant de l'insurrection du Midi, dans laquelle leur père avait gagné sa recette particulière. Eugène s'habillait tout en causant. Dans la rue, au moment de le quitter, il retint son frère un instant encore, il lui dit à voix plus basse :

— Tu m'obligeras en ne battant pas le pavé et en attendant tranquillement chez toi l'emploi que je te promets... Il me serait désagréable de voir mon frère faire anti-chambre.

Aristide avait du respect pour Eugène, qui lui semblait un gaillard hors ligne. Il ne lui pardonna pas ses défiances, si sa franchise un peu rude ; mais il alla docilement s'enfermer rue Saint-Jacques. Il était venu avec cinq cents francs que lui avait prêtés le père de sa femme. Les frais du voyage payés, il fit durer un mois les trois cents francs qui lui restaient. Angèle était une grosse mangeuse ; elle crut, en outre, devoir rafraîchir sa toilette de gala par une garniture de rubans mauves. Ce mois d'attente parut inter-

5.

minable à Aristide. L'impatience le brûlait. Lorsqu'il se
mettait à la fenêtre, et qu'il sentait sous lui le labeur géant
de Paris, il lui prenait des envies folles de se jeter d'un
bond dans la fournaise, pour y pétrir l'or de ses mains fié-
vreuses, comme une cire molle. Il aspirait ces souffles
encore vagues qui montaient de la grande cité, ces souffles
de l'empire naissant, où traînaient déjà des odeurs d'alcôves
et de tripots financiers, des chaleurs de jouissances. Les
fumets légers qui lui arrivaient lui disaient qu'il était sur la
bonne piste, que le gibier courait devant lui, que la grande
chasse impériale, la chasse aux aventures, aux femmes, aux
millions, commençait enfin. Ses narines battaient, son instinct de bête affamée saisissait merveilleusement au passage les moindres indices de la curée chaude dont la ville
allait être le théâtre.

Deux fois, il alla chez son frère, pour activer ses démar-
ches. Eugène l'accueillit avec brusquerie, lui répétant qu'il
ne l'oubliait pas, mais qu'il fallait attendre. Il reçut enfin
une lettre qui le priait de passer rue de Penthièvre. Il y alla,
le cœur battant à grands coups, comme à un rendez-vous
d'amour. Il trouva Eugène devant son éternelle petite
table noire, dans la grande pièce glacée qui lui servait de
bureau. Dès qu'il l'aperçut, l'avocat lui tendit un papier,
en disant :

— Tiens, j'ai reçu ton affaire hier. Tu es nommé commissaire-voyer adjoint à l'Hôtel de Ville. Tu auras deux
mille quatre cents francs d'appointements.

Aristide était resté debout. Il blêmit et ne prit pas le
papier, croyant que son frère se moquait de lui. Il avait
espéré au moins une place de six mille francs. Eugène,
devinant ce qui se passait en lui, tourna sa chaise, et, se
croisant les bras :

— Serais-tu un sot ? demanda-t-il avec quelque colère...
Tu fais des rêves de fille, n'est-ce pas ? Tu voudrais habiter

un bel appartement, avoir des domestiques, bien manger, dormir dans la soie, te satisfaire tout de suite aux bras de la première venue, dans un boudoir meublé en deux heures... Toi et tes pareils, si nous vous laissions faire, vous videriez les coffres avant même qu'ils fussent pleins. Eh ! bon Dieu ! aie quelque patience ! Vois comme je vis, et prends au moins la peine de te baisser pour ramasser une fortune.

Il parlait avec un mépris profond des impatiences d'écolier de son frère. On sentait, dans sa parole rude, des ambitions plus hautes, des désirs de puissance pure ; ce naïf appétit de l'argent devait lui paraître bourgeois et puéril. Il continua d'une voix plus douce, avec un fin sourire :

— Certes, tes dispositions sont excellentes, et je n'ai garde de les contrarier. Les hommes comme toi sont précieux. Nous comptons bien choisir nos bons amis parmi les plus affamés. Va, sois tranquille, nous tiendrons table ouverte, et les plus grosses faims seront satisfaites. C'est encore la méthode la plus commode pour régner... Mais, par grâce, attends que la nappe soit mise, et, si tu m'en crois, donne-toi la peine d'aller chercher toi-même ton couvert à l'office.

Aristide restait sombre. Les comparaisons aimables de son frère ne le déridaient pas. Alors celui-ci céda de nouveau à la colère :

— Tiens ! s'écria-t-il, j'en reviens à ma première opinion : tu es un sot... Eh ! qu'espérais-tu donc, que croyais-tu donc que j'allais faire de ton illustre personne ? Tu n'as pas même eu le courage de finir ton droit, tu t'es enterré pendant dix ans dans une misérable place de commis de sous-préfecture, tu m'arrives avec une détestable réputation de républicain que le coup d'État a pu seul convertir... Crois-tu qu'il y ait en toi l'étoffe d'un ministre, avec de pareilles notes... Oh ! je sais, tu as pour toi ton envie farouche d'ar-

river par tous les moyens possibles. C'est une grande vertu,
j'en conviens, et c'est à elle que j'ai eu égard en te faisant
entrer a la Ville.

Et se levant, mettant la nomination dans les mains d'A-
ristide :

— Prends, continua-t-il, tu me remercieras un jour. C'est
moi qui ai choisi la place, je sais ce que tu peux en tirer...
Tu n'auras qu'à regarder et à écouter. Si tu es intelligent,
tu comprendras et tu agiras... Maintenant retiens bien ce
qu'il me reste à te dire. Nous entrons dans un temps où
toutes les fortunes sont possibles. Gagne beaucoup d'argent,
je te le permets ; seulement pas de bêtise, pas de scandale
trop bruyant, ou je te supprime.

Cette menace produisit l'effet que ses promesses n'avaient
pu amener. Toute la fièvre d'Aristide se ralluma à la pensée
de cette fortune dont son frère lui parlait. Il lui sembla
qu'on le lâchait enfin dans la mêlée, en l'autorisant à égor-
ger les gens, mais légalement, sans trop les faire crier.
Eugène lui donna deux cents francs pour attendre la fin du
mois. Puis il resta songeur.

— Je compte changer de nom, dit-il enfin ; tu devrais en
faire autant... Nous nous gênerions moins.

— Comme tu voudras, répondit tranquillement Aristide.

— Tu n'auras à t'occuper de rien, je me charge des for-
malités... Veux-tu t'appeler Sicardot, du nom de ta femme ?

Aristide leva les yeux au plafond, répétant, écoutant la
musique des syllabes :

— Sicardot..., Aristide Sicardot... Ma foi, non ; c'est
ganache et ça sent la faillite.

— Cherche autre chose alors, dit Eugène.

— J'aimerais mieux Sicard tout court, reprit l'autre
après un silence ; Aristide Sicard..., pas trop mal..., n'est-
ce pas ? peut-être un peu gai...

Il rêva un instant encore, et, d'un air triomphant :

— J'y suis, j'ai trouvé, cria-t-il... Saccard, Aristide Saccard !... avec deux c... Hein ! il y a de l'argent dans ce nom-
là ; on dirait que l'on compte des pièces de cent sous.

Eugène avait la plaisanterie féroce. Il congédia son frère
lui disant, avec un sourire :

— Oui, un nom à aller au bagne ou à gagner des millions.

Quelques jours plus tard, Aristide Saccard était à l'Hôtel
de Ville. Il apprit que son frère avait dû user d'un grand
crédit pour l'y faire admettre sans les examens d'usage.

Alors commença, pour le ménage, la vie monotone des
petits employés. Aristide et sa femme reprirent leurs habi-
tudes de Plassans. Seulement, ils tombaient d'un rêve de
fortune subite, et leur vie mesquine leur pesait davantage,
depuis qu'ils la regardaient comme un temps d'épreuve dont
ils ne pouvaient fixer la durée. Être pauvre à Paris, c'est
être pauvre deux fois. Angèle acceptait la misère avec sa
mollesse de femme chlorotique ; elle passait les journées
dans sa cuisine, ou bien couchée à terre, jouant avec sa
fille, ne se lamentant qu'à la dernière pièce de vingt sous.
Mais Aristide frémissait de rage dans cette pauvreté, dans
cette existence étroite, où il tournait comme une bête en-
fermée. Ce fut pour lui un temps de souffrances indicibles :
son orgueil saignait, ses ardeurs inassouvies le fouettaient
furieusement. Son frère réussit à se faire envoyer au Corps
législatif par l'arrondissement de Plassans, et il souffrit davantage. Il sentait trop la supériorité d'Eugène pour être sotte-
ment jaloux ; il l'accusait de ne pas faire pour lui ce qu'il aurait
pu faire. A plusieurs reprises, le besoin le força d'aller frapper à sa porte pour lui emprunter quelque argent. Eugène
prêta l'argent, mais en lui reprochant avec rudesse de man-
quer de courage et de volonté. Dès lors, Aristide se roidit
encore. Il jura qu'il ne demanderait plus un sou à personne,
et il tint parole. Les huit derniers jours du mois, Angèle
mangeait du pain sec en soupirant. Cet apprentissage acheva

la terrible éducation de Saccard. Ses lèvres devinrent plus
minces ; il n'ent plus la sottise de rêver ses millions tout
haut ; sa maigre personne se fit muette, n'exprima plus
qu'une volonté, qu'une idée fixe caressée à toute heure.
Quand il courait de la rue Saint-Jacques à l'Hôtel de Ville,
ses talons éculés sonnaient aigrement sur les trottoirs, et il
se boutonnait dans sa redingote râpée comme dans un asile
de haine, tandis que son museau de fouine flairait l'air des
rues. Anguleuse figure de la misère jalouse que l'on voit
rôder sur le pavé de Paris, promenant son plan de fortune
et le rêve de son assouvissement

Vers le commencement de 1853, Aristide Saccard fut
nommé commissaire-voyer. Il gagnait quatre mille cinq cents
francs. Cette augmentation arrivait à temps ; Angèle dépé-
rissait ; la petite Clotilde était toute pâle. Il garda son étroit
logement de deux pièces, la salle à manger meublée de
noyer, et la chambre à coucher d'acajou, continuant à mener une existence rigide, évitant la dette, ne voulant mettre les mains dans l'argent des autres que lorsqu'il pourrait
les y enfoncer jusqu'aux coudes. Il mentit ainsi à ses instincts, dédaigneux des quelques sous qui lui arrivaient en
plus, restant à l'affût. Angèle se trouva parfaitement heureuse. Elle s'acheta quelques nippes, mit la broche tous les
jours. Elle ne comprenait plus rien aux colères muettes de
son mari, à ses mines sombres d'homme qui poursuit la so-
lution de quelque redoutable problème.

Aristide suivait les conseils d'Eugène : il écoutait et il
regardait. Quand il alla remercier son frère de son avancement, celui-ci comprit la révolution qui s'était opérée en lui ;
il le complimenta sur ce qu'il appela sa bonne tenue. L'employé, que l'envie roidissait à l'intérieur, s'était fait souple
et insinuant. En quelques mois, il devint un comédien prodigieux. Toute sa verve méridionale s'était éveillée, et il
poussait l'art si loin, que ses camarades de l'Hôtel de Ville

le regardaient comme un bon garçon que sa proche parenté
avec un député désignait à l'avance pour quelque gros emploi. Cette parenté lui attirait également la bienveillance de
ses chefs. Il vivait ainsi dans une sorte d'autorité supérieure
à son emploi, qui lui permettait d'ouvrir certaines portes et
de mettre le nez dans certains cartons, sans que ses indis-
crétions parussent coupables. On le vit, pendant deux ans,
rôder dans tous les couloirs, s'oublier dans toutes les salles,
se lever vingt fois en un jour pour aller causer avec un camarade, porter un ordre, faire un voyage à travers les bureaux, éternelles promenades qui faisaient dire à ses collègues : « Ce diable de Provençal ! il ne peut se tenir en
place : il a du vif-argent dans les jambes. » Ses intimes le
prenaient pour un paresseux, et le digne homme riait,
quand ils l'accusaient de ne chercher qu'à voler quelques
minutes à l'administration. Jamais il ne commit la faute d'é-
couter aux serrures ; mais il avait une façon carrée d'ouvrir les portes, de traverser les pièces, un papier à la main,
l'air absorbé, d'un pas si lent et si régulier, qu'il ne perdait
pas un mot des conversations. Ce fut une tactique de génie ;
on finit par ne plus s'interrompre, au passage de cet employé actif, qui glissait dans l'ombre des bureaux et qui
paraissait si préoccupé de sa besogne. Il eut encore une autre méthode ; il était d'une obligeance extrême, il offrait à
ses camarades de les aider, dès qu'ils se mettaient en retard
dans leur travail, et il étudiait alors les registres, les documents qui lui passaient sous les yeux, avec une tendresse
recueillie. Mais un de ses péchés mignons fut de lier amitié
avec les garçons de bureau. Il allait jusqu'à leur donner
des poignées de main. Pendant des heures, il les faisait
causer, entre deux portes, avec de petits rires étouffés, leur
contant des histoires, provoquant leurs confidences. Ces
braves gens l'adoraient, disaient de lui : « En voilà un qui
n'est pas fier ! » Dès qu'il y avait un scandale, il en était

informé le premier. C'est ainsi qu'au bout de deux ans,
l'Hôtel de Ville n'eut plus de mystères pour lui. Il en connaissait le personnel jusqu'au dernier des lampistes, et les
paperasses jusqu'aux notes des blanchisseuses.

A cette heure, Paris offrait, pour un homme comme
Aristide Saccard, le plus intéressant des spectacles. L'Empire venait d'être proclamé, après ce fameux voyage pendant
lequel le prince président avait réussi à chauffer l'enthousiasme de quelques départements bonapartistes. Le silence
s'était fait à la tribune et dans les journaux. La société,
sauvée encore une fois, se félicitait, se reposait, faisait la
grasse matinée, maintenant qu'un gouvernement fort la
protégeait et lui ôtait jusqu'au souci de penser et de régler
ses affaires. La grande préoccupation de la société était de
savoir à quels amusements elle allait tuer le temps. Selon
l'heureuse expression d'Eugène Rougon, Paris se mettait à
table et rêvait gaudriole au dessert. La politique épouvantait,
comme une drogue dangereuse. Les esprits lassés se tournaient vers les affaires et les plaisirs. Ceux qui possédaient
déterraient leur argent, et ceux qui ne possédaient pas cherchaient dans les coins les trésors oubliés. Il y avait, au fond
de la cohue, un trémissement sourd, un bruit naissant de
pièces de cent sous, des rires clairs de femme, des tintements encore affaiblis de vaisselle et de baisers. Dans le
grand silence de l'ordre, dans la paix aplatie du nouveau
règne montaient toutes sortes de rumeurs aimables, de
promesses dorées et voluptueuses. Il semblait qu'on passât
devant une de ces petites maisons dont les rideaux soigneusement tirés ne laissent voir que des ombres de femmes, et
où l'on entend l'or sonner sur le marbre des cheminées.
L'Empire allait faire de Paris le mauvais lieu de l'Europe.
Il fallait à cette poignée d'aventuriers qui venaient de voler
un trône, un règne d'aventures, d'affaires véreuses, de
consciences vendues, de femmes achetées, de soûlerie fu

rieuse et universelle. Et, dans la ville où le sang de décembre était à peine lavé, grandissait, timide encore, cette folie
de jouissance qui devait jeter la patrie au cabanon des na-
tions pourries et déshonorées.

Aristide Saccard, depuis les premiers jours, sentait venir
ce flot montant de la spéculation, dont l'écume allait couvrir Paris entier. Il en suivit les progrès avec une attention
profonde. Il se trouvait au beau milieu de la pluie chaude
d'écus tombant dru sur les toits de la cité. Dans ses courses continuelles à travers l'Hôtel de Ville, il avait surpris le
vaste projet de la transformation de Paris, le plan de ces
démolitions, de ces voies nouvelles et de ces quartiers
improvisés, de cet agio formidable sur la vente des terrains et des immeubles, qui allumait, aux quatre coins de
la ville, la bataille des intérêts et le flamboiement du luxe
à outrance. Dès lors, son activité eut un but. Ce fut à cette
époque qu'il devint bon enfant. Il engraissa même un peu,
il cessa de courir les rues comme un chat maigre en quête
d'une proie. Dans son bureau, il était plus causeur, plus
obligeant que jamais. Son frère, auquel il allait rendre des
visites en quelque sorte officielles, le félicitait de mettre si
heureusement ses conseils en pratique. Vers le commencement de 1854, Saccard lui confia qu'il avait en vue plusieurs affaires, mais qu'il lui faudrait d'assez fortes avances.

— On cherche, dit Eugène.

— Tu as raison, je chercherai, répondit-il sans la moindre mauvaise humeur, sans paraître s'apercevoir que son
frère refusait de lui fournir les premiers fonds.

C'étaient ces premiers fonds dont la pensée le brûlait
maintenant. Son plan était fait; il le mûrissait chaque jour.
Mais les premiers milliers de francs restaient introuvables.
Ses volontés se tendirent davantage; il ne regarda plus les
gens que d'une façon nerveuse et profonde, comme s'il eût
cherché un prêteur dans le premier passant venu. Au logis,

6

Angèle continuait à mener sa vie effacée et heureuse. Lui, guettait une occasion, et ses rires de bon garçon devenaient plus aigus, à mesure que cette occasion tardait à se présenter.

Aristide avait une sœur à Paris. Sidonie Rougon s'était mariée à un clerc d'avoué de Plassans qui était venu tenter avec elle, rue Saint-Honoré, le commerce des fruits du Midi. Quand son frère la retrouva, le mari avait disparu, et le magasin était mangé depuis longtemps. Elle habitait, rue du Faubourg-Poissonnière, un petit entresol, composé de trois pièces. Elle louait aussi la boutique du bas, située sous son appartement, une boutique étroite et mystérieuse, dans laquelle elle prétendait tenir un commerce de dentelles; il y avait effectivement, dans la vitrine, des bouts de guipure et de la valencienne, pendus sur des tringles dorées; mais, à l'intérieur, on eût dit une antichambre, aux boiseries luisantes, sans la moindre apparence de marchandises. La porte et la vitrine étaient garnies de légers rideaux qui, en mettant le magasin à l'abri des regards de la rue, achevaient de lui donner l'air discret et voilé d'une pièce d'attente, s'ouvrant sur quelque temple inconnu. Il était rare qu'on vît entrer une cliente chez madame Sidonie; le plus souvent même, le bouton de la porte était enlevé. Dans le quartier, elle répétait qu'elle allait elle-même offrir ses dentelles aux femmes riches. L'aménagement de l'appartement lui avait seul fait, disait-elle, louer la boutique et l'entresol qui communiquaient par un escalier caché dans le mur. En effet, la marchande de dentelles était toujours dehors; on la voyait dix fois en un jour sortir et rentrer, d'un air pressé. D'ailleurs, elle ne s'en tenait pas au commerce des dentelles; elle utilisait son entresol, elle l'emplissait de quelque solde ramassé on ne savait où. Elle y avait vendu des objets en caoutchouc, manteaux, souliers, bretelles, etc.; puis on y vit successivement une huile nouvelle pour faire pousser les

cheveux, des appareils orthopédiques, une cafetière auto-
matique, invention brevetée, dont l'exploitation lui donna
bien du mal. Lorsque son frère vint la voir, elle plaçait
des pianos, son entresol était encombré de ces instruments;
il y avait des pianos jusque dans sa chambre à coucher, une
chambre très-coquettement ornée, et qui jurait avec le
pêle-mêle boutiquier des deux autres pièces. Elle tenait ses
deux commerces avec une méthode parfaite; les clients qui
venaient pour les marchandises de l'entresol, entraient et
sortaient par une porte cochère que la maison avait sur la
rue Papillon; il fallait être dans le mystère du petit escalier pour connaître le trafic en partie double de la marchande
de dentelles. A l'entresol, elle se nommait madame Touche,
du nom de son mari, tandis qu'elle n'avait mis que son
prénom sur la porte du magasin, ce qui la faisait appeler
généralement madame Sidonie.

Madame Sidonie avait trente-cinq ans; mais elle s'habillait
avec une telle insouciance, elle était si peu femme dans ses
allures, qu'on l'eût jugée beaucoup plus vieille. A la vérité,
elle n'avait pas d'âge. Elle portait une éternelle robe noire,
limée aux plis, frippée et blanchie par l'usage, rappelant
ces robes d'avocats usées sur la barre. Coiffée d'un chapeau
noir qui lui descendait jusqu'au front et lui cachait les cheveux, chaussée de gros souliers, elle trottait par les rues,
tenant au bras un petit panier dont les anses étaient raccom-
modées avec des ficelles. Ce panier, qui ne la quittait
jamais, était tout un monde. Quand elle l'entr'ouvrait, il
en sortait des échantillons de toutes sortes, des agendas, des
portefeuilles, et surtout des poignées de papiers timbrés,
dont elle déchiffrait l'écriture illisible avec une dextérité
particulière. Il y avait en elle du courtier et de l'huissier.
Elle vivait dans les protêts, dans les assignations, dans les
commandements; quand elle avait placé pour dix francs de
pommade ou de dentelle, elle s'insinuait dans les bonnes

grâces de sa cliente, devenait son homme d'affaires, courait
pour elle les avoués, les avocats et les juges. Elle colportait
ainsi des dossiers au fond de son panier pendant des semaines, se donnant un mal du diable, allant d'un bout de Paris
à l'autre, d'un petit trot égal, sans jamais prendre une voiture. Il eût été difficile de dire quel profit elle tirait d'un
pareil métier; elle le faisait d'abord par un goût instinctif
des affaires véreuses, un amour de la chicane; puis elle y
réalisait une foule de petits bénéfices : dîners pris à droite et
à gauche, pièces de vingt sous ramassées çà et là. Mais le
gain le plus clair était encore les confidences qu'elle recevait partout et qui la mettaient sur la piste des bons coups et
des bonnes aubaines. Vivant chez les autres, dans les affaires
des autres, elle était un véritable répertoire vivant d'offres
et de demandes. Elle savait où il y avait une fille à marier
tout de suite, une famille qui avait besoin de trois mille
francs, un vieux monsieur qui prêterait bien les trois mille
francs, mais sur des garanties solides, et à gros intérêts.
Elle savait des choses plus délicates encore : les tristesses
d'une dame blonde que son mari ne comprenait pas, et qui
aspirait à être comprise; le secret désir d'une bonne mère
rêvant de placer sa demoiselle avantageusement; les goûts
d'un baron porté sur les petits soupers et les filles très-
jeunes. Et elle colportait, avec un sourire pâle, ces demandes et ces offres; elle faisait deux lieues pour aboucher
les gens; elle envoyait le baron chez la bonne mère,
décidait le vieux monsieur à prêter les trois mille francs à la
famille gênée, trouvait des consolations pour la dame blonde
et un époux peu scrupuleux pour la fille à marier. Elle avait
aussi de grandes affaires, des affaires qu'elle pouvait avouer
tout haut, et dont elle rabattait les oreilles des gens qui
l'approchaient: un long procès qu'une famille noble ruinée
l'avait chargée de suivre, et une dette contractée par l'Angleterre vis-à-vis de la France, du temps des Stuarts, et dont

le chiffre, avec les intérêts composés, montait à près de trois
milliards. Cette dette de trois milliards était son dada ; elle
expliquait le cas avec un grand luxe de détails, faisait tout
un cours d'histoire, et des rougeurs d'enthousiasme montaient à ses joues, molles et jaunes d'ordinaire comme de la
cire. Parfois, entre une course chez un huissier et une visite à une amie, elle plaçait une cafetière, un manteau de
caoutchouc, elle vendait un coupon de dentelle, elle mettait un piano en location. C'était le moindre de ses soucis.
Puis elle accourait vite à son magasin, où une cliente lui
avait donné rendez-vous pour voir une pièce de chantilly. La
cliente arrivait, se glissait comme une ombre dans la boutique discrète et voilée. Et il n'était pas rare qu'un monsieur
entrant par la porte cochère de la rue Papillon, vînt en
même temps voir les pianos de madame Touche, à l'entresol.

Si madame Sidonie ne faisait pas fortune, c'était qu'elle
travaillait souvent par amour de l'art. Aimant la procédure,
oubliant ses affaires pour celles des autres, elle se laissait
dévorer par les huissiers, ce qui, d'ailleurs, lui procurait
des jouissances que connaissent seuls les gens processifs. La
femme se mourait en elle ; elle n'était plus qu'un agent
d'affaires, un placeur battant à toute heure le pavé de
Paris, ayant dans son panier légendaire les marchandises
les plus équivoques, vendant de tout, rêvant de milliards,
et allant plaider à la justice de paix, pour une cliente favo-
rite, une contestation de dix francs. Petite, maigre, blafarde, vêtue de cette mince robe noire qu'on eût dit taillée
dans la toge d'un plaideur, elle s'était ratatinée, et, à la voir
filer le long des maisons, on l'eût prise pour un saute-
ruisseau déguisé en fille. Son teint avait la pâleur dolente du
papier timbré. Ses lèvres souriaient d'un sourire éteint,
tandis que ses yeux semblaient nager dans le tohu-bohu des
négoces, des préoccupations de tout genre dont elle se

6.

bourrait la cervelle. D'allures timides et discrètes, d'ailleurs,
avec une vague senteur de confessionnal et de cabinet de
sage-femme, elle se faisait douce et maternelle comme une
religieuse qui, ayant renoncé aux affections de ce monde, a
pitié des souffrances du cœur. Elle ne parlait jamais de son
mari, pas plus qu'elle ne parlait de son enfance, de sa famille, de ses intérêts. Il n'y avait qu'une chose qu'elle ne
vendait pas, c'était elle; non qu'elle eût des scrupules, mais
parce que l'idée de ce marché ne pouvait lui venir. Elle était
sèche comme une facture, froide comme un protêt, indifférente et brutale au fond comme un recors.

Saccard, tout frais de sa province, ne put d'abord descendre dans les profondeurs délicates des nombreux métiers de
madame Sidonie. Comme il avait fait une année de droit,
elle lui parla un jour des trois milliards, d'un air gravé,
ce qui lui donna une pauvre idée de son intelligence. Elle
vint fouiller les coins du logement de la rue Saint-Jacques, pesa Angèle d'un regard, et ne reparut que lorsque
ses courses l'appelaient dans le quartier, et qu'elle éprouvait le besoin de remettre les trois milliards sur le tapis.
Angèle avait mordu à l'histoire de la dette anglaise. La
courtière enfourchait son dada, faisait ruisseler l'or pendant
une heure. C'était la fêlure, dans cet esprit délié, la folie
douce dont elle berçait sa vie perdue en misérables trafics,
l'appât magique dont elle grisait avec elle les plus crédules
de ses clientes. Très-convaincue, du reste, elle finissait par
parler des trois milliards comme d'une fortune personnelle,
dans laquelle il faudrait bien que les juges la fissent rentrer
tôt ou tard, ce qui jetait une merveilleuse auréole autour de
son pauvre chapeau noir, où se balançaient quelques violettes pâlies à des tiges de laiton dont on voyait le métal.
Angèle ouvrait des yeux énormes. A plusieurs reprises, elle
parla avec respect de sa belle-sœur à son mari, disant que
madame Sidonie les enrichirait peut-être un jour. Saccard

haussait les épaules ; il était allé visiter la boutique et l'entresol de la rue du Faubourg-Poissonnière, et n'y avait flairé
qu'une faillite prochaine. Il voulut connaître l'opinion
d'Eugène sur leur sœur ; mais celui-ci devint grave et se
contenta de répondre qu'il ne la voyait jamais, qu'il la savait
fort intelligente, un peu compromettante peut-être. Cependant, comme Saccard revenait rue de Penthièvre, quelque
temps après, il crut voir la robe noire de madame Sidonie
sortir de chez son frère et filer rapidement le long des maisons. Il courut, mais il ne put retrouver la robe noire. La
courtière avait une de ces tournures effacées qui se perdent
dans une foule. Il resta songeur, et ce fut à partir de ce
moment qu'il étudia sa sœur avec plus d'attention. Il ne
tarda pas à pénétrer le labeur immense de ce petit être pâle
et vague, dont la face entière semblait loucher et se fondre.
Il eut du respect pour elle. Elle était bien du sang des
Rougon. Il reconnut cet appétit de l'argent, ce besoin de
l'intrigue qui caractérisait la famille ; seulement, chez elle,
grâce au milieu dans lequel elle avait vieilli, à ce Paris où
elle avait dû chercher le matin son pain du soir, le tempérament commun s'était déjeté pour produire cet herma-
phrodisme étrange de la femme devenue être neutre, homme
d'affaires et entremetteuse à la fois.

Quand Saccard, après avoir arrêté son plan, se mit en
quête des premiers fonds, il songea naturellement à sa sœur.
Elle secoua la tête, soupira en parlant des trois milliards.
Mais l'employé ne lui tolérait pas sa folie, il la secouait rudement chaque fois qu'elle revenait à la dette des Stuarts ;
ce rêve lui semblait déshonorer une intelligence si pratique.
Madame Sidonie, qui essuyait tranquillement les ironies les
plus dures sans que ses convictions fussent ébranlées, lui
expliqua ensuite avec une grande lucidité qu'il ne trouverait pas un sou, n'ayant à offrir aucune garantie. Cette conversation avait lieu devant la Bourse, où elle devait jouer

ses économies. Vers trois heures, on était certain de la trouver appuyée contre la grille, à gauche, du côté du bureau
de poste; c'était là qu'elle donnait audience à des indivi-
dus louches et vagues comme elle. Son frère allait la quitter, lorsqu'elle murmura sur un ton désolé : « Ah! si tu
n'étais pas marié!... » Cette réticence, dont il ne voulut
pas demander le sens complet et exact, rendit Saccard
singulièrement rêveur.

Les mois s'écoulèrent, la guerre de Crimée venait d'être
déclarée. Paris, qu'une guerre lointaine n'émouvait pas, se
jetait avec plus d'emportement dans la spéculation et les
filles. Saccard assistait, en se rongeant les poings, à cette
rage croissante qu'il avait prévue. Dans la forge géante, les
marteaux qui battaient l'or sur l'enclume lui donnaient des
secousses de colère et d'impatience. Il y avait en lui une
telle tension de l'intelligence et de la volonté, qu'il vivait
dans un songe, en somnambule se promenant au bord des
toits sous le fouet d'une idée fixe. Aussi fut-il surpris et
irrité de trouver, un soir, Angèle malade et couchée. Sa vie
d'intérieur, d'une régularité d'horloge, se dérangeait, ce
qui l'exaspéra comme une méchanceté calculée de la destinée.
La pauvre Angèle se plaignit doucement; elle avait pris un
froid et chaud. Quand le médecin arriva, il parut très-in-
quiet; il dit au mari, sur le palier, que sa femme avait une
fluxion de poitrine et qu'il ne répondait pas d'elle. Dès lors,
l'employé soigna la malade sans colère; il n'alla plus à son
bureau, il resta près d'elle, la regardant avec une expression indéfinissable, lorsqu'elle dormait, rouge de fièvre,
haletante. Madame Sidonie, malgré ses travaux écrasants,
trouva moyen de venir chaque soir faire des tisanes, qu'elle
prétendait souveraines. A tous ses métiers, elle joignait celui
d'être une garde-malade de vocation, se plaisant à la souffrance, aux remèdes, aux conversations navrées qui s'attar-
dent autour des lits de moribonds. Puis, elle paraissait s'être

prise d'une tendre amitié pour Angèle ; elle aimait les femmes d'amour, avec mille chatteries, sans doute pour le plaisir qu'elles donnent aux hommes ; elle les traitait avec les
attentions délicates que les marchandes ont pour les choses
précieuses de leur étalage, les appelait « Ma mignonne, ma
toute belle, » roucoulait, se pâmait devant elles, comme un
amoureux devant une maîtresse. Bien qu'Angèle fût une
sorte dont elle n'espérait rien tirer, elle la cajolait comme
les autres, par règle de conduite. Quand la jeune femme fut
au lit, les effusions de madame Sidonie devinrent lar-
moyantes, elle emplit la chambre silencieuse de son dévouement. Son frère la regardait tourner, les lèvres serrées,
comme abîmé dans une douleur muette.

Le mal empira. Un soir, le médecin leur avoua que la
malade ne passerait pas la nuit. Madame Sidonie était venue
de bonne heure, préoccupée, regardant Aristide et Angèle
de ses yeux noyés où s'allumaient de courtes flammes. Quand
le médecin fut parti, elle baissa la lampe, un grand silence
se fit. La mort entrait lentement dans cette chambre chaude
et moite, où la respiration irrégulière de la moribonde mettait le tic-tac cassé d'une pendule qui se détraque. Madame
Sidonie avait abandonné les potions, laissant le mal faire
son œuvre. Elle s'était assise devant la cheminée, auprès
de son frère, qui tisonnait d'une main fiévreuse, en jetant
sur le lit des coups d'œil involontaires. Puis, comme énervé
par cet air lourd, par ce spectacle lamentable, il se retira
dans la pièce voisine. On y avait enfermé la petite Clotilde,
qui jouait à la poupée, très-sagement, sur un bout de tapis.
Sa fille lui souriait, lorsque madame Sidonie, se glissant
derrière lui, l'attira dans un coin, parlant à voix basse. La
porte était restée ouverte. On entendait le râle léger d'Angèle.

— Ta pauvre femme..., sanglotta la courtière, je crois
que tout est bien fini. Tu as entendu le médecin ?

Saccard se contenta de baisser lugubrement la tête.

— C'était une bonne personne, continua l'autre, parlant comme si Angèle fût déjà morte. Tu pourras trouver des femmes plus riches, plus habituées au monde ; mais tu ne trouveras jamais un pareil cœur.

Et comme elle s'arrêtait, s'essuyant les yeux, semblant chercher une transition :

— Tu as quelque chose à me dire ? demanda nettement Saccard.

— Oui, je me suis occupée de toi, pour la chose que tu sais, et je crois avoir découvert... Mais, dans un pareil moment... Vois-tu, j'ai le cœur brisé.

Elle s'essuya encore les yeux. Saccard la laissa faire tranquillement, sans dire un mot. Alors elle se décida.

— C'est une jeune fille qu'on voudrait marier tout de suite, dit-elle. La chère enfant a eu un malheur. Il y a une tante qui ferait un sacrifice...

Elle s'interrompait, elle geignait toujours, pleurant ses phrases, comme si elle eût continué à plaindre la pauvre Angèle. C'était une façon d'impatienter son frère et de le pousser à la questionner, pour ne pas avoir toute la responsabilité de l'offre qu'elle venait lui faire. L'employé fut pris en effet d'une sourde irritation.

— Voyons, achève! dit-il. Pourquoi veut-on marier cette jeune fille ?

— Elle sortait de pension, reprit la courtière d'une voix dolente, un homme l'a perdue, à la campagne, chez les parents d'une de ses amies. Le père vient de s'apercevoir de la faute. Il voulait la tuer. La tante, pour sauver la chère enfant, s'est faite complice, et à elles deux, elles ont conté une histoire au père, elles lui ont dit que le coupable était un honnête garçon qui ne demandait qu'à réparer son égarement d'une heure.

— Alors, dit Saccard d'un ton surpris et comme fâché, l'homme de la campagne va épouser la jeune fille ?

— Non, il ne peut pas, il est marié.

Il y eut un silence. Le râle d'Angèle sonnait plus doulou-reusement dans l'air frissonnant. La petite Clotilde avait cessé de jouer ; elle regardait madame Sidonie et son père, de ses grands yeux d'enfant songeur, comme si elle eût compris leurs paroles. Saccard se mit à poser des questions brèves :

— Quel âge a la jeune fille ?

— Dix-neuf ans.

— La grossesse date ?

— De trois mois. Il y aura sans doute une fausse couche.

— Et la famille est riche et honorable ?

— Vieille bourgeoisie. Le père a été magistrat. Fort belle fortune.

— Quel serait le sacrifice de la tante ?

— Cent mille francs.

Un nouveau silence se fit. Madame Sidonie ne pleurni-chait plus ; elle était en affaire, sa voix prenait les notes métalliques d'une revendeuse qui discute un marché. Son frère, la regardant en dessous, ajouta avec quelque hésita-tion :

— Et toi, que veux-tu ?

— Nous verrons plus tard, répondit-elle. Tu me ren-dras service à ton tour.

Elle attendit quelques secondes ; et comme il se taisait, elle lui demanda carrément :

— Eh bien, que décides-tu ? Ces pauvres femmes sont dans la désolation. Elles veulent empêcher un éclat. Elles ont promis de livrer demain au père le nom du coupable... Si tu acceptes, je vais leur envoyer une de tes cartes de vi-site par un commissionnaire.

Saccard parut s'éveiller d'un songe ; il tressaillit, il se tourna peureusement du côté de la chambre voisine, où il avait cru entendre un léger bruit.

— Mais je né puis pas, dit-il avec angoisse, tu sais bien que je ne puis pas...

Madame Sidonie le regardait fixement, d'un air froid et dédaigneux. Tout le sang des Rougon, toutes ses ardentes convoitises lui remontèrent à la gorge. Il prit une carte de visite dans son portefeuille et la donna à sa sœur, qui la mit vivement sous enveloppe, après avoir raturé l'adresse avec soin. Elle descendit ensuite. Il était à peine neuf heures.

Saccard, resté seul, alla appuyer son front contre les vitres glacées. Il s'oublia jusqu'à battre la retraite sur le verre, du bout des doigts. Mais il faisait une nuit si noire, les ténèbres au dehors s'entassaient en masses si étranges, qu'il éprouva un malaise, et machinalement il revint dans la pièce où Angèle se mourait. Il l'avait oubliée, il éprouva une secousse terrible en la retrouvant levée à demi sur ses oreillers ; elle avait les yeux grands ouverts, un flot de vie semblait être remonté à ses joues et à ses lèvres. La petite Clotilde, tenant toujours sa poupée, était assise sur le bord de la couche ; dès que son père avait eu le dos tourné, elle s'était vite glissée dans cette chambre, dont on l'avait écartée, et où la ramenaient ses curiosités joyeuses d'enfant. Saccard, la tête pleine de l'histoire de sa sœur, vit son rêve à terre. Une affreuse pensée dut luire dans ses yeux. Angèle, prise d'épouvante, voulut se jeter au fond du lit, contre le mur ; mais la mort venait, ce réveil dans l'agonie était la clarté suprême de la lampe qui s'éteint. La moribonde ne put bouger ; elle s'affaissa, elle continua de tenir ses yeux grands ouverts sur son mari, comme pour surveiller ses mouvements. Saccard, qui avait cru à quelque résurrection diabolique, inventée par le destin pour le clouer dans la misère, se rassura en voyant que la malheureuse n'avait pas une heure à vivre. Il n'éprouva plus qu'un malaise intolérable. Les yeux d'Angèle disaient qu'elle avait entendu la conversation de son mari avec madame Sidonie, et qu'elle craignait qu'il ne l'étranglât, si elle ne mourait pas assez vite. Et il y avait encore, dans ses yeux, l'horrible étonnement d'une nature douce et inoffensive s'apercevant, à la dernière heure, des infamies de ce monde, frissonnant à la pensée des longues années passées côte à côte avec un bandit. Peu à peu, son regard devint plus doux; elle n'eut plus peur, elle dut excuser ce misérable, en songeant à la lutte acharnée qu'il livrait depuis si longtemps à la fortune. Saccard, poursuivi par ce regard de mourante, où il lisait un si long reproche, s'appuyait aux meubles, cherchait les coins d'ombre. Puis, défaillant, il voulut chasser ce cauchemar qui le rendait fou, il s'avança dans la clarté de la lampe. Mais Angèle lui fit signe de ne pas parler. Et elle le regardait toujours de cet air d'angoisse épouvantée, auquel se mêlait maintenant une promesse de pardon. Alors il se pencha pour prendre Clotilde entre ses bras et l'emporter dans l'autre chambre. Elle le lui défendit encore, d'un mouvement de lèvres. Elle exigeait qu'il restât là. Elle s'éteignit doucement, sans le quitter du regard, et à mesure qu'il pâlissait, ce regard prenait plus de douceur. Elle pardonna au dernier soupir. Elle mourut comme elle avait vécu, mollement, s'effaçant dans la mort, après s'être effacée dans la vie. Saccard demeura frissonnant devant ces yeux de morte, restés ouverts, et qui continuaient à le poursuivre de leur immobilité. La petite Clotilde berçait sa poupée sur un bord du drap, doucement, pour ne pas réveiller sa mère.

Quand madame Sidonie remonta, tout était fini. D'un coup de doigt, en femme habituée à cette opération, elle ferma les yeux d'Angèle, ce qui soulagea singulièrement Saccard. Puis, après avoir couché la petite, elle fit, en un tour de main, la toilette de la chambre mortuaire. Lorsqu'elle eut allumé deux bougies sur la commode, et tiré soigneusement le drap jusqu'au menton de la morte, elle jeta autour d'elle

7

un regard de satisfaction, et s'allongea au fond d'un fauteuil, où elle sommeilla jusqu'au petit jour. Saccard passa la nuit dans la pièce voisine, à écrire des lettres de faire part. Il s'interrompait par moments, s'oubliait, alignait des colonnes de chiffres sur des bouts de papier.

Le soir de l'enterrement, madame Sidonie emmena Saccard à son entre-sol. Là furent prises de grandes résolutions. L'employé décida qu'il enverrait la petite Clotilde à un de ses frères, Pascal Rougon, un médecin de Plassans, qui vivait en garçon, dans l'amour de la science, et qui plusieurs fois lui avait offert de prendre sa nièce avec lui, pour égayer sa maison silencieuse de savant. Madame Sidonie lui fit ensuite comprendre qu'il ne pouvait habiter plus longtemps la rue Saint-Jacques. Elle lui louerait pour un mois un appartement élégamment meublé, aux environs de l'Hôtel de Ville; elle tâcherait de trouver cet appartement dans une maison bourgeoise, pour que les meubles parussent lui appartenir. Quant au mobilier de la rue Saint-Jacques, il serait vendu, afin d'effacer jusqu'aux dernières senteurs du passé. Il en emploierait l'argent à s'acheter un trousseau et des vêtements convenables. Trois jours après, Clotilde était remise entre les mains d'une vieille dame qui se rendait justement dans le Midi. Et Aristide Saccard, triomphant, la joue vermeille, comme engraissé en trois journées par les premiers sourires de la fortune, occupait au Marais, rue Payenne, dans une maison sévère et respectable, un coquet logement de cinq pièces, où il se promenait en pantoufles brodées. C'était le logement d'un jeune abbé, parti subitement pour l'Italie, et dont la servante avait reçu l'ordre de trouver un locataire. Cette servante était une amie de madame Sidonie, qui donnait un peu dans la calotte; elle aimait les prêtres, de l'amour dont elle aimait les femmes, par instinct, établissant peut-être certaines parentés nerveuses entre les soutanes et les

jupes de soie. Dès lors, Saccard était prêt ; il composa
son rôle avec un art exquis ; il attendit sans sourciller les
difficultés et les délicatesses de la situation qu'il avait acceptée.

Madame Sidonie, dans l'affreuse nuit de l'agonie d'Angèle, avait fidèlement conté en quelques mots le cas de la
famille Béraud. Le chef, M. Béraud Du Châtel, un grand
vieillard de soixante ans, était le dernier représentant d'une
ancienne famille bourgeoise, dont les titres remontaient
plus haut que ceux de certaines familles nobles. Un de
ses ancêtres était compagnon d'Étienne Marcel. En 93,
son père mourait sur l'échafaud, après avoir salué la ré-
publique de tous ses enthousiasmes de bourgeois de Paris,
dans les veines duquel coulait le sang révolutionnaire de la
cité. Lui-même était un de ces républicains de Sparte, rêvant un gouvernement d'entière justice et de sage liberté.
Vieilli dans la magistrature, où il avait pris une roideur
et une sévérité de profession, il donna sa démission de président de chambre, en 1851, lors du coup d'État, après
avoir refusé de faire partie d'une de ces commissions mixtes
qui déshonorèrent la justice française. Depuis cette époque,
il vivait solitaire et retiré dans son hôtel de l'île Saint-Louis,
qui se trouvait à la pointe de l'île, presque en face de
l'hôtel Lambert. Sa femme était morte jeune. Quelque
drame secret, dont la blessure saignait toujours, dut assom-
brir encore la figure grave du magistrat. Il avait déjà une
fille de huit ans, Renée, lorsque sa femme expira en donnant le jour à une seconde fille. Cette dernière, qu'on
nomma Christine, fut recueillie par une sœur de M. Béraud
Du Châtel, mariée au notaire Aubertot. Renée alla au couvent. Madame Aubertot, qui n'avait pas d'enfant, se prit
d'une tendresse maternelle pour Christine, qu'elle éleva
auprès d'elle. Son mari étant mort, elle ramena la petite à
son père, et resta entre ce vieillard silencieux et cette blon-

dine souriante. Renée fut oubliée en pension. Aux vacances,
elle emplissait l'hôtel d'un tel tapage, que sa tante poussait un grand soupir de soulagement quand elle la reconduisait enfin chez les dames de la Visitation, où elle était
pensionnaire depuis l'âge de huit ans. Elle ne sortit du couvent qu'à dix-neuf ans, et ce fut pour aller passer une belle
saison chez les parents de sa bonne amie Adeline, qui possédaient, dans le Nivernais, une admirable propriété. Quand
elle revint en octobre, la tante Élisabeth s'étonna de la trouver grave, d'une tristesse profonde. Un soir, elle la surprit
étouffant ses sanglots dans son oreiller, tordue sur son lit
par une crise de douleur folle. Dans l'abandon de son désespoir, l'enfant lui raconta une histoire navrante : un homme
de quarante ans, riche, marié, et dont la femme, jeune et
charmante, était là, l'avait violentée à la campagne, sans
qu'elle sût ni osât se défendre. Cet aveu terrifia la tante
Élisabeth; elle s'accusa, comme si elle s'était sentie complice; ses préférences pour Christine la désolaient, et elle
pensait que, si elle avait également gardé Renée près d'elle,
la pauvre enfant n'aurait pas succombé. Dès lors, pour chasser ce remords cuisant, dont sa nature tendre exagérait encore la souffrance, elle soutint la coupable ; elle amortit la
colère du père, auquel elles apprirent toutes deux l'horrible
vérité par l'excès même de leurs précautions; elle inventa,
dans l'effarement de sa sollicitude, cet étrange projet de
mariage, qui lui semblait tout arranger, apaiser le père,
faire rentrer Renée dans le monde des femmes honnêtes,
et dont elle voulait ne pas voir le côté honteux ni les con-
séquences fatales.

Jamais on ne sut comment madame Sidonie flaira cette
bonne affaire. L'honneur des Béraud avait traîné dans son
panier, avec les protêts de toutes les filles de Paris. Quand
elle connut l'histoire, elle imposa presque son frère, dont
la femme agonisait. La tante Élisabeth finit par croire

qu'elle était l'obligée de cette dame si douce, si humble,
qui se dévouait à la malheureuse Renée, jusqu'à lui choisir
un mari dans sa famille. La première entrevue de la tante
et de Saccard eut lieu dans l'entresol de la rue du Faubourg-
Poissonnière. L'employé, qui était arrivé par la porte cochère de la rue Papillon, comprit, en voyant venir madame Aubertot par la boutique et le petit escalier, le mécanisme ingénieux des deux entrées. Il fut plein de tact et
de convenance. Il traita le mariage comme une affaire,
mais en homme du monde qui réglerait ses dettes de jeu.
La tante Élisabeth était beaucoup plus frissonnante que
lui ; elle balbutiait, elle n'osait parler des cent mille francs
qu'elle avait promis. Ce fut lui qui entama le premier la
question argent, de l'air d'un avoué discutant le cas d'un
client. Selon lui, cent mille francs étaient un apport ridicule
pour le mari de mademoiselle Renée. Il appuyait un peu sur
ce mot « mademoiselle. » M. Béraud Du Châtel méprise-
rait davantage un gendre pauvre ; il l'accuserait d'avoir sé-
duit sa fille pour sa fortune, peut-être même aurait-il l'idée
de faire secrètement une enquête. Madame Aubertot, effrayée,
effarée par la parole calme et polie de Saccard, perdit la
tête et consentit à doubler la somme, quand il eut déclaré
qu'à moins de deux cent mille francs, il n'oserait jamais
demander Renée, ne voulant pas être pris pour un indigne
chasseur de dot. La bonne dame partit toute troublée, ne
sachant plus ce qu'elle devait penser d'un garçon qui avait
de telles indignations et qui acceptait un pareil marché.

Cette première entrevue fut suivie d'une visite officielle
que la tante Élisabeth fit à Aristide Saccard, à son appartement de la rue Payenne. Cette fois, elle venait au nom
de M. Béraud. L'ancien magistrat avait refusé de voir « cet
homme, » comme il appelait le séducteur de sa fille, tant
qu'il ne serait pas marié avec Renée, à laquelle il avait d'ailleurs également défendu sa porte. Madame Aubertot avait

de pleins pouvoirs pour traiter. Elle parut heureuse du luxe
de l'employé; elle avait craint que le frère de cette madame Sidonie, aux jupes fripées, ne fût un goujat. Il la
reçut, drapé dans une délicieuse robe de chambre. C'était
l'heure où les aventuriers du 2 décembre, après avoir payé
leurs dettes, jetaient dans les égouts leurs bottes éculées,
leurs redingotes blanchies aux coutures, rasaient leur barbe
de huit jours, et devenaient des hommes comme il faut.
Saccard entrait enfin dans la bande, il se nettoyait les ongles et ne se lavait plus qu'avec des poudres et des parfums
inestimables. Il fut galant; il changea de tactique, se montra d'un désintéressement prodigieux. Quand la vieille dame
parla du contrat, il fit un geste, comme pour dire que peu
lui importait. Depuis huit jours, il feuilletait le Code, il
méditait sur cette grave question, dont dépendait dans l'a-
venir sa liberté de tripoteur d'affaires.

— Par grâce, dit-il, finissons-en avec cette désagréable
question d'argent... Mon avis est que mademoiselle Renée
doit rester maîtresse de sa fortune et moi maître de la
mienne. Le notaire arrangera cela.

La tante Élisabeth approuva cette façon de voir; elle
tremblait que ce garçon, dont elle sentait vaguement la main
de fer, ne voulût mettre les doigts dans la dot de sa nièce.
Elle parla ensuite de cette dot.

— Mon frère, dit-elle, a une fortune qui consisté surtout
en propriétés et en immeubles. Il n'est pas homme à punir
sa fille en rognant la part qu'il lui destinait. Il lui donne
une propriété dans la Sologne estimée à trois cent mille
francs, ainsi qu'une maison, située à Paris, qu'on évalue
environ à deux cent mille francs.

Saccard fut ébloui; il ne s'attendait pas à un tel chiffre;
il se tourna à demi pour ne pas laisser voir le flot de sang
qui lui montait au visage.

— Cela fait cinq cent mille francs, continua la tante;

mais je ne dois pas vous cacher que la propriété de la Sologne ne rapporte que deux pour cent.

Il sourit, il répéta son geste de désintéressement, voulant dire que cela ne pouvait le toucher, puisqu'il refusait de s'immiscer dans la fortune de sa femme. Il avait, dans son fauteuil, une attitude d'adorable indifférence, distrait, jouant du pied avec sa pantoufle, paraissant écouter par pure politesse. Madame Aubertot, avec sa bonté d'âme ordinaire, parlait difficilement, choisissait les termes pour ne pas le blesser. Elle reprit :

— Enfin, je veux faire un cadeau à Renée. Je n'ai pas d'enfant, ma fortune reviendra un jour à mes nièces, et ce n'est pas parce que l'une d'elles est dans les larmes, que je fermerai aujourd'hui la main. Leurs cadeaux de mariage à toutes deux étaient prêts. Celui de Renée consiste en vastes terrains situés du côté de Charonne, que je crois pouvoir évaluer à deux cent mille francs. Seulement...

Au mot de terrain, Saccard avait eu un léger tressaillement. Sous son indifférence jouée, il écoutait avec une attention profonde. La tante Élisabeth se troublait, ne trouvait sans doute pas la phrase, et en rougissant :

— Seulement, continua-t-elle, je désire que la propriété de ces terrains soit reportée sur la tête du premier enfant de Renée. Vous comprendrez mon intention, je ne veux pas que cet enfant puisse un jour être à votre charge. Dans le cas où il mourrait, Renée resterait seule propriétaire.

Il ne broncha pas, mais ses sourcils tendus annonçaient une grande préoccupation intérieure. Les terrains de Charonne éveillaient en lui un monde d'idées. Madame Aubertot crut l'avoir blessé en parlant de l'enfant de Renée, et elle restait interdite, ne sachant comment reprendre l'entretien.

— Vous ne m'avez pas dit dans quelle rue se trouve l'immeuble de deux cent mille francs? demanda-t-il, en reprenant son ton de bonhomie souriante.

— Rue de la Pépinière, répondit-elle, presque au coin de la rue d'Astorg.

Cette simple phrase produisit sur lui un effet décisif. Il ne fut plus maître de son ravissement ; il rapprocha son fauteuil, et avec sa volubilité provençale, d'une voix câline :

— Chère dame, est-ce bien fini, parlerons-nous encore de ce maudit argent ?... Tenez, je veux me confesser en toute franchise, car je serais au désespoir si je ne méritais pas votre estime. J'ai perdu ma femme dernièrement, j'ai deux enfants sur les bras, je suis pratique et raisonnable. En épousant votre nièce, je fais une bonne affaire pour tout le monde. S'il vous reste quelques préventions contre moi, vous me pardonnerez plus tard, lorsque j'aurai séché les larmes de chacun et enrichi jusqu'à mes arrière-neveux. Le succès est une flamme dorée qui purifie tout. Je veux que M. Béraud lui-même me tende la main et me remercie...

Il s'oubliait. Il parla longtemps ainsi avec un cynisme railleur qui perçait par instant sous son air bonhomme. Il mit en avant son frère le député, son père le receveur particulier de Plassans. Il finit par faire la conquête de la tante Élisabeth, qui voyait ave une joie involontaire, sous les doigts de cet habile homme, le drame dont elle souffrait depuis un mois, se terminer en une comédie presque gaie. Il fut convenu qu'on irait chez le notaire le lendemain.

Dès que madame Aubertot se fut retirée, il se rendit à l'Hôtel de Ville, y passa la journée à fouiller certains documents connus de lui. Chez le notaire, il éleva une difficulté, il dit que la dot de Renée ne se composant que de biens-fonds, il craignait pour elle beaucoup de tracas, et qu'il croyait sage de vendre au moins l'immeuble de la rue de la Pépinière pour lui constituer une rente sur le grand-Livre. Madame Aubertot voulut en référer à M. Béraud Du Châtel, toujours cloîtré dans son appartement. Saccard se remit en course jusqu'au soir. Il alla rue de la Pépinière, il courut

Paris de l'air songeur d'un général à la veille d'une bataille décisive. Le lendemain, madame Aubertot dit que M. Béraud Du Châtel s'en remettait complétement à elle. Le contrat fut rédigé sur les bases déjà débattues. Saccard apportait deux cent mille francs, Renée avait en dot la propriété de la Sologne et l'immeuble de la rue de la Pépinière, qu'elle s'engageait à vendre; en outre, en cas de mort de son premier enfant, elle restait seule propriétaire des terrains de Charonne que lui donnait sa tante. Le contrat fut établi sur le régime de la séparations des biens qui conserve aux époux l'entière administration de leur fortune. La tante Élisabeth qui écoutait attentivement le notaire, parut satisfaite de ce régime dont les dispositions semblaient assurer l'indépendance de sa nièce, en mettant sa fortune à l'abri de toute tentative. Saccard avait un vague sourire, en voyant la bonne dame approuver chaque clause d'un signe de tête. Le mariage fut fixé au terme le plus court.

Quand tout fut réglé, Saccard alla cérémonieusement annoncer à son frère Eugène son union avec mademoiselle Renée Béraud Du Châtel. Ce coup de maître étonna le député. Comme il laissait voir sa surprise :

— Tu m'as dit de chercher, dit l'employé, j'ai cherché et j'ai trouvé.

Eugène, dérouté d'abord, entrevit alors la vérité. Et d'une voix charmante :

— Allons, tu es un homme habile... Tu viens me demander pour témoin, n'est-ce pas? Compte sur moi... S'il le faut, je mènerai à ta noce tout le côté droit du Corps législatif; ça te poserait joliment...

Puis, comme il avait ouvert la porte, d'un ton plus bas :

— Dis?... Je ne veux pas trop me compromettre en ce moment, nous avons une loi fort dure à faire voter... La grossesse, au moins, n'est pas trop avancée?

Saccard lui jeta un regard si aigu, qu'Eugène se dit en

refermant la porte : « Voilà une plaisanterie qui me coûterait cher, si je n'étais pas un Rougon. »

Le mariage eut lieu dans l'église Saint-Louis-en-l'Ile. Saccard et Renée ne se virent que la veille de ce grand jour. La scène se passa le soir, à la tombée de la nuit, dans une salle basse de l'hôtel Béraud. Ils s'examinèrent curieusement. Renée, depuis qu'on négociait son mariage, avait retrouvé son allure d'écervelée, sa tête folle. C'était une grande fille, d'une beauté exquise et turbulente, qui avait poussé librement dans ses caprices de pensionnaire. Elle trouva Saccard petit, laid, mais d'une laideur tourmentée et intelligente qui ne lui déplut pas ; il fut, d'ailleurs, parfait de ton et de manières. Lui, fit une légère grimace en l'apercevant ; elle lui sembla sans doute trop grande, plus grande que lui. Ils échangèrent quelques paroles sans embarras. Si le père s'était trouvé là, il aurait pu croire, en effet, qu'ils se connaissaient depuis longtemps, qu'ils avaient derrière eux quelque faute commune. La tante Élisabeth, présente à l'entrevue, rougissait pour eux.

Le lendemain du mariage, dont la présence d'Eugène Rougon, mis en vue par un récent discours, fit un événement dans l'île Saint-Louis, les deux nouveaux époux furent enfin admis en présence de M. Béraud Du Châtel. Renée pleura en retrouvant son père vieilli, plus grave et plus morne. Saccard, que rien jusque-là n'avait décontenancé, fut glacé par la froideur et le demi-jour de l'appartement, par la sévérité triste de ce grand vieillard, dont l'œil perçant lui sembla fouiller sa conscience jusqu'au fond. L'ancien magistrat baisa lentement sa fille sur le front, comme pour lui dire qu'il lui pardonnait, et se tournant vers son gendre :

— Monsieur, lui dit-il simplement, nous avons beaucoup souffert. Je compte que vous nous ferez oublier vos torts.

Il lui tendit la main. Mais Saccard resta frissonnant. Il

pensait que si M. Béraud Du Châtel n'avait pas plié sous la douleur tragique de la honte de Renée, il aurait d'un regard, d'un effort, mis à néant les manœuvres de madame Sidonie. Celle-ci, après avoir rapproché son frère de la tante Élisabeth, s'était prudemment effacée. Elle n'était pas même venue au mariage. Il se montra très-rond avec le vieillard, ayant lu dans son regard une surprise à voir le séducteur de sa fille petit, laid, âgé de quarante ans. Les nouyeaux mariés furent obligés de passer les premières nuits à l'hôtel Béraud. On avait, depuis un mois, éloigné Christine, pour que cette enfant de quatorze ans ne soupçonnât rien du drame qui se passait dans cette maison calme et douce comme un cloître. Lorsqu'elle revint, elle resta toute interdite devant le mari de sa sœur, qu'elle trouva, elle aussi, vieux et laid. Renée seule ne paraissait pas trop s'apercevoir de l'âge ni de la figure chafouine de son mari. Elle le traitait sans mépris comme sans tendresse, avec une tranquillité absolue, où perçait seulement parfois une pointe d'ironique dédain. Saccard se carrait, se mettait chez lui, et réellement, par sa verve, par sa rondeur, il gagnait peu à peu l'amitié de tout le monde. Quand ils partirent, pour aller occuper un superbe appartement, dans une maison neuve de la rue de Rivoli, le regard de M. Béraud Du Châtel n'avait déjà plus d'étonnement, et la petite Christine jouait avec son beau-frère comme avec un camarade. Renée était alors enceinte de quatre mois ; son mari allait l'envoyer à la campagne, comptant mentir ensuite sur l'âge de l'enfant, lorsque, selon les prévisions de madame Sidonie, elle fit une fausse couche. Elle s'était tellement serrée pour dissimuler sa grossesse, qui, d'ailleurs, disparaissait sous l'ampleur de ses jupes, qu'elle fut obligée de garder le lit pendant quelques semaines. Il fut ravi de l'aventure ; la fortune lui était enfin fidèle : il avait fait un marché d'or, une dot superbe, une femme belle à le faire décorer en six mois, et pas la moindre

charge. On lui avait acheté deux cent mille francs son nom
pour un fœtus que la mère ne voulut pas même voir. Dès
lors, il songea avec amour aux terrains de Charonne. Mais,
pour le moment, il accordait tous ses soins à une spéculation
qui devait être la base de sa fortune.

Malgré la grande situation de la famille de sa femme, il
ne donna pas immédiatement sa démission d'agent voyer.
Il parla de travaux à finir, d'occupations à chercher. En
réalité, il voulait rester jusqu'à la fin sur le champ de bataille où il jouait son premier coup de cartes. Il était chez
lui, il pouvait tricher plus à son aise.

Le plan de fortune de l'agent voyer était simple et pratique. Maintenant qu'il avait en main plus d'argent qu'il
n'en avait jamais rêvé pour commencer ses opérations, il
comptait appliquer ses desseins en grand. Il connaissait son
Paris sur le bout du doigt ; il savait que la pluie d'or qui en
battait les murs tomberait plus dru chaque jour. Les gens
habiles n'avaient qu'à ouvrir les poches. Lui s'était mis
parmi les habiles, en lisant l'avenir dans les bureaux de
l'Hôtel de Ville. Ses fonctions lui avaient appris ce qu'on
peut voler dans l'achat et la vente des immeubles et des terrains. Il était au courant de toutes les escroqueries classiques : il savait comment on revend pour un million ce qui
a coûté cinq cent mille francs ; comment on paye le droit de
crocheter les caisses de l'État, qui sourit et ferme les yeux ;
comment, en faisant passer un boulevard sur le ventre d'un
vieux quartier, on jongle, aux applaudissements de toutes
les dupes, avec les maisons à six étages. Et ce qui, à cette
heure encore trouble, lorsque le chancre de la spéculation
n'en était qu'à la période d'incubation, faisait de lui un terrible joueur, c'était qu'il en devinait plus long que ses chefs
eux-mêmes sur l'avenir de moellons et de plâtre qui était
réservé à Paris. Il avait tant fureté, réuni tant d'indices,
qu'il aurait pu prophétiser le spectacle qu'offriraient les

nouveaux quartiers en 1870. Dans les rues, parfois, il regardait certaines maisons d'un air singulier, comme des connaissances dont le sort, connu de lui seul, le touchait profondément.

Deux mois avant la mort d'Angèle, il l'avait menée, un dimanche, aux buttes Montmartre. La pauvre femme adorait manger au restaurant ; elle était heureuse, lorsque, après une longue promenade, il l'attablait dans quelque cabaret de la banlieue. Ce jour-là, ils dînèrent au sommet des buttes, dans un restaurant dont les fenêtres s'ouvraient sur Paris, sur cet océan de maisons aux toits bleuâtres, pareils à des flots pressés emplissant l'immense horizon. Leur table était placée devant une des fenêtres. Ce spectacle des toits de Paris égaya Saccard. Au dessert, il fit apporter une bouteille de bourgogne. Il souriait à l'espace, il était d'une galanterie inusitée. Et ses regards, amoureusement, redescendaient toujours sur cette mer vivante et pullulante, d'où sortait la voix profonde des foules. On était à l'automne ; la ville, sous le grand ciel pâle, s'alanguissait, d'un gris doux et tendre, piquée çà et là de verdures sombres, qui ressemblaient à de larges feuilles de nénuphars nageant sur un lac ; le soleil se couchait dans un nuage rouge, et, tandis que les fonds s'emplissaient d'une brume légère, une poussière d'or, une rosée d'or tombait sur la rive droite de la ville, du côté de la Madeleine et des Tuileries. C'était comme le coin enchanté d'une cité des *Mille et une Nuits*, aux arbres d'émeraude, aux toits de saphir, aux girouettes de rubis. Il vint un moment où le rayon qui glissait entre deux nuages, fut si resplendissant, que les maisons semblèrent flamber et se fondre comme un lingot d'or dans un creuset.

— Oh ! vois, dit Saccard, avec un rire d'enfant, il pleut des pièces de vingt francs dans Paris !

Angèle se mit à rire à son tour, en accusant ces pièces-là

8

de n'être pas faciles à ramasser. Mais son mari s'était levé, et s'accoudant sur la rampe de la fenêtre :

— C'est la colonne Vendôme, n'est-ce pas, qui brille là-bas ?... Ici, plus à droite, voilà la Madeleine... Un beau quartier, où il y a beaucoup à faire... Ah ! cette fois, tout va brûler ! Vois-tu ?... On dirait que le quartier bout dans l'alambic de quelque chimiste.

Sa voix devenait grave et émue. La comparaison qu'il avait trouvée parut le frapper beaucoup. Il avait bu du bourgogne, il s'oublia, il continua, étendant le bras pour montrer Paris à Angèle qui s'était également accoudée, à son côté :

— Oui, oui, j'ai bien dit, plus d'un quartier va fondre, et il restera de l'or aux doigts des gens qui chaufferont et remueront la cuve. Ce grand innocent de Paris ! vois donc comme il est immense et comme il s'endort doucement ! C'est bête, ces grandes villes ! Il ne se doute guère de l'armée de pioches qui l'attaquera un de ces beaux matins, et certains hôtels de la rue d'Anjou ne reluiraient pas si fort sous le soleil couchant, s'ils savaient qu'ils n'ont plus que trois ou quatre ans à vivre.

Angèle croyait que son mari plaisantait. Il avait parfois le goût de la plaisanterie colossale et inquiétante. Elle riait, mais avec un vague effroi, de voir ce petit homme se dresser au-dessus du géant couché à ses pieds, et lui montrer le poing, en pinçant ironiquement les lèvres.

— On a déjà commencé, continua-t-il. Mais ce n'est qu'une misère. Regarde là-bas, du côté des Halles, on a coupé Paris en quatre...

Et de sa main étendue, ouverte et tranchante comme un coutelas, il fit le signe de séparer la ville en quatre parts.

— Tu veux parler de la rue de Rivoli et du nouveau boulevard que l'on perce ? demanda sa femme.

— Oui, la grande croisée de Paris, comme ils disent. Ils

dégagent le Louvre et l'Hôtel de Ville. Jeux d'enfants que
cela ! C'est bon pour mettre le public en appétit... Quand
le premier réseau sera fini, alors commencera la grande
danse. Le second réseau trouera la ville de toutes parts,
pour rattacher les faubourgs au premier réseau. Les tron-
çons agoniseront dans le plâtre... Tiens, suis un peu ma
main. Du boulevard du Temple à la barrière du Trône, une
entaille ; puis, de ce côté, une autre entaille, de la Madeleine à la plaine Monceaux ; et une troisième entaille dans
ce sens, une autre dans celui-ci, une entaille là, une entaille
plus loin, des entailles partout, Paris haché à coups de sabre, les veines ouvertes, nourrissant cent mille terrassiers
et maçons, traversé par d'admirables voies stratégiques qui
mettront les forts au cœur des vieux quartiers.

La nuit venait. Sa main sèche et nerveuse coupait toujours dans le vide. Angèle avait un léger frisson, devant ce
couteau vivant, ces doigts de fer qui hachaient sans pitié
l'amas sans bornes des toits sombres. Depuis un instant,
les brumes de l'horizon roulaient doucement des hauteurs,
et elle s'imaginait entendre, sous les ténèbres qui s'amas-
saient dans les creux, de lointains craquements, comme si
la main de son mari eût réellement fait les entailles dont il
parlait, crevant Paris d'un bout à l'autre, brisant les poutres, écrasant les moellons, laissant derrière elle de longues
et affreuses blessures de murs croulants. La petitesse de
cette main, s'acharnant sur une proie géante, finissait par
inquiéter ; et, tandis qu'elle déchirait sans effort les entrailles de l'énorme ville, on eût dit qu'elle prenait un étrange
reflet d'acier, dans le crépuscule bleuâtre.

— Il y aura un troisième réseau, continua Saccard, au
bout d'un silence, comme se parlant à lui-même ; celui-là
est trop lointain, je le vois moins. Je n'ai trouvé que peu
d'indices... Mais ce sera la folie pure, le galop infernal des
millions, Paris soûlé et assommé !

Il se tut de nouveau, les yeux fixés ardemment sur la ville, où les ombres roulaient de plus en plus épaisses. Il devait interroger cet avenir trop éloigné qui lui échappait. Puis, la nuit se fit, la ville devint confuse, on l'entendit respirer largement, comme une mer dont on ne voit plus que la crête pâle des vagues. Çà et là, quelques murs blanchissaient encore ; et, une à une, les flammes jaunes des becs de gaz piquèrent les ténèbres, pareilles à des étoiles s'allumant dans le noir d'un ciel d'orage.

Angèle secoua son malaise et reprit la plaisanterie que son mari avait faite au dessert.

— Ah bien ! dit-elle avec un sourire, il en est tombé de ces pièces de vingt francs ! Voilà les Parisiens qui les comptent. Regarde donc les belles piles qu'on aligne à nos pieds !

Elle montrait les rues qui descendent en face des buttes Montmartre, et dont les becs de gaz semblaient empiler sur deux rangs leurs taches d'or.

— Et là-bas, s'écria-t-elle, en désignant du doigt un fourmillement d'astres, c'est sûrement la Caisse générale.

Ce mot fit rire Saccard. Ils restèrent encore quelques instants à la fenêtre, ravis de ce ruissellement de « pièces de vingt francs, » qui finit par embraser Paris entier. L'agent voyer, en descendant de Montmartre, se repentit sans doute d'avoir tant causé. Il accusa le bourgogne et pria sa femme de ne pas répéter les « bêtises » qu'il avait dites ; il voulait, disait-il, être un homme sérieux.

Saccard, depuis longtemps, avait étudié ces trois réseaux de rues et de boulevards, dont il s'était oublié à exposer assez exactement le plan devant Angèle. Quand cette dernière mourut, il ne fut pas fâché qu'elle emportât dans la terre ses bavardages des buttes Montmartre. Là était sa fortune, dans ces fameuses entailles que sa main avait faites au cœur de Paris, et il entendait ne partager son idée avec

personne, sachant qu'au jour du butin il y aurait bien assez
de corbeaux planant au-dessus de la ville éventrée. Son premier plan était d'acquérir à bon compte quelque immeuble,
qu'il saurait à l'avance condamné à une expropriation prochaine, et de réaliser un gros bénéfice, en obtenant une
forte indemnité. Il se serait peut-être décidé à tenter l'aventure sans un sou, à acheter l'immeuble à crédit pour ne
toucher ensuite qu'une différence, comme à la Bourse, lorsqu'il se remaria, moyennant cette prime de deux cent
mille francs qui fixa et agrandit son plan. Maintenant, ses
calculs étaient faits : il achetait à sa femme, sous le nom
d'un intermédiaire, sans paraître aucunement, la maison de
la rue de la Pépinière, et triplait sa mise de fonds, grâce à
sa science acquise dans les couloirs de l'Hôtel de Ville, et à
ses bons rapports avec certains personnages influents. S'il
avait tressailli, lorsque la tante Élisabeth lui avait indiqué
l'endroit où se trouvait la maison, c'est qu'elle était située
au beau milieu du tracé d'une voie dont on ne causait encore
que dans le cabinet du préfet de la Seine. Cette voie, le boulevard Malesherbes l'emportait tout entière. C'était un
ancien projet de Napoléon Ier qu'on songeait à mettre à
exécution, « pour donner, disaient les gens graves, un débouché normal à des quartiers perdus derrière un dédale de
rues étroites, sur les escarpements des coteaux qui limitaient
Paris. » Cette phrase officielle n'avouait naturellement pas
l'intérêt que l'empire avait à la danse des écus, à ces déblais
et à ces remblais formidables qui tenaient les ouvriers en
haleine. Saccard s'était permis, un jour, de consulter, chez
le préfet, ce fameux plan de Paris sur lequel « une main
auguste » avait tracé à l'encre rouge les principales voies
du deuxième réseau. Ces sanglants traits de plume entail-
laient Paris plus profondément encore que la main de l'agent
voyer. Le boulevard Malesherbes, qui abattait des hôtels superbes, dans les rues d'Anjou et de la Ville-l'Évêque, et

8.

qui nécessitait des travaux de terrassement considérables,
devait être troué un des premiers. Quand Saccard alla visiter l'immeuble de la rue de la Pépinière, il songea à cette
soirée d'automne, à ce dîner qu'il avait fait avec Angèle
sur les buttes Montmartre, et pendant lequel il était tombé,
au soleil couchant, une pluie si drue de louis d'or sur le
quartier de la Madeleine. Il sourit; il pensa que le nuage
radieux avait crevé chez lui, dans sa cour, et qu'il allait
ramasser les pièces de vingt francs.

Tandis que Renée, installée luxueusement dans l'appartement de la rue de Rivoli, au milieu de ce Paris nouveau
dont elle allait être une des reines, méditait ses futures toilettes et s'essayait à sa vie de grande mondaine, son mari
soignait dévotement sa première grande affaire. Il lui achetait d'abord la maison de la rue de la Pépinière, grâce à
l'intermédiaire d'un certain Larsonneau, qu'il avait rencontré furetant comme lui dans les bureaux de l'Hôtel de
Ville, mais qui avait eu la bêtise de se laisser surprendre,
un jour qu'il visitait les tiroirs du préfet. Larsonneau s'é-
tait établi agent d'affaires, au fond d'une cour noire et humide du bas de la rue Saint-Jacques. Son orgueil, ses convoitises y souffraient cruellement. Il se trouvait au même
point que Saccard avant son mariage; il avait, disait-il,
inventé, lui aussi, « une machine à pièces de cent sous; »
seulement les premières avances lui manquaient pour tirer
parti de son invention. Il s'entendit à demi-mots avec son
ancien collègue, et il travailla si bien, qu'il eut la maison
pour cent cinquante mille francs. Renée, au bout de quelques mois, avait déjà de gros besoins d'argent. Le mari
n'intervint que pour autoriser sa femme à vendre. Quand le
marché fut conclu, elle le pria de placer en son nom cent
mille francs qu'elle lui remit en toute confiance, pour le
toucher sans doute et lui faire fermer les yeux sur les cinquante mille francs qu'elle gardait en poche. Il sourit d'un

air fiu ; il entrait dans ses calculs qu'elle jetât l'argent par
les fenêtres ; ces cinquante mille francs, qui allaient disparaître en dentelles et en bijoux, devaient lui rapporter, à
lui, le cent pour cent. Il poussa l'honnêteté, tant il était satisfait de sa première affaire, jusqu'à placer réellement les
cent mille francs de Renée et à lui remettre les titres de
rente. Sa femme ne pouvant les aliéner, il était certain de les
retrouver au nid, s'il en avait jamais besoin.

— Ma chère, ce sera pour vos chiffons, dit-il galamment.

Quand il posséda la maison, il eut l'habileté, en un mois,
de la faire revendre deux fois à des prête-noms, en grosssis-
sant chaque fois le prix d'achat. Le dernier acquéreur ne la
paya pas moins de trois cent mille francs. Pendant ce temps,
Larsonneau, qui seul paraissait à titre de représentant des
propriétaires successifs, travaillait les locataires. Il refusait
impitoyablement de renouveler les baux, à moins qu'on ne
consentît à des augmentations formidables de loyer. Les locataires, qui avaient vent de l'expropriation prochaine,
étaient au désespoir ; ils finissaient par accepter l'augmentation, surtout lorsque Larsonneau ajoutait, d'un air conci-
liant, que cette augmentation serait fictive pendant les cinq
premières années. Quant aux locataires qui firent les méchants, ils furent remplacés par des créatures auxquelles
on donna le logement pour rien et qui signèrent tout ce
qu'on voulut ; là, il y eut double bénéfice : le loyer fut aug-
menté, et l'indemnité réservée au locataire pour son bail
dut revenir à Saccard. Madame Sidonie voulut aider son
frère, en établissant dans une des boutiques du rez-de-
chaussée un dépôt de pianos. Ce fut à cette occasion que
Saccard et Larsonneau, pris de fièvre, allèrent un peu loin :
ils inventèrent des livres de commerce, ils falsifièrent des
écritures, pour établir la vente des pianos sur un chiffre
énorme. Pendant plusieurs nuits, ils griffonnèrent ensemble.
Ainsi travaillée, la maison tripla de valeur. Grâce au der-

nier acte de vente, grâce aux augmentations de loyer, aux
faux locataires et au commerce de madame Sidonie, elle
pouvait être estimée à cinq cent mille francs devant la commission des indemnités.

Les rouages de l'expropriation, de cette machine puissante
qui, pendant quinze ans, a bouleversé Paris, soufflant la
fortune et la ruine, sont des plus simples. Dès qu'une voie
nouvelle est décrétée, les agents voyers dressent le plan par-
cellaire et évaluent les propriétés. D'ordinaire, pour les immeubles, après enquête, ils capitalisent la location totale
et peuvent ainsi donner un chiffre approximatif. La commission des indemnités, composée de membres du conseil
municipal, fait toujours une offre inférieure à ce chiffre,
sachant que les intéressés réclameront davantage, et qu'il y
aura concession mutuelle. Quand ils ne peuvent s'entendre,
l'affaire est portée devant un jury qui se prononce souve-
rainement sur l'offre de la Ville et la demande du propriétaire ou du locataire exproprié.

Saccard, resté à l'Hôtel de Ville pour le moment décisif,
eut un instant l'impudence de vouloir se faire désigner,
lorsque les travaux du boulevard Malesherbes commencè-
rent, et d'estimer lui-même sa maison. Mais il craignit de
paralyser par là son influence sur les membres de la commission des indemnités. Il fit choisir un de ses collègues,
un jeune homme doux et souriant, nommé Michelin, et dont
la femme, d'une adorable beauté, venait parfois excuser
son mari auprès de ses chefs, lorsqu'il s'absentait pour
cause d'indisposition. Il était indisposé très-souvent. Saccard
avait remarqué que la jolie madame Michelin, qui se glissait si humblement par les portes entre-bâillées, était une
toute-puissance ; Michelin gagnait de l'avancement à chacune de ses maladies, il faisait son chemin en se mettant au
lit. Pendant une de ses absences, comme il envoyait sa
femme presque tous les matins donner de ses nouvelles à

son bureau, Saccard le rencontra deux fois sur les boulevards extérieurs, fumant un cigare, de l'air tendre et ravi
qui ne le quittait jamais. Cela lui inspira de la sympathie
pour ce bon jeune homme, pour cet heureux ménage si ingénieux et si pratique. Il avait l'admiration de toutes les
« machines à pièces de cent sous » habilement exploitées.
Quand il eut fait désigner Michelin, il alla voir sa charmante
femme, voulut la présenter à Renée, parla devant elle de
son frère le député, l'illustre orateur. Madame Michelin
comprit. A partir de ce jour, son mari garda pour son collègue ses sourires les plus recueillis. Celui-ci, qui ne voulait
pas mettre le digne garçon dans ses confidences, se contenta
de se trouver là, comme par hasard, le jour où il procéda
à l'évaluation de l'immeuble de la rue de la Pépinière. Il
l'aida. Michelin, la tête la plus nulle et la plus vide qu'on
pût imaginer, se conforma aux instructions de sa femme, qui
lui avait recommandé de contenter M. Saccard en toutes choses. Il ne soupçonna rien, d'ailleurs ; il crut que l'agent
voyer était pressé de lui faire bâcler sa besogne pour l'em-
mener au café. Les baux, les quittances de loyer, les fameux
livres de madame Sidonie passèrent des mains de son collègue sous ses yeux, sans qu'il eût le temps seulement de
vérifier les chiffres, que celui-ci énonçait tout haut. Larsonneau était là qui traitait son complice en étranger.

— Allez, mettez cinq cent mille francs, finit par dire
Saccard. La maison vaut davantage... Dépêchons, je crois
qu'il va y avoir un mouvement du personnel à l'Hôtel de
Ville, et je veux vous en parler pour que vous préveniez
votre femme.

L'affaire fut ainsi enlevée. Mais il avait encore des craintes. Il redoutait que ce chiffre de cinq cent mille francs ne
parût un peu gros à la commission des indemnités, pour
une maison qui n'en valait notoirement que deux cent mille.
La hausse formidable sur les immeubles n'avait pas encore

eu lieu. Une enquête lui aurait fait courir le risque de sérieux désagréments. Il se rappelait cette phrase de son frère :
« Pas de scandale trop bruyant, ou je te supprime ; » et il
savait Eugène homme à exécuter sa menace. Il s'agissait de
rendre aveugles et bienveillants ces messieurs de la commission. Il jeta les yeux sur deux hommes influents dont il s'é-
tait fait des amis par la façon dont il les saluait dans les
corridors, lorsqu'il les rencontrait. Les trente-six membres
du conseil municipal étaient choisis avec soin de la main
même de l'empereur, sur la présentation du préfet, parmi
les sénateurs, les députés, les avocats, les médecins, les
grands industriels qui s'agenouillaient le plus dévotement
devant le pouvoir ; mais, entre tous, le baron Gouraud
et M. Toutin-Laroche méritaient la bienveillance des Tuileries par leur ferveur.

Tout le baron Gouraud tenait dans cette courte biographie :
fait baron par Napoléon Ier, en récompense de biscuits ava-
riés fournis à la grande armée, il avait tour à tour été pair
sous Louis XVIII, sous Charles X, sous Louis-Philippe, et il
était sénateur sous Napoléon III. C'était un adorateur du
trône, des quatre planches dorées recouvertes de velours ;
peu lui importait l'homme qui s'y trouvait assis. Avec son
ventre énorme, sa face de bœuf, son allure d'éléphant, il
était d'une coquinerie charmante ; il se vendait avec majesté et commettait les plus grosses infamies au nom du
devoir et de la conscience. Mais cet homme étonnait encore
plus par ses vices. Il courait sur lui des histoires qu'on ne
pouvait raconter qu'à l'oreille. Ses soixante-dix-huit ans
fleurissaient en pleine débauche monstrueuse. A deux reprises, on avait dû étouffer de sales aventures, pour qu'il n'allât pas traîner son habit brodé de sénateur sur les bancs de la
cour d'assises.

M. Toutin-Laroche, grand et maigre, ancien inventeur
d'un mélange de suif et de stéarine pour la fabrication des

bougies, rêvait le Sénat. Il s'était fait l'inséparable du baron Gouraud; il se frottait à lui, avec l'idée vague que cela
lui porterait bonheur. Au fond, il était très-pratique, et s'il
eût trouvé un fauteuil de sénateur à acheter, il en aurait
âprement débattu le prix. L'empire allait mettre en vue
cette nullité avide, ce cerveau étroit qui avait le génie des
tripotages industriels. Il vendit le premier son nom à une
compagnie véreuse, à une de ces sociétés qui poussèrent
rémme des champignons empoisonnés sur le fumier des spéculations impériales. On put voir collée aux murs, à cette
époque, une affiche portant en grosses lettres noires ces mots :
Société générale des ports du Maroc, et dans laquelle le
nom de M. Toutin-Laroche, avec son titre de conseiller municipal, s'étalait, en tête de la liste des membres du conseil
de surveillance, tous plus inconnus les uns que les autres.
Ce procédé, dont on a abusé depuis, fit merveille ; les actionnaires accoururent, bien que la question des Ports du
Maroc fût peu claire et que les braves gens qui apportaient
leur argent ne pussent expliquer eux-mêmes à quelle œuvre
on allait l'employer. L'affiche parlait superbement d'établir
des stations commerciales le long de la Méditerranée. Depuis
deux ans, certains journaux célébraient cette opération
grandiose, qu'ils déclaraient plus prospère tous les trois
mois. Au conseil municipal, M. Toutin-Laroche passait pour
un administrateur de premier mérite ; il était une des fortes
têtes de l'endroit, et sa tyrannie aigre sur ses collègues n'a-
vait d'égale que sa platitude dévote devant le préfet. Il travaillait déjà à la création d'une grande compagnie financière, *le* Crédit viticole, une caisse de prêt pour les vignerons,
dont il parlait avec des réticences, des attitudes graves qui
allumaient autour de lui les convoitises des imbéciles.

Saccard gagna la protection de ces deux personnages, en
leur rendant des services, dont il feignit habilement d'igno-
rer l'importance. Il mit en rapport sa sœur et le baron,

alors compromis dans une histoire des moins propres. Il la
conduisit chez lui, sous le prétexte de réclamer son appui
en faveur de la chère femme, qui pétitionnait depuis longtemps, afin d'obtenir une fourniture de rideaux pour les
Tuileries. Mais il advint quand l'agent voyer les eut laissés
ensemble, que ce fut madame Sidonie qui promit au baron
de traiter avec certaines gens, assez maladroits pour ne pas
être honorés de l'amitié qu'un sénateur avait daigné témoi-
gner à leur enfant, une petite fille d'une dizaine d'années.
Saccard agit lui-même auprès de M. Toutin-Laroche ; il se
ménagea une entrevue avec lui dans un corridor et mit la
conversation sur le fameux Crédit viticole. Au bout de cinq
minutes, le grand administrateur effaré, stupéfait des choses étonnantes qu'il entendait, prit sans façon l'employé à
son bras et le retint pendant une heure dans le couloir.
Saccard lui souffla des mécanismes financiers prodigieux
d'ingéniosité. Quand M. Toutin-Laroche le quitta, il lui
serra la main d'une façon expressive, avec un clignement
d'yeux franc-maçonnique.

— Vous en serez, murmura-t-il, il faut que vous en soyez.

Il fut supérieur dans toute cette affaire. Il poussa la prudence jusqu'à ne pas rendre le baron Gouraud et M. Toutin-
Laroche complices l'un de l'autre. Il les visita séparément,
leur glissa un mot à l'oreille en faveur d'un de ses amis qui
allait être exproprié, rue de la Pépinière ; il eut bien soin
de dire à chacun des deux compères, qu'il ne parlerait de
cette affaire à aucun autre membre de la commission ; que
c'était une chose en l'air, mais qu'il comptait sur toute sa
bienveillance.

L'agent voyer avait eu raison de craindre et de prendre
ses précautions. Quand le dossier relatif à son immeubl
arriva devant la commission des indemnités, il se trouva jus
tement qu'un des membres habitait la rue d'Astorg et connaissait la maison. Ce membre se récria sur le chiffre de

cinq cent mille francs que, selon lui, on devait réduire de plus de moitié. Aristide avait eu l'impudence de faire demander sept cent mille francs. Ce jour-là, M. Toutin-Laroche, d'ordinaire très-désagréable pour ses collègues, était d'une humeur plus massacrante encore que de coutume. Il se fâcha, il prit la défense des propriétaires.

— Nous sommes tous propriétaires, messieurs, criait-il... L'empereur veut faire de grandes choses, ne lésinons pas sur des misères... Cette maison doit valoir les cinq cent mille francs ; c'est un de nos hommes, un employé de la Ville, qui a fixé ce chiffre... Vraiment, on dirait que nous vivons dans la forêt de Bondy ; vous verrez que nous finirons par nous soupçonner entre nous.

Le baron Gouraud, appesanti sur son siége, regardait du coin de l'œil, d'un air surpris, M. Toutin-Laroche jetant feu et flammes en faveur du propriétaire de la rue de la Pépinière Il eut un soupçon. Mais, en somme, comme cette sortie violente le dispensait de prendre la parole, il se mit à hocher doucement la tête, en signe d'approbation absolue. Le membre de la rue d'Astorg résistait, révolté, ne voulant pas plier devant les deux tyrans de la commission, dans une question où il était plus compétent que ces messieurs. Ce fut alors que M. Toutin-Laroche, ayant remarqué les signes approbatifs du baron, s'empara vivement du dossier et dit d'une voix sèche :

— C'est bien. Nous éclaircirons vos doutes... Si vous le permettez, je me charge de l'affaire, et le baron Gouraud fera l'enquête avec moi.

— Oui, oui, dit gravement le baron, rien de louche ne doit entacher nos décisions.

Le dossier avait déjà disparu dans les vastes poches de M. Toutin-Laroche. La commission dut s'incliner. Sur le quai, comme ils sortaient, les deux compères se regardèrent sans rire. Ils se sentaient complices, ce qui redoublait leur

aplomb. Deux esprits vulgaires eussent provoqué une explication ; eux continuèrent à plaider la cause des propriétaires,
comme si on eût pu les entendre encore, et à déplorer l'esprit de méfiance qui se glissait partout. Au moment où ils
allaient se quitter :

— Ah ! j'oubliais, mon cher collègue, dit le baron avec
un sourire, je pars tout à l'heure pour la campagne. Vous
seriez bien aimable d'aller faire sans moi cette petite enquête... Et surtout ne me vendez pas, ces messieurs se plai-
gnent de ce que je prends trop de vacances.

— Soyez tranquille, répondit M. Toutin-Laroche, je vais
de ce pas rue de la Pépinière.

Il rentra tranquillement chez lui, avec une pointe d'admiration pour le baron, qui dénouait si joliment les situations
délicates. Il garda le dossier dans sa poche, et à la séance
suivante, il déclara, d'un ton péremptoire, au nom du baron
et au sien, qu'entre l'offre de cinq cent mille francs et
la demande de sept cent mille francs, il fallait prendre un
moyen terme et accorder six cent mille francs. Il n'y eut
pas la moindre opposition. Le membre de la rue d'Astorg,
qui avait réfléchi sans doute, dit avec une grande bonhomie
qu'il s'était trompé : il avait cru qu'il s'agissait de la maison
voisine.

Ce fut ainsi qu'Aristide Saccard remporta sa première
victoire. Il quadrupla sa mise de fonds et gagna deux complices. Une seule chose l'inquiéta ; lorsqu'il voulut anéantir
les fameux livres de madame Sidonie, il ne les trouva
plus. Il courut chez Larsonneau, qui lui avoua carrément
qu'il les avait, en effet, et qu'il les gardait. L'autre ne se
fâcha pas ; il sembla dire qu'il n'avait eu de l'inquiétude que
pour ce cher ami, beaucoup plus compromis que lui par ces
écritures presque entièrement de sa main, mais qu'il était
rassuré, du moment où elles se trouvaient en sa possession.
Au fond, il eût volontiers étranglé « le cher ami ; » il se sou-

venait d'une pièce fort compromettante, d'un inventaire
faux, qu'il avait eu la bêtise de dresser, et qui devait être
resté dans un des registres. Larsonneau, payé grassement,
alla monter un cabinet d'affaires rue de Rivoli, où il eut des
bureaux meublés avec le luxe d'un appartement de fille.
Saccard, après avoir quitté l'Hôtel de Ville, pouvant mettre
en branle un roulement de fonds considérable, se lança dans
la spéculation à outrance, tandis que Renée, grisée, folle,
emplissait Paris du bruit de ses équipages, de l'éclat de ses
diamants, du vertige de sa vie adorable et tapageuse.

Parfois, le mari et la femme, ces deux fièvres chaudes de
l'argent et du plaisir, allaient dans les brouillards glacés de
l'île Saint-Louis. Il leur semblait qu'ils entraient dans une
ville morte.

L'hôtel Béraud, bâti vers le commencement du dix-sep-
tième siècle, était une de ces constructions carrées, noires et
graves, aux étroites et hautes fenêtres, nombreuses au
Marais, et qu'on loue à des pensionnats, à des fabricants d'eau
de Seltz, à des entrepositaires de vins et d'alcools. Seulement,
il était admirablement conservé. Sur la rue Saint-Louis-en-
l'Ile, il n'avait que trois étages, des étages de quinze à vingt
pieds de hauteur. Le rez-de-chaussée, plus écrasé, était
percé de fenêtres garnies d'énormes barres de fer, s'enfonçant lugubrement dans la sombre épaisseur des murs, et
d'une porte arrondie, presque aussi haute que large, à marteau de fonte, peinte en gros vert et garnie de clous énormes
qui dessinaient des étoiles et des losanges sur les deux van-
taux. Cette porte était typique, avec les bornes qui la flan-
quaient, renversées à demi et largement cerclées de fer.
On voyait qu'anciennement on avait ménagé le lit d'un ruisseau, au milieu de la porte, entre les pentes légères du cail-
loutage du porche; mais M. Béraud s'était décidé à boucher
ce ruisseau en faisant bitumer l'entrée; ce fut, d'ailleurs, le
seul sacrifice aux architectes modernes qu'il accepta jamais.

Les fenêtres des étages étaient garnies de minces rampes de fer forgé, laissant voir leurs croisées colossales à fortes boiseries brunes et à petits carreaux verdâtres. En haut, devant les mansardes, le toit s'interrompait, la gouttière continuait seule son chemin pour conduire les eaux de pluie aux tuyaux de descente. Et ce qui augmentait encore la nudité austère de la façade, c'était l'absence absolue de persiennes et de jalousies, le soleil ne venant en aucune saison sur ces pierres pâles et mélancoliques. Cette façade, avec son air vénérable, sa sévérité bourgeoise, dormait solennellement dans le recueillement du quartier, dans le silence de la rue que les voitures ne troublaient guère.

A l'intérieur de l'hôtel, se trouvait une cour carrée, entourée d'arcades, une réduction de la place Royale, dallée d'énormes pavés, ce qui achevait de donner à cette maison morte l'apparence d'un cloître. En face du porche, une fontaine, une tête de lion à demi effacée, et dont on ne voyait plus que la gueule entr'ouverte, jetait, par un tube de fer, une eau lourde et monotone, dans une auge verte de mousse, polie sur les bords par l'usure. Cette eau était glaciale. Des herbes poussaient entre les pavés. L'été, un mince coin de soleil descendait dans la cour, et cette visite rare avait blanchi un angle de la façade, au midi, tandis que les trois autres pans, moroses et noirâtres, étaient marbrés de moisissures. Là, au fond de cette cour fraîche et muette comme un puits, éclairée d'un jour blanc d'hiver, on se serait cru à mille lieues de ce nouveau Paris où flambaient toutes les chaudes jouissances, dans le vacarme des millions.

Les appartements de l'hôtel avaient le calme triste, la solennité froide de la cour. Desservis par un large escalier à rampe de fer, où les pas et la toux des visiteurs sonnaient comme sous une voûte d'église, ils s'étendaient en longues enfilades de vastes et hautes pièces, dans lesquelles se perdaient de vieux meubles, de bois sombre et trapu ; et le demi

jour n'était peuplé que par les personnages des tapisseries,
dont on apercevait vaguement les grands corps blêmes. Tout
le luxe de l'ancienne bourgeoisie parisienne était là, un luxe
inusable et sans mollesse, des siéges dont le chêne est recouvert
à peine d'un peu d'étoupe, des lits aux étoffes rigides, des
bahuts à linge où la rudesse des planches compromettrait
singulièrement la frêle existence des robes modernes. M. Béraud Du Châtel avait choisi son appartement dans la partie la
plus noire de l'hôtel, entre la rue et la cour, au premier
étage. Il se trouvait là dans un cadre merveilleux de recueillement, de silence et d'ombre. Quand il poussait les portes,
traversant la solennité des pièces, de son pas lent et grave,
on l'eût pris pour un de ces membres des vieux parle-
ments, dont on voyait les portraits accrochés aux murs,
rentrant chez lui tout songeur, après avoir discuté et refusé de signer un édit du roi.

Mais dans cette maison morte, dans ce cloître, il y
avait un nid chaud et vibrant, un trou de soleil et de
gaieté, un coin d'adorable enfance, de grand air, de
lumière large. Il fallait monter une foule de petits escaliers, filer le long de dix à douze corridors, redescendre,
remonter encore, faire un véritable voyage, et l'on arrivait enfin à une vaste chambre, à une sorte de belvédère
bâti sur le toit, derrière l'hôtel, au-dessus du quai de Béthune. Elle était en plein midi. La fenêtre s'ouvrait si grande,
que le ciel, avec tous ses rayons, tout son air, tout son
bleu, semblait y entrer. Perchée comme un pigeonnier, elle
avait de longues caisses de fleurs, une immense volière, et
pas un meuble. On avait simplement étalé une natte sur le
carreau. C'était la « chambre des enfants. » Dans tout l'hôtel, on la connaissait, on la désignait sous ce nom. La maison était si froide, la cour si humide, que la tante Élisabeth
avait redouté pour Christine et Renée ce souffle frais qui
tombait des murs; maintes fois, elle avait grondé les ga-

mines qui couraient sous les arcades et qui prenaient plaisir
à tremper leurs petits bras dans l'eau glacée de la fontaine.
Alors, l'idée lui était venue de faire disposer pour elles ce
grenier perdu, le seul coin où le soleil entrât et se réjouît,
solitaire, depuis bientôt deux siècles, au milieu des toiles d'a-
raignée. Elle leur donna une natte, des oiseaux, des fleurs.
Les gamines furent enthousiasmées. Pendant les vacances,
Renée vivait là, dans le bain jaune de ce bon soleil, qui semblait heureux de la toilette qu'on avait faite à sa retraite et
des deux têtes blondes qu'on lui envoyait. La chambre devint
un paradis, toute résonnante du chant des oiseaux et du ba-
bil des petites. On la leur avait cédée en toute propriété.
Elles disaient « notre chambre ; » elles étaient chez elles ;
elles allaient jusqu'à s'y enfermer à clef pour se bien prouver qu'elles en étaient les uniques maîtresses. Quel coin de
bonheur ! Un massacre de joujoux râlait sur la natte, dans
le soleil clair.

Et la grande joie de la chambre des enfants était encore
le vaste horizon. Des autres fenêtres de l'hôtel, on ne voyait,
en face de soi, que des murs noirs, à quelques pieds. Mais,
de celle-ci, on apercevait tout ce bout de Seine, tout ce
bout de Paris qui s'étend de la Cité au pont de Bercy, plat
et immense, et qui ressemble à quelque originale cité de
Hollande. En bas, sur le quai de Béthune, il y avait des
baraques de bois à moitié effondrées, des entassements de
poutres et de toits crevés, parmi lesquels les enfants s'amusaient souvent à regarder courir des rats énormes, qu'elles
redoutaient vaguement de voir grimper le long des hautes
murailles. Mais, au delà, l'enchantement commençait. L'estacade, étageant ses madriers, ses contre-forts de cathédrale
gothique, et le pont de Constantine, léger, se balançant
comme une dentelle sous les pieds des passants, se coupaient
à angle droit, paraissaient barrer et retenir la masse énorme
de la rivière. En face, les arbres de la Halle aux vins, et plus

loin les massifs du Jardin des Plantes, verdissaient, s'étalaient jusqu'à l'horizon ; tandis que, de l'autre côté de l'eau, le quai Henri IV et le quai de la Râpée alignaient leurs constructions basses et inégales, leur rangée de maisons qui, de haut, ressemblaient aux petites maisons de bois et de carton que les gamines avaient dans des boîtes. Au fond, à droite, le toit ardoisé de la Salpêtrière bleuissait au-dessus des arbres. Puis, au milieu, descendant jusqu'à la Seine, les larges berges pavées faisaient deux longues routes grises que tachait çà et là la marbrure d'une file de tonneaux, d'un chariot attelé, d'un bateau de bois ou de charbon vidé à terre. Mais l'âme de tout cela, l'âme qui emplissait le paysage, c'était la Seine, la rivière vivante ; elle venait de loin, du bord vague et tremblant de l'horizon, elle sortait de là-bas, du rêve, pour couler droit aux enfants, dans sa majesté tranquille, dans son gonflement puissant, qui s'épanouissait, s'élargissait en nappe, à leurs pieds, à la pointe de l'île. Les deux ponts qui la coupaient, le pont de Bercy et le pont d'Austerlitz, semblaient des arrêts nécessaires, chargés de la contenir, de l'empêcher de monter jusque dans la chambre. Les petites aimaient la géante, elles s'emplissaient les yeux de sa coulée colossale, de cet éternel flot grondant qui roulait vers elles, comme pour les atteindre, et qu'elles sentaient se fendre et disparaître à droite et à gauche, dans l'inconnu, avec une douceur de titan dompté. Par les beaux jours, par les matinées de ciel bleu, elles se trouvaient ravies des belles robes de la Seine ; c'étaient des robes changeantes qui passaient du bleu au vert, avec mille teintes d'une délicatesse infinie ; on aurait dit de la soie mouchetée de flammes blanches, avec des ruches de satin ; et les bateaux qui s'abritaient aux deux rives la bordaient d'un ruban de velours noir. Au loin, surtout, l'étoffe devenait admirable et précieuse, comme la gaze enchantée d'une tunique de fée ; après la bande de

satin gros vert, dont l'ombre des ponts serrait la Seine, il
y avait des plastrons d'or, des pans d'une étoffe plissée
couleur de soleil. Le ciel immense, sur cette eau, ces files
basses de maisons, ces verdures des deux parcs, se creusait.

Parfois Renée, lasse de cet horizon sans bornes, grande
déjà et rapportant du pensionnat des curiosités charnelles,
jetait un regard dans l'école de natation des bains Petit,
dont le bateau se trouve amarré à la pointe de l'île. Elle
cherchait à voir, entre les linges flottants pendus à des ficelles en guise de plafond, les hommes en caleçon dont on
apercevait les ventres nus.

III

Maxime resta au collège de Plassans, jusqu'aux vacances de 1854. Il avait treize ans et quelques mois, et venait d'achever sa cinquième. Ce fut alors que son père se décida à le faire venir à Paris. Il songeait qu'un fils de cet âge le poserait, l'installerait définitivement dans son rôle de veuf remarié, riche et sérieux. Lorsqu'il annonça son projet à Renée, à l'égard de laquelle il se piquait d'une extrême galanterie, elle lui répondit négligemment :

— C'est cela, faites venir le gamin... Il nous amusera un peu. Le matin, on s'ennuie à mourir.

Le gamin arriva huit jours après. C'était déjà un grand galopin fluet, à figure de fille, l'air délicat et effronté, d'un blond très-doux. Mais comme il était fagoté, grand Dieu ! Tondu jusqu'aux oreilles, les cheveux si ras que la blancheur du crâne se trouvait à péine couverte d'une ombre légère, il avait un pantalon trop court, des souliers de charretier, une tunique affreusement râpée, trop large, et qui le rendait presque bossu. Dans cet accoutrement, surpris des choses nouvelles qu'il voyait, il regardait autour de lui, sans timidité, d'ailleurs, de l'air sauvage et rusé d'un enfant précoce, hésitant à se livrer du premier coup.

Un domestique venait de l'amener de la gare, et il était dans le grand salon, ravi par l'or de l'ameublement et du plafond, profondément heureux de ce luxe au milieu duquel il allait vivre, lorsque Renée, qui revenait de chez son tailleur, entra comme un coup de vent. Elle jeta son chapeau et le burnous blanc qu'elle avait mis sur ses épaules pour se protéger contre le froid déjà vif. Elle apparut à Maxime, stupéfait d'admiration, dans tout l'éclat de son merveilleux costume.

L'enfant la crut déguisée. Elle portait une délicieuse jupe de faye bleue, à grands volants, sur laquelle était jetée une sorte d'habit de garde-française de soie gris tendre. Les pans de l'habit, doublé de satin bleu plus foncé que la faye du jupon, étaient galamment relevés et retenus par des nœuds de ruban ; les parements des manches plates, les grands revers du corsage s'élargissaient, garnis du même satin. Et, comme assaisonnement suprême, comme pointe risquée d'originalité, de gros boutons imitant le saphir, pris dans des rosettes azur, descendaient le long de l'habit, sur deux rangées. C'était laid et adorable.

Quand Renée aperçut Maxime :

— C'est le petit, n'est-ce pas? demanda-t-elle au domestique, surprise de le voir aussi grand qu'elle.

L'enfant la dévorait du regard. Cette dame si blanche de peau, dont on apercevait la poitrine dans l'entre-bâillement d'une chemisette plissée, cette apparition brusque et charmante, avec sa coiffure haute, ses fines mains gantées, ses petites bottes d'homme dont les talons pointus s'enfonçaient dans le tapis, le ravissait, lui semblait la bonne fée de cet appartement tiède et doré. Il se mit à sourire, et il fut tout juste assez gauche pour garder sa grâce de gamin.

— Tiens, il est drôle ! s'écria Renée... Mais quelle hor-

reur ! comme on lui a coupé les cheveux !... Écoute, mon
petit ami, ton père ne rentrera sans doute que pour le dîner,
et je vais être obligée de t'installer... Je suis votre belle-
maman, monsieur. Veux-tu m'embrasser ?

— Je veux bien, répondit carrément Maxime.

Et il baisa la jeune femme sur les deux joues, en la prenant par les épaules, ce qui chiffonna un peu l'habit de
garde-française. Elle se dégagea, riant, disant :

— Mon Dieu ! qu'il est drôle, le petit tondu !...

Elle revint à lui, plus sérieuse.

— Nous serons amis, n'est-ce pas ?... Je veux être une
mère pour vous. Je réfléchissais à cela, en attendant mon
tailleur qui était en conférence, et je me disais que je de-
vais me montrer très-bonne et vous élever tout à fait bien...
Ce sera gentil !

Maxime continuait à la regarder, de son regard bleu de
fille hardie, et brusquement :

— Quel âge avez-vous ? demanda-t-il.

— Mais on ne demande jamais cela ! s'écria-t-elle en joignant les mains... Il ne sait pas, le petit malheureux ! Il
faudra tout lui apprendre... Heureusement que je puis encore dire mon âge. J'ai vingt et un ans.

— Moi, j'en aurai bientôt quatorze... Vous pourriez être
ma sœur.

Il n'acheva pas, mais son regard ajoutait qu'il s'attendait
à trouver la seconde femme de son père beaucoup plus
vieille. Il était tout près d'elle, il lui regardait le cou avec
tant d'attention, qu'elle finit presque par rougir. Sa tête
folle, d'ailleurs, tournait, ne pouvant s'arrêter longtemps
sur le même sujet ; et elle se mit à marcher, à parler de
son tailleur, oubliant qu'elle s'adressait à un enfant.

— J'aurais voulu être là pour vous recevoir. Mais imaginez-vous que Worms m'a apporté ce costume ce matin...

Je l'essaye et je le trouve assez réussi. Il a beaucoup de chic, n'est-ce pas?

Elle s'était placée devant une glace. Maxime allait et venait derrière elle, pour la voir sur toutes les faces.

— Seulement, continua-t-elle, en mettant l'habit, je me suis aperçue qu'il faisait un gros pli, là, sur l'épaule gauche, vous voyez... C'est très-laid, ce pli; il semble que j'ai une épaule plus haute que l'autre.

Il s'était approché, il passait son doigt sur le pli, comme pour l'aplatir, et sa main de collégien vicieux paraissait s'oublier en cet endroit avec un certain bien aise.

— Ma foi, continua-t-elle, je n'ai pu y tenir. J'ai fait atteler et je suis allé dire à Worms ce que je pensais de son inconcevable légèreté... Il m'a promis de réparer cela.

Puis, elle resta devant la glace, se contemplant toujours, se perdant dans une subite rêverie. Elle finit par poser un doigt sur ses lèvres, d'un air d'impatience méditative. Et, tout bas, comme se parlant à elle-même :

— Il manque quelque chose... bien sûr qu'il manque quelque chose...

Alors, d'un mouvement prompt, elle se tourna, se planta devant Maxime, auquel elle demanda :

— Est-ce que c'est vraiment bien?... Vous ne trouvez pas qu'il manque quelque chose, un rien, un nœud quelque part?...

Le collégien, rassuré par la camaraderie de la jeune femme, avait repris tout l'aplomb de sa nature effrontée. Il s'éloigna, se rapprocha, cligna les yeux, en murmurant :

— Non, non, il ne manque rien, c'est très-joli, très-joli... Je trouve plutôt qu'il y a quelque chose de trop.

Il rougit un peu, malgré son audace, s'avança encore, et, traçant du bout du doigt un angle aigu sur la gorge de Renée :

— Moi, voyez-vous, continua-t-il, j'échancrerais comme

ça cette dentelle, et je mettrais un collier avec une grosse croix.

Elle battit des mains, rayonnante.

— C'est cela, c'est cela, cria-t-elle... J'avais la grosse croix sur le bout de la langue.

Elle écarta la chemisette, disparut pendant deux minutes, revint avec le collier et la croix. Et se replaçant devant la glace d'un air de triomphe :

— Oh ! complet, tout à fait complet, murmura-t-elle... Mais il n'est pas bête du tout, le petit tondu ! Tu habillais donc les femmes dans ta province ?... Décidément, nous serons bons amis. Mais il faudra m'écouter. D'abord, vous laisserez pousser vos cheveux, et vous ne porterez plus cette affreuse tunique. Puis, vous suivrez fidèlement mes leçons de bonnes manières. Je veux que vous soyez un joli jeune homme.

— Mais bien sûr, dit naïvement l'enfant ; puisque papa est riche maintenant, et que vous êtes sa femme.

Elle eut un sourire, et avec sa vivacité habituelle :

— Alors commençons par nous tutoyer. Je dis tu, je dis vous. C'est bête... Tu m'aimeras bien ?

— Je t'aimerai de tout mon cœur, répondit-il avec une effusion de galopin en bonne fortune.

Telle fut la première entrevue de Maxime et de Renée. L'enfant n'alla au collège qu'un mois plus tard. Sa belle-mère, les premiers jours, joua avec lui comme avec une poupée ; elle le décrassa de sa province, et il faut dire qu'il y mit une bonne volonté extrême. Quand il parut, habillé de neuf des pieds à la tête par le tailleur de son père, elle poussa un cri de surprise joyeuse : il était joli comme un cœur ; ce fut son expression. Ses cheveux seuls mettaient à pousser une lenteur désespérante. La jeune femme disait d'ordinaire que tout le visage est dans la chevelure. Elle soignait la sienne avec dévotion. Longtemps la cou-

leur l'en avait désolée, cette couleur particulière, d'un jaune
tendre, qui rappelait celle du beurre fin. Mais quand la
mode des cheveux jaunes arriva, elle fut charmée, et pour
faire croire qu'elle ne suivait pas la mode bêtement, elle
jura qu'elle se teignait tous les mois.

Les treize ans de Maxime étaient déjà terriblement sa-
vants. C'était une de ces natures frêles et hâtives, dans lesquelles les sens poussent de bonne heure. Le vice en lui
parut même avant l'éveil des désirs. A deux reprises, il
faillit se faire chasser du collége. Renée, avec des yeux
habitués aux grâces provinciales, aurait vu que, tout fagoté qu'il était, le petit tondu, comme elle le nommait, souriait, tournait le cou, avançait les bras d'une façon gentille,
de cet air féminin des demoiselles de collége. Il se soignait
beaucoup les mains, qu'il avait minces et longues; si ses
cheveux restaient courts, par ordre du proviseur, ancien
colonel du génie, il possédait un petit miroir qu'il tirait de
sa poche, pendant les classes, qu'il posait entre les pages
de son livre, et dans lequel il se regardait des heures entières, s'examinant les yeux, les gencives, se faisant des
mines, s'apprenant des coquetteries. Ses camarades se pendaient à sa blouse, comme à une jupe, et il se serrait tellement, qu'il avait la taille mince, le balancement de hanches d'une femme faite. La vérité était qu'il recevait autant
de coups que de caresses. Le collége de Plassans, un repaire
de petits bandits comme la plupart des colléges de province,
fut ainsi un milieu de souillure, dans lequel se développa
singulièrement ce tempérament neutre, cette enfance qui
apportait le mal, d'on ne savait quel inconnu héréditaire.
L'âge allait heureusement le corriger. Mais la marque de
ses abandons d'enfant, cette effémination de tout son être,
cette heure où il s'était cru fille, devait rester en lui, le
frapper à jamais dans sa virilité.

Renée l'appelait « mademoiselle, » sans savoir que, six

mois auparavant, elle aurait dit juste. Il lui semblait très-obéissant, très-aimant, et même elle se trouvait souvent gênée par ses caresses. Il avait une façon d'embrasser qui chauffait la peau. Mais ce qui la ravissait, c'était son espièglerie ; il était drôle au possible, hardi, parlant déjà des femmes avec des sourires, tenant tête aux amies de Renée, à la chère Adeline qui venait d'épouser M. d'Espanet, et à la grosse Suzanne, mariée tout récemment au grand industriel Haffner. Il eut, à quatorze ans, une passion pour cette dernière. Il avait pris sa belle-mère pour confidente, et celle-ci s'amusait beaucoup.

— Moi, j'aurais préféré Adeline, disait-elle ; elle est plus jolie.

— Peut-être, répondait le galopin, mais Suzanne est bien plus grosse... J'aime les belles femmes... Si tu étais gentille, tu lui parlerais pour moi.

Renée riait. Sa poupée, ce grand gamin aux mines de fille, lui semblait impayable, depuis qu'elle était amoureuse. Il vint un moment où madame Haffner dut se défendre sérieusement. D'ailleurs, ces dames encourageaient Maxime par leurs rires étouffés, leurs demi-mots, les attitudes coquettes qu'elles prenaient devant cet enfant précoce. Il entrait là une pointe de débauche fort aristocratique. Toutes trois, dans leur vie tumultueuse, brûlées par la passion, s'arrêtaient à la dépravation charmante du galopin, comme à un piment original et sans danger qui réveillait leur goût. Elles lui laissaient toucher leur robe, frôler leurs épaules de ses doigts, lorsqu'il les suivait dans l'antichambre, pour jeter sur elles leur sortie de bal ; elles se le passaient de main en main, riant comme des folles, quand il leur baisait les poignets, du côté des veines, à cette place où la peau est si douce ; puis elles se faisaient maternelles et lui enseignaient doctement l'art d'être bel homme et de plaire aux dames. C'était leur joujou, un petit homme d'un méca-

nisme ingénieux, qui embrassait, qui faisait la cour, qui
avait les plus aimables vices du monde, mais qui restait un
joujou, un petit homme de carton qu'on ne craignait pas
trop, assez cependant pour avoir, sous sa main enfantine,
un frisson très-doux.

A la rentrée des classes, Maxime alla au lycée Bonaparte.
C'était le lycée du beau monde, celui que Saccard devait
choisir pour son fils. L'enfant, si mou, si léger qu'il fût,
avait alors une intelligence très-vive ; mais il s'appliqua à
tout autre chose qu'aux études classiques. Il fut cependant
un élève correct, qui ne descendit jamais dans la bohême
des cancres, et qui demeura parmi les petits messieurs convenables et bien mis dont on ne dit rien. Il ne lui resta de
sa jeunesse qu'une véritable religion pour la toilette. Paris
lui ouvrit les yeux, en fit un beau jeune homme, pincé
dans ses vêtements, suivant les modes. Il était le Brummel
de sa classe. Il s'y présentait comme dans un salon, chaussé
finement, ganté juste, avec des cravates prodigieuses et des
chapeaux ineffables. D'ailleurs, ils se trouvaient là une vingtaine, formant une aristocratie, s'offrant à la sortie des havanes dans des porte-cigares à fermoirs d'or, faisant porter
leur paquet de livres par un domestique en livrée. Maxime
avait déterminé son père à lui acheter un tilbury et un petit
cheval noir qui faisaient l'admiration de ses camarades.
Il conduisait lui-même, ayant sur le siége de derrière un
valet de pied, les bras croisés, qui tenait sur ses genoux le
cartable du collégien, un vrai portefeuille de ministre en
chagrin marron. Et il fallait voir avec quelle légèreté,
quelle science et quelle correction d'allures, il venait en dix
minutes de la rue de Rivoli à la rue du Havre, arrêtait net
son cheval devant la porte du lycée, jetait la bride au valet,
en disant : « Jacques, à quatre heures et demie, n'est-ce
pas ? » Les boutiquiers voisins étaient ravis de la bonne
grâce de ce blondin qu'ils voyaient régulièrement deux fois

par jour arriver et repartir dans sa voiture. au retour, il reconduisait parfois un ami, qu'il mettait à sa porte. Les deux enfants fumaient, regardaient les femmes, éclaboussaient les passants, comme s'ils fussent revenus des courses. Petit monde étonnant, couvée de fats et d'imbéciles, qu'on peut voir chaque jour rue du Havre, correctement habillés, avec leurs vestons de gandins, jouer les hommes riches et blasés, tandis que la bohême du lycée, les vrais écoliers, arrivent criant et se poussant, tapant le pavé avec leurs gros souliers, leurs livres pendus derrière le dos, au bout d'une courroie.

Renée, qui voulait prendre au sérieux son rôle de mère et d'institutrice, était enchantée de son élève. Elle ne négligeait rien, il est vrai, pour parfaire son éducation. Elle traversait alors une heure pleine de dépit et de larmes; un amant l'avait quittée, avec scandale, aux yeux de tout Paris, pour se mettre avec la duchesse de Sternich. Elle rêva que Maxime serait sa consolation, elle se vieillit, s'ingénia pour être maternelle, et devint le mentor le plus original qu'on pût imaginer. Souvent, le tilbury de Maxime restait à la maison; c'était Renée, avec sa grande calèche, qui venait prendre le collégien. Ils cachaient le portefeuille marron sous la banquette, ils allaient au Bois, alors dans tout son neuf. Là, elle lui faisait un cours de haute élégance. Elle lui nommait le tout Paris impérial, gras, heureux, encore dans l'extase de ce coup de baguette qui changeait les meurt-de-faim et les goujats de la veille en grands seigneurs, en millionnaires soufflant et se pâmant sous le poids de leur caisse. Mais l'enfant la questionnait surtout sur les femmes, et comme elle était très-libre avec lui, elle lui donnait des détails précis; madame de Guende était bête, mais admirablement faite; la comtesse Vanska, fort riche, avait chanté dans les cours, avant de se faire épouser par un Polonais, qui la battait, disait-on; quant à la marquise d'Es-

10.

pariet et à Suzanne Haffner, elles étaient inséparables, et,
bien qu'elles fussent ses amies intimes, Renée ajoutait, en
pinçant les lèvres, comme pour n'en pas dire davantage,
qu'il courait de bien vilaines histoires sur leur compte ; la
belle madame de Lauwerens était aussi horriblement compromettante, mais elle avait de si jolis yeux, et tout le monde,
en somme, savait que, quant à elle, elle était irréprochable,
bien qu'un peu trop mêlée aux intrigues des pauvres petites
femmes qui la fréquentaient, madame Daste, madame Teissière, la baronne de Meinhold. Maxime voulut avoir le por-
trait de ces dames ; il en garnit un album qui resta sur la
table du salon. Pour embarrasser sa belle-maman, avec cette
ruse vicieuse qui était le trait dominant de son caractère,
il lui demandait des détails sur les filles, en feignant de les
prendre pour des femmes du vrai monde. Renée, morale et
sérieuse, disait que c'était d'affreuses créatures et qu'il devait
les éviter avec soin ; puis elle s'oubliait, elle parlait d'elles
comme de personnes qu'elle eût connues intimement. Un
des grands régals de l'enfant était encore de la mettre sur le
chapitre de la duchesse de Sternich. Chaque fois que sa voiture passait, au Bois, à côté de la leur, il ne manquait pas
de nommer la duchesse, avec une sournoiserie méchante,
un regard en dessous, prouvant qu'il connaissait la dernière aventure de Renée. Celle-ci, d'une voix sèche, déchirait sa rivale ; comme elle vieillissait ! la pauvre femme !
elle se maquillait, elle avait des amants cachés au fond de
toutes ses armoires, elle s'était donnée à un chambellan pour
entrer dans le lit impérial. Et elle ne tarissait pas, tandis
que Maxime, pour l'exaspérer, trouvait madame de Sternich
délicieuse. De telles leçons développaient singulièrement
l'intelligence du collégien, d'autant plus que la jeune institutrice les répétait partout, au Bois, au théâtre, dans les
salons. L'élève devint très-fort.

Ce que Maxime adorait, c'était de vivre dans les jupes

dans les chiffons, dans la poudre de riz des femmes. Il restait toujours un peu fille, avec ses mains effilées, son visage
imberbe, son cou blanc et potelé. Renée le consultait gravement sur ses toilettes. Il connaissait les bons faiseurs de
Paris, jugeait chacun d'eux d'un mot, parlait de la saveur des chapeaux d'un tel et de la logique des robes de
tel autre. A dix-sept ans, il n'y avait pas une modiste qu'il
n'eût approfondie, pas un bottier dont il n'eût étudié et
pénétré le cœur. Cet étrange avorton, qui, pendant les classes d'anglais, lisait les prospectus que son parfumeur lui
adressait tous les vendredis, aurait soutenu une thèse brillante sur le tout Paris mondain, clientèle et fournisseurs
compris, à l'âge où les gamins de province n'osent pas encore regarder leur bonne en face. Souvent, quand il revenait
du lycée, il rapportait dans son tilbury un chapeau, une
boîte de savons, un bijou, commandés la veille par sa belle-
mère. Il avait toujours quelque bout de dentelle musquée
qui traînait dans ses poches.

Mais sa grande partie était d'accompagner Renée chez
l'illustre Worms, le tailleur de génie, devant lequel les
reines du second empire se tenaient à genoux. Le salon du
grand homme était vaste, carré, garni de larges divans. Il
y entrait avec une émotion religieuse. Les toilettes ont certainement une odeur propre ; la soie, le satin, le velours,
les dentelles, avaient marié leurs aromes légers à ceux des
chevelures et des épaules ambrées ; et l'air du salon gardait
cette tiédeur odorante, cet encens de la chair et du luxe qui
changeait la pièce en une chapelle consacrée à quelque secrète
divinité. Souvent il fallait que Renée et Maxime fissent anti-
chambre pendant des heures ; il y avait là une vingtaine de sol-
liciteuses, attendant leur tour, trempant des biscuits dans des
verres de madère, faisant collation sur la grande table du
milieu, où traînaient des bouteilles et des assiettes de petits
fours. Ces dames étaient chez elles, parlaient librement, et

lorsqu'elles se pelotonnaient autour de la pièce, on aurait dit un vol blanc de lesbiennes qui se serait abattu sur les divans d'un salon parisien. Maxime, qu'elles toléraient et qu'elles aimaient pour son air de fille, était le seul homme admis dans le cénacle. Il y goûtait des jouissances divines; il glissait le long des divans comme une couleuvre agile ; on le retrouvait sous une jupe, derrière un corsage, entre deux robes, où il se faisait tout petit, se tenant bien tranquille, respirant la chaleur parfumée de ses voisines, avec des mines d'enfant de chœur avalant le bon Dieu.

— Il se fourre partout, ce petit-là, disait la baronne de Meinhold, en lui tapotant les joues.

Il était si fluet que ces dames ne lui donnaient guère plus de quatorze ans. Elles s'amusèrent à le griser avec le madère de l'illustre Worms. Il leur dit des choses stupéfiantes, qui les firent rire aux larmes. Toutefois, ce fut la marquise d'Espanet qui trouva le mot de la situation. Comme on découvrit un jour Maxime, dans un angle des divans, derrière son dos :

— Voilà un garçon qui aurait dû naître fille, murmurat-elle, à le voir si rose, si rougissant, si pénétré du bien-être qu'il avait éprouvé dans son voisinage.

Puis, lorsque le grand Worms recevait enfin Renée, Maxime pénétrait avec elle dans le cabinet. Il s'était permis de parler deux ou trois fois, pendant que le maître s'absorbait dans le spectacle de sa cliente, comme les pontifes du beau veulent que Léonard de Vinci l'ait fait devant la Joconde. Le maître avait daigné sourire de la justesse de ses observations. Il faisait mettre Renée debout devant une glace, qui montait du parquet au plafond, se recueillait, avec un froncement de sourcils, pendant que la jeune femme, émue, retenait son haleine, pour ne pas bouger. Et, au bout de quelques minutes, le maître, comme pris et secoué par l'inspiration, peignait à grands traits saccadés le chef-d'œuvre qu'il venait de concevoir, s'écriait en phrases sèches :

— Robe Montespan en faye cendrée..., la traîne dessinant, devant, une basque arrondie..., gros nœuds de satin
gris la relevant sur les hanches..., enfin tablier bouillonné
de tulle gris perle, les bouillonnés séparés par des bandes
de satin gris.

Il se recueillait encore, paraissait descendre tout au fond
de son génie, et avec une grimace triomphante de pytho-
nisse sur son trépied, il achevait :

— Nous poserons dans les cheveux, sur cette tête rieuse,
le papillon rêveur de Psyché aux ailes d'azur changeant.

Mais, d'autres fois, l'inspiration était rétive. L'illustre
Worms l'appelait vainement, concentrait ses facultés en pure
perte. Il torturait ses sourcils, devenait livide, prenait entre
ses mains sa pauvre tête, qu'il branlait avec désespoir, et
vaincu, se jetant dans un fauteuil :

— Non, murmurait-il d'une voix dolente, non, pas aujourd'hui..., ce n'est pas possible... Ces dames sont indis-
crètes. La source est tarie.

Et il mettait Renée à la porte, en répétant :

— Pas possible, pas possible, chère dame, vous repas-
serez un autre jour... Je ne vous sens pas ce matin.

La belle éducation que recevait Maxime eut un premier
résultat. A dix-sept ans, le gamin séduisit la femme de
chambre de sa belle-mère. Le pis de l'histoire fut que la
chambrière devint enceinte. Il fallut l'envoyer à la campagne avec le marmot et lui constituer une petite rente.
Renée resta horriblement vexée de l'aventure. Saccard ne
s'en occupa que pour régler le côté pécuniaire de la question ; mais la jeune femme gronda vertement son élève.
Lui dont elle voulait faire un homme distingué, se compromettre avec une telle fille ! Quel début ridicule et honteux, quelle fredaine inavouable ! Encore s'il s'était lancé
avec une de ces dames !

— Pardieu ! répondit-il tranquillement, si ta bonne amie Suzanne avait voulu, c'est elle qui serait allée à la campagne.

— Oh ! le polisson ! murmura-t-elle, désarmée, égayée par l'idée de voir Suzanne se réfugiant à la campagne avec une rente de douze cents francs.

Puis une pensée plus drôle lui vint, et oubliant son rôle de mère irritée, poussant des rires perlés, qu'elle retenait entre ses doigts, elle balbutia, en le regardant du coin de l'œil :

— Dis donc, c'est Adeline qui t'en aurait voulu, et qui lui aurait fait des scènes...

Elle n'acheva pas. Maxime riait avec elle. Telle fut la belle chute que fit la morale de Renée en cette aventure.

Cependant Aristide Saccard ne s'inquiétait guère des deux enfants, comme il nommait son fils et sa seconde femme. Il leur laissait une liberté absolue, heureux de les voir bons amis, ce qui emplissait l'appartement d'une gaieté bruyante. Singulier appartement, que ce premier étage de la rue de Rivoli. Les portes y battaient toute la journée ; les domestiques y parlaient haut ; le luxe neuf et éclatant en était traversé continuellement par des courses de jupes énormes et volantes, par des processions de fournisseurs, par le tohu-bohu des amies de Renée, des camarades de Maxime et des visiteurs de Saccard. Ce dernier recevait, de neuf heures à onze heures, le plus étrange monde qu'on pût voir : sénateurs et clercs d'huissiers, duchesses et marchandes à la toilette, toute l'écume que les tempêtes de Paris jetaient le matin à sa porte, robes de soie, jupes sales, blouses, habits noirs, qu'il accueillait du même ton pressé, des mêmes gestes impatients et nerveux. Il bâclait les affaires en deux paroles, résolvait vingt difficultés à la fois et donnait les solutions en courant. On eût dit que ce petit homme remuant, dont la voix était très-forte, se battait dans son cabinet avec les gens, avec les meubles, culbutait, se frappait la tête au plafond, pour en faire jaillir les idées, et retombait toujours victorieux sur ses pieds. Puis, à onze heures, il sortait ; on ne le voyait plus de la journée ; il déjeunait dehors, souvent même il y dînait. Alors la maison appartenait à Renée et à Maxime. Ils s'emparaient du cabinet du père ; ils y déballaient les cartons des fournisseurs, et les chiffons traînaient sur les dossiers. Parfois des gens graves attendaient une heure à la porte du cabinet, pendant que le collégien et la jeune femme discutaient un nœud de ruban, assis aux deux bouts du bureau de Saccard. Renée faisait atteler dix fois par jour. Rarement on mangeait ensemble ; sur les trois, deux couraient, s'oubliaient, ne revenaient qu'à minuit. Appartement de tapage, d'affaires et de plaisirs, où la vie moderne, avec son bruit d'or sonnant, de toilettes froissées, s'engouffrait comme un coup de vent.

Aristide Saccard avait enfin trouvé son milieu. Il s'était révélé grand spéculateur, brasseur de millions. Après le coup de maître de la rue de la Pépinière, il se lança hardiment dans la lutte qui commençait à semer Paris d'épaves honteuses et de triomphes fulgurants. D'abord, il joua à coup sûr, répétant son premier succès, achetant les immeubles qu'il savait menacés de la pioche, et employant ses amis pour obtenir de grosses indemnités. Il vint un moment où il eut cinq ou six maisons, ces maisons qu'il regardait si étrangement autrefois, comme des connaissances à lui, lorsqu'il n'était qu'un pauvre agent-voyer. Mais c'était là l'enfance de l'art ; quand il avait usé les baux, comploté avec les locataires, volé l'État et les particuliers, la finesse n'était pas grande, et il pensait que le jeu ne valait pas la chandelle. Aussi mit-il bientôt son génie au service de besognes plus compliquées.

Saccard inventa d'abord le tour des achats d'immeubles faits sous le manteau pour le compte de la Ville. Une décision du Conseil d'État créait à cette dernière une situation difficile. Elle avait acheté à l'amiable un grand nombre de maisons, espérant user les baux et congédier les locataires sans indemnité. Mais ces acquisitions furent considérées comme de véritables expropriations, et elle dut payer. Ce fut alors que Saccard offrit d'être le prête-nom de la Ville; il achetait, usait les baux, et, moyennant un pot-de-vin, livrait l'immeuble au moment fixé. Et même, il finit par jouer double jeu; il achetait pour la Ville et pour le préfet. Quand l'affaire était par trop tentante, il escamotait la maison. L'État payait. On récompensa ses complaisances en lui concédant des bouts de rues, des carrefours projetés, qu'il rétrocédait avant même que la voie nouvelle fût commencée. C'était un jeu féroce; on jouait sur les quartiers à bâtir comme on joue sur un titre de rente. Certaines dames, de jolies filles, amies intimes de hauts fonctionnaires, étaient de la partie; une d'elles, dont les dents blanches sont célèbres, a croqué, à plusieurs reprises, des rues entières. Saccard s'affamait, sentait ses désirs s'accroître, à voir ce ruissellement d'or qui lui glissait entre les mains. Il lui semblait qu'une mer de pièces de vingt francs s'élargissait autour de lui, de lac devenait océan, emplissait l'immense horizon avec un bruit de vagues étrange, une musique métallique qui lui chatouillait le cœur; et il s'aventurait, nageur plus hardi chaque jour, plongeant, reparaissant, tantôt sur le dos, tantôt sur le ventre, traversant cette immensité par les temps clairs et par les orages, comptant sur ses forces et son adresse pour ne jamais aller au fond.

Paris s'abîmait alors dans un nuage de plâtre. Les temps prédits par Saccard, sur les buttes Montmartre, étaient venus. On taillait la cité à coups de sabre, et il était de toutes les entailles, de toutes les blessures. Il avait des décombres à lui aux quatre coins de la ville. Rue de Rome, il

fut mêlé à cette étonnante histoire du trou qu'une compagnie creusa, pour transporter cinq ou six mille mètres cu-
bes de terre et faire croire à des travaux gigantesques, et
qu'on dut ensuite reboucher, en rapportant la terre de
Saint-Ouen, lorsque la compagnie eut fait faillite. Lui s'en
tira la conscience nette, les poches pleines, grâce à son
frère Eugène, qui voulut bien intervenir. A Chaillot, il aida
à éventrer la butte, à la jeter dans un bas-fond, pour faire
passr le boulevard qui va de l'Arc-de-Triomphe au pont de
l'Alma. Du côté de Passy, ce fut lui qui eut l'idée de semer
les déblais du Trocadéro sur le plateau, de sorte que la bonne
terre se trouve aujourd'hui à deux mètres de profondeur,
et que l'herbe elle-même refuse de pousser dans ces gravats. On l'aurait retrouvé sur vingt points à la fois, à tous
les endroits où il y avait quelque obstacle insurmontable, un
déblai dont on ne savait que faire, un remblai qu'on ne
pouvait exécuter, un bon amas de terre et de platras où
s'impatientait la hâte fébrile des ingénieurs, que lui fouillait
de ses ongles, et dans lequel il finissait toujours par trouver
quelque pot-de-vin ou quelque opération de sa façon. Le
même jour, il courait des travaux de l'Arc-de-Triomphe à
ceux du boulevard Saint-Michel, des déblais du boulevard
Malesherbes aux remblais de Chaillot, traînant avec lui une
armée d'ouvriers, d'huissiers, d'actionnaires, de dupes et de
fripons.

Mais sa gloire la plus pure était le Crédit viticole, qu'il
avait fondé avec Toutin-Laroche. Celui-ci s'en trouvait le
directeur officiel ; lui ne paraissait que comme membre du
conseil de surveillance. Eugène, en cette circonstance, avait
encore donné un bon coup de main à son frère. Grâce à lui,
le gouvernement autorisa la compagnie, et la surveilla avec
une grande bonhomie. En une délicate circonstance, comme
un journal mal pensant se permettait de critiquer une opération de cette compagnie, le *Moniteur* alla jusqu'à publier

une note interdisant toute discussion sur une maison si honorable, et que l'État daignait patronner. Le Crédit viticole s'appuyait sur un excellent système financier : il prêtait aux cultivateurs la moitié du prix d'estimation de leurs biens, garantissait le prêt par une hypothèque, et touchait des emprunteurs les intérêts, augmentés d'un à-compte d'amortissement. Jamais mécanisme ne fut plus digne ni plus sage. Eugène avait déclaré à son frère, avec un fin sourire, que les Tuileries voulaient qu'on fût honnête. M. Toutin-Laroche interpréta ce désir en laissant fonctionner tranquillement la machine des prêts aux cultivateurs, et en établissant à côté une maison de banque qui attirait à elle les capitaux et qui jouait avec fièvre, se lançant dans toutes les aventures. Grâce à l'impulsion formidable que le directeur lui donna, le Crédit viticole eut bientôt une réputation de solidité et de prospérité à toute épreuve. Au début, pour lancer d'un coup, à la Bourse, une masse d'actions fraîchement détachées de la souche, et leur donner l'aspect de titres ayant déjà beaucoup circulé, Saccard eut l'ingéniosité de les faire piétiner et battre, pendant toute une nuit, par les garçons de recette armés de balais de bouleau. On eût dit une succursale de la Banque. L'hôtel, occupé par les bureaux, avec sa cour pleine d'équipages, ses grillages sévères, son large perron et son escalier monumental, ses enfilades de cabinets luxueux, son monde d'employés et de laquais en livrée, semblait être le temple grave et digne de l'argent ; et rien ne frappait le public d'une émotion plus religieuse, que le sanctuaire, que la Caisse, où conduisait un corridor d'une nudité sacrée, et où l'on apercevait le coffre-fort, le dieu, accroupi, scellé au mur, trapu et dormant, avec ses trois serrures, ses flancs épais, son air de brute divine.

Saccard maquignonna une grosse affaire avec la Ville. Celle-ci, obérée, écrasée par sa dette, entraînée dans cette danse des millions qu'elle avait mise en branle, pour plaire à l'empereur et remplir certaines poches, en était réduite aux emprunts déguisés, ne voulant pas avouer ses fièvres chaudes, sa folie de la pioche et du moellon. Elle venait de créer alors ce qu'elle nommait des bons de délégation, de véritables lettres de change à longue date, pour payer les entrepreneurs, le jour même de la signature des traités, et leur permettre ainsi de trouver des fonds en négociant les bons. Le Crédit viticole avait gracieusement accepté ce papier de la main des entrepreneurs. Le jour où la Ville manqua d'argent, Saccard alla la tenter. Une somme considérable lui fut avancée, sur une émission de bons de délégation, que M. Toutin-Laroche jura tenir de compagnies concessionnaires, et qu'il traîna dans tous les ruisseaux de la spéculation. Le Crédit viticole était désormais inattaquable; il tenait Paris à la gorge. Le directeur ne parlait plus qu'avec un sourire de la fameuse Société générale des Ports du Maroc; elle vivait pourtant toujours, et les journaux continuaient à célébrer régulièrement les grandes stations commerciales. Un jour que M. Toutin-Laroche engageait Saccard à prendre des actions de cette société, celui-ci lui rit au nez, en lui demandant s'il le croyait assez bête pour placer son argent dans la « Compagnie générale des *Mille et une Nuits*. »

Jusque-là, Saccard avait joué heureusement, à coup sûr, trichant, se vendant, bénéficiant sur les marchés, tirant un gain quelconque de chacune de ses opérations. Bientôt cet agiotage ne lui suffit plus, il dédaigna de glaner, de ramasser l'or que les Toutin-Laroche et les baron Gouraud laissaient tomber derrière eux. Il mit les bras dans le sac jusqu'à l'épaule. Il s'associa avec les Mignon, Charrier et Cᵉ, ces fameux entrepreneurs alors à leurs débuts, et qui devaient réaliser des fortunes colossales. La Ville s'était déjà décidée à ne plus exécuter elle-même les travaux, à céder les boulevards à forfait. Les compagnies concessionnaires s'engageaient à lui livrer une voie toute faite, arbres plantés, bancs

et becs de gaz posés, moyennant une indemnité convenue;
quelquefois même, elles donnaient la voie pour rien : elles
se trouvaient largement payées par les terrains en bordure,
qu'elles retenaient et qu'elles frappaient d'une plus-value
considérable. La fièvre de spéculation sur les terrains, la
hausse furieuse sur les immeubles datent de cette époque.
Saccard, par ses attaches, obtint la concession de trois tron-
çons de boulevard. Il fut l'âme ardente et un peu brouil-
lonne de l'association. Les sieurs Mignon et Charrier, ses
créatures dans les commencements, étaient de gros et rusés
compères, des maîtres-maçons qui connaissaient le prix de
l'argent. Ils riaient en dessous devant les équipages de Saccard ; ils gardaient le plus souvent leurs blouses, ne refu-
saient pas un coup de main à un ouvrier, rentraient chez
eux couverts de plâtre. Ils étaient de Langres tous les deux.
Ils apportaient, dans ce Paris brûlant et inassouvi, leur prudence de Champenois, leur cerveau calme, peu ouvert, peu
intelligent, mais très-apte à profiter des occasions pour
s'emplir les poches, quitte à jouir plus tard. Si Saccard
lança l'affaire, l'anima de sa flamme, de sa rage d'appétits,
les sieurs Mignon et Charrier, par leur terre à terre, leur
administration routinière et étroite, l'empêchèrent vingt fois
de culbuter dans les imaginations étonnantes de leur associé. Jamais ils ne consentirent à avoir les bureaux superbes,
l'hôtel qu'il voulait bâtir pour étonner Paris. Ils refusèrent
également les spéculations secondaires qui poussaient chaque
matin dans sa tête : construction de salles de concerts, de
vastes maisons de bains, sur les terrains en bordure ; che-
mins de fer, suivant la ligne des nouveaux boulevards ; ga-
leries vitrées, décuplant le loyer des boutiques, et permet-
tant de circuler dans Paris sans être mouillé. Les entrepreneurs, pour couper court à ces projets qui les effrayaient,
décidèrent que les terrains en bordure seraient partagés
entre les trois associés, et que chacun d'eux en ferait ce qu'il

voudrait. Eux continuèrent à vendre sagement leurs lots. Lui fit bâtir. Son cerveau bouillait. Il eût proposé sans rire de mettre Paris sous une immense cloche, pour le changer en serre chaude, et y cultiver les ananas et la canne à sucre.

Bientôt, remuant les capitaux à la pelle, il eut huit maisons sur les nouveaux boulevards. Il en avait quatre complétement terminées, deux rues de Marignan, et deux sur le boulevard Haussmann ; les quatre autres, situées sur le boulevard Malesherbes, restaient en construction, et même une d'elles, vaste enclos de planches où devait s'élever un magnifique hôtel, n'avait encore de posé que le plancher du premier étage. A cette époque, ses affaires se compliquèrent tellement, il avait tant de fils attachés à chacun de ses doigts, tant d'intérêts à surveiller et de marionnettes à faire mouvoir, qu'il dormait à peine trois heures par nuit et qu'il lisait sa correspondance dans sa voiture. Le merveilleux était que sa caisse semblait inépuisable. Il était actionnaire de toutes les sociétés, bâtissait avec une sorte de fureur, se mettait de tous les trafics, menaçait d'inonder Paris comme une mer montante, sans qu'on le vît réaliser jamais un bénéfice bien net, empocher une grosse somme luisant au soleil. Ce fleuve d'or, sans sources connues, qui paraissait sortir à flots pressés de son cabinet, étonnait les badauds, et fit de lui, à un moment, l'homme en vue auquel les journaux prêtaient tous les bons mots de la Bourse.

Avec un tel mari, Renée était aussi peu mariée que possible. Elle restait des semaines entières sans presque le voir. D'ailleurs, il était parfait : il ouvrait pour elle sa caisse toute grande. Au fond, elle l'aimait comme un banquier obligeant. Quand elle allait à l'hôtel Béraud, elle faisait un grand éloge de lui devant son père, que la fortune de son gendre laissait sévère et froid. Son mépris s'en était allé ; cet homme semblait si convaincu que la vie n'est qu'une

11.

affaire, il était si évidemment né pour battre monnaie avec tout ce qui lui tombait sous les mains, femmes, enfants, pavés, sacs de plâtre, consciences, qu'elle ne pouvait lui reprocher le marché de leur mariage. Depuis ce marché, il la regardait un peu comme une de ces belles maisons qui lui faisaient honneur et dont il espérait tirer de gros profits. Il la voulait bien mise, bruyante, faisant tourner la tête à tout Paris. Cela le posait, doublait le chiffre probable de sa fortune. Il était beau, jeune, amoureux, écervelé, par sa femme. Elle était une associée, une complice sans le savoir. Un nouvel attelage, une toilette de deux mille écus, une complaisance pour quelque amant, facilitèrent, décidèrent souvent ses plus heureuses affaires. Souvent aussi il se prétendait accablé, l'envoyait chez un ministre, chez un fonctionnaire quelconque, pour solliciter une autorisation ou recevoir une réponse. Il lui disait : « Et sois sage ! » d'un ton qui n'appartenait qu'à lui, à la fois railleur et câlin. Et quand elle revenait, qu'elle avait réussi, il se frottait les mains, en répétant son fameux : « Et tu as été sage ! » Renée riait. Il était trop actif pour souhaiter une madame Michelin. Il aimait simplement les plaisanteries crues, les hypothèses scabreuses. D'ailleurs, si Renée « n'avait pas été sage, » il n'aurait éprouvé que le dépit d'avoir réellement payé la complaisance du ministre ou du fonctionnaire. Duper les gens, leur en donner moins que pour leur argent, était un régal. Il disait souvent : « Si j'étais femme, je me vendrais peut-être, mais je ne livrerais jamais la marchandise ; c'est trop bête. »

Cette folle de Renée, qui était apparue une nuit dans le ciel parisien comme la fée excentrique des voluptés mondaines, était la moins analysable des femmes. Élevée au logis, elle eût sans doute émoussé par la religion ou par quelque autre satisfaction nerveuse, les pointes des désirs dont les piqûres l'affolaient par instants. De tête, elle était bourgeoise; elle avait une honnêteté absolue, un amour des choses logiques, une crainte du ciel et de l'enfer, une dose énorme de préjugés ; elle appartenait à son père, à cette race calme et prudente où fleurissent les vertus du foyer. Et c'était dans cette nature que germaient, que grandissaient les fantaisies prodigieuses, les curiosités sans cesse renaissantes, les désirs inavouables. Chez les dames de la Visitation, libre, l'esprit vagabondant dans les voluptés mystiques de la chapelle et dans les amitiés charnelles de ses petites amies, elle s'était fait une éducation fantasque, apprenant le vice, y mettant la franchise de sa nature, détraquant sa jeune cervelle, au point qu'elle embarrassa singulièrement son confesseur, en lui avouant qu'un jour, pendant la messe, elle avait eu une envie irraisonnée de se lever pour l'embrasser. Puis elle se frappait la poitrine, elle pâlissait à l'idée du diable et de ses chaudières. La faute qui amena plus tard son mariage avec Saccard, ce viol brutal qu'elle subit avec une sorte d'attente épouvantée, la fit ensuite se mépriser, et fut pour beaucoup dans l'abandon de toute sa vie. Elle pensa qu'elle n'avait plus à lutter contre le mal, qu'il était en elle, que la logique l'autorisait à aller jusqu'au bout de la science mauvaise. Elle était plus encore une curiosité qu'un appétit. Jetée dans le monde du second empire, abandonnée à ses imaginations, entretenue d'argent, encouragée dans ses excentricités les plus tapageuses, elle se livra, le regretta, puis réussit enfin à tuer son honnêteté expirante, toujours fouettée, toujours poussée en avant par son insatiable besoin de savoir et de sentir.

D'ailleurs, elle n'en était qu'à la page commune. Elle causait volontiers, à demi-voix, avec des rires, des cas extraordinaires de la tendre amitié de Suzanne Haffner et d'Adeline d'Espanet, du métier délicat de madame de Lauwerens, des baisers à prix fixe de la comtesse Vanska ; mais elle regardait encore ces choses de loin, avec la vague idée d'y goûter peut-être, et ce désir indéterminé, qui montait en elle aux heures mauvaises, grandissait encore cette anxiété turbulente, cette recherche effarée d'une jouissance unique, exquise, où elle mordrait toute seule. Ses premiers amants ne l'avaient pas gâtée ; trois fois elle s'était crue prise d'une grande passion ; l'amour éclatait dans sa tête comme un pétard, dont les étincelles n'allaient pas jusqu'au cœur. Elle était folle un mois, s'affichait avec son cher seigneur dans tout Paris ; puis, un matin, au milieu du tapage de sa tendresse, elle sentait un silence écrasant, un vide immense. Le premier, le jeune duc de Rozan, ne fut guère qu'un déjeuner de soleil ; Renée qui l'avait remarqué pour sa douceur et sa tenue excellente, le trouva en tête à tête absolument nul, déteint, assommant. M. Simpson, attaché à l'ambassade américaine, qui vint ensuite, faillit la battre, et dut à cela de rester plus d'un an avec elle. Puis, elle accueillit le comte de Chibray, un aide de camp de l'empereur, bel homme vaniteux qui commençait à lui peser singulièrement, lorsque la duchesse de Sternich s'avisa de s'en amouracher et de le lui prendre ; alors elle le pleura, elle fit entendre à ses amies que son cœur était broyé, qu'elle n'aimerait plus. Elle en arriva ainsi à M. de Mussy, l'être le plus insignifiant du monde, un jeune homme qui faisait son chemin dans la diplomatie en conduisant le cotillon avec des grâces particulières ; elle ne sut jamais bien comment elle s'était livrée à lui, et le garda longtemps, prise de paresse, dégoûtée d'un inconnu qu'on découvre en une heure, attendant, pour se donner les soucis d'un changement, de rencontrer quelque aventure extraordinaire. A vingt-huit ans, elle était déjà horriblement lasse. L'ennui lui paraissait d'autant plus insupportable, que ses vertus bourgeoises profitaient des heures où elle s'ennuyait pour se plaindre et l'inquiéter. Elle fermait sa porte, elle avait des migraines affreuses. Puis, quand la porte se rouvrait, c'était un flot

de soie et de dentelles qui s'en échappait à grand tapage
une créature de luxe et de joie, sans un souci ni une rougeur au front.

Dans sa vie banale et mondaine, elle avait eu cependant
un roman. Un jour, au crépuscule, comme elle était sortie
à pied pour aller voir son père, qui n'aimait pas à sa porte
le bruit des voitures, elle s'aperçut, au retour, sur le quai
Saint-Paul, qu'elle était suivie par un jeune homme. Il faisait chaud ; le jour mourait avec une douceur amoureuse.
Elle qu'on ne suivait qu'à cheval, dans les allées du Bois,
elle trouva l'aventure piquante, elle en fut flattée comme
d'un hommage nouveau, un peu brutal, mais dont la gros-
sièreté même la chatouillait. Au lieu de rentrer chez elle,
elle prit la rue du Temple, promenant son galant le long
des boulevards. Cependant l'homme s'enhardit, devint si
pressant, que Renée un peu interdite, perdant la tête, suivit
la rue du Faubourg-Poissonnière et se réfugia dans la boutique de la sœur de son mari. L'homme entra derrière elle.
Madame Sidonie sourit, parut comprendre et les laissa seuls.
Et comme Renée voulait la suivre, l'inconnu la retint, lui
parla avec une politesse émue, gagna son pardon. C'était un
employé qui s'appelait Georges, et auquel elle ne demanda
jamais son nom de famille. Elle vint le voir deux fois ; elle
entrait par le magasin, il arrivait par la rue Papillon. Cet
amour de rencontre, trouvé et accepté dans la rue, fut un
de ses plaisirs les plus vifs. Elle y songea toujours, avec
quelque honte, mais avec un singulier sourire de regret.
Madame Sidonie gagna à l'aventure d'être enfin la complice
de la seconde femme de son frère, un rôle qu'elle ambition-
nait depuis le jour du mariage.

Cette pauvre madame Sidonie avait eu un mécompte. Tout
en maquignonnant le mariage, elle espérait épouser un peu
Renée, elle aussi, en faire une de ses clientes, tirer d'elle
une foule de bénéfices. Elle jugeait les femmes au coup

d'œil, comme les connaisseurs jugent les chevaux. Aussi sa consternation fut grande, lorsqu'après avoir laissé un mois au ménage pour s'installer, elle comprit qu'elle arrivait déjà trop tard, en apercevant madame de Lauwerens trônant au milieu du salon. Cette dernière, belle femme de vingt-six ans, faisait métier de lancer les nouvelles venues. Elle appartenait à une très-ancienne famille, était mariée à un homme de la haute finance, qui avait le tort de refuser le payement des mémoires de modiste et de tailleur. La dame, personne fort intelligente, battait monnaie, s'entretenait elle-même. Elle avait horreur des hommes, disait-elle ; mais elle en fournissait à toutes ses amies ; il y en avait toujours un achalandage complet dans l'appartement qu'elle occupait rue de Provence, au-dessus des bureaux de son mari. On y faisait de petits goûters. On s'y rencontrait d'une façon imprévue et charmante. Il n'y avait aucun mal à une jeune fille d'aller voir sa chère madame de Lauwerens, et tant pis si le hasard amenait là des hommes, très-respectueux d'ailleurs, et du meilleur monde. La maîtresse de la maison était adorable dans ses grands peignoirs de dentelle. Souvent un visiteur l'aurait choisie de préférence, en dehors de sa collection de blondes et de brunes. Mais la chronique assurait qu'elle était d'une sagesse absolue. Tout le secret de l'affaire était là. Elle conservait sa haute situation dans le monde, avait pour amis tous les hommes, gardait son orgueil de femme honnête, goûtait une secrète joie à faire tomber les autres et à tirer profit de leurs chutes. Lorsque madame Sidonie se fut expliqué le mécanisme de l'invention nouvelle, elle fut navrée. C'était l'école classique, la femme en vieille robe noire portant des billets doux au fond de son cabas, mise en face de l'école moderne, de la grande dame qui vend ses amies dans son boudoir en buvant une tasse de thé. L'école moderne triompha. Madame Lauwerens eut un regard froid pour la toilette frippée de madame

Sidonie, dans laquelle elle flaira une rivale. Et ce fut de sa main que Renée reçut son premier ennui, le jeune duc de Rozan, que la belle financière plaçait très-difficîlement. L'école classique ne l'emporta que plus tard, lorsque madame Sidonie prêta son entresol au caprice de sa belle-sœur pour l'inconnu du quai Saint-Paul. Elle resta sa confidente.

Mais un des fidèles de madame Sidonie fut Maxime. Dès quinze ans, il allait rôder chez sa tante, flairant les gants oubliés qu'il rencontrait sur les meubles. Celle-ci, qui détestait les situations franches, et qui n'avouait jamais ses complaisances, finit par lui prêter les clefs de son appartement, certains jours, disant qu'elle resterait jusqu'au lendemain à la campagne. Maxime parlait d'amis à recevoir qu'il n'osait faire venir chez son père. Ce fut dans l'entresol de la rue du Faubourg-Poissonnière qu'il passa plusieurs nuits avec cette pauvre fille qu'on dut envoyer à la campagne. Madame Sidonie empruntait de l'argent à son neveu, se pâmait devant lui, en murmurant de sa voix douce qu'il était « sans un poil, rose comme un Amour. »

Cependant, Maxime avait grandi. C'était, maintenant, un jeune homme mince et joli, qui avait gardé les joues roses et les yeux bleus de l'enfant. Ses cheveux bouclés achevaient de lui donner cet « air fille » qui enchantait les dames. Il ressemblait à la pauvre Angèle, avait sa douceur de regard, sa pâleur blonde. Mais il ne valait pas même cette femme indolente et nulle. La race des Rougon s'affinait en lui, devenait délicate et vicieuse. Né d'une mère trop jeune, apportant un singulier mélange, heurté et comme disséminé, des appétits furieux de son père et des abandons, des mollesses de sa mère, il était un produit défectueux, où les défauts des parents se complétaient et s'empiraient. Cette famille vivait trop vite; elle se mourait déjà dans cette créature frêle, chez laquelle le sexe avait dû hési-

ter, et qui n'était plus une volonté âpre au gain et à la jouissance, comme Saccard, mais une lâcheté mangeant les fortunes faites ; hermaphrodite étrange venu à son heure dans
une société qui pourrissait. Quand Maxime allait au Bois,
pincé à la taille comme une femme, dansant légèrement
sur la selle où le balançait le galop léger de son cheval, il
était le dieu de cet âge, avec ses hanches développées, ses
longues mains fluettes, son air maladif et polisson, son
élégance correcte et son argot des petits théâtres. Il se mettait, à vingt ans, au-dessus de toutes les surprises et de tous
les dégoûts. Il avait certainement rêvé les ordures les moins
usitées. Le vice chez lui n'était pas un abîme, comme chez
certains vieillards, mais une floraison naturelle et extérieure.
Il ondulait sur ses cheveux blonds, souriait sur ses lèvres,
l'habillait avec ses vêtements. Mais ce qu'il avait de carac-
téristique, c'était surtout les yeux, deux trous bleus, clairs
et souriants, des miroirs de coquettes, derrière lesquels on
apercevait tout le vide du cerveau. Ces yeux de fille à vendre
ne se baissaient jamais ; ils quêtaient le plaisir, un plaisir
sans fatigue, qu'on appelle et qu'on reçoit.

L'éternel coup de vent qui entrait dans l'appartement de
la rue de Rivoli et en faisait battre les portes, souffla plus
fort, à mesure que Maxime grandit, que Saccard élargit le
cercle de ses opérations, et que Renée mit plus de fièvre
dans sa recherche d'une jouissance inconnue. Ces trois
êtres finirent par y mener une existence étonnante de liberté et de folie. Ce fut le fruit mûr et prodigieux d'une
époque. La rue montait dans l'appartement, avec son roulement de voitures, son coudoiement d'inconnus, sa licence
de paroles. Le père, la belle-mère, le beau-fils agissaient,
parlaient, se mettaient à l'aise, comme si chacun d'eux se fût
trouvé seul, vivant en garçon. Trois camarades, trois étu-
diants, partageant la même chambre garnie, n'auraient pas
disposé de cette chambre avec plus de sans-gêne pour y

installer leurs vices, leurs amours, leurs joies bruyantes de grands galopins. Ils s'acceptaient avec des poignées de main, ne paraissaient pas se douter des raisons qui les réunissaient sous le même toit, se traitaient cavalièrement, joyeusement, se mettant chacun ainsi dans une indépendance absolue. L'idée de famille était remplacée chez eux par celle d'une sorte de commandite où les bénéfices sont partagés à parts égales ; chacun tirait à lui sa part de plaisir, et il était entendu tacitement que chacun mangerait cette part comme il l'entendrait. Ils en arrivèrent à prendre leurs réjouissances les uns devant les autres, à les étaler, à les raconter, sans éveiller autre chose qu'un peu d'envie et de curiosité.

Maintenant, Maxime instruisait Renée. Quand il allait au Bois avec elle, il lui contait sur les filles des histoires qui les égayaient fort. Il ne pouvait paraître au bord du lac une nouvelle venue, sans qu'il se mît en campagne pour se renseigner sur le nom de son amant, la rente qu'il lui faisait, la façon dont elle vivait. Il connaissait les intérieurs de ces dames, savait des détails intimes, était un véritable catalogue vivant, où toutes les filles de Paris étaient numérotées, avec une notice très-complète sur chacune d'elles. Cette gazette scandaleuse faisait la joie de Renée. A Longchamp, les jours de courses, lorsqu'elle passait dans sa calèche, elle écoutait avec âpreté, tout en gardant sa hauteur de femme du vrai monde, comment Blanche Muller trompait son attaché d'ambassade avec son coiffeur ; ou comment le petit baron avait trouvé le comte en caleçon dans l'alcôve d'une célébrité maigre, rouge de cheveux, qu'on nommait l'Écrevisse. Chaque jour apportait son cancan. Quand l'histoire était par trop crue, Maxime baissait la voix, mais il allait jusqu'au bout. Renée ouvrait de grands yeux d'enfant à qui l'on raconte une bonne farce, retenait ses rires, puis les étouffait dans son mouchoir brodé, qu'elle appuyait délicatement sur ses lèvres.

12

Maxime apportait aussi les photographies de ces dames. Il avait des portraits d'actrices dans toutes ses poches, et jusque dans son porte-cigare. Parfois il se débarrassait, il mettait ces dames dans l'album qui traînait sur les meubles du salon, et qui contenait déjà les portraits des amies de Renée. Il y avait aussi là des photographies d'hommes, MM. de Rozan, Simpson, de Chibray, de Mussy, ainsi que des acteurs, des écrivains, des députés, qui étaient venus on ne savait comment grossir la collection. Monde singulièrement mêlé, image du tohu-bohu d'idées et de personnages qui traversaient la vie de Renée et de Maxime. Cet album, quand il pleuvait, quand on s'ennuyait, était un grand sujet de conversation. Il finissait toujours par tomber sous la main. La jeune femme l'ouvrait en bâillant, pour la centième fois peut-être. Puis la curiosité se réveillait, et le jeune homme venait s'accouder derrière elle. Alors c'était de longues discussions sur les cheveux de l'Écrevisse, le double menton de madame de Meinhold, les yeux de madame de Lauwerens, la gorge de Blanche Muller, le nez de la marquise qui était un peu de travers, la bouche de la petite Sylvia, célèbre par ses lèvres trop fortes. Ils comparaient les femmes entre elles.

— Moi, si j'étais homme, disait Renée, je choisirais Adeline.

— C'est que tu ne connais pas Sylvia, répondait Maxime. Elle est d'un drôle !... Moi, j'aime mieux Sylvia.

Les pages tournaient ; parfois apparaissait le duc de Rozan, ou M. Simpson, ou le comte de Chibray, et il ajoutait en raillant :

— D'ailleurs, tu as le goût perverti, c'est connu... Peut-on voir quelque chose de plus sot que le visage de ces messieurs ! Rozan et Chibray ressemblent à Gustave, mon perruquier.

Renée haussait les épaules, comme pour dire que l'ironie

ne l'atteignait pas. Elle continuait à s'oublier dans le spectacle des figures blêmes, souriantes ou revêches que contenait l'album ; elle s'arrêtait aux portraits de filles plus longuement, étudiait avec curiosité les détails exacts et microscopiques des photographies, les petites rides, les petits poils. Un jour même, elle se fit apporter une forte loupe, ayant cru apercevoir un poil sur le nez de l'Écrevisse. Et, en effet, la loupe montra un léger fil d'or qui s'était égaré des sourcils et qui était descendu jusqu'au milieu du nez. Ce poil les amusa longtemps. Pendant une semaine, les dames qui vinrent durent s'assurer par elles-mêmes de la présence du poil. La loupe servit dès lors à éplucher les figures des femmes. Renée fit des découvertes étonnantes; elle trouva des rides inconnues, des peaux rudes, des trous mal bouchés par la poudre de riz. Et Maxime finit par cacher la loupe, en déclarant qu'il ne fallait pas se dégoûter comme cela de la figure humaine. La vérité était qu'elle soumettait à un examen trop rigoureux les grosses lèvres de Sylvia, pour laquelle il avait une tendresse particulière. Ils inventèrent un nouveau jeu. Ils posaient cette question : « Avec qui passerais-je volontiers une nuit ? » et ils ouvraient l'album qui était chargé de la réponse. Cela donnait lieu à des accouplements très-réjouissants. Les amies y jouèrent plusieurs soirées. Renée fut ainsi successivement mariée à l'archevêque de Paris, au baron Gouraud, à M. de Chibray, ce qui fit beaucoup rire, et à son mari lui-même, ce qui la désola. Quant à Maxime, soit hasard, soit malice de Renée qui ouvrait l'album, il tombait toujours sur la marquise. Mais on ne riait jamais autant que lorsque le sort accouplait deux hommes ou deux femmes ensemble.

La camaraderie de Renée et de Maxime alla si loin, qu'elle lui conta ses peines de cœur. Il la consolait, lui donnait des conseils. Son père ne semblait pas exister. Puis, ils en vinrent à se faire des confidences sur leur jeunesse.

C'était surtout pendant leurs promenades au Bois qu'ils ressentaient une langueur vague, un besoin de se raconter des choses difficiles à dire, et qu'on ne raconte pas. Cette joie que les enfants éprouvent à causer tout bas des choses défendues, cet attrait qu'il y a pour un jeune homme et une jeune femme à descendre ensemble dans le péché, en paroles seulement, les ramenaient sans cesse aux sujets scabreux. Ils y jouissaient profondément d'une volupté qu'ils ne se reprochaient pas, qu'ils goûtaient, mollement étendus aux deux coins de leur voiture, comme des camarades qui se rappellent leurs premières escapades. Ils finirent par devenir des fanfarons de mauvaises mœurs. Renée avoua qu'au pensionnat les petites filles étaient très-polissonnes. Maxime renchérit et osa raconter quelques-unes des hontes du collége de Plassans.

— Ah ! moi, je ne puis pas dire..., murmurait Renée.

Puis elle se penchait à son oreille, comme si le bruit de sa voix l'eût seul fait rougir, et elle lui confiait une de ces histoires de couvent qui traînent dans les chansons ordurières. Lui, avait une trop riche collection d'anecdotes de ce genre, pour rester à court. Il lui chantonnait à l'oreille des couplets très-crus. Et ils entraient peu à peu dans un état de béatitude particulier, bercés par toutes ces idées charnelles qu'ils remuaient, chatouillés par de petits désirs qui ne se formulaient pas. La voiture roulait doucement, ils rentraient avec une fatigue délicieuse, plus lassés qu'au matin d'une nuit d'amour. Ils avaient fait le mal, comme deux garçons courant les sentiers sans maîtresses, et qui se contentent avec leurs souvenirs mutuels.

Une familiarité, un abandon plus grand encore, existaient entre le père et le fils. Saccard avait compris qu'un grand financier doit aimer les femmes et faire quelques folies pour elles. Il était d'amour brutal, préférait l'argent ; mais il entra dans son programme de courir les alcôves, de semer

les billets de banque sur certaines cheminées, de mettre
de temps à autre une fille célèbre comme une enseigne
dorée à ses spéculations. Quand Maxime fut sorti du collége, ils se rencontrèrent chez les mêmes dames, et ils
en rirent. Ils furent même un peu rivaux. Parfois, lorsque
le jeune homme dînait à la Maison-d'Or, avec quelque bande
tapageuse, il entendait la voix de Saccard dans un cabinet
voisin.

— Tiens! papa qui est à côté! s'écriait-il avec la grimace
qu'il empruntait aux acteurs en vogue.

Il allait frapper à la porte du cabinet, curieux de voir la
conquête de son père.

— Ah! c'est toi, disait celui-ci d'un ton réjoui. Entre
donc. Vous faites un tapage à ne pas s'entendre manger.
Avec qui donc êtes-vous là?

— Mais il y a Laure d'Aurigny, Sylvia, l'Écrevisse, puis
deux autres encore, je crois. Elles sont étonnantes : elles
mettent les doigts dans les plats et nous jettent des poignées
de salade à la tête. J'ai mon habit plein d'huile.

Le père riait, trouvait cela très-drôle.

— Ah! jeunes gens, jeunes gens, murmurait-il. Ce n'est
pas comme nous, n'est-ce pas, mon petit chat? nous avons
mangé bien tranquillement, et nous allons faire dodo

Et il prenait le menton de la femme qu'il avait à côté de
lui, il roucoulait avec son nasillement provençal, ce qui produisait une étrange musique amoureuse.

— Oh! le vieux serin!... s'écriait la femme. Bonjour,
Maxime. Faut-il que je vous aime, hein! pour consentir à
souper avec votre coquin de père... On ne vous voit plus.
Venez après-demain matin de bonne heure... Non, vrai, j'ai
quelque chose à vous dire.

Saccard achevait une glace ou un fruit, à petites bou-
chées, avec béatitude. Il baisait l'épaule de la femme, en
disant plaisamment :

12.

—Vous savez, mes amours, si je vous gêne, je vais m'en aller... Vous sonnerez quand on pourra rentrer.

Puis il emmenait la dame ou parfois allait avec elle se joindre au tapage du salon voisin. Maxime et lui partageaient les mêmes épaules ; leurs mains se rencontraient autour des mêmes tailles. Ils s'appelaient sur les divans, se racontaient tout haut les confidences que les femmes leur faisaient à l'oreille. Et ils poussaient l'intimité jusqu'à conspirer ensemble pour enlever à la société la blonde ou la brune que l'un d'eux avait choisie.

Ils étaient bien connus à Mabille. Ils y venaient bras dessus bras dessous, à la suite de quelque dîner fin, faisaient le tour du jardin, saluant les femmes, leur jetant un mot au passage. Ils riaient haut, sans se quitter le bras, se prêtaient main-forte au besoin dans les conversations trop vives. Le père, très-fort sur ce point, débattait avantageusement les amours du fils. Parfois, ils s'asseyaient, buvaient avec une bande de filles. Puis ils changeaient de table, ils reprenaient leurs courses. Et, jusqu'à minuit, on les voyait, les bras toujours unis dans leur camaraderie, poursuivre des jupes, le long des allées jaunes, sous la flamme crue des becs de gaz.

Quand ils rentraient, ils rapportaient du dehors, dans leurs habits, un peu des filles qu'ils quittaient. Leurs attitudes déhanchées, le reste de certains mots risqués et de certains gestes canailles, emplissaient l'appartement de la rue de Rivoli d'une senteur d'alcôve suspecte. La façon molle et abandonnée dont le père donnait la main au fils, disait seule d'où ils venaient. C'était dans cet air que Renée respirait ses caprices, ses anxiétés sensuelles. Elle les raillait nerveusement.

—D'où venez-vous donc? leur disait-elle. Vous sentez la pipe et le musc... C'est sûr, je vais avoir la migraine.

Et l'odeur étrange, en effet, la troublait profondément.

C'était le parfum persistant de ce singulier foyer domestique.

Cependant Maxime se prit d'une belle passion pour la petite Sylvia. Il ennuya sa belle-mère pendant plusieurs mois avec cette fille. Renée la connut bientôt d'un bout à l'autre, de la plante des pieds à la pointe des cheveux. Elle avait un signe bleuâtre sur la hanche; rien n'était plus adorable que ses genoux; ses épaules avaient cette particularité que la gauche seulement était trouée d'une fossette. Maxime mettait quelque malice à occuper leurs promenades des perfections de sa maîtresse. Un soir, au retour du Bois, les voitures de Renée et de Sylvia, prises dans un embarras, durent s'arrêter côte à côte aux Champs-Élysées. Les deux femmes se regardèrent avec une curiosité aiguë, tandis que Maxime, enchanté de cette situation critique, ricanait en dessous. Quand la calèche se remit à rouler, comme sa belle-mère gardait un silence sombre, il crut qu'elle boudait et s'attendit à une de ces scènes maternelles, une de ces étranges gronderies dont elle occupait encore parfois ses lassitudes.

— Est-ce que tu connais le bijoutier de cette dame? lui demanda-t-elle brusquement, au moment où ils arrivaient à la place de la Concorde.

— Hélas! oui, répondit-il avec un sourire; je lui dois dix mille francs... Pourquoi me demandes-tu cela?

— Pour rien.

Puis, au bout d'un nouveau silence :

— Elle avait un bien joli bracelet, celui de la main gauche... J'aurais voulu le voir de près.

Ils rentraient. Elle n'en dit pas davantage. Seulement, le lendemain, au moment où Maxime et son père allaient sortir ensemble, elle prit le jeune homme à part et lui parla bas, d'un air embarrassé, avec un joli sourire qui demandait grâce. Il parut surpris et s'en alla, en riant de son air mauvais. Le soir, il apporta le bracelet de Sylvia, que sa belle-mère l'avait supplié de lui montrer.

— Voilà la chose, dit-il. On se ferait voleur pour vous, belle-maman.

— Elle ne t'a pas vu le prendre? demanda Renée, qui examinait avidement le bijou.

— Je ne crois pas... Elle l'a mis hier, elle ne voudra certainement pas le mettre aujourd'hui.

Cependant la jeune femme s'était approchée de la fenêtre. Elle avait mis le bracelet. Elle tenait son poignet un peu levé, le tournant lentement, ravie, répétant :

— Oh! très-joli, très-joli... Il n'y a que les émeraudes qui ne me plaisent pas beaucoup.

A ce moment, Saccard entra, et comme elle avait toujours le poignet levé, dans la clarté blanche de la fenêtre :

— Tiens, s'écria-t-il avec étonnement, le bracelet de Sylvia !

— Vous connaissez ce bijou? dit-elle plus gênée que lui, ne sachant plus que faire de son bras.

Il s'était remis; il menaça son fils du doigt, en murmurant :

— Ce polisson a toujours du fruit défendu dans les poches!... Un de ces jours il nous apportera le bras de la dame avec le bracelet.

— Eh! ce n'est pas moi, répondit Maxime avec une lâcheté sournoise. C'est Renée qui a voulu le voir.

— Ah! se contenta de dire le mari.

Et il regarda à son tour le bijou, répétant comme sa femme :

— Il est très-joli, très-joli.

Puis il s'en alla tranquillement, et Renée gronda Maxime de l'avoir ainsi vendue. Mais il affirma que son père se moquait bien de ça! Alors elle lui rendit le bracelet, en ajoutant :

— Tu passeras chez le bijoutier, tu m'en commanderas un tout pareil ; seulement, tu feras remplacer les émeraudes par des saphirs.

Saccard ne pouvait garder longtemps dans son voisinage une chose ou une personne, sans vouloir la vendre, en tirer un profit quelconque. Son fils n'avait pas vingt ans, qu'il songea à l'utiliser. Un joli garçon, neveu d'un ministre, fils d'un grand financier, devait être d'un bon placement. Il était bien un peu jeune, mais on pouvait toujours lui chercher une femme et une dot, quitte à traîner le mariage en longueur, ou à le précipiter, selon les embarras d'argent de la maison. Il eut la main heureuse. Il trouva, dans un conseil de surveillance dont il faisait partie, un grand bel homme, M. de Mareuil, qui, en deux jours, lui appartint. M. de Mareuil était un ancien raffineur du Havre, du nom de Bonnet. Après avoir amassé une grosse fortune, il avait épousé une jeune fille noble, fort riche également, qui cherchait un imbécile de grande mine. Bonnet obtint de prendre le nom de sa femme, ce qui fut pour lui une première satisfaction d'orgueil ; mais son mariage lui avait donné une ambition folle, il rêvait de payer Hélène de sa noblesse en acquérant une haute situation politique. Dès ce moment, il mit de l'argent dans les nouveaux journaux, il acheta au fond de la Nièvre de grandes propriétés, il se prépara par tous les moyens connus une candidature au Corps législatif. Jusque-là, il avait échoué, sans rien perdre de sa solennité. C'était le cerveau le plus incroyablement vide qu'on pût rencontrer. Il avait une carrure superbe, la face blanche et pensive d'un grand homme d'État ; et, comme il écoutait d'une façon merveilleuse, avec des regards profonds, un calme majestueux du visage, on pouvait croire à un prodigieux travail intérieur de compréhension et de déduction. Sûrement, il ne pensait à rien. Mais il arrivait à troubler les gens qui ne savaient plus s'ils avaient affaire à un homme

supérieur ou à un imbécile. M. de Mareuil s'attacha à Saccard comme à sa planche de salut. Il savait qu'une candidature officielle allait être libre dans la Nièvre, il souhaitait
ardemment que le ministre le désignât; c'était son dernier
coup de carte. Aussi se livra-t-il pieds et poings liés au
frère du ministre. Saccard, qui flaira une bonne affaire,
le poussa à l'idée d'un mariage entre sa fille Louise et
Maxime. L'autre se répandit en effusion, crut avoir trouvé
le premier cette idée de mariage, s'estima fort heureux
d'entrer dans la famille d'un ministre et de donner Louise
à un jeune homme qui paraissait avoir les plus belles espérances.

Louise aurait, disait son père, un million de dot. Contre-
faite, laide et adorable, elle était condamnée à mourir
jeune; une maladie de poitrine la minait sourdement, lui
donnait une gaieté nerveuse, une grâce caressante. Les
petites filles malades vieillissent vite, deviennent femmes
avant l'âge. Elle avait une naïveté sensuelle, elle semblait
être née à quinze ans, en pleine puberté. Quand son père,
ce colosse sain et abêti, la regardait, il ne pouvait croire
qu'elle fût sa fille. Sa mère, de son vivant, était également
une femme grande et forte; mais il courait sur sa mémoire
des histoires qui expliquaient le rabougrissement de cet
enfant, ses allures de bohémienne millionnaire, sa laideur
vicieuse et charmante. On disait qu'Hélène de Mareuil était
morte dans les débordements les plus honteux. Les plaisirs
l'avaient rongée comme un ulcère, sans que son mari s'a-
perçût de la folie lucide de sa femme, qu'il aurait dû faire
enfermer dans une maison de santé. Portée dans ces flancs
malades, Louise en était sortie le sang pauvre, les membres
déviés, le cerveau attaqué, la mémoire déjà pleine d'une vie
sale. Parfois, elle croyait se souvenir confusément d'une
autre existence, elle voyait se dérouler, dans une ombre vague, des scènes bizarres, des hommes et des femmes s'em-

brassant, tout un drame charnel où s'amusaient ses curiosités d'enfant. C'était sa mère qui parlait en elle. Sa puérilité
continuait ce vice. A mesure qu'elle grandissait, rien ne
l'étonnait, elle se rappelait tout, ou plutôt elle savait tout,
et elle allait aux choses défendues, avec une sûreté de main,
qui la faisait ressembler, dans la vie, à une personne rentrant chez elle après une longue absence, et n'ayant qu'à
allonger le bras pour se mettre à l'aise et jouir de sa demeure. Cette singulière fillette dont les instincts mauvais
flattaient les siens, mais qui avait de plus une innocence
d'effronterie, un mélange piquant d'enfantillage et de hardiesse, dans cette seconde vie qu'elle revivait vierge avec sa
science et sa honte de femme faite, devait finir par plaire à
Maxime et lui paraître beaucoup plus drôle même que Sylvia,
un cœur d'usurier, fille d'un honnête papetier, et horriblement bourgeoise au fond.

Le mariage fut arrêté en riant, et l'on décida qu'on lais-
serait grandir « les gamins. » Les deux familles vivaient dans
une amitié étroite. M. de Mareuil poussait sa candidature.
Saccard guettait sa proie. Il fut entendu que Maxime mettrait, dans la corbeille de noces, sa nomination d'auditeur
au conseil d'État.

Cependant la fortune des Saccard semblait à son apogée.
Elle brûlait en plein Paris comme un feu de joie colossal.
C'était l'heure où la curée ardente emplit un coin de forêt
de l'aboiement des chiens, du claquement des fouets, du
flamboiement des torches. Les appétits lâchés se conten-
taient enfin, dans l'impudence du triomphe, au bruit des
quartiers écroulés et des fortunes bâties en six mois. La
ville n'était plus qu'une grande débauche de millions et de
femmes. Le vice, venu de haut, coulait dans les ruisseaux,
s'étalait dans les bassins, remontait dans les jets d'eau des
jardins, pour retomber sur les toits, en pluie fine et pénétrante. Et il semblait la nuit lorsqu'on passait les ponts,

que la Seine charriât, au milieu de la ville endormie, les
ordures de la cité, miettes tombées de la table, nœuds de
dentelle laissés sur les divans, chevelures oubliées dans les
fiacres, billets de banque glissés des corsages, tout ce que
la brutalité du désir et le contentement immédiat de l'instinct jettent à la rue, après l'avoir brisé et souillé. Alors,
dans le sommeil fiévreux de Paris, et mieux encore que
dans sa quête hâletante du grand jour, on sentait le détraquement cérébral, le cauchemar doré et voluptueux d'une
ville folle de son or et de sa chair. Jusqu'à minuit, les violons chantaient ; puis les fenêtres s'éteignaient, et les ombres
descendaient sur la ville. C'était comme une alcôve colossale
où l'on aurait soufflé la dernière bougie, éteint la dernière
pudeur. Il n'y avait plus, au fond des ténèbres, qu'un grand
râle d'amour furieux et las ; tandis que les Tuileries, au
bord de l'eau, allongeaient leurs bras dans le noir, comme
pour une embrassade énorme.

Saccard venait de faire bâtir son hôtel du parc Monceaux
sur un terrain volé à la Ville. Il s'y était réservé, au premier étage, un cabinet superbe, palissandre et or, avec de
hautes vitrines de bibliothèque, pleines de dossiers, et où
l'on ne voyait pas un livre ; le coffre-fort, enfoncé dans le
mur, se creusait comme une alcôve de fer, grande à y coucher les amours d'un milliard. Sa fortune s'y épanouissait,
s'y étalait insolemment. Tout paraissait lui réussir. Lorsqu'il quitta la rue de Rivoli, agrandissant son train de maison, doublant sa dépense, il parla à ses familliers de gains
considérables. Selon lui, son association avec les sieurs
Mignon et Charrier lui rapportait d'énormes bénéfices ; ses
spéculations sur les immeubles allaient mieux encore ; quant
au Crédit viticole, c'était une vache à lait inépuisable. Il avait
une façon d'énumérer ses richesses qui étourdissait les
auditeurs et les empêchait de voir bien clair. Son nasillement de Provençal redoublait ; il tirait, avec ses phrases

courtes et ses gestes nerveux, des feux d'artifice, où les millions montaient en fusée, et qui finissaient par éblouir les plus incrédules. Cette mimique turbulente d'homme riche était pour une bonne part dans la réputation d'heureux joueur qu'il avait acquise. A la vérité, personne ne lui connaissait un capital net et solide. Ses différents associés, forcément au courant de sa situation vis-à-vis d'eux, s'expliquaient sa fortune colossale en croyant à son bonheur absolu dans les autres spéculations, celles qu'ils ne connaissaient pas. Il dépensait un argent fou ; le ruissellement de sa caisse continuait, sans que les sources de ce fleuve d'or eussent été encore découvertes. C'était la démence pure, la rage de l'argent, les poignées de louis jetées par les fenêtres, le coffre-fort vidé chaque soir jusqu'au dernier sou, se remplissant pendant la nuit on ne savait comment, et ne fournissant jamais d'aussi fortes sommes que lorsque Saccard prétendait en avoir perdu les clefs.

Dans cette fortune, qui avait les clameurs et le débordement d'un torrent d'hiver, la dot de Renée se trouvait secouée, emportée, noyée. La jeune femme, méfiante les premiers jours, voulant gérer ses biens elle-même, se lassa bientôt des affaires ; puis elle se sentit pauvre à côté de son mari, et, la dette l'écrasant, elle dut avoir recours à lui, lui emprunter de l'argent, se mettre à sa discrétion. A chaque nouveau mémoire, qu'il payait avec un sourire d'homme tendre aux faiblesses humaines, elle se livrait un peu plus, lui confiait des titres de rente, l'autorisait à vendre ceci ou cela. Quand ils vinrent habiter l'hôtel du parc Monceaux, elle se trouvait déjà presque entièrement dépouillée. Il s'était substitué à l'État et lui servait la rente des cent mille francs provenant de la rue de la Pépinière ; d'autre part, il lui avait fait vendre la propriété de la Sologne, pour en mettre l'argent dans une grande affaire, un placement superbe, disait-il. Elle n'avait donc plus entre les mains

13

que les terrains de Charonne, qu'elle refusait obstinémen
d'aliéner, pour ne pas attrister l'excellente tante Élisabeth.
Et là encore, il préparait un coup de génie, avec l'aide de
son ancien complice Larsonneau. D'ailleurs, elle restait son
obligée ; s'il lui avait pris sa fortune, il lui en payait cinq ou
six fois les revenus. La rente des cent mille francs, jointe au
produit de l'argent de la Sologne, montait à peine à neuf ou
dix mille francs, juste de quoi solder sa lingère et son cor-
donnier. Il lui donnait ou donnait pour elle quinze et vingt
fois cette misère. Il aurait travaillé huit jours pour lui voler
cent francs, et il l'entretenait royalement. Aussi, comme
tout le monde, elle avait le respect de la caisse monumentale de son mari, sans chercher à pénétrer le néant de
ce fleuve d'or qui lui passait sous les yeux, et dans lequel
elle se jetait chaque matin.

Au parc Monceaux, ce fut la crise folle, le triomphe fulgu-
rant. Les Saccard doublèrent le nombre de leurs voitures et
de leurs attelages ; ils eurent une armée de domestiques,
qu'ils habillèrent d'une livrée gros bleu, avec culotte mastic
et gilet rayé noir et jaune, couleurs un peu sévères que le
financier avait choisies pour paraître tout à fait sérieux, un
de ses rêves les plus caressés. Ils mirent leur luxe sur la
façade et ouvrirent les rideaux, les jours de grands dîners.
Le coup de vent de la vie contemporaine, qui avait fait battre
les portes du premier étage de la rue de Rivoli, était devenu,
dans l'hôtel, un véritable ouragan qui menaçait d'emporter
les cloisons. Au milieu de ces appartements princiers, le
long des rampes dorées, sur les tapis de haute laine, dans
ce palais féerique de parvenu, l'odeur de Mabille traînait,
les déhanchements des quadrilles à la mode dansaient, toute
l'époque passait avec son rire fou et bête, son éternelle faim,
et son éternelle soif. C'était la maison suspecte du plaisir
mondain, du plaisir impudent qui élargit les fenêtres pour
mettre les passants dans la confidence des alcôves. Le mari

et la femme y vivaient librement, sous les yeux de leurs
domestiques. Ils s'étaient partagé la maison, ils y campaient,
n'ayant pas l'air d'être chez eux, comme jetés, au bout d'un
voyage tumultueux et étourdissant, dans quelque royal hôtel
garni, où ils n'avaient pris que le temps de défaire leurs
malles, pour courir plus vite aux jouissances d'une ville
nouvelle. Ils y logeaient à la nuit, ne restant chez eux que
les jours de grands dîners, emportés par une course continuelle à travers Paris, rentrant parfois pour une heure,
comme on rentre dans une chambre d'auberge, entre deux
excursions. Renée s'y sentait plus inquiète, plus nerveuse ;
ses jupes de soie glissaient avec des sifflements de couleuvre
sur les épais tapis, le long du satin des causeuses ; elle était
irritée par ces dorures imbéciles qui l'entouraient, par ces
hauts plafonds vides où ne restaient, après les nuits de fête,
que les rires des jeunes sots et les sentences des vieux fripons ; et elle eût voulu, pour emplir ce luxe, pour habiter
ce rayonnement, un amusement suprême que ses curiosités cherchaient en vain dans tous les coins de l'hôtel, dans
le petit salon couleur de soleil, dans la serre aux végétations
grasses. Quant à Saccard, il touchait à son rêve ; il recevait
la haute finance, M. Toutin-Laroche, M. de Lauwerens ; il
recevait aussi les grands politiques, le baron Gouraud, le
député Haffner ; son frère, le ministre, avait même bien
voulu venir deux ou trois fois consolider sa situation par sa
présence. Cependant, comme sa femme, il avait des anxiétés
nerveuses, une inquiétude qui donnait à son rire un étrange
son de vitres brisées. Il devenait si tourbillonnant, si effaré,
que ses connaissances disaient de lui : « Ce diable de Saccard ! il gagne trop d'argent, il en deviendra fou ! » En
1860, on l'avait décoré, à la suite d'un service mystérieux
qu'il avait rendu au préfet, en servant de prête-nom à une
dame dans une vente de terrains.

Ce fut vers l'époque de leur installation au parc Mon-

ceaux, qu'une apparition pàssa dans la vie de Renée, en lui
laissant une impression ineffaçable. Jusque-là, le ministre
avait résisté aux supplications de sa belle-sœur, qui mourait d'envie d'être invitée aux bals de la cour. Il céda enfin,
croyant la fortune de son frère définitivement assise. Pendant un mois, Renée n'en dormit pas. La grande soirée
arriva, et elle était toute tremblante, dans la voiture qui
la menait aux Tuileries.

Elle avait une toilette prodigieuse de grâce et d'originalité, une vraie trouvaille qu'elle avait faite dans une nuit
d'insomnie, et que trois ouvriers de Worms étaient venus
exécuter chez elle, sous ses yeux. C'était une simple robe de
gaze blanche, mais garnie d'une multitude de petits volants
découpés et bordés d'un filet de velours noir. La tunique, de
velours noir, était décolletée en carré, très-bas sur la gorge,
qu'encadrait une dentelle mince, haute à peine d'un doigt.
Pas une fleur, pas un bout de ruban ; à ses poignets, des
bracelets sans une ciselure, et sur sa tête, un étroit diadème
d'or, un cercle uni qui lui mettait comme une auréole.

Quand elle fut dans les salons et que son mari l'eut quittée
pour le baron Gouraud, elle éprouva un moment d'embarras.
Mais les glaces, où elle se voyait adorable, la rassurèrent
vite, et elle s'habituait à l'air chaud, au murmure des voix,
à cette cohue d'habits noirs et d'épaules blanches, lorsque
l'empereur parut. Il traversait lentement le salon, au bras
d'un général gros et court, qui soufflait comme s'il avait eu
une digestion difficile. Les épaules se rangèrent sur deux
haies, tandis que les habits noirs reculèrent d'un pas, instinctivement, d'un air discret. Renée se trouva poussée au
bout de la file des épaules, près de la seconde porte, celle
que l'empereur gagnait d'un pas pénible et vacillant. Elle le
vit ainsi venir à elle, d'une porte à l'autre.

Il était en habit, avec l'écharpe rouge du grand cordon.
Renée, reprise par l'émotion, distinguait mal, et cette tache

saignante lui semblait éclabousser toute la poitrine du prince.
Elle le trouva petit, les jambes trop courtes, les reins flottants ; mais elle était ravie, et elle le voyait beau, avec son
visage blême, sa paupière lourde et plombée qui retombait
sur son œil mort. Sous ses moustaches, sa bouche s'ouvrait
mollement ; tandis que son nez seul restait osseux dans toute
sa face dissoute.

— L'empereur et le vieux général continuaient à avancer à
petits pas, paraissant se soutenir, alanguis, vaguement souriants. Ils regardaient les dames inclinées, et leurs coups
d'œil, jetés à droite et à gauche, glissaient dans les corsages.
Le général se penchait, disait un mot au maître, lui serrait
le bras d'un air de joyeux compagnon. Et l'empereur, mou
et voilé, plus terne encore que de coutume, approchait toujours de sa marche traînante.

Ils étaient au milieu du salon, lorsque Renée sentit leurs
regards se fixer sur elle. Le général la regardait avec des
yeux ronds, tandis que l'empereur, levant à demi les paupières, avait des lueurs fauves dans l'hésitation grise de ses
yeux brouillés. Renée, décontenancée, baissa la tête, s'inclina, ne vit plus que les rosaces du tapis. Mais elle suivait
leur ombre, elle comprit qu'ils s'arrêtaient quelques secondes devant elle. Et elle crut entendre l'empereur, ce rêveur équivoque, qui murmurait, en la regardant enfoncée
dans sa jupe de mousseline striée de velours :

— Voyez donc général, une fleur à cueillir, un mystérieux
œillet panaché blanc et noir.

Et le général répondit, d'une voix plus brutale :

— Sire, cet œillet-là irait diantrement bien à nos bouton-
nières.

Renée leva la tête. L'apparition avait disparu, un flot de
foule encombrait la porte. Depuis cette soirée, elle revint
souvent aux Tuileries, elle eut même l'honneur d'être complimentée à voix haute par Sa Majesté, et de devenir un peu

3.

son amie ; mais elle se rappela toujours la marche lente et
alourdie du prince au milieu du salon, entre les deux rangées d'épaules ; et, quand elle goûtait quelque joie nouvelle
dans la fortune grandissante de son mari, elle revoyait l'empereur dominant les gorges inclinées, venant à elle, la com-
parant à un œillet que le vieux général lui conseillait de
mettre à sa boutonnière. C'était, pour elle, la note aiguë de
sa vie.

IV

Le désir net et cuisant qui était monté au cœur de Renée, dans les parfums troublants de la serre, tandis que Maxime et Louise riaient sur une causeuse du petit salon bouton d'or, parut s'effacer comme un cauchemar dont il ne reste plus qu'un vague frisson. La jeune femme avait, toute la nuit, gardé aux lèvres l'amertume du tanghin ; il lui semblait, à sentir cette cuisson de la feuille maudite, qu'une bouche de flamme se posait sur la sienne, lui soufflait un amour dévorant. Puis cette bouche lui échappait, et son rêve se noyait dans de grands flots d'ombre qui roulaient sur elle.

Le matin, elle dormit un peu. Quand elle se réveilla, elle se crut malade. Elle fit fermer les rideaux, parla à son médecin de nausées et de douleurs de tête, refusa absolument de sortir pendant deux jours. Et, comme elle se prétendait assiégée, elle condamna sa porte. Maxime vint inutilement y frapper. Il ne couchait pas à l'hôtel, pour disposer plus librement de son appartement ; d'ailleurs, il menait la vie la plus nomade du monde logeant dans les maisons neuves de son père, choisissant l'étage qui lui plaisait, déménageant tous les mois, souvent par caprice, parfois pour laisser la place à des locataires sérieux. Il essuyait les plâtres en compagnie de quelque maîtresse. Habitué aux caprices de sa belle-mère, il feignit une grande compassion, et monta quatre fois par jour demander de ses nouvelles avec des mines désolées, uniquement pour la taquiner. Le troisième jour, il la trouva dans le petit salon, rose, souriante, l'air calme et reposé.

— Eh bien ! t'es-tu beaucoup amusée avec Céleste? lui demanda-t-il, faisant allusion au long tête-à-tête qu'elle venait d'avoir avec sa femme de chambre.

— Oui, répondit-elle, c'est une fille précieuse. Elle a toujours les mains glacées ; elle me les posait sur le front et calmait un peu ma pauvre tête.

— Mais, c'est un remède, cette fille-là ! s'écria le jeune homme. Si j'avais le malheur de tomber jamais amoureux, tu me la prêterais, n'est-ce pas? pour qu'elle mît ses deux mains sur mon cœur.

Ils plaisantèrent, ils firent au Bois leur promenade accoutumée. Quinze jours se passèrent. Renée s'était jetée plus follement dans sa vie de visites et de bals ; sa tête semblait avoir tourné une fois encore, elle ne se plaignait plus de lassitude et de dégoût. On eût dit seulement qu'elle avait fait quelque chute secrète, dont elle ne parlait pas, mais qu'elle confessait par un mépris plus marqué pour elle-même et par une dépravation plus risquée dans ses caprices de grande mondaine. Un soir, elle avoua à Maxime qu'elle mourait d'envie d'aller à un bal que Blanche Muller, une actrice en vogue, donnait aux princesses de la rampe et aux reines du demi-monde. Cet aveu surprit et embarrassa le jeune homme lui-même, qui n'avait pourtant pas de grands scrupules. Il voulut catéchiser sa belle-mère : vraiment, ce n'était pas là sa place ; elle n'y verrait, d'ailleurs, rien de bien drôle ;

puis, si elle était reconnue, cela ferait scandale. A toutes ces bonnes raisons, elle répondait, les mains jointes, suppliant et souriant.

— Voyons, mon petit Maxime, sois gentil. Je le veux... Je mettrai un domino bien sombre, nous ne ferons que traverser les salons.

Quand Maxime, qui finissait toujours par céder, et qui aurait mené sa belle-mère dans tous les mauvais lieux de Paris, pour peu qu'elle l'en eût prié, eut consenti à la conduire au bal de Blanche Muller, elle battit des mains comme un enfant auquel on accorde une récréation inespérée.

— Ah! tu es gentil, dit-elle. C'est pour demain, n'est-ce pas? Viens me chercher de très-bonne heure. Je veux voir arriver ces dames. Tu me les nommeras, et nous nous amuserons joliment...

Elle réfléchit, puis elle ajouta :

— Non, ne viens pas. Tu m'attendras avec un fiacre, sur le boulevard Malesherbes. Je sortirai par le jardin.

Ce mystère était un piment qu'elle ajoutait à son escapade; simple raffinement de jouissance, car elle serait sortie à minuit par la grande porte, que son mari n'aurait pas seulement mis la tête à la fenêtre.

Le lendemain, après avoir recommandé à Céleste de l'attendre, elle traversa, avec les frissons d'une peur exquise, les ombres noires du parc Monceaux. Saccard avait profité de sa bonne amitié avec l'Hôtel-de-Ville pour se faire donner la clef d'une petite porte du parc, et Renée avait voulu également en avoir une. Elle faillit se perdre, ne trouva le fiacre que grâce aux deux yeux jaunes des lanternes. A cette époque, le boulevard Malesherbes, à peine terminé, était encore, le soir, une véritable solitude. La jeune femme se glissa dans la voiture, très-émue, le cœur battant délicieusement, comme si elle fût allée à quelque rendez-vous d'a-

mour. Maxime, en toute philosophie, fumait, à moitié en‑
dormi dans un coin du fiacre. Il voulut jeter son cigare,
mais elle l'en empêcha, et comme elle cherchait à lui retenir
le bras, dans l'obscurité, elle lui mit la main en plein sur la
figure, ce qui les amusa beaucoup tous les deux.

— Je te dis que j'aime l'odeur du tabac, s'écria-t-elle.
Garde ton cigare... Puis, nous nous débauchons, ce soir...
Je suis un homme, moi.

Le boulevard n'était pas encore éclairé. Pendant que le
fiacre descendait vers la Madeleine, il faisait si nuit dans
la voiture qu'ils ne se voyaient pas. Par instants, lorsque
le jeune homme portait son cigare aux lèvres, un point
rouge trouait les ténèbres épaisses. Ce point rouge inté‑
ressait Renée. Maxime, que le flot du domino de satin
noir avait couvert à demi, en emplissant l'intérieur du
fiacre, continuait à fumer en silence, d'un air d'ennui. La
vérité était que le caprice de sa belle-mère venait de
l'empêcher de suivre au café Anglais une bande de dames,
résolues à commencer et à terminer là le bal de Blanche
Muller. Il était maussade, et elle devina sa bouderie dans
l'ombre.

— Est-ce que tu es souffrant ? lui demanda-t-elle.

— Non, j'ai froid, répondit-il.

— Tiens ! moi je brûle. Je trouve qu'on étouffe... Mets
un coin de mes jupons sur tes genoux.

— Oh ! tes jupons, murmura-t il avec mauvaise humeur,
j'en ai jusqu'aux yeux.

Mais ce mot le fit rire lui-même, et peu à peu il s'anima.
Elle lui conta la peur qu'elle venait d'avoir dans le parc
Monceaux. Alors elle lui confessa une de ses autres envies :
elle aurait voulu faire, la nuit, sur le petit lac du parc, une
promenade dans la barque qu'elle voyait de ses fenêtres,
échouée au bord d'une allée. Il trouva qu'elle devenait élé‑
giaque. Le fiacre roulait toujours, les ténèbres restaient

profondes, ils se penchaient l'un vers l'autre pour s'entendre dans le bruit des roues, se frôlant du geste, sentant leur haleine tiède, parfois, lorsqu'ils s'approchaient trop. Et, à temps égaux, le cigare de Maxime se ravivait, tachait l'ombre de rouge, en jetant un éclair pâle et rose sur le visage de Renée. Elle était adorable, vue à cette lueur rapide ; si bien que le jeune homme en fut frappé.

— Oh ! oh ! dit-il, nous paraissons bien jolie, ce soir, belle-maman... Voyons un peu.

Il approcha son cigare, tira précipitamment quelques bouffées. Renée, dans son coin, se trouva éclairée d'une lumière chaude et comme haletante. Elle avait relevé un peu son capuchon. Sa tête nue, couverte d'une pluie de petits frisons, coiffée d'un simple ruban bleu, ressemblait à celle d'un vrai gamin, au-dessus de la grande blouse de satin noir qui lui montait jusqu'au cou. Elle trouva très-drôle d'être ainsi regardée et admirée à la clarté d'un cigare. Elle se renversait avec de petits rires, tandis qu'il ajoutait d'un air de gravité comique :

— Diable ! il va falloir que je veille sur toi, si je veux te ramener saine et sauve à mon père.

Cependant le fiacre tournait la Madeleine et s'engageait sur les boulevards. Là, il s'emplit de clartés dansantes, du reflet des magasins dont les vitrines flambaient. Blanche Muller habitait, à deux pas, une des maisons neuves qu'on a bâties sur les terrains exhaussés de la rue Basse-du-Rempart. Il n'y avait encore que quelques voitures à la porte. Il n'était guère plus de dix heures. Maxime voulait faire un tour sur les boulevards, attendre une heure ; mais Renée, dont la curiosité s'éveillait, plus vive, lui déclara carrément qu'elle allait monter toute seule, s'il ne l'accompagnait pas. Il la suivit, et fut heureux de trouver en haut plus de monde qu'il ne l'aurait cru. La jeune femme avait mis son masque. Au bras de Maxime, auquel elle donnait à voir basse des ordres sans réplique, et qui lui obéissait docilement, elle fureta dans toutes les pièces, souleva le coin des portières, examina l'ameublement, serait allée jusqu'à fouiller les tiroirs, si elle n'avait pas eu peur d'être vue. L'appartement, très-riche, avait des coins de bohême, où l'on retrouvait la cabotine. C'était surtout là que les narines roses de Renée frémissaient, et qu'elle forçait son compagnon à marcher doucement, pour ne rien perdre des choses ni de leur odeur. Elle s'oublia particulièrement dans un cabinet de toilette, laissé grand ouvert par Blanche Muller, qui, lorsqu'elle recevait, livrait à ses convives jusqu'à son alcôve, où l'on poussait le lit pour établir des tables de jeu. Mais le cabinet ne la satisfit pas; il lui parut commun et même un peu sale, avec son tapis que des bouts de cigarette avaient criblé de petites brûlures rondes, et ses tentures de soie bleue tachées de pommade, piquées par les éclaboussures du savon. Puis, quand elle eut bien inspecté les lieux, mis les moindres détails du logis dans sa mémoire, pour les décrire plus tard à ses intimes, elle passa aux personnages. Les hommes, elle les connaissait; c'étaient, pour la plupart, les mêmes financiers, les mêmes hommes politiques, les mêmes jeunes viveurs qui venaient à ses jeudis. Elle se croyait dans son salon, par moments, lorsqu'elle se trouvait en face d'un groupe d'habits noirs souriants, qui, la veille, avaient, chez elle, le même sourire, en parlant à la marquise d'Espanet ou à la blonde madame Haffner. Et lorsqu'elle regardait les femmes, l'illusion ne cessait pas complétement. Laure d'Aurigny était en jaune comme Suzanne Haffner, et Blanche Muller avait, comme Adeline d'Espanet, une robe blanche qui la décolletait jusqu'au milieu du dos. Enfin, Maxime demanda grâce, et elle voulut bien s'asseoir avec lui sur une causeuse. Ils restèrent là un instant, le jeune homme bâillant, la jeune femme lui demandant les noms de ces dames, les déshabil-

lant du regard, comptant les mètres de dentelles qu'elles
avaient autour de leurs jupes. Comme il la vit plongée dans
cette étude grave, il finit par s'échapper, obéissant à un
appel que Laure d'Aurigny lui faisait de la main. Elle le
plaisanta sur la dame qu'il avait au bras. Puis elle lui fit jurer de venir les rejoindre, vers une heure, au café Anglais.

— Ton père en sera, lui cria-t-elle, au moment où il rejoignait Renée.

Celle-ci se trouvait entourée d'un groupe de femmes qui
riaient très-fort, tandis que M. de Saffré avait profité de la
place laissée libre par Maxime, pour se glisser à côté d'elle
et lui dire des galanteries de cocher. Puis M. de Saffré et les
femmes, tout ce monde s'était mis à crier, à se taper sur les
cuisses, si bien que Renée, les oreilles brisées, bâillant à son
tour, se leva en disant à son compagnon :

— Allons-nous-en, ils sont trop bêtes !

Comme ils sortaient, M. de Mussy entra. Il parut enchanté de rencontrer Maxime, et, sans faire attention à la
femme masquée qui était avec lui :

— Ah ! mon ami, murmura-t-il d'un air langoureux, elle
me fera mourir. Je sais qu'elle va mieux, et elle me ferme
toujours sa porte. Dites-lui bien que vous m'avez vu les
larmes aux yeux.

— Soyez tranquille, votre commission sera faite, dit le
jeune homme avec un rire singulier.

Et, dans l'escalier :

— Eh bien ! belle-maman, ce pauvre garçon ne t'a pas
touchée ?

Elle haussa les épaules, sans répondre. En bas, sur le
trottoir, elle s'arrêta avant de monter dans le fiacre qui les
avait attendus, regardant d'un air hésitant du côté de la
Madeleine et du côté du boulevard des Italiens. Il était à
peine onze heures et demie, le boulevard avait encore une
grande animation.

14

— Alors, nous allons rentrer, murmura-t-elle avec regret.

— A moins que tu ne veuilles suivre un instant les boulevards en voiture, répondit Maxime.

Elle accepta. Son régal de femme curieuse tournait mal, et elle se désespérait de rentrer ainsi avec une illusion de moins et un commencement de migraine. Elle avait cru longtemps qu'un bal d'actrices était drôle à mourir. Le printemps, comme il arrive parfois dans les derniers jours d'octobre, semblait être revenu ; la nuit avait des tiédeurs de mai, et les quelques frissons froids qui passaient, mettaient dans l'air une gaieté de plus. Renée, la tête à la portière, resta silencieuse, regardant la foule, les cafés, les restaurants, dont la file interminable courait devant elle. Elle était devenue toute sérieue, perdue au fond de ces vagues souhaits dont s'emplissent les rêveries de femmes. Ce large trottoir que balayaient les robes des filles, et où les bottes des hommes sonnaient avec des familiarités particulières, cette asphalte grise où lui semblait passer le galop des plaisirs et des amours faciles, réveillaient ses désirs endormis, lui faisaient oublier ce bal idiot dont elle sortait, pour lui laisser entrevoir d'autres joies de plus haut goût. Aux fenêtres des cabinets de Brébant, elle aperçut des ombres de femmes sur la blancheur des rideaux. Et Maxime lui conta une histoire très-risquée, d'un mari trompé qui avait ainsi surpris, sur un rideau, l'ombre de sa femme en flagrant délit avec l'ombre d'un amant. Elle l'écoutait à peine. Lui, s'égaya, finit par lui prendre les mains, par la taquiner, en lui parlant de ce pauvre M. de Mussy.

Comme ils revenaient et qu'ils repassaient devant Brébant :

— Sais-tu, dit-elle tout à coup, que M. de Saffré m'a invitée à souper, ce soir ?

— Oh ! tu aurais mal mangé, répliqua-t-il en riant. Saffré

n'a pas la moindre imagination culinaire. Il en est encore à
la salade de homard.

— Non, non, il parlait d'huîtres et de perdreau froid...
Mais il me tutoyait, et cela m'a gênée...

Elle se tut, regarda encore le boulevard, et ajouta après
un silence, d'un air désolé :

— Le pis est que j'ai une faim atroce.

— Comment tu as faim ! s'écria le jeune homme. C'est
bien simple, nous allons souper ensemble... Veux-tu ?

Il dit cela tranquillement; mais elle refusa d'abord, assura
que Céleste lui avait préparé une collation à l'hôtel. Cependant, ne voulant pas aller au café Anglais, il avait fait arrêter la voiture au coin de la rue Le Pelletier, devant le restaurant du café Riche; il était même descendu, et comme
sa belle-mère hésitait encore :

— Après ça, dit-il, si tu as peur que je te compro-
mette, dis-le... Je vais monter à côté du cocher et te reconduire à ton mari.

Elle sourit, elle descendit du fiacre avec des mines d'oiseau qui craint de se mouiller les pattes. Elle était radieuse.
Ce trottoir qu'elle sentait sous ses pieds lui chauffait les
talons, lui donnait, à fleur de peau, un délicieux frisson de
peur et de caprice contenté. Depuis que le fiacre roulait,
elle avait une envie folle d'y sauter. Elle le traversa à petits
pas, furtivement, comme si elle eût goûté un plaisir plus vif
à redouter d'y être vue. Son escapade tournait décidément
à l'aventure. Certes, elle ne regrettait pas d'avoir refusé l'in-
vitation brutale de M. de Saffré. Mais elle serait rentrée horriblement maussade, si Maxime n'avait eu l'idée de lui faire
goûter au fruit défendu. Celui-ci monta l'escalier vivement,
comme s'il était chez lui. Elle le suivit en soufflant un peu.
De légers fumets de marée et de gibier traînaient, et le tapis,
que des baguettes de cuivre tendaient sur les marches, avait
une odeur de poussière qui redoublait son émotion.

Comme ils arrivaient à l'entre-sol, ils rencontrèrent un garçon, à l'air digne, qui se rangea contre le mur pour les laisser passer.

— Charles, lui dit Maxime, vous nous servirez, n'est-ce pas?... Donnez-nous le salon blanc.

Charles s'inclina, remonta quelques marches, ouvrit la porte d'un cabinet. Le gaz était baissé, il sembla à Renée qu'elle pénétrait dans le demi-jour d'un lieu suspect et charmant.

Un roulement continu entrait par la fenêtre grande ouverte, et sur le plafond, dans les reflets du café d'en bas, passaient les ombres rapides des promeneurs. Mais, d'un coup de pouce, le garçon haussa le gaz. Les ombres du plafond disparurent, le cabinet s'emplit d'une lumière crue qui tomba en plein sur la tête de la jeune femme. Elle avait déjà rejeté son capuchon en arrière. Les petits frisons s'étaient un peu ébouriffés dans le fiacre, mais le ruban bleu n'avait pas bougé. Elle se mit à marcher, gênée par la façon dont Charles la regardait; il avait un clignement d'yeux, un pincement de paupières, pour mieux la voir, qui signifiait clairement : « En voilà une que je ne connais pas encore. »

—Que servirai-je à monsieur? demanda-t-il à voix haute.

Maxime se tourna vers Renée.

— Le souper de M. de Saffré, n'est-ce pas? dit-il, des huîtres, un perdreau...

Et, voyant le jeune homme sourire, Charles l'imita, discrètement, en murmurant :

—Alors, le souper de mercredi, si vous voulez?

— Le souper de mercredi..., répétait Maxime.

Puis, se rappelant .

—Oui, ça m'est égal, donnez-nous le souper de mercredi.

Quand le garçon fut sorti, Renée prit son binocle et fit cu-

rieusement le tour du petit salon. C'était une pièce carrée,
blanche et or, meublée avec des coquetteries de boudoir.
Outre la table et les chaises, il y avait un meuble bas, une
sorte de console, où l'on desservait, et un large divan, un
véritable lit, qui se trouvait placé entre la cheminée et la
fenêtre. Une pendule et deux flambeaux Louis XVI garnis-
saient la cheminée de marbre blanc. Mais la curiosité du
cabinet était la glace, une belle glace trapue que les diamants de ces dames avaient criblée de noms, de dates, de
vers estropiés, de pensées prodigieuses et d'aveux étonnants.
Renée crut apercevoir une saleté et n'eut pas le courage de
satisfaire sa curiosité. Elle regarda le divan, éprouva un
nouvel embarras, se mit, afin d'avoir une contenance, à regarder le plafond et le lustre de cuivre doré, à cinq becs.
Mais la gêne qu'elle ressentait était délicieuse. Pendant
qu'elle levait le front, comme pour étudier la corniche, grave
et le binocle à la main, elle jouissait profondément de ce
mobilier équivoque, qu'elle sentait autour d'elle ; de cette
glace claire et cynique, dont la pureté, à peine ridée par ces
pattes de mouche ordurières, avait servi à rajuster tant de
faux chignons ; de ce divan qui la choquait par sa largeur ;
de la table, du tapis lui-même, où elle retrouvait l'odeur de
l'escalier, une vague odeur de poussière pénétrante et
comme religieuse.

Puis, lorsqu'il lui fallut baisser enfin les yeux :

— Qu'est-ce donc que ce souper de mercredi ? demanda-
t-elle à Maxime.

— Rien, répondit-il, un pari qu'un de mes amis a perdu.

Dans tout autre lieu, il lui aurait dit sans hésiter qu'il
avait soupé le mercredi avec une dame, rencontrée sur le
boulevard. Mais, depuis qu'il était entré dans le cabinet, il
la traitait instinctivement en femme à laquelle il faut plaire
et dont on doit ménager la jalousie. Elle n'insista pas, d'ailleurs ; elle alla s'accouder à la rampe de la fenêtre, où il vint

14.

la rejoindre. Derrière eux, Charles entrait et sortait, avec un bruit de vaisselle et d'argenterie.

Il n'était pas encore minuit. En bas, sur le boulevard, Paris grondait, prolongeait la journée ardente, avant de se décider à gagner son lit. Les files d'arbres marquaient, d'une ligne confuse, les blancheurs des trottoirs et le noir vague de la chaussée, où passaient le roulement et les lanternes rapides des voitures. Aux deux bords de cette bande obscure, les kiosques des marchandes de journaux, de place en place, s'allumaient, pareils à de grandes lanternes vénitiennes, hautes et bizarrement bariolées, posées régulièrement à terre, pour quelque illumination colossale. Mais, à cette heure, leur éclat assourdi se perdait dans le flamboiement des devantures voisines. Pas un volet n'était mis, les trottoirs s'allongeaient sans une raie d'ombre, sous une pluie de rayons qui les éclairait d'une poussière d'or, de la clarté chaude et éclatante du plein jour. Maxime montra à Renée, en face d'eux, le café Anglais, dont les fenêtres luisaient. Les branches hautes des arbres les gênaient un peu, d'ailleurs, pour voir les maisons et le trottoir opposés. Ils se penchèrent, ils regardèrent au-dessous d'eux. C'était un va-et-vient continu ; des promeneurs passaient par groupes, des filles, deux à deux, traînaient leurs jupes, qu'elles relevaient de temps à autre, d'un mouvement alangui, en jetant autour d'elles des regards las et souriants. Sous la fenêtre même, le café Riche avançait ses tables dans le coup de soleil de ses lustres, dont l'éclat s'étendait jusqu'au milieu de la chaussée ; et c'était surtout au centre de cet ardent foyer qu'ils voyaient les faces blêmes et les rires pâles des passants. Autour des petites tables rondes, des femmes, mêlées aux hommes, buvaient. Elles étaient en robes voyantes, les cheveux dans le cou ; elles se dandinaient sur les chaises, avec des paroles hautes que le bruit empêchait d'entendre. Renée en remarqua particulièrement une, seule à une table, vêtue d'un costume d'un bleu dur, garni d'une guipure blanche ; elle achevait, à petits coups, un verre de bière, renversée à demi, les mains sur le ventre, d'un air d'attente lourde et résignée. Celles qui marchaient se perdaient lentement au milieu de la foule, et la jeune femme, qu'elles intéressaient, les suivait du regard, allait d'un bout du boulevard à l'autre, dans les lointains tumultueux et confus de l'avenue, pleins du grouillement noir des promeneurs, et où les clartés n'étaient plus que des étincelles. Et le défilé repassait sans fin, avec une régularité fatigante, monde étrangement mêlé et toujours le même, au milieu des couleurs vives, des trous de ténèbres, dans le tohu-bohu féerique de ces mille flammes dansantes, sortant comme un flot des boutiques, colorant les transparents des croisées et des kiosques, courant sur les façades en baguettes, en lettres, en dessins de feu, piquant l'ombre d'étoiles, filant sur la chaussée, continuellement. Le bruit assourdissant qui montait avait une clameur, un ronflement prolongé, monotone, comme une note d'orgue accompagnant l'éternelle procession de petites poupées mécaniques. Renée crut, un moment, qu'un accident venait d'avoir lieu. Un flot de personnes se mouvait à gauche, un peu au delà du passage de l'Opéra. Mais, ayant pris son binocle, elle reconnut le bureau des omnibus ; il y avait beaucoup de monde sur le trottoir, debout, attendant, se précipitant dès qu'une voiture arrivait. Elle entendait la voix rude du contrôleur appeler les numéros, puis les tintements du compteur lui arrivaient en sonneries cristallines. Elle s'arrêta aux annonces d'un kiosque, crûment coloriées comme les images d'Épinal ; il y avait, sur un carreau, dans un cadre jaune et vert, une tête de diable ricanant, les cheveux hérissés, réclame d'un chapelier qu'elle ne comprit pas. De cinq minutes en cinq minutes, l'omnibus des Batignolles passait, avec ses lanternes rouges et sa caisse jaune, tournant le coin de la rue Le Peletier, ébranlant la

maison de son fracas ; et elle voyait les hommes de l'impériale, des visages fatigués qui se levaient et les regardaient,
elle et Maxime, du regard curieux des affamés mettant l'œil
à une serrure.

— Ah! dit-elle, le parc Monceaux, à cette heure, dort
bien tranquillement.

Ce fut la seule parole qu'elle prononça. Ils restèrent là
près de vingt minutes, silencieux, s'abandonnant à la gri-
serie des bruits et des clartés. Puis, la table mise, ils vinrent s'asseoir, et comme elle paraissait gênée par la présence
du garçon, il le congédia.

— Laissez-nous... Je sonnerai pour le dessert.

Elle avait aux joues de petites rougeurs et ses yeux
brillaient ; on eût dit qu'elle venait de courir. Elle rapportait de la fenêtre un peu du vacarme et de l'animation du
boulevard. Elle ne voulut pas que son compagnon fermât la
croisée.

— Eh! c'est l'orchestre, dit-elle, comme il se plaignait
du bruit. Tu ne trouves pas que c'est une drôle de musique? Cela va très-bien accompagner nos huîtres et notre
perdreau,

Ses trente ans se rajeunissaient dans son escapade. Elle
avait des mouvements vifs, une pointe de fièvre, et ce cabinet, ce tête-à-tête avec un jeune homme dans le brouhaha
de la rue, la fouettaient, lui donnaient un air fille. Ce fut
avec décision qu'elle attaqua les huîtres. Maxime n'avait pas
faim, il la regarda dévorer en souriant.

— Diable ! murmura-t-il, tu aurais fait une bonne sou-
peuse.

Elle s'arrêta, fâchée de manger si vite.

— Tu trouves que j'ai faim. Que veux-tu? C'est cette
heure de bal idiot qui m'a creusée... Ah! mon pauvre ami,
je te plains de vivre dans ce monde-là !

— Tu sais bien, dit-il, que je t'ai promis de lâcher Sylvia et Laure d'Aurigny, le jour où tes amies voudront venir souper avec moi.

Elle eut un geste superbe.

— Pardieu! je crois bien. Nous sommes autrement amusantes que ces dames, avoue-le... Si une de nous assommait un amant comme ta Sylvia et ta Laure d'Aurigny doivent vous assommer, mais la pauvre petite femme ne garderait pas cet amant une semaine!... Tu ne veux jamais m'écouter. Essaye, un de ces jours.

Maxime, pour ne pas appeler le garçon, se leva, enleva les coquilles d'huître et apporta le perdreau qui était sur la console. La table avait le luxe des grands restaurants. Sur la nappe damassée, un souffle d'adorable débauche passait, et c'était avec de petits frémissements d'aise que Renée promenait ses fines mains de sa fourchette à son couteau, de son assiette à son verre. Elle but du vin blanc sans eau, elle qui buvait ordinairement de l'eau à peine rougie. Comme Maxime, debout, sa serviette sur le bras, la servait avec des complaisances comiques, il reprit :

— Qu'est-ce que M. de Saffré a bien pu te dire, pour que tu sois si furieuse? Est-ce qu'il t'a trouvée laide?

— Oh! lui, répondit-elle, c'est un vilain homme. Jamais je n'aurais cru qu'un monsieur si distingué, si poli chez moi, parlât une telle langue. Mais je lui pardonne. Ce sont les femmes qui m'ont agacée. On aurait dit des marchandes de pommes. Il y en avait une qui se plaignait d'avoir un clou à la hanche, et, un peu plus, je crois qu'elle aurait relevé sa jupe pour faire voir son mal à tout le monde.

Maxime riait aux éclats.

— Non, vrai, continua-t-elle en s'animant, je ne vous comprends pas, elles sont sales et bêtes... Et dire que, lorsque je te voyais aller chez ta Sylvia, je m'imaginais des choses prodigieuses, des festins antiques, comme on en voit dans les tableaux, avec des créatures couronnées de roses, des coupes d'or, des voluptés extraordinaires... Ah! bien, oui. Tu m'as montré un cabinet de toilette malpropre et des femmes qui juraient comme des charretiers. Ça ne vaut pas la peine de faire le mal.

Il voulut se récrier, mais elle lui imposa silence, et, tenant du bout des doigts un os de perdreau qu'elle rongeait délicatement, elle ajouta d'une voix plus basse :

— Le mal, ce devrait être quelque chose d'exquis, mon cher... Moi qui suis une honnête femme, quand je m'ennuie et que je commets le péché de rêver l'impossible, je suis sûre que je trouve des choses beaucoup plus jolies que les Blanche Muller.

Et, d'un air grave, elle conclut par ce mot profond de cynisme naïf :

— C'est une affaire d'éducation, comprends-tu?

Elle déposa doucement le petit os dans son assiette. Le ronflement des voitures continuait, sans qu'une note plus vive s'élevât. Elle était obligée de hausser la voix pour qu'il pût l'entendre, et les rougeurs de ses joues augmentaient. Il y avait encore, sur la console, des truffes, un entremets sucré, des asperges, une curiosité pour la saison. Il apporta le tout, pour ne plus avoir à se déranger, et comme la table était un peu étroite, il plaça à terre, entre elle et lui, un seau d'argent plein de glace, dans lequel se trouvait une bouteille de champagne. L'appétit de la jeune femme finissait par le gagner. Ils touchèrent à tous les plats, ils vidèrent la bouteille de champagne, avec des gaietés brusques, se lançant dans des théories scabreuses, s'accoudant comme deux amis qui soulagent leur cœur, après boire. Le bruit diminuait sur le boulevard; mais elle l'entendait au contraire qui grandissait, et toutes ces roues, par instants, semblaient lui tourner dans la tête.

Quand il parla de sonner pour le dessert, elle se leva

secoua sa longue blouse de satin, pour faire tomber les miettes, en disant :

— C'est cela... Tu sais, tu peux allumer un cigare.

Elle était un peu étourdie. Elle alla à la fenêtre, attirée par un bruit particulier qu'elle ne s'expliquait pas. On fermait les boutiques.

— Tiens, dit-elle, en se retournant vers Maxime, l'orchestre qui se dégarnit.

Elle se pencha de nouveau. Au milieu, sur la chaussée, les fiacres et les omnibus croisaient toujours leurs yeux de couleur, plus rares et plus rapides. Mais, sur les côtés, le long des trottoirs, de grands trous d'ombre s'étaient creusés, devant les boutiques fermées. Les cafés seuls flambaient encore, rayant l'asphalte de nappes lumineuses. De la rue Drouot à la rue du Helder, elle apercevait ainsi une longue file de carrés blancs et de carrés noirs, dans lesquels les derniers promeneurs surgissaient et s'évanouissaient d'une étrange façon. Les filles surtout, avec la traîne de leur robe, tour à tour crûment éclairées et noyées dans l'ombre, prenaient un air d'apparition, de marionnettes blafardes, traversant le rayon électrique de quelque féerie. Elle s'amusa un moment à ce jeu. Il n'y avait plus de lumière épandue ; les becs de gaz s'éteignaient ; les kiosques bariolés tachaient les ténèbres plus durement. Par instants, un flot de foule, la sortie de quelque théâtre, passait. Mais des vides se faisaient bientôt, et il venait, sous la fenêtre, des groupes de deux ou trois hommes qu'une femme abordait. Ils restaient debout, discutant. Dans le tapage affaibli, quelques-unes de leurs paroles montaient ; puis, la femme, le plus souvent, s'en allait au bras d'un des hommes. D'autres filles se rendaient de café en café, faisaient le tour des tables, prenaient le sucre oublié, riaient avec les garçons, regardaient fixement, d'un air d'interrogation et d'offre silencieuses, les consommateurs attardés. Et comme Renée venait

de suivre des yeux l'impériale presque vide d'un omnibus
des Batignolles, elle reconnut, au coin du trottoir, la femme
à la robe bleue et aux guipures blanches, droite, tournant
le tête, toujours en quête.

Quand Maxime vint la chercher à la fenêtre, où elle
s'oubliait, il eut un sourire, en regardant une des croisées
entr'ouvertes du café Anglais ; l'idée que son père y soupait
de son côté lui parut comique ; mais il avait, ce soir-là, des
pudeurs particulières qui gênaient ses plaisanteries habituelles. Renée ne quitta la rampe qu'à regret. Une ivresse,
une langueur montaient des profondeurs plus vagues du
boulevard. Dans le ronflement affaibli des voitures, dans
l'effacement des clartés vives, il y avait un appel caressant
à la volupté et au sommeil. Les chuchotements qui couraient, les groupes arrêtés dans un coin d'ombre, faisaient
du trottoir le corridor de quelque grande auberge, à
l'heure où les voyageurs gagnent leur lit de rencontre. Les
lueurs et les bruits allaient toujours en se mourant, la
ville s'endormait, des souffles de tendresse passaient sur
les toits.

Lorsque la jeune femme se retourna, la lumière du
petit lustre lui fit cligner les paupières. Elle était un peu
pâle, maintenant, avec de courts frissons aux coins des
lèvres. Charles disposait le dessert ; il sortait, rentrait
encore, faisait battre la porte, lentement, avec son flegme
d'homme comme il faut.

— Mais je n'ai plus faim ? s'écria Renée, enlevez toutes
ces assiettes et donnez-nous le café.

Le garçon, habitué aux caprices de ses clientes, enleva
le dessert et versa le café. Il emplissait le cabinet de son
importance.

— Je t'en prie, mets-le à la porte, dit à Maxime la jeune
femme, dont le cœur tournait.

Maxime le congédia ; mais il avait à peine disparu, qu'il

revint une fois encore pour fermer hermétiquement les
grands rideaux de la fenêtre, d'un air discret. Quand il se
fut enfin retiré, le jeune homme, que l'impatience prenait
lui aussi, se leva, et allant à la porte :

— Attends, dit-il, j'ai un moyen pour qu'il nous lâche.

Et il poussa le verrou.

— C'est ça, reprit-elle, nous sommes chez nous, au
moins.

Leurs confidences, leurs bavardages de bons camarades
recommencèrent. Maxime avait allumé un cigare. Renée
buvait son café à petits coups et se permettait même un
verre de chartreuse. La pièce s'échauffait, s'emplissait
d'une fumée bleuâtre. Elle finit par mettre les coudes sur
la table et par appuyer son menton entre ses deux poings
à demi-fermés. Dans cette légère étreinte, sa bouche se
rapetissait, ses joues remontaient un peu, et ses yeux, plus
minces, luisaient davantage. Ainsi chiffonnée, sa petite
figure était adorable, sous la pluie de frisons dorés qui lui
descendaient maintenant jusque dans les sourcils. Maxime
la regardait à travers la fumée de son cigare. Il la trouvait
originale. Par moments, il n'était plus bien sûr de son
sexe; la grande ride qui lui traversait le front, l'avancement
boudeur de ses lèvres, son air indécis de myope, en faisaient
un grand jeune homme; d'autant plus que sa longue blouse
de satin noir allait si haut, qu'on voyait à peine, sous le
menton, une ligne du cou blanche et grasse. Elle se laissait regarder avec un sourire, ne bougeant plus la tête, le
regard perdu, la parole ralentie.

Puis, elle eut un brusque réveil; elle alla regarder la
glace, vers laquelle ses yeux vagues se tournaient depuis
un instant. Elle se haussa sur la pointe des pieds, appuya
les mains au bord de la cheminée, pour lire ces signatures,
ces mots risqués qui l'avaient effarouchée, avant le souper.
Elle épelait les syllabes avec quelque difficulté, riait, lisait

15

toujours, comme un collégien qui tourne les pages d'un Piron dans son pupitre.

— « Ernest et Clara, » disait-elle, et il y a un cœur dessous qui ressemble à un entonnoir... Ah ! voici qui est mieux : « J'aime les hommes, parce que j'aime les truffes. » Signé « Laure. » Dis donc, Maxime, est-ce que c'est la d'Aurigny qui a écrit cela ?... Puis voici les armes d'une de ces dames, je crois : une poule fumant une grosse pipe... Toujours des noms, le calendrier des saintes et des saints : Victor, Amélie, Alexandre, Édouard, Marguerite, Paquita, Louise, Renée... Tiens, il y en a une qui se nomme comme moi...

Maxime voyait dans la glace sa tête ardente. Elle se haussait davantage, et son domino, se tendant par derrière, dessinait la cambrure de sa taille, le développement de ses hanches. Le jeune homme suivait la ligne du satin qui plaquait comme une chemise. Il se leva à son tour et jeta son cigare. Il était mal à l'aise, inquiet. Quelque chose d'ordinaire et d'accoutumé lui manquait.

— Ah ! voici ton nom, Maxime, s'écria Renée... Écoute... « J'aime... »

Mais il s'était assis sur le coin du divan, presque aux pieds de la jeune femme. Il réussit à lui prendre les mains, d'un mouvement prompt ; il la détourna de la glace, en lui disant d'une voix singulière :

— Je t'en prie, ne lis pas cela.

Elle se débattit en riant nerveusement.

— Pourquoi donc ? Est-ce que je ne suis pas ta confidente ?

Mais lui, insistant, d'un ton plus étouffé :

— Non, non, pas ce soir.

Il la tenait toujours, et elle donnait de petites secousses avec ses poignets pour se dégager. Ils avaient des yeux qu'ils ne se connaissaient pas, un long sourire contraint et un peu honteux. Elle tomba sur les genoux, au bord du divan. Ils continuaient à lutter, bien qu'elle ne fît plus un mouvement du côté de la glace et qu'elle s'abandonnât déjà. Et comme le jeune homme la prenait à bras-le-corps, elle dit avec son rire embarrassé et mourant :

— Voyons, laissez-moi... Tu me fais mal.

Ce fut le seul murmure de ses lèvres. Dans le grand silence du cabinet, où le gaz semblait flamber plus haut, elle sentit le sol trembler et entendit le fracas de l'omnibus des Batignolles qui devait tourner le coin du boulevard. Et tout fut dit. Quand ils se retrouvèrent côte à côte, assis sur le divan, il balbutia, au milieu de leur malaise mutuel :

— Bah ! ça devait arriver un jour ou l'autre.

Elle ne disait rien. Elle regardait d'un air écrasé les rosaces du tapis.

— Est-ce que tu y songeais, toi ?... continua Maxime, balbutiant davantage. Moi, pas du tout... J'aurais dû me défier du cabinet...

Mais elle, d'une voix profonde, comme si toute l'honnêteté bourgeoise des Béraud Du Châtel s'éveillait dans cette faute suprême :

— C'est infâme, ce que nous venons de faire là, murmura-t-elle, dégrisée, la face vieillie et toute grave.

Elle étouffait. Elle alla à la fenêtre, tira les rideaux, s'accouda. L'orchestre était mort ; la faute s'était commise dans le dernier frisson des basses et le chant lointain des violons, vague sourdine du boulevard endormi et rêvant d'amour. En bas, la chaussée et les trottoirs s'enfonçaient, s'allongeaient, au milieu d'une solitude grise. Toutes ces roues grondantes de fiacres semblaient s'en être allées, en emportant les clartés et la foule. Sous la fenêtre, le café Riche était fermé, pas un filet de lumière ne glissait des volets. De l'autre côté de l'avenue, des lueurs braisillantes

allumaient seules encore la façade du café Anglais, une croisée entre autres, entr'ouverte, et d'où sortaient des rires affaiblis. Et, tout le long de ce ruban d'ombre, du coude de
la rue Drouot à l'autre extrémité, aussi loin que ses regards
pouvaient aller, elle ne voyait plus que les taches symétriques des kiosques rougissant et verdissant la nuit, sans
l'éclairer, semblables à des veilleuses espacées dans un dor-
toir géant. Elle leva la tête. Les arbres découpaient leurs
branches hautes sur un ciel clair, tandis que la ligne irrégulière des maisons se perdait avec les amoncellements d'une
côte rocheuse, au bord d'une mer bleuâtre. Mais cette bande
de ciel l'attristait davantage, et c'était dans les ténèbres du
boulevard qu'elle trouvait quelque consolation. Ce qui restait au ras de l'avenue déserte, du bruit et du vice de la
soirée, l'excusait. Elle croyait sentir la chaleur de tous ces
pas d'hommes et de femmes monter du trottoir qui se re-
froidissait. Les hontes qui avaient traîné là, désirs d'une
minute, offres faites à voix basse, noces d'une nuit payées à
l'avance, s'évaporaient, flottaient en une buée lourde que
roulaient les souffles matinaux. Penchée sur l'ombre, elle
respira ce silence frissonnant, cette senteur d'alcôve, comme
un encouragement qui lui venait d'en bas, comme une as-
surance de honte partagée et acceptée par une ville complice.
Et, lorsque ses yeux se furent accoutumés à l'obscurité,
elle aperçut la femme au costume bleu garni de guipure,
seule dans la solitude grise, debout à la même place, attendant et s'offrant aux ténèbres vides.

La jeune femme, en se retournant, aperçut Charles, qui
regardait autour de lui, flairant. Il finit par apercevoir le
ruban bleu de Renée, froissé, oublié sur un coin du divan.
Et il s'empressa de le lui apporter, de son air poli. Alors
elle sentit toute sa honte. Debout devant la glace, les mains
maladroites, elle essaya de renouer le ruban. Mais son
chignon était tombé, les petits frisons se trouvaient tout

aplatis sur les tempes, elle ne pouvait refaire le nœud.
Charles vint à son secours, en disant, comme s'il eût offert une chose accoutumée, un rince-bouche ou des cure-
dents :

— Si madame voulait le peigne?...

— Eh! non, c'est inutile, interrompit Maxime, qui lança
au garçon un regard d'impatience. Allez nous chercher une
voiture.

Renée se décida à rabattre simplement le capuchon de
son domino. Et, comme elle allait quitter la glace, elle se
haussa légèrement, pour retrouver les mots que l'étreinte
de Maxime lui avait empêché de lire. Il y avait, montant
vers le plafond, et d'une grosse écriture abominable, cette
déclaration signée Sylvia : « J'aime Maxime. » Elle pinça
les lèvres et rabattit son capuchon un peu plus bas.

Dans la voiture, ils éprouvèrent une gêne horrible. Ils
s'étaient placés, comme en descendant du parc Monceaux,
l'un en face de l'autre. Ils ne trouvaient pas une parole à
se dire. Le fiacre était plein d'une ombre opaque, et le
cigare de Maxime n'y mettait plus même un point rouge,
un éclair de braise rose. Le jeune homme perdu de nouveau
dans les jupons, « dont il avait jusqu'aux yeux, » souffrait
de ces ténèbres, de ce silence, de cette femme muette, qu'il
sentait à son côté, et dont il s'imaginait voir les yeux tout
grands ouverts sur la nuit. Pour paraître moins bête, il
finit par chercher sa main, et quand il la tint dans la
sienne, il fut soulagé, il trouva la situation tolérable. Cette
main s'abandonnait, molle et rêveuse.

Le fiacre traversait la place de la Madeleine. Renée songeait qu'elle n'était pas coupable. Elle n'avait pas voulu
l'inceste. Et plus elle descendait en elle, plus elle se trouvait innocente, aux premières heures de son escapade, à sa
sortie furtive du parc Monceaux, chez Blanche Müller, sur
le boulevard, même dans le cabinet du restaurant. Pour-

15.

quoi donc, était-elle tombée à genoux sur le bord de ce divan? Elle ne savait plus. Elle n'avait certainement pas pensé
une seconde à cela. Elle se serait refusée avec colère. C'était
pour rire, elle s'amusait, rien de plus. Et elle retrouvait,
dans le roulement du fiacre, cet orchestre assourdissant du
boulevard, ce va-et-vient d'hommes et de femmes, tandis
que des barres de feu brûlaient ses yeux fatigués.

Maxime, dans son coin, rêvait aussi avec quelque ennui.
Il était fâché de l'aventure. Il s'en prenait au domino de
satin noir. Avait-on jamais vu une femme se fagoter de la
sorte! On ne lui voyait pas même le cou. Il l'avait prise pour
un garçon, il jouait avec elle, et ce n'était pas sa faute, si
le jeu était devenu sérieux. Pour sûr, il ne l'aurait pas touchée du bout des doigts, si elle avait seulement montré un
coin d'épaule. Il se serait souvenu qu'elle était la femme de
son père. Puis, comme il n'aimait pas les réflexions désagréables, il se pardonna. Tant pis, après tout! il tâcherait
de ne plus recommencer. C'était une bêtise.

Le fiacre s'arrêta, et Maxime descendit le premier pour
aider Renée. Mais, à la petite porte du parc, il n'osa pas
l'embrasser. Ils se touchèrent la main, comme de coutume.
Elle se trouvait déjà de l'autre côté de la grille, lorsque,
pour dire quelque chose, avouant sans le vouloir une préoccupation qui tournait vaguement dans sa rêverie depuis le
restaurant :

— Qu'est-ce donc, demanda-t-elle, que ce peigne dont
a parlé le garçon?

— Ce peigne, répéta Maxime embarrassé, mais je ne
sais pas...

Renée comprit brusquement. Le cabinet avait sans doute
un peigne qui entrait dans le matériel, au même titre que
les rideaux, le verrou et le divan. Et, sans attendre une
explication qui ne venait pas, elle s'enfonça au milieu des
ténèbres du parc Monceaux, hâtant le pas, croyant voir

derrière elle ces dents d'écaille ou Laure d'Aurigny et
Sylvia avaient dû laisser des cheveux blonds et des cheveux
noirs. Elle avait une grosse fièvre. Il fallut que Céleste la
mît au lit et la veillât jusqu'au matin. Maxime, sur le trottoir du boulevard Malesherbes, se consulta un moment, pour
savoir s'il rejoindrait la bande joyeuse du café Anglais; puis,
avec l'idée qu'il se punissait, il décida qu'il devait aller se
coucher.

Le lendemain, Renée s'éveilla tard d'un sommeil lourd
et sans rêves. Elle se fit faire un grand feu, elle dit qu'elle
passerait la journée dans sa chambre. C'était là son refuge,
aux heures graves. Vers midi, son mari ne le voyant pas
descendre pour le déjeuner, lui demanda la permission de
l'entretenir un instant. Elle refusait déjà avec une pointe
d'inquiétude, lorsqu'elle se ravisa. La veille, elle avait remis à Saccard une note de Worms, montant à cent trente-
six mille francs, un chiffre un peu gros, et sans doute il
voulait se donner la galanterie de lui remettre lui-même la
quittance.

La pensée des petits frisons de la veille lui vint. Elle
regarda machinalement dans la glace ses cheveux que Céleste avait noués en grosses nattes. Puis elle se pelotonna
au coin du feu, s'enfouissant dans les dentelles de son peignoir. Saccard, dont l'appartement se trouvait également
au premier étage, faisant pendant à celui de sa femme,
vint en pantoufles, en mari. Il mettait à peine une fois par
mois les pieds dans la chambre de Renée, et toujours
pour quelque délicate question d'argent. Ce matin-là, il
avait les yeux rougis, le teint blême d'un homme qui
n'a pas dormi. Il baisa la main de la jeune femme, galamment.

— Vous êtes malade, ma chère amie? dit-il en s'asseyant
à l'autre coin de la cheminée. Un peu de migraine, n'est-ce
pas?... Pardonnez-moi de vous casser la tête avec mon gali-

matias d'homme d'affaires ; mais la chose est assez grave...

Il tira d'une poche de sa robe de chambre le mémoire de Worms, dont Renée reconnut le papier glacé.

— J'ai trouvé hier ce mémoire sur mon bureau, continua-t-il, et je suis désolé, je ne puis absolument pas le solder en ce moment.

Il étudia du coin de l'œil l'effet produit sur elle par ses paroles. Elle parut profondément étonnée. Il reprit avec un sourire :

— Vous savez, ma chère amie, que je n'ai pas l'habitude d'éplucher vos dépenses. Je ne dis pas que certains détails de ce mémoire ne m'aient point un peu surpris. Ainsi, par exemple, je vois ici, à la seconde page : « Robe de bal : étoffe, 70 fr. ; façon, 600 fr. ; argent prêté, 5,000 fr. ; eau du docteur Pierre, 6 fr. » Voilà une robe de soixante-dix francs qui monte bien haut... Mais vous savez que je comprends toutes les faiblesses. Votre note est de cent trente-six mille francs, et vous avez été presque sage, relativement, je veux dire... Seulement, je le répète, je ne puis payer, je suis gêné.

Elle tendit la main, d'un geste de dépit contenu.

— C'est bien, dit-elle sèchement, rendez-moi le mémoire. J'aviserai.

— Je vois que vous ne me croyez pas, murmura Saccard, goûtant comme un triomphe l'incrédulité de sa femme au sujet de ses embarras d'argent. Je ne dis pas que ma situation soit menacée, mais les affaires sont bien nerveuses en ce moment... Laissez-moi, quoique je vous importune, vous expliquer notre cas ; vous m'avez confié votre dot, et je vous dois une entière franchise.

Il posa le mémoire sur la cheminée, prit les pincettes, se mit à tisonner. Cette manie de fouiller les cendres, pendant qu'il causait d'affaires, était chez lui un calcul qui avait fini par devenir une habitude. Quand il arrivait à un chiffre, à une phrase difficile à prononcer, il produisait quelque éboulement qu'il réparait ensuite laborieusement, rapprochant les bûches, ramassant et entassant les petits éclats de bois. D'autres fois, il disparaissait presque dans la cheminée, pour aller chercher un morceau de braise égaré. Sa voix s'assourdissait, on s'impatientait, on s'intéressait à ses savantes constructions de charbons ardents, on ne l'écoutait plus, et généralement on sortait de chez lui battu et content. Même chez les autres, il s'emparait despotiquement des pincettes. L'été, il jouait avec une plume, un couteau à papier, un canif.

— Ma chère amie, dit-il en donnant un grand coup qui mit le feu en déroute, je vous demande encore une fois pardon d'entrer dans ces détails... Je vous ai servi exactement la rente des fonds que vous m'avez remis entre les mains. Je puis même dire, sans vous blesser, que j'ai regardé seulement cette rente comme votre argent de poche, payant vos dépenses, ne vous demandant jamais votre apport de moitié dans les frais communs du ménage.

Il se tut. Renée souffrait, le regardait faire un grand trou dans la cendre pour enterrer le bout d'une bûche. Il arrivait à un aveu délicat.

— J'ai dû, vous le comprenez, faire produire à votre argent des intérêts considérables. Les capitaux sont entre bonnes mains, soyez tranquille... Quant aux sommes provenant de vos biens de la Sologne, elles ont servi en partie au payement de l'hôtel que nous habitons; le reste est placé dans une affaire excellente, la Société générale des Ports du Maroc... Nous n'en sommes pas à compter ensemble, n'est-ce pas? mais je veux vous prouver que les pauvres maris sont parfois bien méconnus.

Un motif puissant devait le pousser à mentir moins que de coutume. La vérité était que la dot de Renée n'existait plus depuis longtemps; elle avait passé, dans la caisse de

Saccard, à l'état de valeur fictive. S'il en servait les intérêts à plus de deux ou trois cents pour cent, il n'aurait pu représenter le moindre titre ni retrouver la plus petite espèce solide du capital primitif. Comme il l'avouait à moitié, d'ailleurs, les cinq cent mille francs des biens de la Sologne avaient servi à donner un premier à-compte sur l'hôtel et le mobilier, qui coûtaient ensemble près de deux millions. Il devait encore un million au tapissier et à l'entrepreneur.

— Je ne vous réclame rien, dit enfin Renée, je sais que je suis très-endettée vis-à-vis de vous.

— Oh! chère amie, s'écria-t-il, en prenant la main de sa femme, sans abandonner les pincettes, quelle vilaine idée vous avez là !... En deux mots, tenez, j'ai été malheureux à la Bourse, Toutin-Laroche a fait des bêtises, les Mignon et Charrier sont des butors qui me mettent dedans. Et voilà pourquoi je ne puis payer votre mémoire. Vous me pardonnez, n'est-ce pas?

Il semblait véritablement ému. Il enfonça les pincettes entre les bûches, alluma des fusées d'étincelles. Renée se rappela l'allure inquiète qu'il avait depuis quelque temps. Mais elle ne put descendre dans l'étonnante vérité. Saccard en était arrivé à un tour de force quotidien. Il habitait un hôtel de deux millions, il vivait sur le pied d'une dotation de prince, et certains matins il n'avait pas mille francs dans sa caisse. Ses dépenses ne paraissaient pas diminuer. Il vivait sur la dette, parmi un peuple de créanciers qui engloutissaient au jour le jour les bénéfices scandaleux qu'il réalisait dans certaines affaires. Pendant ce temps, au même moment, des sociétés s'écroulaient sous lui, de nouveaux trous se creusaient plus profonds, par-dessus lesquels il sautait, ne pouvant les combler. Il marchait ainsi sur un terrain miné, dans une crise continuelle, soldant des notes de cinquante mille francs et ne payant pas les gages de son cocher, marchant toujours avec un aplomb de plus en plus royal, vidant avec plus de rage sur Paris sa caisse vide, d'où le fleuve d'or aux sources légendaires continuait à sortir.

La spéculation traversait alors une heure mauvaise. Saccard était un digne enfant de l'Hôtel de Ville. Il avait eu la rapidité de transformation, la fièvre de jouissance, l'aveuglement de dépense qui secouait Paris. A ce moment, comme la Ville, il se trouvait en face d'un formidable déficit qu'il s'agissait de combler secrètement; car il ne voulait pas entendre parler de sagesse, d'économie, d'existence calme et bourgeoise. Il préférait garder le luxe inutile et la misère réelle de ces voies nouvelles, d'où il avait tiré sa colossale fortune de chaque matin mangée chaque soir. D'aventure en aventure, il n'avait plus que la façade dorée d'un capital absent. A cette heure de folie chaude, Paris lui-même n'engageait pas son avenir avec plus d'emportement et n'allait pas plus droit à toutes les sottises et à toutes les duperies financières. La liquidation menaçait d'être terrible.

Les plus belles spéculations se gâtaient entre les mains de Saccard. Il venait d'essuyer, comme il le disait, des pertes considérables à la Bourse. M. Toutin-Laroche avait failli faire sombrer le Crédit viticole dans un jeu à la hausse qui s'était brusquement tourné contre lui; heureusement que le gouvernement, intervenant sous le manteau, avait remis debout la fameuse machine du prêt hypothécaire aux cultivateurs. Saccard, ébranlé par cette double secousse, très-maltraité par son frère le ministre, pour le risque que venait de courir la solidité des bons de délégation de la Ville, compromis avec celle du Crédit viticole, se trouvait moins heureux encore dans sa spéculation sur les immeubles. Les Mignon et Charrier avait complétement rompu avec lui. S'il les accusait, c'était par une rage sourde de s'être trompé, en faisant bâtir sur sa part de terrains, tandis qu'eux vendaient prudemment la leur. Pendant qu'ils réalisaient une fortune, lui restait avec des maisons sur les bras, dont il ne se débar-

rassait souvent qu'à perte. Entre autres, il vendit trois cent
mille francs, rue de Marignan, un hôtel sur lequel il en
devait encore trois cent quatre-vingt mille. Il avait bien
inventé un tour de sa façon, qui consistait à exiger dix mille
francs d'un appartement valant huit mille francs au plus;
le locataire effrayé ne signait un bail que lorsque le propriétaire consentait à lui faire cadeau des deux premières années
de loyer; l'appartement se trouvait de cette façon réduit à
son prix réel, mais le bail portait le chiffre de dix mille
francs par an, et quand Saccard trouvait un acquéreur et
capitalisait les revenus de l'immeuble, il arrivait à une véritable fantasmagorie de calcul. Il ne put appliquer cette
duperie en grand; ses maisons ne se louaient pas; il les avait
bâties trop tôt; les déblais, au milieu desquels elles se trouvaient perdues, en pleine boue, l'hiver, les isolaient, leur
faisaient un tort considérable. L'affaire qui le toucha le
plus fut la grosse rouerie des sieurs Mignon et Charrier, qui
lui rachetèrent l'hôtel dont il avait dû abandonner la construction, au boulevard Malesherbes. Les entrepreneurs
étaient enfin mordus par l'envie d'habiter « leur boulevard. » Comme ils avaient vendu leur part de terrains de
plus-value, et qu'ils flairaient la gêne de leur ancien associé, ils lui offrirent de le débarrasser de l'enclos au milieu duquel l'hôtel s'élevait jusqu'au plancher du premier
étage, dont l'armature de fer était en partie posée. Seulement ils traitèrent de plâtras inutiles ces solides fondations
en pierre de taille, disant qu'ils auraient préféré le sol nu,
pour y faire construire à leur guise. Saccard dut vendre,
sans tenir compte des cent et quelques mille francs qu'il
avait déjà dépensés. Et ce qui l'exaspéra davantage encore,
ce fut que jamais les entrepreneurs ne voulurent reprendre
le terrain à deux cent cinquante francs le mètre, chiffre fixé
lors du partage. Ils lui rabattirent vingt-cinq francs par
mètre, comme ces marchandes à la toilette qui ne donnent,

plus que quatre francs d'un objet qu'elles ont vendu cinq francs la veille. Deux jours après, Saccard eut la douleur de voir une armée de maçons envahir l'enclos de planches et continuer à bâtir sur les « platras inutiles. »

Il jouait donc d'autant mieux la gène devant sa femme, que ses affaires s'embrouillaient davantage. Il n'était pas homme à se confesser par amour de la vérité.

— Mais, monsieur, dit Renée d'un air de doute, si vous vous trouvez embarrassé, pourquoi m'avoir acheté cette aigrette et cette rivière qui vous ont coûté, je crois, soixante-cinq mille francs?... Je n'ai que faire de ces bijoux ; je vais être obligée de vous demander la permission de m'en défaire pour donner un à-compte à Worms.

— Gardez-vous-en bien ! s'écria-t-il avec inquiétude. Si l'on ne vous voyait pas ces bijoux demain au bal du ministère, on ferait des cancans sur ma situation...

Il était bonhomme, ce matin-là. Il finit par sourire et par murmurer en clignant les yeux :

— Ma chère amie, nous autres spéculateurs, nous sommes comme les jolies femmes, nous avons nos roueries... Conservez, je vous prie, votre aigrette et votre rivière pour l'amour de moi.

Il ne pouvait conter l'histoire qui était tout à fait jolie, mais un peu risquée. Ce fut à la fin d'un souper que Saccard et Laure d'Aurigny conclurent un traité d'alliance. Laure était criblée de dettes et ne songeait plus qu'à trouver un bon jeune homme qui voulût bien l'enlever et la conduire à Londres. Saccard, de son côté, sentait le sol s'écrouler sous lui ; son imagination aux abois cherchait un expédient qui le montrât au public vautré sur un lit d'or et de billets de banque. La fille et le spéculateur, dans la demi-ivresse du dessert, s'entendirent. Il trouva l'idée de cette vente de diamants qui fit courir tout Paris, et dans laquelle il acheta, à grand tapage, des bijoux pour sa femme. Puis, avec le

16

produit de la vente, quatre cent mille francs environ, il parvint à satisfaire les créanciers de Laure, auxquels elle devait à peu près le double. Il est même à croire qu'il retira du jeu une partie de ses soixante-cinq mille francs. Quand on le vit liquider la situation de la d'Aurigny, il passa pour son amant, on crut qu'il payait la totalité de ses dettes, qu'il faisait des folies pour elle. Toutes les mains se tendirent vers lui, le crédit revint, formidable. Et on le plaisantait, à la Bourse, sur sa passion, avec des sourires, des allusions, qui le ravissaient. Pendant ce temps, Laure d'Aurigny, mise en vue par ce vacarme, et chez laquelle il ne passa seulement pas une nuit, feignait de le tromper avec huit à dix imbéciles alléchés par l'idée de la voler à un homme si colossalement riche. En un mois, elle eut deux mobiliers et plus de diamants qu'elle n'en avait vendu. Saccard avait pris l'habitude d'aller fumer un cigare chez elle, l'après-midi, au sortir de la Bourse ; souvent il apercevait des coins de redingote qui fuyaient, effarouchés, entre les portes. Quand ils étaient seuls, ils ne pouvaient se regarder sans rire. Il la baisait au front, comme une fille perverse dont la coquinerie l'enthousiasmait. Il ne lui donnait pas un sou, et même une fois elle lui prêta de l'argent, pour une dette de jeu.

Renée voulut insister, parla d'engager au moins les bijoux ; mais son mari lui fit entendre que cela n'était pas possible, que tout Paris s'attendait à les lui voir le lendemain. Alors la jeune femme, que le mémoire de Worms inquiétait beaucoup, chercha un autre expédient.

— Mais, s'écria-t-elle tout à coup, mon affaire de Charonne marche bien, n'est-ce pas ? Vous me disiez encore l'autre jour que les bénéfices seraient superbes... Peut-être que Larsonneau m'avancerait les cent trente-six mille francs ?

Saccard, depuis un instant, oubliait les pincettes entre

ses jambes. Il les reprit vivement, se pencha, disparut presque dans la cheminée, où la jeune femme entendit sourdement sa voix qui murmurait :

— Oui, oui, Larsonneau, pourrait peut-être...

Elle arrivait enfin, d'elle-même, au point où il l'amenait
doucement depuis le commencement de la conversation. Il y
avait deux ans déjà qu'il préparait son coup de génie, du
côté de Charonne. Jamais sa femme ne voulut aliéner les
biens de la tante Elisabeth ; elle avait juré à cette dernière
de les garder intacts pour les léguer à son enfant, si
elle devenait mère. Devant cet entêtement, l'imagination
du spéculateur travailla et finit par bâtir tout un poëme.
C'était une œuvre de scélératesse exquise, une duperie colossale dont la Ville, l'État, sa femme et jusqu'à Larsonneau,
devaient être les victimes. Il ne parla plus de vendre les
terrains ; seulement il gémit chaque jour sur la sottise qu'il
y avait à les laisser improductifs, à se contenter d'un revenu
de deux pour cent. Renée, toujours pressée d'argent, finit
par accepter l'idée d'une spéculation quelconque. Il basa son
opération sur la certitude d'une expropriation prochaine,
pour le percement du boulevard du Prince-Eugène, dont le
tracé n'était pas encore nettement arrêté. Et ce fut alors
qu'il amena son ancien complice Larsonneau, comme un
associé qui conclut avec sa femme un traité sur les bases
suivantes: elle apportait les terrains, représentant une valeur
de cinq cent mille francs ; de son côté, Larsonneau s'engageait à bâtir, sur ces terrains, pour une somme égale, une
salle de café-concert, accompagnée d'un grand jardin, où
l'on établirait des jeux de toutes sortes, des balançoires, des
jeux de quilles, des jeux de boules, etc. Les bénéfices devaient naturellement être partagés, de même que les pertes
seraient subies par moitié. Dans le cas où l'un des deux
associés voudrait se retirer, il le pourrait, en exigeant sa
part, selon l'estimation qui interviendrait. Renée parut sur-

prise de ce gros chiffre de cinq cent mille francs, lorsque les
terrains en valaient au plus trois cent mille. Mais il lui fit
comprendre que c'était une façon habile de lier plus tard
les mains de Larsonneau, dont les constructions n'attein-
draient jamais une telle somme.

Larsonneau était devenu un viveur élégant, bien ganté,
avec du linge éblouissant et des cravates étonnantes. Il avait,
pour faire ses courses, un tilbury fin comme une œuvre
d'horlogerie, très-haut de siége, et qu'il conduisait lui-même.
Ses bureaux de la rue de Rivoli étaient une enfilade de
pièces somptueuses, où l'on ne voyait pas le moindre carton, la moindre paperasse. Ses employés écrivaient sur des
tables de poirier noirci, marquetées, ornées de cuivres cise-
lés. Il prenait le titre d'agent d'expropriation, un métier
nouveau que les travaux de Paris avaient créé. Ses attaches
avec l'Hôtel de Ville le renseignaient à l'avance sur le percement des voies nouvelles. Quand il était parvenu à se
faire communiquer, par un agent voyer, le tracé d'un boulevard, il allait offrir ses services aux propriétaires menacés.
Et il faisait valoir ses petits moyens pour grossir l'indemnité,
en agissant avant le décret d'utilité publique. Dès qu'un
propriétaire acceptait ses offres, il prenait tous les frais à sa
charge, dressait un plan de la propriété, écrivait un mémoire, suivait l'affaire devant le tribunal, payait un avocat,
moyennant un tant pour cent sur la différence entre l'offre
de la Ville et l'indemnité accordée par le jury. Mais à cette
besogne à peu près avouable, il en joignait plusieurs autres.
Il prêtait surtout à usure. Ce n'était plus l'usurier de la
vieille école, déguenillé, malpropre, aux yeux blancs et
muets comme des pièces de cent sous, aux lèvres pâles et
serrées comme les cordons d'une bourse. Lui souriait, avait
des œillades charmantes, se faisait habiller chez Dusautoy,
allait déjeuner chez Brébant avec sa victime, qu'il appelait
« Mon bon, » en lui offrant des havanes au dessert. Au fond,

dans ses gilets qui le pinçaient à la taille, Larsonneau était
un terrible monsieur qui aurait poursuivi le payement d'un
billet jusqu'au suicide du signataire, sans rien perdre de
son amabilité.

Saccard eût volontiers cherché un autre associé. Mais il
avait toujours des inquiétudes au sujet de l'inventaire faut
que Larsonneau gardait précieusement. Il préféra le mettre
dans l'affaire, comptant profiter de quelque circonstance
pour rentrer en possession de cette pièce compromettante.
Larsonneau bâtit le café-concert, une construction en
planches et en platras, surmontée de clochetons de fer-
blanc, qu'il fit peinturlurer en jaune et en rouge. Le jardin et les jeux eurent du succès dans le quartier populeux
de Charonne. Au bout de deux ans, la spéculation paraissait prospère, bien que les bénéfices fussent réellement
très-faibles. Saccard, jusqu'alors, n'avait parlé qu'avec enthousiasme à sa femme de l'avenir d'une si belle idée.

Renée, voyant que son mari ne se décidait pas à sortir
de la cheminée, où sa voix s'étouffait de plus en plus :

— J'irai voir Larsonneau aujourd'hui, dit-elle. C'est ma
seule ressource.

Alors il abandonna la bûche avec laquelle il luttait.

— La course est faite, chère amie, répondit-il en souriant. Est-ce que je ne préviens pas tous vos désirs ?... J'ai
vu Larsonneau hier soir.

— Et il vous a promis les cent trente-six mille francs,
demanda-t-elle avec anxiété.

Il faisait, entre les deux bûches qui flambaient, une petite montagne de braise, ramassant délicatement, du bout
des pincettes, les plus minces fragments de charbon, regardant d'un air satisfait s'élever cette butte qu'il construisait
avec un art infini.

— Oh ! comme vous y allez !... murmura-t-il. C'est une
grosse somme que cent trente-six mille francs... Larson-

16.

neau est un bon garçon, mais sa caisse est encore modeste.
Il est tout prêt à vous obliger...

Il s'attardait, clignant les yeux, rebâtissant un coin de
la butte qui venait de s'écrouler. Ce jeu commençait à
brouiller les idées de la jeune femme. Elle suivait malgré
elle le travail de son mari, dont la maladresse augmentait.
Elle était tentée de lui donner des conseils. Oubliant
Worms, le mémoire, le manque d'argent, elle finit par
dire :

— Mais placez donc ce gros morceau-là dessous; les
autres tiendront.

Son mari lui obéit docilement, en ajoutant :

— Il ne peut trouver que cinquante mille francs. C'est
toujours un joli à-compte... Seulement, il ne veut pas
mêler cette affaire avec celle de Charonne. Il n'est qu'intermédiaire, vous comprenez, chère amie? La personne
qui prête l'argent demande des intérêts énormes. Elle
voudrait un billet de quatre-vingt mille francs, à six mois
de date.

Et, ayant couronné la butte par un morceau de braise
pointu, il croisa les mains sur les pincettes en regardant
fixement sa femme.

— Quatre-vingt mille francs ! s'écria-t-elle, mais c'est un
vol!... Est-ce que vous me conseillez une pareille folie ?

— Non, dit-il nettement. Mais, si vous avez absolument
besoin d'argent, je ne vous la défends pas.

Il se leva comme pour se retirer. Renée, dans une indécision cruelle, regarda son mari et le mémoire qu'il laissait sur la cheminée. Elle finit par prendre sa pauvre tête
entre ses mains, en murmurant :

— Oh ! ces affaires !... J'ai la tête brisée, ce matin... Allez, je vais signer ce billet de quatre-vingt mille francs. Si
je ne le faisais pas, ça me rendrait tout à fait malade. Je
me connais, je passerais la journée dans un combat af-

freux... J'aime mieux faire les bêtises tout de suite. Ça me soulage.

Et elle parla de sonner pour qu'on allât lui chercher du papier timbré. Mais il voulut lui rendre ce service lui-même. Il avait sans doute le papier timbré dans sa poche, car son absence dura à peine deux minutes. Pendant qu'elle écrivait sur une petite table qu'il avait poussée au coin du feu, il l'examinait avec des yeux où s'allumait un désir étonné. Il faisait très-chaud dans la chambre, pleine encore du lever de la jeune femme, des senteurs de sa première toilette. Tout en causant, elle avait laissé glisser les pans du peignoir dans lequel elle s'était pelotonnée, et le regard de son mari, debout devant elle, glissait sur sa tête inclinée, parmi l'or de ses cheveux, très-loin, jusqu'aux blancheurs de son cou et de sa poitrine. Il souriait d'un air singulier; ce feu ardent qui lui avait brûlé la face, cette chambre close où l'air alourdi gardait une odeur d'amour, ces cheveux jaunes et cette peau blanche qui le tentaient avec une sorte de dédain conjugal, le rendaient rêveur, élargissaient le drame dont il venait de jouer une scène, faisaient naître quelque secret et voluptueux calcul dans sa chair brutale d'agioteur.

Quand sa femme lui tendit le billet, en le priant de terminer l'affaire, il le prit, la regardant toujours.

— Vous êtes belle à ravir..., murmura-t-il.

Et comme elle se penchait pour repousser la table, il la baisa rudement sur le cou. Elle jeta un petit cri. Puis elle se leva, frémissante, tâchant de rire, songeant invinciblement aux baisers de l'autre, la veille. Mais il eut regret de ce baiser de cocher. Il la quitta, en lui serrant amicalement la main, et en lui promettant qu'elle aurait les cinquante mille francs le soir même.

Renée sommeilla toute la journée devant le feu. Aux heures de crise, elle avait des langueurs de créole. Alors,

toute sa turbulence devenait paresseuse, frileuse, endormie. Elle grelottait, il lui fallait des brasiers ardents, une
chaleur suffocante qui lui mettait au front de petites
gouttes de sueur, et qui l'assoupissait. Dans cet air brûlant, dans ce bain de flammes, elle ne souffrait presque
plus ; sa douleur devenait comme un songe léger, un
vague oppressement, dont l'indécision même finissait par
être voluptueuse. Ce fut ainsi qu'elle berça jusqu'au soir
ses remords de la veille, dans la clarté rouge du foyer, en
face d'un terrible feu qui faisait craquer les meubles autour
d'elle, et lui ôtait, par instants, la conscience de son être.
Elle put songer à Maxime, comme à une jouissance enflammée dont les rayons la brûlaient ; elle eut un cauchemar
d'étranges amours, au milieu de bûchers, sur des lits
chauffés à blanc. Céleste allait et venait, dans la chambre,
avec sa figure calme de servante au sang glacé. Elle avait
l'ordre de ne laisser entrer personne ; elle congédia même
les inséparables, Adeline d'Espanet et Suzanne Haffner, de
retour d'un déjeuner qu'elles venaient de faire ensemble,
dans un pavillon loué par elles à Saint-Germain. Cependant,
vers le soir, Céleste étant venue dire à sa maîtresse que
madame Sidonie, la sœur de monsieur, voulait lui parler,
elle reçut l'ordre de l'introduire.

Madame Sidonie ne venait généralement qu'à la nuit
tombée. Son frère avait pourtant obtenu qu'elle mît des
robes de soie. Mais, on ne savait comment, la soie qu'elle
portait avait beau sortir du magasin, elle ne paraissait
jamais neuve ; elle se fripait, perdait son luisant, ressemblait à une loque. Elle avait aussi consenti à ne pas apporter
son panier chez les Saccard. En revanche, ses poches
débordaient de paperasses. Renée, dont elle ne pouvait
faire une cliente raisonnable, résignée aux nécessités de
la vie, l'intéressait. Elle la visitait régulièrement, avec
des sourires discrets de médecin qui ne veut pas effrayer

un malade en lui apprenant le nom de son mal. Elle
s'apitoyait sur ses petites misères, comme sur des bobos
qu'elle guérirait immédiatement, si la jeune femme voulait. Cette dernière, qui était dans une de ces heures où
l'on a besoin d'être plaint, la faisait uniquement entrer
pour lui dire qu'elle avait des douleurs de tête intolérables.

— Eh! ma toute belle, murmura madame Sidonie en
se glissant dans l'ombre de la pièce, mais vous étouffez,
ici!... Toujours vos douleurs névralgiques, n'est-ce pas?
C'est le chagrin. Vous prenez la vie trop à cœur.

— Oui, j'ai bien des soucis, répondit languissamment
Renée.

La nuit tombait. Elle n'avait pas voulu que Céleste
allumât une lampe. Le brasier seul jetait une grande
lueur rouge, qui l'éclairait en plein, allongée, dans son
peignoir blanc dont les dentelles devenaient roses. Au
bord de l'ombre, on ne voyait qu'un bout de la robe noire
de madame Sidonie et ses deux mains croisées, couvertes
de gants de coton gris. Sa voix tendre sortait des
ténèbres.

— Encore des peines d'argent! dit-elle, comme si elle
avait dit : des peines de cœur, d'un ton plein de douceur
et de pitié.

Renée abaissa les paupières, fit un geste d'aveu.

— Ah! si mes frères m'écoutaient, nous serions tous
riches. Mais ils lèvent les épaules, quand je leur parle de
cette dette de trois milliards, vous savez?... J'ai bon espoir,
pourtant. Il y a dix ans que je veux faire un voyage en Angleterre. J'ai si peu de temps à moi!... Enfin je me suis
décidée à écrire à Londres, et j'attends la réponse.

Et comme la jeune femme souriait :

— Je sais, vous êtes une incrédule, vous aussi. Cependant vous seriez bien contente, si je vous faisais cadeau, un

de ces jours, d'un joli petit million... Allez, l'histoire est toute
simple : c'est un banquier de Paris qui prêta l'argent au
fils du roi d'Angleterre, et comme le banquier mourut sans
héritier naturel, l'État peut aujourd'hui exige, le rembour-
sement de la dette, avec les intérêts composés. J'ai fait le
calcul, ça monte à deux milliards neuf cent quarante-trois
millions deux cent dix mille francs... N'ayez pas peur, ça
viendra, ça viendra.

— En attendant, dit la jeune femme avec une pointe
d'ironie, vous devriez bien me faire prêter cent mille
francs... Je pourrais payer mon tailleur qui me tourmente
beaucoup.

— Cent mille francs se trouvent, répondit tranquillement madame Sidonie. Il ne s'agit que d'y mettre le
prix.

Le brasier luisait ; Renée, plus languissante, allongeait
ses jambes, montrait le bout de ses pantoufles, au bord de
son peignoir. La courtière reprit sa voix apitoyée.

— Pauvre chère, vous n'êtes vraiment pas raisonnable... Je connais beaucoup de femmes, mais je n'en ai
jamais vu une aussi peu soucieuse de sa santé. Tenez,
cette petite Michelin, c'est elle qui sait s'arranger ! Je
songe à vous, malgré moi, quand je la vois heureuse et bien
portante... Savez-vous que M. de Saffré en est amoureux
fou et qu'il lui a déjà donné pour près de dix mille francs de
cadeaux ?... Je crois que son rêve est d'avoir une maison de
campagne.

Elle s'animait, elle cherchait sa poche.

— J'ai là encore une lettre d'une pauvre jeune femme...
Si nous avions de la lumière, je vous la ferais lire... Imaginez-vous que son mari ne s'occupe pas d'elle. Elle avait
signé des billets, elle a été obligée d'emprunter à un monsieur que je connais. C'est moi qui ai retiré les billets des
griffes des huissiers, et ça n'a pas été sans peine... Ces pau-

vres enfants, croyez-vous qu'ils font le mal ? Je les reçois
chez moi, comme s'ils étaient mon fils et ma fille.

— Vous connaissez un prêteur ? demanda négligemment
Renée.

— J'en connais dix... Vous êtes trop bonne. Entre femmes, n'est-ce pas ? on peut se dire bien des choses, et ce n'est
pas parce que votre mari est mon frère, que je l'excuserai
de courir les gueuses et de laisser se morfondre au coin du
feu un amour de femme comme vous... Cette Laure d'Au-
riguy lui coûte les yeux de la tête. Ça ne m'étonnerait pas
qu'il vous eût refusé de l'argent. Il vous en a refusé, n'est-
ce pas ?... O le malheureux !

Renée écoutait complaisemment cette voix molle qui sortait de l'ombre, comme l'écho encore vague de ses propres
songeries. Les paupières demi-closes, presque couchée dans
son fauteuil, elle ne savait plus que madame Sidonie était
là, elle croyait rêver que de mauvaises pensées lui venaient
et la tentaient avec une grande douceur. La courtière parla
longtemps, pareille à une eau tiède et monotone.

— C'est madame de Lauwerens qui a gâté votre existence.
Vous n'avez jamais voulu me croire. Ah ! vous n'en seriez
pas à pleurer au coin de votre cheminée, si vous ne vous
étiez pas défiée de moi... Et je vous aime comme mes
yeux, ma toute belle. Vous avez un pied ravissant. Vous
allez vous moquer de moi, mais je veux vous conter mes
folies : quand il y a trois jours que je ne vous ai vue, il
faut absolument que je vienne pour vous admirer ; oui, il
me manque quelque chose ; j'ai besoin de me rassasier de
vos beaux cheveux, de votre visage si blanc et si délicat,
de votre taille mince... Vrai, je n'ai jamais vu de taille
pareille.

Renée finit par sourire. Ses amants n'avaient pas eux-
mêmes cette chaleur, cette extase recueillie, en lui parlant
de sa beauté. Madame Sidonie vit ce sourire.

— Allons, c'est convenu, dit-elle en se levant vivement...
Je bavarde, je bavarde, et j'oublie que je vous casse la tête...
Vous viendrez demain, n'est-ce pas? Nous causerons argent,
nous chercherons un prêteur... Entendez-vous, je veux que
vous soyez heureuse.

La jeune femme, sans bouger, pâmée par la chaleur,
répondit après un silence, comme s'il lui avait fallu un
travail laborieux pour comprendre ce qu'on disait autour
d'elle :

— Oui, j'irai, c'est convenu, et nous causerons; mais
pas demain... Worms se contentera d'un à-compte. Quand
il me tourmentera encore, nous verrons... Ne me parlez
plus de tout cela. J'ai la tête brisée par les affaires.

Madame Sidonie parut très-contrariée. Elle allait se ras-
seoir, reprendre son monologue caressant; mais l'attitude
lasse de Renée lui fit remettre son attaque à plus tard. Elle
tira de sa poche une poignée de paperasses, où elle chercha
et finit par trouver un objet renfermé dans une sorte de
boîte rose.

— J'étais venue pour vous recommander un nouveau
savon, dit-elle en reprenant sa voix de courtière. Je m'inté-
resse beaucoup à l'inventeur, qui est un charmant jeune
homme. C'est un savon très-doux, très-bon pour la peau.
Vous l'essayerez, n'est-ce pas? et vous en parlerez à vos
amies... Je le laisse là, sur votre cheminée.

Elle était à la porte, lorsqu'elle revint encore, et droite
dans la lueur rose du brasier, avec sa face de cire, elle se
mit à faire l'éloge d'une ceinture élastique, une invention
destinée à remplacer les corsets.

— Ça vous donne une taille absolument ronde, une vraie
taille de guêpe, disait-elle... J'ai sauvé ça d'une faillite.
Quand vous viendrez, vous essayerez les spécimens, si vous
voulez... J'ai dû courir les avoués pendant une semaine.
Le dossier est dans ma poche et je vais de ce pas chez mon

huissier pour lever une dernière opposition... A bientôt, ma mignonne. Vous savez que je vous attends et que je veux sécher vos beaux yeux.

Elle glissa, elle disparut. Renée ne l'entendit même pas fermer la porte. Elle resta là, devant le feu qui mourait, continuant le rêve de la journée, la tête pleine de chiffres dansants, entendant au loin les voix de Saccard et de madame Sidonie dialoguer, lui offrir des sommes considérables, du ton dont un commissaire-priseur met un mobilier aux enchères. Elle sentait sur son cou le baiser brutal de son mari, et quand elle se retournait, c'était la courtière qu'elle trouvait à ses pieds, avec sa robe noire, son visage mou, lui tenant des discours passionnés, lui vantant ses perfections, implorant un rendez-vous d'amour, avec l'attitude d'un amant à bout de résignation. Cela la faisait sourire. La chaleur, dans la pièce, devenait de plus en plus étouffante. Et la stupeur de la jeune femme, les rêves bizarres qu'elle faisait, n'étaient qu'un sommeil léger, un sommeil artificiel, au fond duquel elle revoyait toujours le petit cabinet du boulevard, le large divan où elle était tombée à genoux. Elle ne souffrait plus du tout. Quand elle ouvrait les paupières, Maxime passait dans le brasier rose.

Le lendemain, au bal du ministère, la belle madame Saccard fut merveilleuse. Worms avait accepté l'à-compte de cinquante mille francs ; elle sortait de cet embarras d'argent, avec des rires de convalescente. Quand elle traversa les salons, dans sa grande robe de faye rose à longue traîne Louis XIV, encadrée de hautes dentelles blanches, il y eut un murmure, les hommes se bousculèrent pour la voir. Et les intimes s'inclinaient, avec un discret sourire d'intelligence, rendant hommage à ces belles épaules, si connues du tout Paris officiel, et qui étaient les fermes colonnes de l'empire. Elle s'était décolletée avec un tel

17

mépris des regards, elle marchait si calme et si tendre
dans sa nudité, que cela n'était presque plus indécent.
Eugène Rougon, le grand homme politique, qui sentait
cette gorge nue plus éloquente encore que sa parole à la
Chambre, plus douce et plus persuasive pour faire goûter
les charmes du règne et convaincre les sceptiques, alla
complimenter sa belle-sœur sur son heureux coup d'audace d'avoir échancré son corsage de deux doigts de plus.
Presque tout le corps législatif était là, et à la façon dont
les députés regardaient la jeune femme, le ministre se promettait un beau succès, le lendemain, dans la question
délicate des emprunts de la Ville de Paris. On ne pouvait
voter contre un pouvoir qui faisait pousser, dans le terreau
des millions, une fleur comme cette Renée, une si étrange
fleur de volupté, à la chair de soie, aux nudités de statue,
vivante jouissance qui laissait derrière elle une odeur de
plaisir tiède. Mais ce qui fit chuchoter le bal entier, ce
fut la rivière et l'aigrette. Les hommes reconnaissaient les
bijoux. Les femmes se les désignaient du regard, furtivement. On ne parla que de ça toute la soirée. Et les salons
allongeaient leur enfilade, dans la lumière blanche des
lustres, emplis d'une cohue resplendissante, comme un
fouillis d'astres tombés dans un coin trop étroit.

Vers une heure, Saccard disparut. Il avait goûté le
succès de sa femme en homme dont le coup de théâtre
réussit. Il venait encore de consolider son crédit. Une affaire
l'appelait chez Laure d'Aurigny ; il se sauva en priant Maxime
de reconduire Renée à l'hôtel, après le bal.

Maxime passa la soirée, sagement, à côté de Louise de
Mareuil, très-occupés tous les deux à dire un mal affreux
des femmes qui allaient et venaient. Et quand ils avaient
trouvé quelque folie plus grosse que les autres, ils étouffaient leurs rires dans leur mouchoir. Il fallut que Renée
vînt demander son bras au jeune homme, pour sortir des

salons. Dans la voiture, elle fut d'une gaieté nerveuse ; elle était encore toute vibrante de l'ivresse de lumière, de parfums et de bruits, qu'elle venait de traverser. Elle semblait, d'ailleurs, avoir oublié leur « bêtise » du boulevard, comme disait Maxime. Elle lui demanda seulement, d'un ton de voix singulier :

— Elle est donc très-drôle, cette petite bossue de Louise?

— Oh! très-drôle.... répondit le jeune homme en riant encore. Tu as vu la duchesse de Sternich, avec un oiseau jaune dans les cheveux, n'est-ce pas?... Est-ce que Louise ne prétend pas que c'est un oiseau mécanique qui bat des ailes et qui crie : Coucou ! coucou! au pauvre duc, toutes les heures.

Renée trouva très-comique cette plaisanterie de pensionnaire émancipée. Quand ils furent arrivés, comme Maxime allait prendre congé d'elle, elle lui dit :

— Tu ne montes pas? Céleste m'a sans doute préparé une collation.

Il monta, avec son abandon ordinaire. En haut, il n'y avait pas de collation, et Céleste était couchée. Il fallut que Renée allumât les bougies d'un petit candélabre à trois branches. Sa main tremblait un peu.

— Cette sotte, disait-elle en parlant de sa femme de chambre, elle aura mal compris mes ordres... Jamais je ne vais pouvoir me déshabiller toute seule.

Elle passa dans son cabinet de toilette. Maxime la suivit, pour lui raconter un nouveau mot de Louise qui lui revenait à la mémoire, tranquille comme s'il se fût attardé chez un ami, cherchant déjà son porte-cigare pour allumer un havane. Mais là, lorsqu'elle eut posé le candélabre, elle se tourna et tomba dans les bras du jeune homme, muette et inquiétante, collant sa bouche sur sa bouche.

L'appartement particulier de Renée était un nid de soie

et de dentelle, une merveille de luxe coquet. Un boudoir
très-petit précédait la chambre à coucher. Les deux pièces
n'en faisaient qu'une, ou du moins le boudoir n'était guère
que le seuil de la chambre, une grande alcôve, garnie de
chaises longues, sans porte pleine, fermée par une double
portière. Les murs, dans l'une et l'autre pièce, se trouvaient
également tendus d'une étoffe de soie mate gris de lin, brochée d'énormes bouquets de roses, de lilas blancs et de
boutons d'or. Les rideaux et les portières étaient en guipure
de Venise, posée sur une doublure de soie, faite de bandes
alternativement grises et roses. Dans la chambre à coucher,
la cheminée en marbre blanc, un véritable joyau, étalait,
comme une corbeille de fleurs, ses incrustations de lapis et
de mosaïques précieuses, reproduisant les roses, les lilas
blancs et les boutons d'or de la tenture. Un grand lit gris
et rose, dont on ne voyait pas le bois recouvert d'étoffe et
capitonné, et dont le chevet s'appuyait au mur, emplissait
toute une moitié de la chambre avec son flot de draperies,
ses guipures et sa soie brochée de bouquets, tombant du
plafond jusqu'au tapis. On aurait dit une toilette de femme,
arrondie, découpée, accompagnée de pouffs, de nœuds, de
volants; et ce large rideau qui se gonflait, pareil à une
jupe, faisait rêver à quelque grande amoureuse, penchée,
se pâmant, près de choir sur les oreillers. Sous les rideaux,
c'était une sanctuaire, des batistes plissées à petits plis,
une neige de dentelles, toutes sortes de choses délicates et
transparentes, qui se noyaient dans un demi-jour religieux.
A côté du lit, de ce monument dont l'ampleur dévote rappelait une chapelle ornée pour quelque fête, les autres meubles disparaissaient : des siéges bas, une psyché de deux mètres, des meubles pourvus d'une infinité de tiroirs. A terre,
le tapis, d'un gris bleuâtre, était semé de roses pâles ef-
feuillées. Et, aux deux côtés du lit, il y avait deux grandes
peaux d'ours noir, garnies de velours rose, aux ongles d'ar-

gent, et dont les têtes, tournées vers la fenêtre, regardaient fixement le ciel vide de leurs yeux de verre.

Cette chambre avait une harmonie douce, un silence étouffé. Aucune note trop aiguë, reflet de métal, dorure claire, ne chantait dans la phrase rêveuse du rose et du gris. La garniture de la cheminée elle-même, le cadre de la glace, la pendule, les petits candélabres, étaient faits de pièces de vieux sèvres, laissant à peine voir le cuivre doré des montures. Une merveille, cette garniture, la pendule surtout, avec sa ronde d'Amours joufflus, qui descendaient, se penchaient autour du cadran, comme une bande de gamins tout nus se moquant de la marche rapide des heures. Ce luxe adouci, ces couleurs et ces objets que le goût de Renée avait voulu tendres et souriants, mettaient là un crépuscule, un jour d'alcôve dont on a tiré les rideaux. Il semblait que le lit se continuât, que la pièce entière fût un lit immense, avec ses tapis, ses peaux d'ours, ses siéges capitonnés, ses tentures matelassées qui continuaient la mollesse du sol le long des murs, jusqu'au plafond. Et, comme dans un lit, la jeune femme laissait là, sur toutes ces choses, l'empreinte, la tiédeur, le parfum de son corps. Quand on écartait la double portière du boudoir, il semblait qu'on soulevât une courte-pointe de soie, qu'on entrât dans quelque grande couche encore chaude et moite, où l'on retrouvait, sur les toiles fines, les formes adorables, le sommeil et les rêves d'une Parisienne de trente ans.

Une pièce voisine, la garde-robe, grande chambre tendue de vieille perse, était simplement entourée de hautes armoires en bois de rose, où se trouvait pendue l'armée des robes. Céleste, très-méthodique, rangeait les robes par ordre d'ancienneté, les étiquetait, mettait de l'arithmétique au milieu des caprices jaunes ou bleus de sa maîtresse, tenait la garde-robe dans un recueillement de sacristie et

17.

une propreté de grande écurie. Il n'y avait pas un meuble,
et pas un chiffon ne traînait; les panneaux des armoires
luisaient, froids et nets, comme les panneaux vernis d'un
coupé.

Mais la merveille de l'appartement, la pièce dont parlait
tout Paris, c'était le cabinet de toilette. On disait : « Le
cabinet de toilette de la belle madame Saccard, » comme
on dit : « La galerie des glaces, à Versailles. » Ce cabinet
se trouvait dans une des tourelles de l'hôtel, juste au-dessus du petit salon bouton d'or. On songeait, en y entrant, à
une large tente ronde, une tente de féerie, dressée en plein
rêve par quelque guerrière amoureuse. Au centre du plafond, une couronne d'argent ciselé retenait les pans de la
tente qui venaient, en s'arrondissant, s'attacher aux murs,
d'où ils tombaient droits jusqu'au plancher. Ces pans, cette
tenture riche était faite d'un dessous de soie rose recouvert
d'une mousseline très-claire, plissée à grands plis de distance
en distance ; une applique de guipure séparait les plis, et
des baguettes d'argent guillochées descendaient de la couronne, filaient le long de la tenture, aux deux bords de
chaque applique. Le gris rose de la chambre à coucher
s'éclairait ici, devenait un blanc rose, une chair nue. Et,
sous ce berceau de dentelles, sous ces rideaux qui ne laissaient voir du plafond, par le vide étroit de la couronne,
qu'un trou bleuâtre, où Chaplin avait peint un Amour rieur,
regardant et apprêtant sa flèche, on se serait cru au fond
d'un drageoir, dans quelque précieuse boîte à bijoux, gran-
die, non plus faite pour l'éclat d'un diamant, mais pour la
nudité d'une femme. Le tapis, d'une blancheur de neige,
s'étalait sans le moindre semis de fleurs. Une armoire à
glace, dont les deux panneaux étaient incrustés d'argent ;
une chaise longue, deux pouffs, des tabourets de satin
blanc; une grande table de toilette, à plaque de marbre
rose, et dont les pieds disparaissaient sous des volants de

mousseline et de guipure, meublaient la pièce. Les cristaux
de la table de toilette, les verres, les vases, la cuvette,
étaient en vieux bohême veiné de rose et de blanc. Et il y
avait encore une autre table, incrustée d'argent comme l'armoire à glace, où se trouvait rangé l'outillage, les engins
de toilette, trousse bizarre qui étalait un nombre considérable de petits instruments dont l'usage échappait, les
gratte-dos, les polissoirs, les limes de toutes les grandeurs
et de toutes les formes, les ciseaux droits et recourbés, toutes les variétés des pinces et des épingles. Chacun de ces
objets, en argent et ivoire, était marqué au chiffre de
Renée.

Mais le cabinet avait un coin délicieux, et ce coin-là surtout le rendait célèbre. En face de la fenêtre, les pans de la
tente s'ouvraient et découvraient, au fond d'une sorte d'alcôve longue et peu profonde, une baignoire, une vasque de
marbre rose, enfoncée dans le plancher, et dont les bords
cannelés comme ceux d'une grande coquille, arrivaient au
ras du tapis. On descendait dans la baignoire par des marches de marbre. Au-dessus des robinets d'argent, au col de
cygne, une glace de Venise, découpée, sans cadre, avec des
dessins dépolis dans le cristal, occupait le fond de l'alcôve.
Chaque matin, Renée prenait un bain de quelques minutes.
Ce bain emplissait pour la journée le cabinet d'une moiteur,
d'une odeur de chair fraîche et mouillée. Parfois, un flacon
débouché, un savon resté hors de sa boîte, mettaient une
pointe plus violente dans cette langueur un peu fade. La
jeune femme aimait à rester là, jusqu'à midi, presque nue.
La tente ronde, elle aussi, était nue. Cette baignoire rose,
ces tables et ces cuvettes roses, cette mousseline du plafond
et des murs, sous laquelle on croyait voir couler un sang
rose, prenaient des rondeurs de chair, des rondeurs d'épaules et de seins; et, selon l'heure de la journée, on eût dit
la peau neigeuse d'une enfant ou la peau chaude d'une

femme. C'était une grande nudité. Quand Renée sortait du bain, son corps blond n'ajoutait qu'un peu de rose à toute cette chair rose de la pièce.

Ce fut Maxime qui déshabilla Renée. Il s'entendait à ces choses, et ses mains agiles devinaient les épingles, couraient autour de sa taille avec une science native. Il la décoiffa, lui enleva ses diamants, la recoiffa pour la nuit. Et comme il mêlait à son office de chambrière et de coiffeur des plaisanteries et des caresses, Renée riait, d'un rire gras et étouffé, tandis que la soie de son corsage craquait et que ses jupes se dénouaient une à une. Quand elle se vit nue, elle souffla les bougies du candélabre, prit Maxime à bras-le-corps et l'emporta presque dans la chambre à coucher. Ce bal avait achevé de la griser. Dans sa fièvre, elle avait conscience de la journée passée la veille au coin de son feu, de cette journée de stupeur ardente, de rêves vagues et souriants. Elle entendait toujours dialoguer les voix sèches de Saccard et de madame Sidonie, criant des chiffres, avec des nasillements d'huissier. C'était ces gens qui l'assommaient, qui la poussaient au crime. Et même, à cette heure, lorsqu'elle cherchait ses lèvres, au fond du grand lit obscur, elle voyait toujours Maxime au milieu du brasier de la veille, la regardant avec des yeux qui la brûlaient.

Le jeune homme ne se retira qu'à six heures du matin. Elle lui donna la clef de la petite porte du parc Monceaux, en lui faisant jurer de revenir tous les soirs. Le cabinet de toilette communiquait avec le salon bouton d'or, par un escalier de service caché dans le mur, et qui desservait toutes les pièces de la tourelle. Du salon, il était facile de passer dans la serre et de gagner le parc.

En sortant au petit jour, par un brouillard épais, Maxime était un peu étourdi de sa bonne fortune. Il l'accepta, d'ailleurs, avec ses complaisances d'être neutre.

— Tant pis ! pensait-il, c'est elle qui le veut, après tout...
Elle est diablement bien faite ; et elle avait raison, elle est
deux fois plus drôle au lit que Sylvia.

Ils avaient glissé à l'inceste, dès le jour où Maxime, dans
sa tunique rapée de collégien, s'était pendu au cou de
Renée, en chiffonnant son habit de garde-française. Ce fut,
dès lors, entre eux, une longue perversion de tous les
instants. L'étrange éducation que la jeune femme donnait
à l'enfant ; les familiarités qui firent d'eux des camarades ;
plus tard, l'audace rieuse de leurs confidences ; toute cette
promiscuité périlleuse finit par les attacher d'un singulier
lien, où les joies de l'amitié devenaient presque des satisfactions charnelles. Ils s'étaient livrés l'un à l'autre depuis
des années ; l'acte brutal ne fut que la crise aiguë de cette
inconsciente maladie d'amour. Dans le monde affolé où ils
vivaient, leur faute avait poussé comme sur un fumier gras
de sucs équivoques ; elle s'était développée avec d'étranges
raffinements, au milieu de particulières conditions de débauche.

Lorsque la grande calèche les emportait au bois et les roulait mollement le long des allées, se contant des gravelures
à l'oreille, cherchant dans leur enfance les polissonneries de
l'instinct, ce n'était là qu'une déviation et qu'un contentement inavoué de leurs désirs. Ils se sentaient vaguement
coupables, comme s'ils s'étaient effleurés d'un attouchement ; et même ce péché originel, cette langueur des
conversations ordurières qui les lassait d'une fatigue voluptueuse, les chatouillait plus doucement encore que des
baisers nets et positifs. Leur camaraderie fut ainsi la marche lente de deux amoureux, qui devait fatalement un jour
les mener au cabinet du café Riche et au grand lit gris et
rose de Renée. Quand ils se trouvèrent aux bras l'un de
l'autre, ils n'eurent pas la secousse de la faute. On eût dit
de vieux amants, dont les baisers avaient des ressouvenirs.

Et ils venaient de perdre tant d'heures dans un contact de tout leur être, qu'ils parlaient malgré eux de ce passé plein de leurs tendresses ignorantes.

— Tu te souviens, le jour où je suis arrivé à Paris, disait Maxime; tu avais un drôle de costume; et, avec mon doigt, j'ai tracé un angle sur ta poitrine, je t'ai conseillé de te décolleter en pointe... Je sentais ta peau sous la chemisette, et mon doigt enfonçait un peu... C'était très-bon...

Renée riait, le baisant, murmurant :

— Tu étais déjà joliment vicieux... Nous as-tu amusées, chez Worms, tu te rappelles! Nous t'appelions « notre petit homme. » Moi j'ai toujours cru que la grosse Suzanne se serait parfaitement laissé faire, si la marquise ne l'avait surveillée avec des yeux furibonds.

— Ah! oui, nous avons bien ri..., murmurait le jeune homme. L'album de photographies, n'est-ce pas? et tout le reste, nos courses dans Paris, nos goûters chez le pâtissier du boulevard; tu sais, ces petits gâteaux aux fraises que tu adorais?... Moi, je me souviendrai toujours de cette après-midi où tu m'as conté l'aventure d'Adeline, au couvent, quand elle écrivait des lettres à Suzanne, et qu'elle signait comme un homme : Arthur d'Espanet, en lui proposant de l'enlever...

Les amants s'égayaient encore de cette bonne histoire; puis Maxime continuait de sa voix câline :

— Quand tu venais me chercher au collége dans ta voiture, nous devions être drôles tous les deux... Je disparaissais sous tes jupons, tant j'étais petit.

— Oui, oui, balbutiait-elle, prise de frissons, attirant le eune homme à elle, c'était très-bon, comme tu dis... Nous nous aimions sans le savoir, n'est-ce pas? Moi je l'ai su avant toi. L'autre jour, en revenant du bois, j'ai frôlé ta jambe, et j'ai tressailli... Mais tu ne t'es aperçu de rien. Hein? tu ne songeais pas à moi?

— Oh! si, répondait-il un peu embarrassé. Seulement, je ne savais pas, tu comprends.... Je n'osais pas.

Il mentait. L'idée de posséder Renée ne lui était jamais nettement venue. Il l'avait effleurée de tout son vice sans la désirer réellement. Il était trop mou pour cet effort. Il accepta Renée parce qu'elle s'imposa à lui, et qu'il glissa jusqu'à sa couche, sans le vouloir, sans le prévoir. Quand il y eut roulé, il y resta, parce qu'il y faisait chaud, et qu'il s'oubliait au fond de tous les trous où il tombait. Dans les commencements, il goûta même des satisfactions d'amour-propre. C'était la première femme mariée qu'il possédait. Il ne songeait pas que le mari était son père.

Mais Renée apportait dans la faute toutes ces ardeurs de cœur déclassé. Elle aussi avait glissé sur la pente. Seulement, elle n'avait pas roulé jusqu'au bout comme une chair inerte. Le désir s'était éveillé en elle trop tard pour le combattre, lorsque la chute devenait fatale. Cette chute lui apparut brusquement comme une nécessité de son ennui, comme une jouissance rare et extrême qui seule pouvait réveiller ses sens lassés, son cœur meurtri. Ce fut pendant cette promenade d'automne, au crépuscule, quand le Bois s'endormait, que l'idée vague de l'inceste lui vint, pareille à un chatouillement qui lui mit à fleur de peau un frisson inconnu ; et, le soir, dans la demi-ivresse du dîner, sous le fouet de la jalousie, cette idée se précisa, se dressa ardemment devant elle, au milieu des flammes de la serre, en face de Maxime et de Louise. A cette heure, elle voulut le mal, le mal que personne ne commet, le mal qui allait emplir son existence vide et la mettre enfin dans cet enfer, dont elle avait toujours peur, comme au temps où elle était petite fille. Puis, le lendemain, elle ne voulut plus, par un étrange sentiment de remords et de lassitude. Il lui semblait qu'elle avait déjà péché, que ce n'était pas si bon qu'elle pensait, et que ce serait vraiment trop sale. La crise

devait être fatale, venir d'elle-même, en dehors de ces deux
êtres, de ces camarades qui étaient destinés à se tromper
un beau soir, à s'accoupler, en croyant se donner une poignée
de mains. Mais, après cette chute bête, elle se remit à son
rêve d'un plaisir sans nom, et alors elle reprit Maxime dans
ses bras, curieuse de lui, curieuse des joies cruelles d'un
amour qu'elle regardait comme un crime. Sa volonté accepta
l'inceste, l'exigea, entendit le goûter jusqu'au bout, jusqu'aux remords, s'ils venaient jamais. Elle fut active, con-
scienté. Elle aima avec son emportement de grande mondaine,
ses préjugés inquiets de bourgeoise, tous ses combats, ses
joies et ses dégoûts de femme qui se noie dans son propre
mépris.

Maxime revint chaque nuit. Il arrivait par le jardin, vers
une heure. Le plus souvent, Renée l'attendait dans la serre,
qu'il devait traverser pour gagner le petit salon. Ils étaient,
d'ailleurs, d'une impudence parfaite, se cachant à peine,
oubliant les précautions les plus classiques de l'adultère.
Ce coin de l'hôtel, il est vrai, leur appartenait. Baptiste, le
valet de chambre du mari, avait seul le droit d'y pénétrer,
et Baptiste, en homme grave, disparaissait aussitôt que
son service était fini. Maxime prétendait même en riant
qu'il se retirait pour écrire ses Mémoires. Une nuit, cependant, comme il venait d'arriver, Renée le lui montra qui
traversait solennellement le salon, tenant un bougeoir à
la main. Le grand valet, avec sa carrure de ministre, éclairé
par la lumière jaune de la cire, avait, cette nuit-là, un visage
plus correct et plus sévère encore que de coutume. En se
penchant, les amants le virent souffler sa bougie et se diri-
ger vers les écuries, où dormaient les chevaux et les palefreniers.

— Il fait sa ronde, dit Maxime.

Renée resta frissonnante. Baptiste l'inquiétait d'ordinaire.
Il lui arrivait de dire qu'il était le seul honnête homme de

l'hôtel, avec sa froideur, ses regards clairs qui ne s'arrêtaient jamais aux épaules des femmes.

Ils mirent alors quelque prudence à se voir. Ils fermaient les portes du petit salon, et pouvaient ainsi jouir en toute tranquillité de ce salon, de la serre et de l'appartement de Renée. C'était tout un monde. Ils y goûtèrent, pendant les premiers mois, les joies les plus raffinées, les plus délicatement cherchées. Ils promenèrent leurs amours du grand lit gris et rose de la chambre à coucher, dans la nudité rose et blanche du cabinet de toilette, et dans la symphonie en jaune mineur du petit salon. Chaque pièce, avec son odeur particulière, ses tentures, sa vie propre, leur donnait une tendresse différente, faisait de Renée une autre amoureuse : elle fut délicate et jolie dans sa couche capitonnée de grande dame, au milieu de cette chambre tiède et aristocratique, où l'amour prenait un effacement de bon goût ; sous la tente couleur de chair, au milieu des parfums et de la langueur humide de la baignoire, elle se montra fille capricieuse et charnelle, se livrant au sortir du bain, et ce fut là que Maxime la préféra ; puis, en bas, au clair lever de soleil du petit salon, au milieu de cette aurore jaunissante qui dorait ses cheveux, elle devint déesse, avec sa tête de Diane blonde, ses bras nus qui avaient des poses chastes, son corps pur, dont les attitudes, sur les causeuses, trouvaient des lignes nobles, d'une grâce antique. Mais il était un lieu dont Maxime avait presque peur, et où Renée ne l'entraînait que les jours mauvais, les jours où elle avait besoin d'une ivresse plus âcre. Alors ils aimaient dans la serre. C'était là qu'ils goûtaient l'inceste.

Une nuit, dans une heure d'angoisse, la jeune femme avait voulu que son amant allât chercher une des peaux d'ours noir. Puis ils s'étaient couchés sur cette fourrure d'encre, au bord d'un bassin, dans la grande allée circulaire. Au dehors, il gelait terriblement, par un clair de lune

18

limpide. Maxime était arrivé frissonnant, les oreilles et les doigts glacés. La serre se trouvait chauffée à un tel point, qu'il eut une défaillance, sur la peau de bête. Il entrait dans une flamme si lourde, au sortir des piqûres sèches du froid, qu'il éprouvait des cuissons, comme si on l'eût battu de verges. Quand il revint à lui, il vit Renée agenouillée, penchée, avec des yeux fixes, une attitude brutale qui lui fit peur. Les cheveux tombés, les épaules nues, elle s'appuyait sur ses poings, l'échine allongée, pareille à une grande chatte aux yeux phosphorescents. Le jeune homme, couché sur le dos, aperçut, au-dessus des épaules de cette adorable bête amoureuse qui le regardait, le sphinx de marbre, dont la lune éclairait les cuisses luisantes. Renée avait la pose et le sourire du monstre à tête de femme, et, dans ses jupons dénoués, elle semblait la sœur blanche de ce dieu noir.

Maxime resta languissant. La chaleur était suffocante, une chaleur sombre, qui ne tombait pas du ciel en pluie de feu, mais qui traînait à terre, ainsi qu'une exhalaison malsaine, et dont la buée montait, pareille à un nuage chargé d'orage. Une humidité chaude couvrait les amants d'une rosée, d'une sueur ardente. Longtemps ils demeurèrent sans gestes et sans paroles, dans ce bain de flammes, Maxime terrassé et inerte, Renée frémissante sur ses poignets comme sur des jarrets souples et nerveux. Au dehors, par les petites vitres de la serre, on voyait des échappées du parc Monceaux, des bouquets d'arbres aux fines découpures noires, des pelouses de gazon blanches comme des lacs glacés, tout un paysage mort, dont les délicatesses et les teintes claires et unies rappelaient des coins de gravures japonaises. Et ce bout de terre brûlante, cette couche enflammée où les amants s'allongeaient, bouillait étrangement au milieu de ce grand froid muet.

Ils eurent une nuit d'amour fou. Renée était l'homme, la volonté passionnée et agissante. Maxime subissait. Cet être neutre, blond et joli, frappé dès l'enfance dans sa virilité, devenait, aux bras curieux de la jeune femme, une grande fille, avec ses membres épilés, ses maigreurs gracieuses d'éphèbe romain. Il semblait né et grandi pour une perversion de la volupté. Renée jouissait de ses dominations, elle pliait sous sa passion cette créature où le sexe hésitait toujours. C'était pour elle un continuel étonnement du désir, une surprise des sens, une bizarre sensation de malaise et de plaisir aigu. Elle ne savait plus; elle revenait avec des doutes à sa peau fine, à son cou potelé, à ses abandons et à ses évanouissements. Elle éprouva alors une heure de plénitude. Maxime, en lui révélant un frisson nouveau, compléta ses toilettes folles, son luxe prodigieux, sa vie à outrance. Il mit dans sa chair la note excessive qui chantait déjà autour d'elle. Il fut l'amant assorti aux modes et aux folies de l'époque. Ce joli jeune homme, dont les vestons montraient les formes grêles, cette fille manquée, qui se promenait sur les boulevards, la raie au milieu de la tête, avec de petits rires et des sourires ennuyés, se trouva être, aux mains de Renée, une de ces débauches de décadence qui, à certaines heures, dans une nation pourrie, épuise une chair et détraque une intelligence.

Et c'était surtout dans la serre que Renée était l'homme. La nuit ardente qu'ils y passèrent fut suivie de plusieurs autres. La serre aimait, brûlait avec eux. Dans l'air alourdi, dans la clarté blanchâtre de la lune, ils voyaient le monde étrange des plantes qui les entouraient, se mouvoir confusément, échanger des étreintes. La peau d'ours noir tenait toute l'allée. A leurs pieds, le bassin fumait, plein d'un grouillement, d'un entrelacement épais de racines, tandis que l'étoile rose des Nymphæa s'ouvrait, à fleur d'eau, comme un corsage de vierge, et que les Tornélia laissaient pendre leurs broussailles, pareilles à des chevelures de Néréides pâmées. Puis, autour d'eux, les Palmiers, les grands

Bambous de l'Inde, se haussaient, allaient dans le cintre,
où ils se penchaient et mêlaient leurs feuilles avec des attitudes chancelantes d'amants lassés. Plus bas, les Fougères,
les Ptérides, les Alsophila, étaient comme des dames vertes,
avec leurs larges jupes garnies de volants réguliers, qui,
muettes et immobiles aux bords de l'allée, attendaient
l'amour. A côté d'elles, les feuilles torses, tachées de rouge,
des Bégonia, et les feuilles blanches, en fer de lance, des
Caladium, mettaient une suite vague de meurtrissures et
de pâleurs, que les amants ne s'expliquaient pas, et où ils
retrouvaient parfois des rondeurs de hanches et de genoux,
vautrés à terre, sous la brutalité de caresses sanglantes. Et
les Bananiers, pliant sous les grappes de leurs fruits, leur
parlaient des fertilités grasses du sol, pendant que les Euphorbes d'Abyssinie, dont ils entrevoyaient dans l'ombre
les cierges épineux, contrefaits, pleins de bosses honteuses,
leur semblaient suer la séve, le flux débordant de cette
génération de flamme. Mais, à mesure que leurs regards
s'enfonçaient dans les coins de la serre, l'obscurité s'emplissait d'une débauche de feuilles et de tiges plus furieuse ; ils
ne distinguaient plus, sur les gradins, les Maranta douces
comme du velours, les Gloxinia aux cloches violettes, les
Dracena semblables à des lames de vieille laque vernie ;
c'était une ronde d'herbes vivantes qui se poursuivait d'une
tendresse inassouvie. Aux quatre angles, à l'endroit où des
rideaux de lianes ménageaient des berceaux, leur rêve charnel s'affolait encore, et les jets souples des Vanilles, des
Coques du Levant, des Quisqualus, des Bauhinia, étaient les
bras interminables d'amoureux qu'on ne voyait pas, et qui
allongeaient éperdument leur étreinte, pour amener à eux
toutes les joies éparses. Ces bras sans fin pendaient de lassitude, se nouaient dans un spasme d'amour, se cherchaient, s'enroulaient, comme pour le rut d'une foule.
C'était le rut immense de la serre, de ce coin de forêt

vierge où flambaient les verdures et les floraisons des tropiques.

Maxime et Renée, les sens faussés, se sentaient emportés dans ces noces puissantes de la terre. Le sol, à travers la peau d'ours, leur brûlait le dos, et, des hautes palmes, tombaient sur eux des gouttes de chaleur. La séve qui montait aux flancs des arbres les pénétrait, eux aussi, leur donnait des désirs fous de croissance immédiate, de reproduction gigantesque. Ils entraient dans le rut de la serre. C'était alors, au milieu de la lueur pâle, que des visions les hébétaient, des cauchemars dans lesquels ils assistaient longuement aux amours des Palmiers et des Fougères ; les feuillages prenaient des apparences confuses et équivoques, que leurs désirs fixaient en images sensuelles ; des murmures, des chuchotements leur venaient des massifs, voix pâmées, soupirs d'extase, cris étouffés de douleur, rires lointains, tout ce que leurs propres baisers avaient de bavard, et que l'écho leur renvoyait. Parfois ils se croyaient secoués par un tremblement du sol, comme si la terre elle-même, dans une crise d'assouvissement, eût éclaté en sanglots voluptueux.

S'ils avaient fermé les yeux, si la chaleur suffocante et la lumière pâle n'avaient pas mis en eux une dépravation de tous les sens, les odeurs eussent suffi à les jeter dans un éréthisme nerveux extraordinaire. Le bassin les mouillait d'une senteur âcre, profonde, où passaient les mille parfums des fleurs et des verdures. Par instants, la Vanille chantait avec des roucoulements de ramier ; puis arrivaient les notes rudes des Stanhopéa, dont les bouches tigrées ont une haleine forte et amère de convalescent. Les Orchidées, dans leurs corbeilles que retenaient des chaînettes, exhalaient leurs souffles, semblables à des encensoirs vivants. Mais l'odeur qui dominait, l'odeur où se fondaient tous ces vagues soupirs, c'était une odeur humaine, une odeur d'amour,

18.

que Maxime reconnaissait, quand il baisait la nuque de
Renée, quand il enfouissait sa tête au milieu de ses cheveux
dénoués. Et ils restaient ivres de cette odeur de femme
amoureuse, qui traînait dans la serre, comme dans une
alcôve où la terre enfantait.

D'habitude, les amants se couchaient sous le Tanghin
de Madagascar, sous cet arbuste empoisonné dont la jeune
femme avait mordu une feuille. Autour d'eux, des blancheurs de statues riaient, en regardant l'accouplement
énorme des verdures. La lune, qui tournait, déplaçait les
groupes, animait le drame de sa lumière changeante. Et ils
étaient à mille lieues de Paris, en dehors de la vie facile
du bois et des salons officiels, dans le coin d'une forêt de
l'Inde, de quelque temple monstrueux, dont le sphinx de
marbre noir devenait le dieu. Ils se sentaient rouler au
crime, à l'amour maudit, à une tendresse de bêtes farouches. Tout ce pullulement qui les entourait, ce grouillement sourd du bassin, cette impudicité nue des feuillages,
les jetaient en plein enfer dantesque de la passion. C'était
alors au fond de cette cage de verre, toute bouillante des
flammes de l'été, perdue dans le froid clair de décembre,
qu'ils goûtaient l'inceste, comme le fruit criminel d'une
terre trop chauffée, avec la peur sourde de leur couche ter-
rifiante.

Et, au milieu de la peau noire, le corps de Renée blanchissait, dans sa pose de grande chatte accroupie, l'échine
allongée, les poignets tendus, comme des jarrets souples
et nerveux. Elle était toute gonflée de volupté, et les lignes
claires de ses épaules et de ses reins se détachaient avec des
sécheresses félines sur la tache d'encre dont la fourrure
noircissait le sable jaune de l'allée. Elle guettait Maxime,
cette proie renversée sous elle, qui s'abandonnait, qu'elle
possédait tout entière. Et, de temps à autre, elle se penchait brusquement, elle le baisait de sa bouche irritée. Sa

bouche s'ouvrait alors avec l'éclat avide et saignant de
l'Hibiscus de la Chine, dont la nappe couvrait le flanc de
l'hôtel. Elle n'était plus qu'une fille brûlante de la serre.
Ses baisers fleurissaient et se fanaient, comme les fleurs
rouges de la grande mauve, qui durent à peine quelques
heures, et qui renaissent sans cesse, pareilles aux lèvres
meurtries et insatiables d'une Messaline géante.

V

Le baiser qu'il avait mis sur le cou de sa femme préoccupait Saccard. Il n'usait plus de ses droits de mari depuis longtemps ; la rupture était venue naturellement, ni l'un ni l'autre ne se souciant d'une liaison qui les dérangeait. Pour qu'il songeât à rentrer dans la chambre de Renée, il fallait qu'il y eût quelque bonne affaire au bout de ses tendresses conjugales.

Le coup de fortune de Charonne marchait bien, tout en lui laissant des inquiétudes sur le dénoûment. Larsonneau, avec son linge éblouissant, avait des sourires qui lui déplaisaient. Il n'était qu'un pur intermédiaire, qu'un prête-nom dont il payait les complaisances par un intérêt de dix pour cent sur les bénéfices futurs. Mais, bien que l'agent d'expropriation n'eût pas mis un sou dans l'affaire, et que Saccard, après avoir fourni les fonds du café-concert, eût pris toutes ses précautions, contre-vente, lettres dont la date restait en blanc, quittances données à l'avance, ce dernier n'en éprouvait pas moins une peur sourde, un pressentiment de quelque traîtrise. Il flairait, chez son complice, l'intention de le faire chanter, à l'aide de cet inventaire faux que celui-ci gardait précieusement, et auquel il devait uniquement d'être de l'affaire.

Aussi les deux compères se serraient-ils vigoureusement la main. Larsonneau traitait Saccard de « cher maître. » Il avait, au fond, une véritable admiration pour cet équilibriste, dont il suivait en amateur les exercices sur la corde roide de la spéculation. L'idée de le duper le chatouillait comme une volupté rare et piquante. Il caressait un plan encore vague, ne sachant trop comment employer l'arme qu'il possédait, et à laquelle il craignait de se couper lui-même. Il se sentait, d'ailleurs, à la merci de son ancien collègue. Les terrains et les constructions que des inventaires savamment calculés estimaient déjà à près de deux millions, et qui ne valaient pas le quart de cette somme, devaient finir par s'abîmer dans une faillite colossale, si la fée de l'expropriation ne les touchait de sa baguette d'or. D'après les plans primitifs qu'ils avaient pu consulter, le nouveau boulevard, ouvert pour relier le parc d'artillerie de Vincennes à la caserne du Prince-Eugène, et mettre ce parc au cœur de Paris en tournant le faubourg Saint-Antoine, emportait une partie des terrains ; mais il restait à craindre qu'ils ne fussent qu'à peine écornés et que l'ingénieuse spéculation du café-concert n'échouât par son impudence même. Dans ce cas, Larsonneau demeurait avec une aventure délicate sur les bras. Ce péril, toutefois, ne l'empêchait pas, malgré son rôle forcément secondaire, d'être navré, lorsqu'il songeait aux maigres dix pour cent qu'il toucherait dans un vol si colossal de millions. Et c'était alors qu'il ne pouvait résister à la démangeaison furieuse d'allonger la main, de se tailler sa part.

Saccard n'avait pas même voulu qu'il prêtât de l'argent à sa femme, s'amusant lui-même à cette grosse ficelle de mélodrame, où se plaisait son amour des trafics compliqués.

— Non, non, mon cher, disait-il avec son accent provençal, qu'il exagérait encore quand il voulait donner du
sel à une plaisantérie, n'embrouillons pas nos comptes...
Vous êtes le seul homme à Paris auquel j'ai juré de ne jamais rien devoir.

Larsonneau se contentait de lui insinuer que sa femme
tait un gouffre. Il lui conseillait de ne plus lui donner un
sou, pour qu'elle leur cédât immédiatement sa part de propriété. Il aurait préféré n'avoir affaire qu'à lui. Il le tâtait
parfois, il poussait les choses jusqu'à dire, de son air las et
indifférent de viveur :

— Il faudra pourtant que je mette un peu d'ordre dans
mes papiers... Votre femme m'épouvante, mon bon. Je
ne veux pas qu'on pose chez moi les scellés sur certaines
pièces.

Saccard n'était pas homme à supporter patiemment de
pareilles allusions, quand il savait surtout à quoi s'en tenir
sur l'ordre froid et méticuleux qui régnait dans les bureaux
du personnage. Toute sa petite personne rusée et active se
révoltait contre les peurs que cherchait à lui faire ce grand
bellâtre d'usurier en gants jaunes. Le pis était qu'il se sentait pris de frissons, quand il pensait à un scandale possible ;
et il se voyait exilé brutalement par son frère, vivant en Bel-
gique de quelque négoce inavouable. Un jour, il se fâcha, il
alla jusqu'à tutoyer Larsonneau.

— Écoute, mon petit, lui dit-il, tu es un gentil garçon,
mais tu ferais bien de me rendre la pièce que tu sais. Tu
verras que ce bout de papier finira par nous fâcher.

L'autre fit l'étonné, serra les mains de son « cher maître, »
en l'assurant de son dévouement. Saccard regretta son impatience d'une minute. Ce fut à cette époque qu'il songea
sérieusement à se rapprocher de sa femme ; il pouvait avoir
besoin d'elle contre son complice, et il se disait encore que
les affaires se traitent merveilleusement sur l'oreiller. Le

baiser sur le cou devint peu à peu la révélation de toute
une nouvelle tactique.

D'ailleurs, il n'était pas pressé, il ménageait ses moyens.
Il mit tout l'hiver à mûrir son plan, tiraillé par cent affaires
plus embrouillées les unes que les autres. Ce fut pour lui
un hiver terrible, plein de secousses, une campagne prodigieuse, pendant laquelle il lui fallut chaque jour vaincre la
faillite. Loin de restreindre son train de maison, il donna
fête sur fête. Mais, s'il parvint à faire face à tout, il dut né-
gliger Renée, qu'il réservait pour son coup de triomphe,
lorsque l'opération de Charonne serait mûre. Il se contenta
de préparer le dénoûment, en continuant à ne plus lui donner de l'argent que par l'entremise de Larsonneau. Quand
il pouvait disposer de quelques milliers de francs, et qu'elle
criait misère, il les lui apportait, en disant que les hommes
à Larsonneau exigeaient un billet du double de la somme.
Cette comédie l'amusait énormément, l'histoire de ces billets le ravissait par le roman qu'ils mettaient dans l'affaire.
Même au temps de ses bénéfices les plus nets, il avait servi
la pension de sa femme d'une façon très-irrégulière, lui faisant des cadeaux princiers, lui abandonnant des poignées de
billets de banque, puis la laissant aux abois pour une misère
pendant des semaines. Maintenant qu'il se trouvait sérieusement embarrassé, il parlait des charges de la maison, il la
traitait en créancier, auquel on ne veut pas avouer sa ruine,
et qu'on fait patienter avec des histoires. Elle l'écoutait à
peine ; elle signait tout ce qu'il voulait ; elle se plaignait seu
lement de ne pouvoir signer davantage.

Il avait déjà, cependant, pour deux cent mille francs de
billets signés d'elle, qui lui coûtaient à peine cent dix mille
francs. Après les avoir fait endosser par Larsonneau au nom
duquel ils étaient souscrits, il faisait voyager ces billets d'une
façon prudente, comptant s'en servir plus tard comme
d'armes décisives. Jamais il n'aurait pu aller jusqu'au bout

de ce terrible hiver, prêter à usure à sa femme et maintenir
son train de maison, sans la vente de son terrain du boulevard Malesherbes, que les sieurs Mignon et Charrier lui
payèrent argent comptant, mais en retenant un escompte
formidable.

Cet hiver fut pour Renée une longue joie. Elle ne souffrait que du besoin d'argent. Maxime lui coûtait très-cher ;
il la traitait toujours en belle-maman, la laissait payer partout. Mais cette misère cachée était pour elle une volupté de
plus. Elle s'ingéniait, se cassait la tête, pour que « son cher
enfant » ne manquât de rien ; et quand elle avait décidé son
mari à lui trouver quelques milliers de francs, elle les mangeait avec son amant, en folies coûteuses, comme deux
écoliers lâchés dans leur première escapade. Lorsqu'ils n'a-
vaient pas le sou, ils restaient à l'hôtel, ils jouissaient de
cette grande bâtisse, d'un luxe si neuf et si insolemment
bête. Le père n'était jamais là. Les amoureux gardaient le
coin du feu plus souvent qu'autrefois. C'est que Renée avait
enfin empli d'une jouissance chaude le vide glacial de ces
plafonds dorés. Cette maison suspecte du plaisir mondain
était devenue une chapelle où elle pratiquait à l'écart une
nouvelle religion. Maxime ne mettait pas seulement en elle
la note aiguë qui s'accordait avec ses toilettes folles ; il était
l'amant fait pour cet hôtel, aux larges vitrines de magasin,
et qu'un ruissellement de sculptures inondait des greniers
aux caves ; il animait ces plâtras, depuis les deux Amours
joufflus qui, dans la cour, laissaient tomber de leur coquille
un filet d'eau, jusqu'aux grandes femmes nues soutenant les
balcons et jouant au milieu des frontons avec des épis et des
pommes ; il expliquait le vestibule trop riche, le jardin trop
étroit, les pièces éclatantes où l'on voyait trop de fauteuils
et pas un objet d'art. La jeune femme, qui s'y était mortelle-
ment ennuyée, s'y amusa tout d'un coup, en usa comme
d'une chose dont elle n'avait pas d'abord compris l'emploi.

Et ce ne fut pas seulement dans son appartement, dans le salon bouton d'or et dans la serre, qu'elle promena son amour, mais dans l'hôtel entier. Elle finit par se plaire même sur le divan du fumoir ; elle s'oubliait là, elle disait que cette pièce avait une vague odeur de tabac, très-agréable.

Elle prit deux jours de réception au lieu d'un. Le jeudi, tous les intrus venaient. Mais le lundi était réservé aux amies intimes. Les hommes n'étaient pas admis. Maxime seul assistait à ces parties fines qui avaient lieu dans le petit salon. Un soir, elle eut l'étonnante idée de l'habiller en femme et de le présenter comme une de ses cousines. Adeline, Suzanne, la baronne de Meinhold, et les autres amies qui étaient là, se levèrent, saluèrent, étonnées par cette figure qu'elles reconnaissaient vaguement. Puis lorsqu'elles comprirent, elles rirent beaucoup, elles ne voulurent absolument pas que le jeune homme allât se déshabiller. Elles le gardèrent avec ses jupes, le taquinant, se prêtant à des plaisanteries équivoques. Quand il avait reconduit ces dames par la grande porte, il faisait le tour du parc et revenait par la serre. Jamais les bonnes amies n'eurent le moindre soupçon. Les amants ne pouvaient être plus familiers qu'ils ne l'étaient déjà, lorsqu'ils se disaient bons camarades. Et s'il arrivait qu'un domestique les vît se serrer d'un peu près, entre deux portes, il n'éprouvait aucune surprise, étant habitué aux plaisanteries de madame et du fils de monsieur.

Cette liberté entière, cette impunité les enhardissait encore. S'ils poussaient les verrous la nuit, ils s'embrassaient le jour dans toutes les pièces de l'hôtel. Ils inventèrent mille petits jeux, par les temps de pluie. Mais le grand régal de Renée était toujours de faire un feu terrible et de s'assoupir devant le brasier. Elle eut, cet hiver-là, un luxe de linge merveilleux. Elle porta des chemises et des peignoirs d'un prix fou, dont les entre-deux et la batiste la

couvraient à peine d'une fumée blanche. Et, dans la lueur
rouge du brasier, elle restait, comme nue, les dentelles et
la peau roses, la chair baignée par la flamme à travers l'étoffe
mince. Maxime, accroupi à ses pieds, lui baisait les genoux,
sans même sentir le linge qui avait la tiédeur et la couleur
de ce beau corps. Le jour était bas, il tombait pareil à un
crépuscule dans la chambre de soie grise, tandis que Céleste
allait et venait derrière eux, de son pas tranquille. Elle était
devenue leur complice, naturellement. Un matin qu'ils
s'étaient oubliés au lit, elle les y trouva, et garda son flegme
de servante au sang glacé. Ils ne se gênaient plus, elle entrait à toute heure, sans que le bruit de leurs baisers lui fît
tourner la tête. Ils comptaient sur elle pour les prévenir en
cas d'alerte. Ils n'achetaient pas son silence. C'était une
fille très-économe, très-honnête, et à laquelle on ne connaissait pas d'amant.

Cependant, Renée ne s'était pas cloîtrée. Elle courait le
monde, y menait Maxime à sa suite, comme un page blond
en habit noir, y goûtait même des plaisirs plus vifs. La saison fut pour elle un long triomphe. Jamais elle n'avait eu
des imaginations plus hardies de toilettes et de coiffures.
Ce fut alors qu'elle risqua cette fameuse robe de satin couleur buisson, sur laquelle était brodée toute une chasse au
cerf, avec des attributs, des poires à poudre, des cors de
chasse, des couteaux à larges lames. Ce fut alors aussi qu'elle
mit à la mode les coiffures antiques que Maxime dut aller
dessiner pour elle au musée Campana, récemment ouvert.
Elle rajeunissait, elle était dans la plénitude de sa beauté
turbulente. L'inceste mettait en elle une flamme qui luisait
au fond de ses yeux et chauffait ses rires. Son binocle prenait des insolences suprêmes sur le bout de son nez, et elle
regardait les autres femmes, les bonnes amies étalées dans
l'énormité de quelque vice, d'un air d'adolescent vantard,
d'un sourire fixe signifiant : « J'ai mon crime. »

Maxime, lui, trouvait le monde assommant. C'était par
« chic » qu'il prétendait s'y ennuyer, car il ne s'amusait
réellement nulle part. Aux Tuileries, chez les ministres, il
disparaissait dans les jupons de Renée. Mais il redevenait le
maître, dès qu'il s'agissait de quelque escapade. Renée voulut revoir le cabinet du boulevard, et la largeur du divan la
fit sourire. Puis, il la mena un peu partout, chez les filles,
au bal de l'Opéra, dans les avant-scènes des petits théâtres,
dans tous les endroits équivoques où ils pouvaient coudoyer
le vice brutal, en goûtant les joies de l'incognito. Quand
ils rentraient furtivement à l'hôtel, brisés de fatigue, ils
s'endormaient aux bras l'un de l'autre, cuvant l'ivresse du
Paris ordurier, avec des lambeaux de couplets grivois chantant encore à leurs oreilles. Le lendemain, Maxime imitait
les acteurs, et Renée, sur le piano du petit salon, cherchait à retrouver la voix rauque et les déhanchements de
Blanche Müller, dans son rôle de la Belle Hélène. Ses leçons
de musique du couvent ne lui servaient plus qu'à écorcher
les couplets des bouffonneries nouvelles. Elle avait une horreur sainte pour les airs sérieux. Maxime « blaguait » avec
elle la musique allemande, et il crut devoir aller siffler le
Tannhauser par conviction, et pour défendre les refrains
égrillards de sa belle-mère.

Une de leurs grandes parties fut de patiner ; cet hiver-là,
le patin était à la mode, l'empereur étant allé un des premiers essayer la glace du lac, au bois de Boulogne. Renée
commanda à Worms un costume complet de Polonaise, velours et fourrure ; elle voulut que Maxime eût des bottes
molles et un bonnet de renard. Ils arrivaient au Bois, par
des froids de loup qui leur piquaient le nez et les lèvres,
comme si le vent leur eût soufflé du sable fin au visage. Cela
les amusait d'avoir froid. Le Bois était tout gris, avec des
filets de neige, semblables, le long des branches, à de
minces guipures. Et, sous le ciel pâle, au-dessus du lac figé

et terni, il n'y avait que les sapins des îles qui missent encore, au bord de l'horizon, leurs draperies théâtrales, où la neige cousait aussi de hautes dentelles. Ils filaient tous deux dans l'air glacé, du vol rapide des hirondelles qui rasent le sol. Ils mettaient un poing derrière le dos, et se posant mutuellement l'autre main sur l'épaule, ils allaient droits, souriants, côte à côte, tournant sur eux-mêmes, dans le large espace que marquaient de grosses cordes. Du haut de la grande allée, des badauds les regardaient. Parfois ils venaient se chauffer aux brasiers allumés sur le bord du lac. Et ils repartaient. Ils arrondissaient largement leur vol, les yeux pleurant de plaisir et de froid.

Puis, quand vint le printemps, Renée se rappela son ancienne élégie. Elle voulut que Maxime se promenât avec elle dans le parc Monceaux, la nuit, au clair de la lune. Ils allèrent dans la grotte, s'assirent sur l'herbe, devant la colonnade. Mais lorsqu'elle témoigna le désir de faire une promenade sur le petit lac, ils s'aperçurent que la barque qu'on voyait de l'hôtel, attachée au bord d'une allée, n'avait pas de rames. On devait les retirer le soir. Ce fut une désillusion. D'ailleurs, les grandes ombres du parc inquiétaient les amants. Ils auraient souhaité qu'on y donnât une fête vénitienne, avec des ballons rouges et un orchestre. Ils le préféraient, le jour, l'après-midi, et souvent ils se mettaient alors à une des fenêtres de l'hôtel, pour voir les équipages qui suivaient la courbe savante de la grande allée. Ils se plaisaient à ce coin charmant du nouveau Paris, à cette nature aimable et propre, à ces pelouses pareilles à des pans de velours, coupées de corbeilles, d'arbustes choisis, et bordées de magnifiques roses blanches. Les voitures se croisaient là, aussi nombreuses que sur un boulevard; les promeneuses y traînaient leurs jupes, mollement, comme si elles n'eussent pas quitté du pied les tapis de leurs salons. Et, à travers les feuillages, ils critiquaient les toilettes, se montraient

les attelages, goûtaient de véritables douceurs aux couleurs
tendres de ce grand jardin. Un bout de grille dorée brillait
entre deux arbres, une file de canards passait sur le lac, le
petit pont renaissance blanchissait, tout neuf dans les verdures, tandis qu'aux deux bords de la grande allée, sur des
chaises jaunes, les mères oubliaient en causant les petits
garçons et les petites filles qui se regardaient d'un air joli,
avec des moues d'enfants précoces.

Les amants avaient l'amour du nouveau Paris. Ils couraient souvent la ville en voiture, faisaient un détour, pour
passer par certains boulevards qu'ils aimaient d'une tendresse personnelle. Les maisons, hautes, à grandes portes
sculptées, chargées de balcons, où luisaient, en grandes
lettres d'or, des noms, des enseignes, des raisons sociales,
les ravissaient. Pendant que le coupé filait, ils suivaient,
d'un regard ami, les bandes grises des trottoirs, larges,
interminables, avec leurs bancs, leurs colonnes bariolées,
leurs arbres maigres. Cette trouée claire qui allait au bout de
l'horizon, se rapetissant et s'ouvrant sur un carré bleuâtre du
vide, cette double rangée ininterrompue de grands magasins,
où des commis souriaient aux clientes, ces courants de foule
piétinant et bourdonnant, les emplissaient peu à peu d'une
satisfaction absolue et entière, d'une sensation de perfection
dans la vie de la rue. Ils aimaient jusqu'aux jets des lances
d'arrosage, qui passaient comme une fumée blanche, devant
leurs chevaux, s'étalaient, s'abattaient en pluie fine sous les
roues du coupé, brunissant le sol, soulevant un léger flot de
poussière. Ils roulaient toujours, et il leur semblait que
la voiture roulait sur des tapis, le long de cette chaussée
droite et sans fin, qu'on avait faite uniquement pour leur
éviter les ruelles noires. Chaque boulevard devenait un couloir de leur hôtel. Les gaietés du soleil riaient sur les façades
neuves, allumaient les vitres, battaient les tentes des boutiques et des cafés, chauffaient l'asphalte sous les pas af-

9.

faillés de la foule. Et quand ils rentraient, un peu étourdis par le tohu-bohu éclatant de ces longs bazars, ils se plaisaient au parc Monceaux, comme à la plate-bande nécessaire de ce Paris nouveau, étalant son luxe aux premières tiédeurs du printemps.

Lorsque la mode les força absolument de quitter Paris, ils allèrent aux bains de mer, mais à regret, pensant sur les plages de l'Océan aux trottoirs des boulevards. Leur amour lui-même s'y ennuya. C'était une fleur de la serre qui avait besoin du grand lit gris et rose, de la chair nue du cabinet, de l'aube dorée du petit salon. Depuis qu'ils étaient seuls le soir, en face de la mer, ils ne trouvaient plus rien à se dire. Elle essaya de chanter son répertoire du théâtre des Variétés sur un vieux piano qui agonisait dans un coin de sa chambre, à l'hôtel ; mais l'instrument, tout humide des vents du large, avait les voix mélancoliques des grandes eaux. *La Belle Hélène* y fut lugubre et fantastique. Pour se consoler, la jeune femme étonna la plage par des costumes prodigieux. Toute la bande de ces dames était là, à bâiller, à attendre l'hiver, en cherchant avec désespoir un costume de bain qui ne les rendît pas trop laides. Jamais Renée ne put décider Maxime à se baigner. Il avait une peur abominable de l'eau, devenait tout pâle, quand le flot arrivait jusqu'à ses bottines, ne se serait pour rien au monde approché du bord d'une falaise ; il marchait loin des trous, faisant de longs détours pour éviter la moindre côte un peu roide.

Saccard vint à deux ou trois reprises voir « les enfants. » Il était écrasé de soucis, disait-il. Ce ne fut que vers octobre, lorsqu'ils se retrouvèrent tous les trois à Paris, qu'il songea sérieusement à se rapprocher de sa femme. L'affaire de Charonne mûrissait. Son plan fut net et brutal: Il comptait prendre Renée au jeu qu'il aurait joué avec une fille. Elle vivait dans des besoins d'argent grandissant, et, par fierté, ne s'adressait à son mari qu'à la dernière extrémité. Ce dernier se promit de profiter de sa première demande pour être galant, et renouer des rapports depuis longtemps rompus, dans la joie de quelque grosse dette payée.

Des embarras terribles attendaient Renée et Maxime à Paris. Plusieurs des billets souscrits à Larsonneau étaient échus ; mais, comme Saccard les laissait naturellement dormir chez l'huissier, ces billets inquiétaient peu la jeune femme. Elle se trouvait bien autrement effrayée par sa dette chez Worms qui montait maintenant à près de deux cent mille francs. Le tailleur exigeait un à-compte, en menaçant de suspendre tout crédit. Elle avait de brusques frissons, quand elle songeait au scandale d'un procès et surtout à une fâcherie avec l'illustre couturier. Puis il lui fallait de l'argent de poche. Ils allaient s'ennuyer à mourir, elle et Maxime, s'ils n'avaient pas quelques louis à dépenser par jour. Le cher enfant était à sec, depuis qu'il fouillait vainement les tiroirs de son père. Sa fidélité, sa sagesse exemplaire, pendant sept à huit mois, tenaient beaucoup au vide absolu de sa bourse. Il n'avait pas toujours vingt francs pour inviter quelque coureuse à souper. Aussi revenait-il philosophiquement à l'hôtel. La jeune femme, à chacune de leurs escapades, lui remettait son porte-monnaie pour qu'il payât dans les restaurants, dans les bals, dans les petits théâtres. Elle continuait à le traiter maternellement ; et même c'était elle qui payait, du bout de ses doigts gantés, chez le pâtissier où ils s'arrêtaient presque chaque après-midi, pour manger des petits pâtés aux huîtres. Souvent, il trouvait, le matin, dans son gilet, des louis qu'il ne savait pas là, et qu'elle y avait mis, comme une mère qui garnit la poche d'un collégien. Et cette belle existence de goûters, de caprices satisfaits, de plaisirs faciles, allait cesser ! Mais une crainte plus grave encore vint les consterner. Le bijoutier de Sylvia, auquel il devait dix mille francs, se fâchait, parlait de Clichy. Les billets qu'il avait

en main, protestés depuis longtemps, étaient couverts de
tels frais, que la dette se trouvait grossie de trois ou quatre milliers de francs. Saccard déclara nettement qu'il ne
pouvait rien. Son fils à Clichy le poserait, et quand il l'en
retirerait, il ferait grand bruit de cette largesse paternelle.
Renée était au désespoir; elle voyait son cher enfant en
prison, mais dans un véritable cachot, couché sur de la
paille humide. Un soir, elle lui proposa sérieusement de ne
plus sortir de chez elle, d'y vivre ignoré de tous, à l'abri
des recors. Puis elle jura qu'elle trouverait l'argent. Jamais elle ne parlait de l'origine de la dette, de cette Sylvia
qui confiait ses amours aux glaces des cabinets particuliers.
C'était une cinquantaine de mille francs qu'il lui fallait :
quinze mille pour Maxime, trente mille pour Worms,
et cinq mille francs d'argent de poche. Ils auraient devant
eux quinze grands jours de bonheur. Elle se mit en campagne.

Sa première idée fut de demander les cinquante mille
francs à son mari. Elle ne s'y décida qu'avec des répu-
gnances. Les dernières fois qu'il était entré dans sa chambre pour lui apporter de l'argent, il lui avait mis de nouveaux baisers sur le cou, en lui prenant les mains, en parlant de sa tendresse. Les femmes ont un sens très-délicat
pour deviner les hommes. Aussi s'attendait-elle à une exigence, à un marché tacite et conclu en souriant. En effet,
quand elle lui demanda les cinquante mille francs, il se
récria, dit que Larsonneau ne prêterait jamais cette somme,
que lui-même était encore trop gêné. Puis, changeant de
voix, comme vaincu et pris d'une émotion subite :

— On ne peut rien vous refuser, murmura-t-il. Je vais
courir Paris, faire l'impossible... Je veux, chère amie, que
vous soyez contente.

Et mettant les lèvres à son oreille, lui baisant les cheveux, la voix un peu tremblante :

— Je te les porterai demain soir, dans ta chambre...
sans billet...

Mais elle dit vivement qu'elle n'était pas pressée, qu'elle
ne voulait pas le déranger à ce point. Lui qui venait de
mettre tout son cœur dans ce dangereux « sans billet, »
qu'il avait laissé échapper et qu'il regrettait, ne parut pas
avoir essuyé un refus désagréable. Il se releva, en disant :

— Eh bien, à votre disposition... Je vous trouverai la
somme, quand le moment sera venu. Larsonneau n'y sera
pour rien, entendez-vous. C'est un cadeau que j'entends
vous faire.

Il souriait d'un air bonhomme. Elle resta dans une
cruelle angoisse. Elle sentait qu'elle perdrait le peu d'équilibre qui lui restait, si elle se livrait à son mari. Son dernier orgueil était d'être mariée au père, mais de n'être que
la femme du fils. Souvent, quand Maxime lui semblait froid,
elle essayait de lui faire comprendre cette situation par
des allusions fort claires ; il est vrai que le jeune homme,
qu'elle s'attendait à voir tomber à ses pieds, après cette
confidence, demeurait parfaitement indifférent, croyant
sans doute qu'elle voulait le rassurer sur la possibilité d'une
rencontre entre son père et lui, dans la chambre de soie
grise.

Quand Saccard l'eut quittée, elle s'habilla précipitamment et fit atteler. Pendant que son coupé l'emportait vers
l'île Saint-Louis, elle préparait la façon dont elle allait
demander les cinquante mille francs à son père. Elle se
jetait dans cette idée brusque, sans vouloir la discuter, se
sentant très-lâche au fond, et prise d'une épouvante invincible devant une pareille démarche. Lorsqu'elle arriva, la
cour de l'hôtel Béraud la glaça, de son humidité morne de
cloître, et ce fut avec des envies de se sauver, qu'elle monta
le large escalier de pierre, où ses petites bottes à hauts
talons sonnaient terriblement. Elle avait eu la sottise, dans

sa hâte, de choisir un costume de soie feuille morte à longs
volants de dentelles blanches, orné de nœuds de satin, coupé
par une ceinture plissée comme une écharpe. Cette toilette,
que complétait une petite toque, à grande voilette blanche,
mettait une note si singulière dans l'ennui sombre de l'escalier, qu'elle eut elle-même conscience de l'étrange figure
qu'elle y faisait. Elle tremblait en traversant l'enfilade austère des vastes pièces, où les personnages vagues des tapisseries semblaient surpris par ce flot de jupes passant au
milieu du demi-jour de leur solitude.

Elle trouva son père dans un salon donnant sur la cour,
où il se tenait d'habitude. Il lisait un grand livre placé sur
un pupitre adapté aux bras de son fauteuil. Devant une des
fenêtres, la tante Élisabeth tricotait avec de longues aiguilles de bois; et, dans le silence de la pièce, on n'entendait
que le tic-tac de ces aiguilles.

Renée s'assit, gênée, ne pouvant faire un mouvement
sans troubler la sévérité du haut plafond par un bruit
d'étoffes froissées. Ses dentelles étaient d'une blancheur
crue, sur le fond noir des tapisseries et des vieux meubles.
M. Béraud Du Châtel, les mains posées au bord du pupitre,
la regardait. La tante Élisabeth parla du mariage prochain
de Christine, qui devait épouser le fils d'un avoué fort riche;
la jeune fille était sortie avec une vieille domestique de la
famille, pour aller chez un fournisseur; et la bonne tante
causait toute seule, de sa voix placide, sans cesser de tricoter, bavardant sur les affaires du ménage, jetant des regards
souriants à Renée par-dessus ses lunettes.

Mais la jeune femme se troublait de plus en plus. Tout
le silence de l'hôtel lui pesait sur les épaules, et elle eût
donné beaucoup pour que les dentelles de sa robe fussent
noires. Le regard de son père l'embarrassait au point
qu'elle trouva Worms vraiment ridicule d'avoir imaginé
de si grands volants.

— Comme tu es belle, ma fille ! dit coup à coup la tante Élisabeth, qui n'avait pas même encore vu les dentelles de sa nièce.

Elle arrêta ses aiguilles, elle assujettit ses lunettes, pour mieux voir. M. Béraud Du Châtel eût un pâle sourire.

— C'est un peu blanc, dit-il. Une femme doit être bien embarrassée avec ça sur les trottoirs.

— Mais, mon père, on ne sort pas à pied ! s'écria Renée, qui regretta ensuite ce mot du cœur.

Le vieillard allait répondre. Puis il se leva, redressa sa haute taille, et marcha lentement, sans regarder sa fille davantage. Celle-ci restait toute pâle d'émotion. Chaque fois qu'elle s'exhortait à avoir du courage et qu'elle cherchait une transition pour arriver à la demande d'argent, elle éprouvait un élancement au cœur.

— On ne vous voit plus, mon père, murmura-t-elle.

— Oh ! répondit la tante, sans laisser à son frère le temps d'ouvrir les lèvres, ton père ne sort guère que pour aller de loin en loin au Jardin des Plantes. Et encore faut-il que je me fâche ! Il prétend qu'il se perd dans Paris, que la ville n'est plus faite pour lui... Va, tu peux le gronder !

— Mon mari serait si heureux de vous voir venir de temps à autre à nos jeudis ! continua la jeune femme.

M. Béraud Du Châtel fit quelques pas en silence. Puis, d'une voix tranquille :

— Tu remercieras ton mari, dit-il. C'est un garçon actif, paraît-il, et je souhaite pour toi qu'il mène honnêtement ses affaires. Mais nous n'avons pas les mêmes idées, et je suis mal à l'aise dans votre belle maison du parc Monceaux.

La tante Élisabeth parut chagrine de cette réponse.

— Que les hommes sont donc méchants avec leur politique ! dit-elle gaiement. Veux-tu savoir la vérité ? Ton père est furieux contre vous, parce que vous allez aux Tuileries.

20

Mais le vieillard haussa les épaules, comme pour dire que son mécontentement avait des causes beaucoup plus graves. Il se remit à marcher lentement, songeur. Renée resta un instant silencieuse, ayant au bord des lèvres la demande des cinquante mille francs. Puis, une lâcheté plus grande la prit, elle embrassa son père, elle s'en alla.

La tante Élisabeth voulut l'accompagner jusqu'à l'escalier. En traversant l'enfilade des pièces, elle continuait à bavarder de sa petite voix de vieille :

— Tu es heureuse, chère enfant. Ça me fait bien plaisir de te voir belle et bien portante ; car, si ton mariage avait mal tourné, sais-tu que je me serais crue coupable !... Ton mari t'aime, tu as tout ce qu'il te faut, n'est-ce pas ?

— Mais oui, répondit Renée, s'efforçant de sourire, la mort dans le cœur.

La tante la retint encore, la main sur la rampe de l'escalier.

— Vois-tu, je n'ai qu'une crainte, c'est que tu ne te grises avec tout ton bonheur. Sois prudente, et surtout ne vends rien... Si un jour tu avais un enfant, tu trouverais pour lui une petite fortune toute prête.

Quand Renée fut dans son coupé, elle poussa un soupir de soulagement. Elle avait des gouttes de sueur froide aux tempes ; elle les essuya, en pensant à l'humidité glaciale de l'hôtel Béraud. Puis, lorsque le coupé roula au soleil clair du quai Saint-Paul, elle se souvint des cinquante mille francs, et toute sa douleur s'éveilla, plus vive. Elle qu'on croyait si hardie, comme elle venait d'être lâche ! Et pourtant c'était de Maxime qu'il s'agissait, de sa liberté, de leurs joies à tous deux ! Au milieu des reproches amers qu'elle s'adressait, une idée surgit tout à coup, qui mit son désespoir au comble : elle aurait dû parler des cinquante mille francs à la tante Élisabeth, dans l'escalier. Où avait-elle eu la tête ? La bonne femme lui aurait peut-être prêté la somme.

ou tout au moins l'aurait aidée. Elle se penchait déjà pour dire à son cocher de retourner rue Saint-Louis-en-l'Île lorsqu'elle crut revoir l'image de son père traversant lentement l'ombre solennelle du grand salon. Jamais elle n'aurait le courage de rentrer tout de suite dans cette pièce. Que dirait-elle pour expliquer cette deuxième visite ? Et, au fond d'elle, elle ne trouvait même plus le courage de parler de l'affaire à la tante Élisabeth. Elle dit à son cocher de la conduire rue du Faubourg-Poissonnière.

Madame Sidonie eut un cri de ravissement, lorsqu'elle la vit pousser la porte discrètement voilée de la boutique. Elle était là par hasard, elle allait sortir pour courir chez le juge de paix, où elle citait une cliente. Mais elle ferait défaut, ça serait pour un autre jour ; elle était trop heureuse que sa belle-sœur eût l'amabilité de lui rendre enfin une petite visite. Renée souriait, d'un air embarrassé. Madame Sidonie ne voulut absolument pas qu'elle restât en bas ; elle la fit monter dans sa chambre, par le petit escalier, après avoir retiré le bouton de cuivre du magasin. Elle ôtait ainsi et remettait vingt fois par jour ce bouton qui tenait par un simple clou.

— Là, ma toute belle, dit-elle en la faisant asseoir sur une chaise longue, nous allons pouvoir causer gentiment... Imaginez-vous que vous arrivez comme mars en carême. Je serais allée ce soir chez vous.

Renée, qui connaissait la chambre, y éprouvait cette vague sensation de malaise que procure à un promeneur un coin de forêt coupé dans un paysage aimé.

— Ah ! dit-elle enfin, vous avez changé le lit de place, n'est-ce pas ?

— Oui, répondit tranquillement la marchande de dentelles, c'est une de mes clientes qui le trouve beaucoup mieux en face de la cheminée. Elle m'a conseillé aussi des rideaux rouges.

— C'est ce que je me disais, les rideaux n'étaient pas de cette couleur... Une couleur bien commune, le rouge.

Et elle mit son binocle, regarda cette pièce qui avait un luxe de grand hôtel garni. Elle vit sur la cheminée de longues épingles à cheveux qui ne venaient certainement pas du maigre chignon de madame Sidonie. A l'ancienne place où se trouvait le lit, le papier peint se montrait tout éraflé, déteint et sali par les matelas. La courtière avait bien essayé de cacher cette plaie, derrière les dossiers de deux fauteuils; mais ces dossiers étaient un peu bas, et Renée s'arrêta à cette bande usée.

— Vous avez quelque chose à me dire ? demanda-t-elle enfin.

— Oui, c'est toute une histoire, dit madame Sidonie, joignant les mains, avec des mines de gourmande qui va conter ce qu'elle a mangé à son dîner. Imaginez-vous que M. de Saffré est amoureux de la belle madame Saccard... Oui, de vous-même, ma mignonne.

Elle n'eut pas même un mouvement de coquetterie.

— Tiens ! dit-elle, vous le disiez si épris de madame Michelin.

— Oh ! c'est fini, tout à fait fini... Je puis vous en donner la preuve, si vous voulez... Vous ne savez donc pas que la petite Michelin a plu au baron Gouraud? C'est à n'y rien comprendre. Tous ceux qui connaissent le baron en sont stupéfaits... Et savez-vous qu'elle est en train d'obtenir le ruban rouge pour son mari !... Allez, c'est une gaillarde. Elle n'a pas froid aux yeux, elle n'a besoin de personne pour conduire sa barque.

Elle dit cela avec quelque regret mêlé d'admiration.

— Mais revenons à M. de Saffré... Il vous aurait rencontrée à un bal d'actrices, enfouie dans un domino, et même il s'accuse de vous avoir offert un peu cavalièrement à souper... Est-ce vrai?

La jeune femme restait toute surprise.

— Parfaitement vrai, murmura-t-elle ; mais qui a pu lui dire ?...

— Attendez, il prétend qu'il vous a reconnue plus tard, quand vous n'avez plus été dans le salon, et qu'il s'est rappelé vous avoir vue sortir au bras de Maxime... C'est depuis ce temps-là qu'il est amoureux fou. Ça lui a poussé au cœur, vous comprenez ? un caprice... Il est venu me voir pour me supplier de vous présenter ses excuses...

— Eh bien, dites-lui que je lui pardonne, interrompit négligemment Renée.

Puis, continuant, retrouvant toutes ses angoisses :

— Ah ! ma bonne Sidonie, je suis bien tourmentée. Il me faut absolument cinquante mille francs demain matin. J'étais venue pour vous parler de cette affaire. Vous connaissez des prêteurs, m'avez-vous dit ?

La courtière, piquée de la façon brusque dont sa belle-sœur coupait son histoire, lui fit attendre quelque temps sa réponse.

— Oui, certes ; seulement, je vous conseille, avant tout, de chercher chez des amis... Moi, à votre place, je sais bien ce que je ferais... Je m'adresserais à M. de Saffré, tout simplement.

Renée eut un sourire contraint.

— Mais, reprit-elle, ce serait peu convenable, puisque vous le prétendez si amoureux.

La vieille la regardait d'un œil fixe ; puis son visage mou se fondit doucement dans un sourire de pitié attendrie.

— Pauvre chère, murmura-t-elle, vous avez pleuré ; ne niez pas, je le vois à vos yeux. Soyez donc forte, acceptez la vie... Voyons, laissez-moi arranger la petite affaire en question.

Renée se leva, torturant ses doigts, faisant craquer ses gants. Et elle resta debout, toute secouée par une cruelle lutte intérieure. Elle ouvrait les lèvres, pour accepter peut-être, lorsqu'un léger coup de sonnette retentit dans la pièce voisine. Madame Sidonie sortit vivement, en entrebâillant une porte qui laissa voir une double rangée de pianos. La jeune femme entendit ensuite un pas d'homme et le bruit étouffé d'une conversation à voix basse. Machinalement, elle alla examiner de plus près la tache jaunâtre dont les matelas avaient barré le mur. Cette tache l'inquiétait, la gênait. Oubliant tout, Maxime, les cinquante mille francs, M. de Saffré, elle revint devant le lit, songeuse : ce lit était bien mieux à l'endroit où il se trouvait auparavant ; il y avait des femmes qui manquaient vraiment de goût ; pour sûr, quand on était couché, on devait avoir la lumière dans les yeux. Et elle vit vaguement se lever, au fond de son souvenir, l'image de l'inconnu du quai Saint-Paul, son roman en deux rendez-vous, cet amour de hasard qu'elle avait goûté là, à cette autre place. Il n'en restait que cette usure du papier peint. Alors cette chambre l'emplit de malaise, et elle s'impatienta de ce bourdonnement de voix qui continuait, dans la pièce voisine.

Quand madame Sidonie revint, ouvrant et fermant la porte avec précaution, elle fit des signes répétés du bout des doigts, pour lui recommander de parler tout bas. Puis, à son oreille :

— Vous ne savez pas, l'aventure est bonne : c'est M. de Saffré qui est là.

— Vous ne lui avez pas dit au moins que j'étais ici ? demanda la jeune femme inquiète.

La courtière sembla surprise, et très-naïvement :

— Mais si... Il attend que je lui dise d'entrer. Bien entendu, je ne lui ai pas parlé des cinquante mille francs...

Renée, toute pâle, s'était redressée comme sous un coup de fouet. Une immense fierté lui remontait au cœur. Ce bruit de botte, qu'elle entendait plus brutal dans la chambre d'à côté, l'exaspérait.

— Je m'en vais, dit-elle d'une voix brève. Venez m'ouvrir la porte.

Madame Sidonie essaya de sourire.

— Ne faites pas l'enfant... Je ne puis pas rester avec ce garçon sur les bras, maintenant que je lui ai dit que vous étiez ici... Vous me compromettez, vraiment...

Mais la jeune femme avait déjà descendu le petit escalier. Elle répétait, devant la porte fermée de la boutique.

— Ouvrez-moi, ouvrez-moi.

La marchande de dentelle, quand elle retirait le bouton de cuivre, avait l'habitude de le mettre dans sa poche. Elle voulut encore parlementer. Enfin, prise de colère elle-même, laissant voir au fond de ses yeux gris la sécheresse aigre de sa nature, elle s'écria :

— Mais enfin que voulez-vous que je lui dise, à cet homme ?

— Que je ne suis pas à vendre, répondit Renée, qui avait un pied sur le trottoir.

Et il lui sembla entendre madame Sidonie murmurer en refermant violemment la porte : « Éh ! va donc, grue ! tu me payeras ça. »

— Pardieu ! pensait-elle en remontant dans son coupé, j'aime encore mieux mon mari.

Elle retourna droit à l'hôtel. Le soir, elle dit à Maxime de ne pas venir ; elle était souffrante, elle avait besoin de repos. Et, le lendemain, lorsqu'elle lui remit les quinze mille francs pour le bijoutier de Sylvia, elle resta embarrassée devant sa surprise et ses questions. C'était son mari, dit-elle, qui avait fait une bonne affaire. Mais à partir de ce jour, elle fut plus fantasque, elle changeait souvent les heures des rendez-vous qu'elle donnait au jeune homme, et souvent même elle le guettait dans la serre pour le renvoyer. Lui, s'inquiétait peu de ces changements d'humeur ; il se plaisait à être une chose obéissante aux mains des

20.

femmes. Ce qui l'ennuya davantage, ce fut la tournure morale que prenaient parfois leurs tête-à-tête d'amoureux. Elle
devenait toute triste; même il lui arrivait d'avoir de grosses
larmes dans les yeux. Elle interrompait son refrain sur « le
beau jeune homme » de *la Belle-Hélène*, jouait les can-
tiques du pensionnat, demandait à son amant s'il ne croyait
pas que le mal fût puni tôt ou tard.

— Décidément, elle vieillit, pensait-il. C'est tout le plus
si elle est drôle encore un an ou deux.

La vérité était qu'elle souffrait cruellement. Maintenant,
elle aurait mieux aimé tromper Maxime avec M. de Saffré.
Chez madame Sidonie, elle s'était révoltée, elle avait cédé
à une fierté instinctive, au dégoût de ce marché grossier.
Mais, les jours suivants, quand elle endura les angoisses
de l'adultère, tout sombra en elle, et elle se sentit si mépri-
sable, qu'elle se serait livrée au premier homme qui aurait
poussé la porte de la chambre aux pianos. Si, jusque-là, la
pensée de son mari était passée parfois dans l'inceste,
comme une pointe d'horreur voluptueuse, le mari, l'homme
lui-même, y entra dès lors avec une brutalité qui tourna ses
sensations les plus délicates en douleurs intolérables. Elle
qui se plaisait aux raffinements de sa faute et qui rêvait volontiers un coin de paradis surhumain, où les dieux goûtent
leurs amours en famille, elle roulait à la débauche vulgaire,
au partage de deux hommes. Vainement elle tenta de jouir
de l'infamie. Elle avait encore les lèvres chaudes des baisers
de Saccard, lorsqu'elle les offrait aux baisers de Maxime. Ses
curiosités descendirent au fond de ces voluptés maudites ;
elle alla jusqu'à mêler ces deux tendresses, jusqu'à chercher
le fils dans les étreintes du père. Et elle sortait plus effarée,
plus meurtrie de ce voyage dans l'inconnu du mal, de ces
ténèbres ardentes où elle confondait son double amant, avec
des terreurs qui donnaient un râle à ses joies.

Elle garda ce drame pour elle seule, en doubla la souf-

france par les fièvres de son imagination. Elle eût préféré
mourir que d'avouer la vérité à Maxime. C'était une peur
sourde que le jeune homme ne se révoltât, ne la quittât;
c'était surtout une croyance si absolue de péché monstrueux
et de damnation éternelle, qu'elle aurait plus volontiers traversé nue le parc Monceaux, que de confesser sa honte à voix
basse. Elle restait, d'ailleurs, l'étourdie qui étonnait Paris
par ses extravagances. Des gaietés nerveuses la prenaient,
des caprices prodigieux, dont s'entretenaient les journaux,
en la désignant par ses initiales. Ce fut à cette époque
qu'elle voulut sérieusement se battre en duel, au pistolet,
avec la duchesse de Sternich, qui avait, méchamment disait-
elle, renversé un verre de punch sur sa robe; il fallut que
son beau-frère le ministre se fâchât. Une autre fois, elle paria
avec madame de Lauwerens qu'elle ferait le tour de la piste
de Longchamps en moins de dix minutes, et ce ne fut
qu'une question de costume qui la retint. Maxime lui-même
commençait à être effrayé par cette tête où la folie montait,
et où il croyait entendre, la nuit, sur l'oreiller, tout le tapage d'une ville en rut de plaisirs.

Un soir, ils allèrent ensemble au Théâtre-Italien. Ils n'a-
vaient seulement pas regardé l'affiche. Ils voulaient voir une
grande tragédienne italienne, la Ristori, qui faisait alors courir tout Paris, et à laquelle la mode leur commandait de
s'intéresser. On donnait *Phèdre*. Il se rappelait assez son
répertoire classique, elle savait assez d'italien pour suivre la
pièce. Et même ce drame leur causa une émotion particulière, dans cette langue étrangère dont les sonorités leur
semblaient, par moments, un simple accompagnement d'orchestre soutenant la mimique des acteurs. Hippolyte était
un grand garçon pâle, très-médiocre, qui pleurait son rôle.

— Quel godiche! murmurait Maxime.

Mais la Ristori, avec ses fortes épaules secouées par les
sanglots, avec sa face tragique et ses gros bras, remuait

profondément Renée. Phèdre était du sang de Pasiphaé, et
elle se demandait de quel sang elle pouvait être, elle, l'incestueuse des temps nouveaux. Elle ne voyait de la pièce
que cette grande femme traînant sur les planches le crime
antique. Au premier acte, quand Phèdre fait à Œnone la
confidence de sa tendresse criminelle; au second, lorsqu'elle
se déclare, toute brûlante, à Hippolyte; et, plus tard, au
quatrième, lorsque le retour de Thésée l'accable, et qu'elle
se maudit, dans une crise de fureur sombre, elle emplissait
la salle d'un tel cri de passion fauve, d'un tel besoin de volupté surhumaine, que la jeune femme sentait passer sur sa
chair chaque frisson de son désir et de ses remords.

— Attends, murmurait Maxime à son oreille, tu vas
entendre le récit de Théramène. Il a une bonne tête, le
vieux!

Et il murmura d'une voix creuse :

> A peine nous sortions des portes de Trézène,
> Il était sur son char...

Mais Renée, quand le vieux parla, ne regarda plus, n'é-
couta plus. Le lustre l'aveuglait, des chaleurs étouffantes lui
venaient de toutes ces faces pâles tendues vers la scène. Le
monologue continuait, interminable. Elle était dans la serre,
sous les feuillages ardents, et elle rêvait que son mari entrait, la surprenait aux bras de son fils. Elle souffrait horriblement, elle perdait connaissance, quand le dernier râle
de Phèdre, repentante et mourant dans les convulsions du
poison, lui fit rouvrir les yeux. La toile tombait. Aurait-elle
la force de s'empoisonner, un jour? Comme son drame était
mesquin et honteux, à côté de l'épopée antique! Et tandis
que Maxime lui nouait sous le menton sa sortie de théâtre,
elle entendait encore gronder derrière elle cette rude voix de
la Ristori, à laquelle répondait le murmure complaisant
d'Œnone.

Dans le coupé, le jeune homme causa tout seul, il trouvait
en général la tragédie « assommante, » et préférait les pièces
des Bouffes. Cependant *Phèdre* était « corsée. » Il s'y était
intéressé, parce que... Et il serra la main de Renée, pour
compléter sa pensée. Puis une idée drôle lui passa par la
tête, et il céda à l'envie de faire un mot : ©

— C'est moi, murmura-t-il, qui avais raison de ne pas
m'approcher de la mer, à Trouville.

Renée, perdue au fond de son rêve douloureux, se taisait.
Il fallut qu'il répétât sa phrase.

— Pourquoi? demanda-t-elle étonnée, ne comprenant
pas.

— Mais le monstre...

Et il eut un petit ricanement. Cette plaisanterie glaça la
jeune femme. Tout se détraqua dans sa tête. La Ristori
n'était plus qu'un gros pantin qui retroussait son peplum
et montrait sa langue au public comme Blanche Müller, au
troisième acte de *la Belle Hélène;* Théramène dansait le
cancan, et Hippolyte mangeait des tartines de confiture en
se fourrant les doigts dans le nez.

Quand un remords plus cuisant faisait frissonner Renée,
elle avait des rébellions superbes. Quel était donc son crime,
et pourquoi aurait-elle rougi? Est-ce qu'elle ne marchait pas
chaque jour sur des infamies plus grandes? est-ce qu'elle ne
coudoyait pas, chez les ministres, aux Tuileries, partout, des
misérables comme elle, qui avaient sur leur chair des millions et qu'on adorait à deux genoux! Et elle songeait à l'amitié honteuse d'Adeline d'Espanet et de Suzanne Haffner, dont
on souriait parfois aux lundis de l'impératrice. Elle se rappelait le négoce de madame de Lauwerens, que les maris célébraient pour sa bonne conduite, son ordre, son exactitude à
payer ses fournisseurs. Elle nommait madame Daste, madame
Teisseire, la baronne de Meinhold, ces créatures dont les
amants payaient le luxe, et qui étaient cotées dans le beau

monde comme des valeurs à la Bourse. Madame de Guende
était tellement bête et tellement bien faite, qu'elle avait pour
amants trois officiers supérieurs à la fois, sans pouvoir les
distinguer, à cause de leur uniforme; ce qui faisait dire à
ce démon de Louise qu'elle les forçait d'abord à se mettre
en chemise, pour savoir auquel des trois elle parlait. La
comtesse Vanska, elle, se souvenait des cours où elle avait
chanté, des trottoirs le long desquels on prétendait l'avoir
revue, vêtue d'indienne, rôdant comme une louve. Chacune
de ces femmes avait sa honte, sa plaie étalée et triomphante. Puis, les dominant toutes, la duchesse de Sternich
se dressait, laide, vieillie, lassée, avec la gloire d'avoir passé
une nuit dans le lit impérial; c'était le vice officiel, elle en
gardait comme une majesté de la débauche et une souverai-
neté sur cette bande d'illustres coureuses.

Alors, l'incestueuse s'habituait à sa faute, comme à une
robe de gala, dont les roideurs l'auraient d'abord gênée. Elle
suivait les modes de l'époque, elle s'habillait et se déshabil-
lait à l'exemple des autres. Elle finissait par croire qu'elle
vivait au milieu d'un monde supérieur à la morale commune, où les sens s'affinaient et se développaient, où il était
permis de se mettre nue pour la joie de l'Olympe entier. Le
mal devenait un luxe, une fleur piquée dans les cheveux, un
diamant attaché sur le front. Et elle revoyait, comme une
justification et une rédemption, l'empereur, au bras du général, passer entre les deux files d'épaules inclinées.

Un seul homme, Baptiste, le valet de chambre de son
mari, continuait à l'inquiéter. Depuis que Saccard se montrait galant, ce grand valet pâle et digne lui semblait marcher autour d'elle, avec la solennité d'un blâme muet. Il ne
la regardait pas, ses regards froids passaient plus haut, par-
dessus son chignon, avec des pudeurs de bedeau refusant de
souiller ses yeux sur la chevelure d'une pécheresse. Elle s'i-
maginait qu'il savait tout, elle aurait acheté son silence, si

elle eût osé. Puis des malaises la prenaient, elle éprouvait une sorte de respect confus, quand elle rencontrait Baptiste, se disant que toute l'honnêteté de son entourage s'était retirée et cachée sous l'habit noir de ce laquais.

Elle demanda un jour à Céleste :

— Est-ce que Baptiste plaisante à l'office? Lui connaissez-vous quelque aventure, quelque maîtresse?

— Ah bien! oui! se contenta de répondre la femme de chambre.

— Voyons, il a dû vous faire la cour?

— Eh! il ne regarde jamais les femmes. C'est à peine si nous l'apercevons... Il est toujours chez monsieur ou dans les écuries. Il dit qu'il aime beaucoup les chevaux.

Renée s'irritait de cette honnêteté, insistait, aurait voulu pouvoir mépriser ses gens. Bien qu'elle se fût prise d'affection pour Céleste, elle se serait réjouie de lui savoir des amants.

— Mais vous, Céleste, ne trouvez-vous pas que Baptiste est un beau garçon?

— Moi, madame! s'écria la chambrière, de l'air stupéfait d'une personne qui vient d'entendre une chose prodigieuse, oh! j'ai bien d'autres idées en tête. Je ne veux pas d'un homme. J'ai mon plan, vous verrez plus tard. Je ne suis pas une bête, allez.

Renée ne put en tirer une parole plus claire. Ses soucis, d'ailleurs, grandissaient. Sa vie tapageuse, ses courses folles, rencontraient des obstacles nombreux qu'il lui fallait franchir, et contre lesquels elle se meurtrissait parfois. Ce fut ainsi que Louise de Mareuil se dressa un jour entre elle et Maxime. Elle n'était pas jalouse de « la bossue, » comme elle la nommait dédaigneusement ; elle la savait condamnée par les médecins, et ne pouvait croire que Maxime épousât jamais un pareil laideron, même au prix d'un million de dot. Dans ses chutes, elle avait conservé une naïveté bourgeoise

à l'égard des gens qu'elle aimait ; si elle se méprisait elle-
même, elle les croyait volontiers supérieurs et très-esti-
mables. Mais, tout en rejetant la possibilité d'un mariage
qui lui eût paru une débauche sinistre et un vol, elle
souffrait des familiarités, de la camaraderie des jeunes gens.
Quand elle parlait de Louise à Maxime, il riait d'aise, il lui
racontait les mots de l'enfant, il lui disait :

— Elle m'appelle son petit homme, tu sais, cette gamine ?

Et il montrait une telle liberté d'esprit, qu'elle n'osait
lui faire entendre que cette gamine avait dix-sept ans, et
que leurs jeux de mains, leur empressement, dans les
salons, à chercher les coins d'ombre pour se moquer de
tout le monde, la chagrinait, lui gâtaient les plus belles
soirées.

Un fait vint donner à la situation un caractère singulier.
Renée avait souvent des besoins de fanfaronnade, des
caprices de hardiesse brutale. Elle entraînait Maxime derrière un rideau, derrière une porte, et l'embrassait, au
risque d'être vue. Un jeudi soir, comme le salon bouton
d'or était plein de monde, il lui poussa la belle idée d'appeler le jeune homme qui causait avec Louise ; elle s'avança
à sa rencontre, du fond de la serre où elle se trouvait, et
le baisa brusquement sur la bouche, entre deux massifs, se
croyant suffisamment cachée. Mais Louise avait suivi Maxime.
Quand les amants levèrent la tête, ils la virent, à quelques
pas, qui les regardait avec un étrange sourire, sans une
rougeur ni un étonnement, de l'air tranquillement amical
d'un compagnon de vice, assez savant pour comprendre et
goûter un tel baiser.

Ce jour-là Maxime se sentit réellement épouvanté, et ce
fut Renée qui se montra indifférente et même joyeuse.
C'était fini. Il devenait impossible que la bossue lui prît son
amant. Elle pensait :

— J'aurais dû le faire exprès. Elle sait maintenant que
« son petit homme » est à moi.

Maxime se rassura, en retrouvant Louise aussi rieuse,
aussi drôle, qu'auparavant. Il la jugea « très-forte, très-
bonne fille. » Et ce fut tout.

Renée s'inquiétait avec raison. Saccard, depuis quelque
temps, songeait au mariage de son fils avec mademoiselle
de Mareuil. Il y avait là une dot d'un million qu'il ne voulait pas laisser échapper, comptant plus tard mettre les
mains dans cet argent. Louise, vers le commencement de
l'hiver, étant restée au lit pendant près de trois semaines,
il eut une telle peur de la voir mourir avant l'union projetée,
qu'il se décida à marier les enfants tout de suite. Il les
trouvait bien un peu jeunes; mais les médecins redoutaient
le mois de mars pour la poitrinaire. De son côté, M. de Mareuil était dans une situation délicate. Au dernier scrutin,
il avait enfin réussi à se faire nommer député. Seulement,
le Corps législatif venait de casser son élection, qui fut le
scandale de la révision des pouvoirs. Cette élection était tout
un poëme héroï-comique, sur lequel les journaux vécurent
pendant un mois. M. Hupel de la Noue, le préfet du département, avait déployé une telle vigueur, que les autres
candidats ne purent même afficher leur profession de foi ni
distribuer leurs bulletins. Sur ses conseils, M. de Mareuil
couvrit la circonscription de tables où les paysans burent et
mangèrent pendant une semaine. Il promit, en outre, un
chemin de fer, la construction d'un pont et de trois églises,
et adressa, la veille du scrutin, aux électeurs influents, les
portraits de l'empereur et de l'impératrice, deux grandes
gravures recouvertes d'une vitre et encadrées d'une baguette d'or. Cet envoi eut un succès fou, la majorité fut
écrasante. Mais quand la Chambre, devant l'éclat de rire de
la France entière, se trouva forcée de renvoyer M. de Mareuil à ses électeurs, le ministre entra dans une colère

21

terrible contre le préfet et le malheureux candidat, qui
s'étaient montrés vraiment trop « roides. » Il parla même
de mettre la candidature officielle sur un autre nom.
M. de Mareuil fut épouvanté, il avait dépensé trois cent mille
francs dans le département, il y possédait de grandes propriétés où il s'ennuyait, et qu'il lui faudrait revendre à perte.
Aussi vint-il supplier son cher collègue d'apaiser son frère,
de lui promettre, en son nom, une élection tout à fait convenable. Ce fut en cette circonstance que Saccard reparla
du mariage des enfants, et que les deux pères l'arrêtèrent
définitivement.

Quand Maxime fut tâté à ce sujet, il éprouva un embarras.
Louise l'amusait, la dot le tentait plus encore. Il dit oui, il
accepta toutes les dates que Saccard voulut, pour s'éviter
l'ennui d'une discussion. Mais, au fond, il s'avouait que,
malheureusement, les choses ne s'arrangeraient pas avec
une si belle facilité. Renée ne voudrait jamais; elle pleure-
rait, elle lui ferait des scènes, elle était capable de commettre quelque gros scandale pour étonner Paris. C'était
bien désagréable. Maintenant, elle lui faisait peur. Elle le
couvait avec des yeux inquiétants, elle le possédait si despotiquement, qu'il croyait sentir des griffes s'enfoncer dans
son épaule, quand elle posait là sa main blanche. Sa turbulence devenait de la brusquerie, et il y avait des sons brisés
au fond de ses rires. Il craignait réellement qu'elle ne devînt
folle, une nuit, entre ses bras. Chez elle le remords, la
crainte d'être surprise, les joies cruelles de l'adultère, ne se
traduisaient pas comme chez les autres femmes, par des
larmes et des accablements, mais par une extravagance plus
haute, par un besoin de tapage plus irrésistible. Et, au
milieu de son effarement grandissant, on commençait à
entendre un râle, le détraquement de cette adorable et étonnante machine qui se cassait.

Maxime attendait passivement une occasion qui le débarrassât de cette maîtresse gênante. Il disait de nouveau qu'ils avaient fait une bêtise. Si leur camaraderie avait d'abord mis dans leurs rapports d'amoureux une volupté de plus, elle lui empêchait aujourd'hui de rompre, comme il l'aurait certainement fait avec une autre femme. Il ne serait plus revenu ; c'était sa façon de dénouer ses amours, pour éviter tout effort et toute querelle. Mais il se sentait incapable d'un éclat, et il s'oubliait même volontiers encore dans les caresses de Renée ; elle était maternelle, elle payait pour lui, elle le tirerait d'embarras, si quelque créancier se fâchait. Puis l'idée de Louise, l'idée du million de dot revenait, lui faisait penser, jusque sous les baisers de la jeune femme, « que tout cela était bel et bon, mais que ce n'était pas sérieux, et qu'il faudrait bien que ça finît. »

Une nuit, Maxime fut si rapidement décavé chez une dame où l'on jouait souvent jusqu'au jour, qu'il éprouva une de ses colères muettes de joueur dont les poches sont vides. Il eût donné tout au monde pour pouvoir jeter encore quelques louis sur la table. Il prit son chapeau, et du pas machinal d'un homme poussé par une idée fixe, il alla au parc Monceaux, ouvrit la petite grille, se trouva dans la serre. Il était plus de minuit. Renée lui avait défendu de venir, ce soir-là. Maintenant, quand elle lui fermait sa porte, elle ne cherchait même plus à trouver une explication, et lui ne songeait qu'à profiter de son jour de congé. Il ne se souvint nettement de la défense de la jeune femme que devant la porte-fenêtre du petit salon, qui était fermée. D'ordinaire, quand il devait venir, Renée tournait à l'avance l'espagnolette de cette porte.

— Bah ! pensa-t-il, en voyant la fenêtre du cabinet de toilette éclairée, je vais siffler, et elle descendra. Je ne la dérangerai pas ; si elle a quelques louis, je m'en irai tout de suite.

Et il siffla doucement. Souvent, d'ailleurs, il employait

ce signal pour lui annoncer son arrivée. Mais, ce soir-là, il
siffla inutilement à plusieurs reprises. Il s'acharna, haussant le ton, ne voulant pas lâcher son idée d'emprunt
immédiat. Enfin, il vit la porte-fenêtre s'ouvrir avec des
précautions infinies, sans qu'il eût entendu le moindre bruit
de pas. Dans le demi-jour de la serre, Renée lui apparut,
les cheveux dénoués, à peine vêtue, comme si elle allait
se mettre au lit. Elle était nu-pieds. Elle le poussa vers
un des berceaux, descendant les marches, marchant sur
le sable des allées, sans paraître sentir le froid ni la rudesse
du sol.

— C'est bête de siffler si fort que ça, murmura-t-elle avec
une colère contenue... Je t'avais dit de ne pas venir. Que me
veux-tu ?

— Eh ! montons, dit Maxime surpris de cet accueil. Je
te dirai ça là-haut. Tu vas prendre froid.

Mais, comme il faisait un pas, elle le retint, et il s'aperçut
alors qu'elle était horriblement pâle. Une épouvante muette
la courbait. Ses derniers vêtements, les dentelles de son
linge, pendaient comme des lambeaux tragiques, sur sa
peau frissonnante.

Il l'examinait avec un étonnement croissant.

— Qu'as-tu donc? tu es malade?

Et, instinctivement, il leva les yeux, il regarda, à travers
les vitres de la serre, cette fenêtre du cabinet de toilette où
il avait vu de la lumière.

— Mais il y a un homme chez toi, dit-il tout à coup.

— Non, non, ce n'est pas vrai, balbutia-t-elle, suppliante,
affolée.

— Allons donc, ma chère, je vois l'ombre.

Alors ils restèrent là un instant, face à face, ne sachant
que se dire. Les dents de Renée claquaient de terreur, et il
lui semblait qu'on jetait des seaux d'eau glacée sur ses pieds
nus. Maxime éprouvait plus d'irritation qu'il n'aurait cru;

mais il demeurait encore assez désintéressé, pour réfléchir, pour se dire que l'occasion était bonne, et qu'il allait rompre.

— Tu ne me feras pas croire que c'est Céleste qui porte un paletot, continua-t-il. Si les vitres de la serre n'étaient pas si épaisses, je reconnaîtrais peut-être le monsieur.

Elle le poussa plus profondément dans le noir des feuillages, en disant, les mains jointes, prise d'une terreur croissante :

— Je t'en prie, Maxime...

Mais toute la taquinerie du jeune homme se réveillait, une taquinerie féroce qui cherchait à se venger. Il était trop frêle pour se soulager par la colère. Le dépit pinça ses lèvres ; et, au lieu de la battre, comme il en avait d'abord eu l'envie, il aiguisa sa voix, il reprit :

— Tu aurais dû me le dire, je ne serais pas venu vous déranger... Ça se voit tous les jours, qu'on ne s'aime plus. Moi-même, je commençais à en avoir assez... Voyons, ne t'impatiente pas. Je vais te laisser remonter ; mais pas avant que tu m'aies dit le nom du monsieur...

— Jamais, jamais ! murmura la jeune femme, qui étouffait ses larmes.

— Ce n'est pas pour le provoquer, c'est pour savoir... Le nom, dis vite le nom, et je pars.

Il lui avait pris les poignets, il la regardait, de son rire mauvais. Et elle se débattait, éperdue, ne voulant plus ouvrir les lèvres, pour que le nom qu'il lui demandait ne pût s'en échapper.

— Nous allons faire du bruit, tu seras bien avancée. Qu'as-tu peur ? ne sommes-nous pas de bons amis ?... Je veux savoir qui me remplace, c'est légitime... Attends, je t'aiderai. C'est M. de Mussy, dont la douleur t'a touchée.

21.

Elle ne répondit pas. Elle baissait la tête sous un pareil interrogatoire.

— Ce n'est pas M. de Mussy?... Alors le duc de Rozan? vrai, non plus?... Peut-être le comte de Chibray? pas davantage?...

Il s'arrêta, il chercha.

— Diable, c'est que je ne vois personne... Ce n'est pas mon père, après ce que tu m'as dit...

Renée tressaillit, comme sous une brûlure, et sourdement :

— Non, tu sais bien qu'il ne vient plus. Je n'aurais pas accepté, ce serait ignoble.

— Qui alors?

Et il lui serrait plus fort les poignets. La pauvre femme lutta encore quelques instants.

— Oh! Maxime, si tu savais!... Je ne puis pourtant pas dire...

Puis, vaincue, anéantie, regardant avec effroi la fenêtre éclairée :

— C'est M. de Saffré, balbutia-t-elle très-bas.

Maxime, que son jeu cruel amusait, pâlit extrêmement devant cet aveu qu'il sollicitait avec tant d'insistance. Il fut irrité de la douleur inattendue que lui causait ce nom d'homme. Il rejeta violemment les poignets de Renée, s'approchant, lui disant en plein visage, les dents serrées :

— Tiens, veux-tu savoir, tu es une!...

Il dit le mot. Et il s'en allait, lorsqu'elle courut à lui, sanglotante, le prenant dans ses bras, murmurant des mots de tendresse, des demandes de pardon, lui jurant qu'elle l'adorait toujours, et que le lendemain elle lui expliquerait tout. Mais il se dégagea, il ferma violemment la porte de la serre, en répondant :

— Eh non! c'est fini, j'en ai plein le dos.

Elle resta écrasée. Elle le regarda traverser le jardin. Il lui

semblait que les arbres de la serre tournaient autour d'elle.
Puis, lentement, elle traîna ses pieds nus sur le sable des
allées, elle remonta les marches du perron, la peau mar-
brée par le froid, plus tragique dans le désordre de ses
dentelles. En haut, elle répondit aux questions de son mari,
qui l'attendait, qu'elle avait cru se rappeler l'endroit où
pouvait être tombé un petit carnet perdu depuis le matin.
Et quand elle fut couchée, elle éprouva tout à coup un
désespoir immense, en réfléchissant qu'elle aurait dû
dire à Maxime que son père, rentré avec elle, l'avait suivie dans sa chambre pour l'entretenir d'une question d'argent quelconque.

Ce fut le lendemain que Saccard se décida à brusquer le
dénouement de l'affaire de Charonne. Sa femme lui appartenait ; il venait de la sentir douce et inerte entre ses mains,
comme une chose qui s'abandonne. D'autre part, le tracé
du boulevard du Prince-Eugène allait être arrêté, il fallait
que Renée fût dépouillée avant que l'expropriation prochaine s'ébruitât. Saccard montrait, dans toute cette affaire, un amour d'artiste ; il regardait mûrir son plan avec
dévotion, tendait ses piéges avec les raffinements d'un
chasseur qui met de la coquetterie à prendre galamment
le gibier. C'était, chez lui, une simple satisfaction de joueur
adroit, d'homme goûtant une volupté particulière au
gain volé ; il voulait avoir les terrains pour un morceau de
pain, quitte à donner cent mille francs de bijoux à sa
femme, dans la joie du triomphe. Les opérations les plus
simples se compliquaient, dès qu'il s'en occupait, devenaient des drames noirs ; il se passionnait, il aurait battu
son père pour une pièce de cent sous. Et il semait ensuite
l'or royalement.

Mais, avant d'obtenir de Renée la cession de sa part de
propriété, il eut la prudence d'aller tâter Larsonneau sur
les intentions de chantage qu'il avait flairées en lui. Son

instinct le sauva, en cette circonstance. L'agent d'expropriation avait cru, de son côté, que le fruit était mûr et qu'il
pouvait le cueillir. Lorsque Saccard entra dans le cabinet
de la rue de Rivoli, il trouva son compère bouleversé,
donnant les signes du plus violent désespoir.

— Ah ! mon ami, murmura celui-ci, en lui prenant les
mains, nous sommes perdus... J'allais courir chez vous
pour nous concerter, pour nous sortir de cette horrible
aventure...

Tandis qu'il se tordait les bras et essayait un sanglot,
Saccard remarquait qu'il était en train de signer des lettres,
au moment de son entrée, et que les signatures avaient
une netteté admirable. Il le regarda tranquillement, en
disant :

— Bah ! qu'est-ce qui nous arrive donc?

Mais l'autre ne répondit pas tout de suite ; il s'était jeté
dans son fauteuil, devant son bureau, et là, les coudes
sur le buvard, le front entre les mains, il se branlait furieusement la tête. Enfin, d'une voix étouffée :

— On m'a volé le registre, vous savez...

Et il conta qu'un de ses commis, un gueux digne du
bagne, lui avait soustrait un grand nombre de dossiers,
parmi lesquels se trouvait le fameux registre. Le pis était
que le voleur avait compris le parti qu'il pouvait tirer de
cette pièce, et qu'il voulait se le faire racheter cent mille
francs.

Saccard réfléchissait. Le conte lui parut par trop grossier. Évidemment, Larsonneau se souciait peu, au fond,
d'être cru. Il cherchait un simple prétexte pour lui faire
entendre qu'il voulait cent mille francs dans l'affaire de
Charonne ; et même, à cette condition, il rendrait les
papiers compromettants qu'il avait entre les mains. Le
marché parut trop lourd à Saccard. Il aurait volontiers fait
la part de son ancien collègue ; mais cette embûche tendue,

cette vanité de le prendre pour dupe, l'irritaient. D'ailleurs, il n'était pas sans inquiétude ; il connaissait le personnage, il le savait très-capable de porter les papiers à son frère le ministre, qui aurait certainement payé pour étouffer tout scandale.

— Diable ! murmura-t-il, en s'asseyant à son tour, voilà une vilaine histoire... Et pourrait-on voir le gueux en question ?

— Je vais l'envoyer chercher, dit Larsonneau. Il demeure à côté, rue Jean Lantier.

Dix minutes ne s'étaient pas écoulées, qu'un petit jeune homme, louche, les cheveux pâles, la face couverte de taches de rousseur, entra doucement, en évitant que la porte fît du bruit. Il était vêtu d'une mauvaise redingote noire trop grande et horriblement râpée. Il se tint debout, à distance respectueuse, regardant Saccard du coin de l'œil, tranquillement. Larsonneau, qui l'appelait Baptistin, lui fit subir un interrogatoire, auquel il répondit par des monosyllabes, sans se troubler le moins du monde ; et il recevait en toute indifférence les noms de voleur, d'escroc, de scélérat, dont son patron croyait devoir accompagner chacune de ses demandes.

Saccard admira le sang-froid de ce malheureux. A un moment, l'agent d'expropriation s'élança de son fauteuil comme pour le battre ; et il se contenta de reculer d'un pas, en louchant avec plus d'humilité.

— C'est bien, laissez-le, dit le financier... Alors, monsieur, vous demandez cent mille francs pour rendre les papiers ?

— Oui, cent mille francs, répondit le jeune homme.

Et il s'en alla. Larsonneau paraissait ne pouvoir se calmer.

— Hein ! quelle crapule ! balbutia-t-il. Avez-vous vu ses regards faux ?... Ces gaillards-là vous ont l'air timides et vous assassineraient un homme pour vingt francs.

Mais Saccard l'interrompit en disant :

— Bah! il n'est pas terrible. Je crois qu'on pourra s'arranger avec lui... Je venais pour une affaire beaucoup plus inquiétante... Vous aviez raison de vous défier de ma femme, mon cher ami. Imaginez-vous qu'elle vend sa part de propriété à M. Haffner. Elle a besoin d'argent, dit-elle. C'est son amie Suzanne qui a dû la pousser.

L'autre cessa brusquement de se désespérer ; il écoutait, un peu pâle, rajustant son col droit, qui avait tourné, dans sa colère.

— Cette cession, continua Saccard, est la ruine de nos espérances. Si M. Haffner devient votre coassocié, non-seulement nos profits sont compromis, mais j'ai une peur affreuse de nous trouver dans une situation très-désagréable vis-à-vis de cet homme méticuleux qui voudra éplucher les comptes.

L'agent d'expropriation se mit à marcher d'un pas agité, faisant craquer ses bottines vernies sur le tapis.

— Voyez, murmura-t-il, dans quelle situation on se met pour rendre service aux gens !... Mais, mon cher, à votre place, j'empêcherais absolument ma femme de faire une pareille sottise. Je la battrais plutôt.

— Ah! mon ami !... dit le financier avec un fin sourire. Je n'ai pas plus d'action sur ma femme que vous ne paraissez en avoir sur cette canaille de Baptistin.

Larsonneau s'arrêta net devant Saccard, qui souriait toujours, et le regarda d'un air profond. Puis il reprit sa marche de long en large, mais d'un pas lent et mesuré. Il s'approcha d'une glace, remonta son nœud de cravate, marcha encore, retrouvant son élégance. Et tout d'un coup :

— Baptistin ! cria-t-il.

Le petit jeune homme louche entra, mais par une autre porte. Il n'avait plus son chapeau et roulait une plume entre ses doigts.

— Va chercher le registre, lui dit Larsonneau.

Et quand il ne fut plus là, il débattit la somme qu'on devait lui donner.

— Faites cela pour moi, finit-il par dire carrément.

Alors Saccard consentit à donner trente mille francs sur les bénéfices futurs de l'affaire de Charonne. Il estimait qu'il se tirait encore à bon marché de la main gantée de l'usurier. Ce dernier fit mettre la promesse à son nom, continuant la comédie jusqu'au bout, disant qu'il tiendrait compte des trente mille francs au jeune homme. Ce fut avec des rires de soulagement que Saccard brûla le registre à la flamme de la cheminée, feuille à feuille. Puis cette opération terminée, il échangea de vigoureuses poignées de mains avec Larsonneau, et le quitta, en lui disant :

— Vous allez ce soir chez Laure, n'est-ce pas ?... Attendez-moi. J'aurai tout arrangé avec ma femme, nous prendrons nos dernières dispositions.

Laure d'Aurigny, qui déménageait souvent, habitait alors un grand appartement du boulevard Haussmann, en face de la Chapelle expiatoire. Elle venait de prendre un jour par semaine, comme les dames du vrai monde. C'était une façon de réunir à la fois les hommes qui la voyaient, un par un, dans la semaine. Aristide Saccard triomphait, les mardis soir ; il était l'amant en titre ; et il tournait la tête, avec un rire vague, quand la maîtresse de la maison le trahissait entre deux portes, en accordant pour le soir même un rendez-vous à un de ces messieurs. Lorsqu'il était resté le dernier de la bande, il allumait encore un cigare, causait affaires, plaisantait un instant sur le monsieur qui se morfondait dans la rue en attendant qu'il sortît ; puis, après avoir appelé Laure sa « chère enfant, » et lui avoir donné une petite tape sur la joue, il s'en allait tranquillement par une porte, tandis que le monsieur entrait par une autre.

Le secret traité d'alliance qui avait consolidé le crédit de Saccard et fait trouver à la d'Aurigny deux mobiliers en un mois, continuait à les amuser. Mais Laure voulait un dénoûment à cette comédie. Ce dénoûment, arrêté à l'avance, devait consister dans une rupture publique, au profit de quelque imbécile qui payerait cher le droit d'être l'entreteneur sérieux et connu de tout Paris. L'imbécile était trouvé. Le duc de Rozan, las d'assommer inutilement les femmes de son monde, rêvait une réputation de débauché, pour accentuer d'un relief sa figure fade. Il était très-assidu aux mardis de Laure, dont il avait fait la conquête par sa naïveté absolue. Malheureusement, à trente-cinq ans, il se trouvait encore sous la dépendance de sa mère, à tel point qu'il pouvait disposer au plus d'une dizaine de louis à la fois. Les soirs où Laure daignait lui prendre ses dix louis, en se plaignant, en parlant des cent mille francs dont elle aurait besoin, il soupirait, il lui promettait la somme pour le jour où il serait le maître. Ce fut alors qu'elle eut l'idée de lui faire lier amitié avec Larsonneau, un des bons amis de la maison. Les deux hommes allèrent déjeuner ensemble chez Tortoni ; et, au dessert, Larsonneau, en contant ses amours avec une Espagnole délicieuse, prétendit connaître des prêteurs ; mais il conseilla vivement à Rozan de ne jamais passer par leurs mains. Cette confidence endiabla le duc, qui finit par arracher à son bon ami la promesse de s'occuper de « sa petite affaire. » Il s'en occupa si bien qu'il devait porter l'argent le soir même où Saccard lui avait donné rendez-vous chez Laure.

Lorsque Larsonneau arriva, il n'y avait encore dans le grand salon blanc et or de la d'Aurigny que cinq ou six femmes, qui lui prirent les mains, lui sautèrent au cou, avec une fureur de tendresse. Elles l'appelaient « ce grand Lar ! » un diminutif caressant que Laure avait inventé. Et lui, d'une voix flûtée :

— La, là, mes petites chattes ; vous allez écraser mon chapeau.

Elles se calmèrent, elles l'entourèrent étroitement sur une causeuse, tandis qu'il leur contait une indigestion de Sylvia, avec laquelle il avait soupé la veille. Puis, tirant un drageoir de la poche de son habit, il leur offrit des pralines. Mais Laure sortit de sa chambre à coucher, et comme plusieurs messieurs arrivaient, elle entraîna Larsonneau dans un boudoir, situé à l'un des bouts du salon, dont un double portière le séparait.

— As-tu l'argent ? lui demanda-t-elle, quand ils furent seuls.

Elle le tutoyait, dans les grandes circonstances. Larsonneau, sans répondre, s'inclina plaisamment, en frappant sur la poche intérieure de son habit.

— Oh ! ce grand Lar ! murmura la jeune femme ravie.

Elle le prit par la taille et l'embrassa.

— Attends, dit-elle, je veux tout de suite les chiffons... Rozan est dans ma chambre ; je vais le chercher.

Mais il la retint, et lui baisant à son tour les épaules :

— Tu sais quelle commission je t'ai demandée, à toi ?

— Eh ! oui, grande bête, c'est convenu.

Elle revint, amenant Rozan. Larsonneau était mis plus correctement que le duc, ganté plus juste, cravaté avec plus d'art. Ils se touchèrent négligemment la main, et parlèrent des courses de l'avant-veille, où un de leurs amis avait eu un cheval battu. Laure piétinait.

— Voyons, ce n'est pas tout ça, mon chéri, dit-elle à Rozan ; le grand Lar a l'argent, tu sais. Il faudrait terminer.

Larsonneau parut se souvenir.

— Ah ! oui, c'est vrai, dit-il, j'ai la somme... Mais que vous auriez bien fait de m'écouter, mon bon ! Est-ce que ces gueux ne m'ont pas demandé le cinquante pour cent ?...

22

Enfin, j'ai accepté quand même. vous m'aviez dit que ça ne faisait rien...

Laure d'Aurigny s'était procuré des feuilles de papier timbré dans la journée. Mais quand il fut question d'une plume et d'un encrier, elle regarda les deux hommes d'un air consterné, doutant de trouver chez elle ces objets. Elle voulait aller voir à la cuisine, lorsque Larsonneau tira de sa poche, de la poche où était le drageoir, deux merveilles, un porte-plume en argent, qui s'allongeait à l'aide d'une vis, et un encrier, acier et ébène, d'un fini et d'une délicatesse de bijou. Et comme Rozan s'asseyait :

— Faites les billets à mon nom. Vous comprenez, je n'ai pas voulu vous compromettre. Nous nous arrangerons ensemble... Six effets de vingt-cinq mille francs chacun, n'est-ce pas ?

Laure comptait sur un coin de la table « les chiffons. » Rozan ne les vit même pas. Quand il eut signé et qu'il leva la tête, ils avaient déjà disparu dans la poche de la jeune femme. Mais elle vint à lui, et l'embrassa sur les deux joues, ce qui parut le ravir. Larsonneau les regardait philosophiquement, en pliant les effets, et en remettant l'écritoire et le porte-plume dans sa poche.

La jeune femme était encore au cou de Rozan, lorsque Aristide Saccard souleva un coin de la portière :

— Eh bien, ne vous gênez pas, dit-il en riant.

Le duc rougit. Mais Laure alla secouer la main du financier, en échangeant avec lui un clignement d'yeux d'intelligence. Elle était radieuse.

— C'est fait, mon cher, dit-elle ; je vous avais prévenu. Vous ne m'en voulez pas trop ?

Saccard haussa les épaules d'un air bonhomme. Il écarta la portière, et s'effaçant pour livrer passage à Laure et au duc, il cria, d'une voix glapissante d'huissier :

— Monsieur le duc, madame la duchesse !

Cette plaisanterie eut un succès fou. Le lendemain, les journaux la contèrent, en nommant crûment Laure d'Aurigny, et en désignant les deux hommes par des initiales très-transparentes. La rupture d'Aristide Saccard et de la grosse Laure fit plus de bruit encore que leurs prétendues amours.

Cependant, Saccard avait laissé retomber la portière sur l'éclat de gaieté que sa plaisanterie avait soulevé dans le salon.

— Hein! quelle bonne fille! dit-il en se tournant vers Larsonneau. Elle est d'un vice!... C'est vous, gredin, qui devez bénéficier dans tout ceci. Qu'est-ce qu'on vous donne?

Mais il se défendit, avec des sourires; et il tirait ses manchettes qui remontaient. Il vint enfin s'asseoir, près de la porte, sur une causeuse où Saccard l'appelait du geste.

— Venez là, je ne veux pas vous confesser, que diable!... Aux affaires sérieuses maintenant, mon bon. J'ai eu, ce soir, une longue conversation avec ma femme... Tout est conclu.

— Elle consent à céder sa part? demanda Larsonneau.

— Oui, mais ça n'a pas été sans peine... Les femmes sont d'un entêtement! Vous savez, la mienne avait promis de ne pas vendre à une vieille tante. C'était des scrupules à n'en plus finir... Heureusement que j'avais préparé une histoire tout à fait décisive.

Il se leva pour allumer un cigare au candélabre que Laure avait laissé sur la table, et revenant s'allonger mollement au fond de la causeuse:

— J'ai dit à ma femme, continua-t-il, que vous étiez tout à fait ruiné... Vous avez joué à la Bourse, mangé votre argent avec des filles, tripoté dans de mauvaises spéculations; enfin vous êtes sur le point de faire une faillite épouvantable... J'ai même donné à entendre que je ne vous croyais pas d'une parfaite honnêteté... Alors je lui ai expliqué que l'affaire de Charonne allait sombrer dans votre désastre, et que le mieux serait d'accepter la proposition que vous m'aviez faite de la dégager, en lui achetant sa part, pour un morceau de pain, il est vrai.

— Ce n'est pas fort, murmura l'agent d'expropriation. Et vous vous imaginez que votre femme va croire de pareilles bourdes ?

Saccard eut un sourire. Il était dans une heure d'épanchement.

— Vous êtes naïf, mon cher, reprit-il. Le fond de l'histoire importe peu ; ce sont les détails, le geste et l'accent qui sont tout. Appelez Rozan, et je parie que je lui persuade qu'il fait grand jour. Et ma femme n'a guère plus de tête que Rozan... Je lui ai laissé entrevoir des abîmes. Elle ne se doute pas même de l'expropriation prochaine. Comme elle s'étonnait que, en pleine catastrophe, vous pussiez songer à prendre une plus lourde charge, je lui ai dit que sans doute elle vous gênait dans quelque mauvais coup ménagé à vos créanciers... Enfin je lui ai conseillé l'affaire comme l'unique moyen de ne pas se trouver mêlée à des procès interminables et de tirer quelque argent des terrains.

Larsonneau continuait à trouver l'histoire un peu brutale. Il était de méthode moins dramatique ; chacune de ses opérations se nouait et se dénouait avec des élégances de comédie de salon.

— Moi j'aurais imaginé autre chose, dit-il. Enfin, chacun son système... Il ne nous reste alors qu'à payer.

— C'est à ce sujet, répondit Saccard, que je veux m'entendre avec vous... Demain, je porterai l'acte de cession à ma femme, et elle aura simplement à vous faire remettre cet acte pour toucher le prix convenu... Je préfère éviter toute entrevue.

Jamais il n'avait voulu, en effet, que Larsonneau vînt chez eux sur un pied d'intimité. Il ne l'invitait pas, l'accompagnait chez Renée, les jours où il fallait absolument que les deux associés se rencontrassent ; cela était arrivé au plus trois fois. Presque toujours, il traitait avec des procurations de sa femme, pensant qu'il était inutile de lui laisser voir ses affaires de trop près.

Il ouvrit son portefeuille, en ajoutant :

— Voici les deux cent mille francs de billets souscrits par ma femme ; vous les lui donnerez en payement, et vous ajouterez cent mille francs que je vous porterai demain dans la matinée... Je me saigne, mon cher ami. Cette affaire m coûte les yeux de la tête.

— Mais, fit remarquer l'agent d'expropriation, cela ne va faire que trois cent mille francs... Est-ce que le reçu sera de cette somme?

— Un reçu de trois cent mille francs ! reprit Saccard en riant, ah bien ! nous serions propres plus tard. Il faut, d'après nos inventaires, que la propriété soit estimée aujourd'hui à deux millions cinq cent mille francs. Le reçu sera de la moitié, naturellement.

— Jamais votre femme ne voudra le signer.

— Eh si ! Je vous dis que tout est convenu... Parbleu ! je lui ai dit que c'était votre première condition. Vous nous mettez le pistolet sous la gorge avec votre faillite, comprenez-vous ? Et c'est là que j'ai paru douter de votre honnêteté et que je vous ai accusé de vouloir duper vos créanciers... Est-ce que ma femme comprend quelque chose à tout cela ?

Larsonneau hochait la tête, en murmurant :

— N'importe, vous auriez dû chercher quelque chose de plus simple.

— Mais mon histoire est la simplicité même ! dit Saccard très-étonné Où diable voyez-vous qu'elle se complique ?

22.

Il n'avait pas conscience du nombre incroyable de ficelles qu'il ajoutait à l'affaire la plus ordinaire. Il goûtait une vraie joie dans ce conte à dormir debout qu'il venait de faire à Renée ; et ce qui le ravissait, c'était l'impudence du mensonge, l'entassement des impossibilités, la complication étonnante de l'intrigue. Depuis longtemps, il aurait eu les terrains, s'il n'avait pas imaginé tout ce drame ; mais il aurait éprouvé moins de jouissance à les avoir aisément. D'ailleurs, il mettait la plus grande naïveté à faire de la spéculation de Charonne tout un mélodrame financier.

Il se leva, et prenant le bras de Larsonneau, se dirigeant vers le salon :

— Vous m'avez bien compris, n'est-ce pas? Contentez-vous de suivre mes instructions, et vous m'applaudirez après... Voyez-vous, mon cher, vous avez tort de porter des gants jaunes, c'est ce qui vous gâte la main.

L'agent d'expropriation se contenta de sourire, en murmurant :

— Oh ! les gants ont du bon, cher maître : on touche à tout sans se salir.

Comme ils rentraient dans le salon, Saccard fut surpris et quelque peu inquiet de trouver Maxime de l'autre côté de la portière. Le jeune homme était assis sur une causeuse, à côté d'une dame blonde, qui lui racontait d'une voix monotone une longue histoire, la sienne sans doute. Il avait, en effet, entendu la conversation de son père et de Larsonneau. Les deux complices lui paraissaient de rudes gaillards. Encore vexé de la trahison de Renée, il goûtait une joie lâche à apprendre le vol dont elle allait être la victime. Ça le vengeait un peu. Son père vint lui serrer la main d'un air soupçonneux ; mais Maxime lui dit à l'oreille, en lui montrant la dame blonde :

— Elle n'est pas mal, n'est-ce pas? Je veux la « faire » pour ce soir.

Alors Saccard se dandina, fut galant. Laure d'Aurigny vint les rejoindre un moment ; elle se plaignait de ce que Maxime lui rendît à peine visite une fois par mois. Mais il prétendit avoir été très-occupé, ce qui fit rire tout le monde. Il ajouta que désormais on ne verrait plus que lui.

— J'ai écrit une tragédie, dit-il, et j'ai trouvé le cinquième acte hier seulement... Je compte me reposer chez toutes les belles femmes de Paris.

Il riait, il goûtait ses allusions, que lui seul pouvait comprendre. Cependant, il ne restait plus dans le salon, aux deux coins de la cheminée, que Rozan et Larsonneau. Les Saccard se levèrent, ainsi que la dame blonde, qui demeurait dans la maison. Alors la d'Aurigny alla parler bas au duc. Il parut surpris et contrarié. Voyant qu'il ne se décidait pas à quitter son fauteuil :

— Non, vrai, pas ce soir, dit-elle à demi-voix. J'ai une migraine !... Demain, je vous le promets.

Rozan dut obéir. Laure attendit qu'il fût sur le palier pour dire vivement à l'oreille de Larsonneau :

— Hein ! grand Lar, je suis de parole... Fourre-le dans sa voiture.

Quand la dame blonde prit congé de ces messieurs, pour remonter à son appartement qui était à l'étage supérieur, Saccard fut étonné de ce que Maxime ne la suivait pas.

— Eh bien ? lui demanda-t-il.

— Ma foi, non, répondit le jeune homme. J'ai réfléchi...

Puis il eut une idée qu'il crut très-drôle :

— Je te cède la place si tu veux. Dépêche-toi, elle n'a pas encore fermé sa porte.

Mais le père haussa doucement les épaules, en disant :

— Merci, j'ai mieux que cela pour l'instant, mon petit.

Les quatre hommes descendirent. En bas, le duc voulait absolument prendre Larsonneau dans sa voiture ; sa mère

demeurait au Marais, il aurait laissé l'agent d'expropriation
à sa porte, rue de Rivoli. Celui-ci refusa, ferma la portière
lui-même, dit au cocher de partir. Et il resta sur le trottoir
du boulevard Haussmann avec les deux autres, causant, ne
s'éloignant pas.

— Ah ! ce pauvre Rozan ! dit Saccard, qui comprit tout
à coup.

Larsonneau jura que non, qu'il se moquait pas mal de
ça, qu'il était un homme pratique. Et comme les deux autres
continuaient à plaisanter et que le froid était très-vif, il finit
par s'écrier :

— Ma foi, tant pis, je sonne !... Vous êtes des indiscrets,
messieurs.

— Bonne nuit ! lui cria Maxime, lorsque la porte se referma.

Et prenant le bras de son père, il remonta avec lui le
boulevard. Il faisait une de ces claires nuits de gelée, où il
est si bon de marcher sur la terre dure, dans l'air glacé. Saccard disait que Larsonneau avait tort, qu'il fallait être simplement le camarade de la d'Aurigny. Il partit de là pour
déclarer que l'amour de ces filles était vraiment mauvais.
Il se montrait moral, il trouvait des sentences, des conseils
étonnants de sagesse.

— Vois-tu, dit-il à son fils, ça n'a qu'un temps, mon
petit... On y perd sa santé, et l'on n'y goûte pas le vrai
bonheur. Tu sais que je ne suis pas un bourgeois. Eh bien,
j'en ai assez, je me range.

Maxime ricanait ; il arrêta son père, le contempla au clair
de lune, en déclarant qu'il avait « une bonne tête. » Mais
Saccard se fit plus grave encore.

— Plaisante tant que tu voudras. Je te répète qu'il n'y
a rien de tel que le mariage pour conserver un homme et
le rendre heureux.

Alors il lui parla de Louise. Et il marcha plus douce-

ment, pour terminer cette affaire, disait-il, puisqu'ils en causaient. La chose était complétement arrangée. Il lui apprit
même qu'il avait fixé avec M. de Mareuil la date de la signature du contrat au dimanche qui suivrait le jeudi de la
mi-carême. Ce jeudi-là, il devait y avoir une grande soirée
à l'hôtel du parc Monceaux, et il en profiterait pour annoncer publiquement le mariage. Maxime trouva tout cela très-
bien. Il était débarrassé de Renée, il ne voyait plus d'obstacle, il se livrait à son père comme il s'était livré à sa
belle-mère.

— Eh bien, c'est entendu, dit-il. Seulement n'en parle
pas à Renée. Ses amies me plaisanteraient, me taquine-
raient, et j'aime mieux qu'elles sachent la chose en même
temps que tout le monde.

Saccard lui promit le silence. Puis, comme ils arrivaient
vers le haut du boulevard Malesherbes, il lui donna de nouveau une foule d'excellents conseils. Il lui apprenait comment il devait s'y prendre pour faire un paradis de son ménage.

— Surtout, ne romps jamais avec ta femme. C'est une
bêtise. Une femme avec laquelle on n'a plus de rapports,
vous coûte les yeux de la tête... D'abord, il faut payer quelque fille, n'est-ce pas? Puis, la dépense est bien plus
grande à la maison : c'est la toilette, c'est les plaisirs particuliers de madame, les bonnes amies, tout le diable et
son train.

Il était dans une heure de vertu extraordinaire. Le succès de son affaire de Charonne lui mettait au cœur des tendresses d'idylle.

— Moi, continua-t-il, j'étais né pour vivre heureux et
ignoré au fond de quelque village, avec toute ma famille à mes côtés... On ne me connaît pas, mon petit...
J'ai l'air comme ça très en l'air. Eh bien, pas du tout,
j'adorerais rester près de ma femme, je lâcherais volon-

tiers mes affaires pour une rente modeste qui me permet-
trait de me retirer à Plassans... Tu vas être riche, fais-toi
avec Louise un intérieur où vous vivrez comme deux
tourtereaux. C'est si bon ! J'irai vous voir. Ça me fera du
bien.

Il finissait par avoir des larmes dans la voix. Cependant,
ils étaient arrivés devant la grille de l'hôtel, et ils causaient
debout, au bord du trottoir. Sur ces hauteurs de Paris, une
bise soufflait. Pas un bruit ne montait dans la nuit pâle
d'une blancheur de gelée. Maxime, surpris des attendrisse-
ments de son père, avait depuis un instant une question sur
les lèvres.

— Mais toi, dit-il enfin, il me semble...

— Quoi !

— Avec ta femme ?

Saccard haussa les épaules.

— Eh ! parfaitement. J'étais un imbécile. C'est pourquoi
je te parle en toute expérience... Mais nous nous sommes
remis ensemble, oh ! tout à fait. Il y a bientôt six semaines.
Je vais la retrouver le soir, quand je ne rentre pas trop
tard. Aujourd'hui, la pauvre bichette se passera de moi ;
j'ai à travailler jusqu'au jour. C'est qu'elle est joliment
faite !...

Comme Maxime lui tendait la main, il le retint, il ajouta,
à voix plus basse, d'un ton de confidence :

— Tu sais, la taille de Blanche Müller, eh bien, c'est
ça, mais dix fois plus souple. Et les hanches donc ! elles sont
d'un dessin, d'une délicatesse...

Et il conclut en disant au jeune homme qui s'en allait :

— Tu es comme moi, tu as du cœur, ta femme sera
heureuse... Au revoir, mon petit !

Quand Maxime se fut enfin débarrassé de son père, il fit
rapidement le tour du parc. Ce qu'il venait d'entendre le
surprenait si fort, qu'il éprouvait l'irrésistible besoin de

voir Renée. Il voulait lui demander pardon de sa brutalité, savoir pourquoi elle avait menti en lui nommant M. de Saffré, connaître l'histoire des tendresses de son mari. Mais tout cela confusément, avec le seul désir net de fumer chez elle un cigare et de renouer leur camaraderie. Si elle était bien disposée, il comptait même lui annoncer son mariage, pour lui faire entendre que leurs amours devaient rester mortes et enterrées. Quand il eut ouvert la petite porte, dont il avait heureusement gardé la clef, il finit par se dire que sa visite, après la confidence de son père, était nécessaire et tout à fait convenable.

Dans la serre, il siffla comme la veille; mais il n'attendit pas. Renée vint lui ouvrir la porte-fenêtre du petit salon, et monta devant lui sans parler. Elle rentrait à peine d'un bal de l'Hôtel de Ville. Elle était encore vêtue d'une robe blanche de tulle bouillonné, semée de nœuds de satin; les basques du corsage de satin se trouvaient encadrées d'une large dentelle de jais blanc, que la lumière des candélabres moirait de bleu et de rose. Quand Maxime la regarda, en haut, il fut touché de sa pâleur, de l'émotion profonde qui lui coupait la voix. Elle ne devait pas l'attendre, elle était toute frissonnante de le voir arriver comme à l'ordinaire, tranquillement, de son air câlin. Céleste revint de la garde-robe, où elle était allée chercher une chemise de nuit, et les amants continuèrent à garder le silence, attendant que cette fille ne fût plus là. Ils ne se gênaient pas d'habitude devant elle; mais des pudeurs leur venaient pour les choses qu'ils se sentaient sur les lèvres. Renée voulut que Céleste la déshabillât dans la chambre à coucher, où il y avait un grand feu. La chambrière ôtait les épingles, enlevait les chiffons un à un, sans se presser. Et Maxime, ennuyé, prit machinalement la chemise, qui se trouvait à côté de lui sur une chaise, et la fit chauffer devant la flamme, penché, les bras élargis. C'était

lui qui, aux jours heureux, rendait ce petit service à Renée,
Elle eut un attendrissement, à le voir présenter délicatement la chemise au feu. Puis comme Céleste n'en finissait
pas :

— Tu t'es bien amusée à ce bal? demanda-t-il.

— Oh ! non, tu sais, toujours la même chose, répondit-
elle. Beaucoup trop de monde, une véritable cohue.

Il retourna la chemise qui se trouvait chaude d'un côté.

— Quelle toilette avait Adeline?

— Une robe mauve, assez mal comprise... Elle est petite,
et elle a la rage des volants.

Ils parlèrent des autres femmes. Maintenant Maxime se
brûlait les doigts avec la chemise.

— Mais tu vas la roussir, dit Renée dont la voix avait des
caresses maternelles.

Céleste prit la chemise des mains du jeune homme. Il se
leva, alla regarder le grand lit gris et rose, s'arrêta à un
des bouquets brochés de la tenture, pour tourner la tête,
pour ne pas voir les seins nus de Renée. C'était instinctif. Il
ne se croyait plus son amant, il n'avait plus le droit de voir.
Puis il tira un cigare de sa poche et l'alluma. Renée lui
avait permis de fumer chez elle. Enfin, Céleste se retira,
laissant la jeune femme au coin du feu, toute blanche dans
son vêtement de nuit.

Maxime marcha encore quelques instants, silencieux,
regardant du coin de l'œil Renée, qu'un frisson semblait
reprendre. Et, se plantant devant la cheminée, le cigare aux
dents, il demanda d'une voix brusque :

— Pourquoi ne m'as-tu pas dit que c'était mon père qui
se trouvait avec toi, hier soir?

Elle leva la tête, les yeux tout grands, avec un regard de
suprême angoisse ; puis un flot de sang lui empourpra la
face, et, anéantie de honte, elle se cacha dans ses mains,
elle balbutia :

— Tu sais cela? tu sais cela?...

Elle se reprit, elle essaya de mentir.

— Ce n'est pas vrai... Qui te l'a dit?

Maxime haussa les épaules.

— Pardieu! mon père lui-même, qui te trouve joliment faite et qui m'a parlé de tes hanches.

Il avait laissé percer un léger dépit. Mais il se remit à marcher, continuant d'une voix grondeuse et amicale, entre deux bouffées de cigare :

— Vraiment, je ne te comprends pas. Tu es une singulière femme. Hier, c'est ta faute, si j'ai été grossier. Tu m'aurais dit que c'était mon père, je m'en serais allé tranquillement, tu comprends? Moi, je n'ai pas de droit... Mais tu vas me nommer M. de Saffré!

Elle sanglotait, les mains sur son visage. Il s'approcha, s'agenouilla devant elle, lui écarta les mains de force.

— Voyons, dis-moi pourquoi tu m'as nommé M. de Saffré?

Alors, détournant encore la tête, elle répondit, au milieu de ses larmes, à voix basse :

— Je croyais que tu me quitterais, si tu savais que ton père...

Il se releva, reprit son cigare qu'il avait posé sur un coin de la cheminée, et se contenta de murmurer :

— Tu es bien drôle, va!...

Elle ne pleurait plus. Les flammes de la cheminée et le feu de ses joues séchaient ses larmes. L'étonnement de voir Maxime si calme devant une révélation qu'elle croyait devoir l'écraser lui faisait oublier sa honte. Elle le regardait marcher, elle l'écoutait parler comme dans un rêve. Il lui répétait, sans quitter son cigare, qu'elle n'était pas raisonnable, qu'il était tout naturel qu'elle eût des rapports avec son mari, qu'il ne pouvait vraiment songer à s'en fâcher. Mais aller avouer un amant quand ce n'était pas vrai! Et il revenait toujours à cela, à cette chose qu'il ne pouvait com-

prendre, et qui lui semblait réellement monstrueuse,
parla des « imaginations folles » des femmes.]

— Tu es un peu fêlée, ma chère, il faut soigner ça.

Il finit par demander curieusement :

— Mais pourquoi M. de Saffré plutôt qu'un autre ?

— Il me fait la cour, dit Renée.

Maxime retint une impertinence ; il allait dire qu'elle
s'était sans doute crue plus vieille d'un mois, en avouant
M. de Saffré pour amant. Il n'eut que le sourire mauvais de
cette méchanceté, et, jetant son cigare dans le feu, il vint
s'asseoir de l'autre côté de la cheminée. Là, il parla raison,
il donna à entendre à Renée qu'ils devaient rester bons camarades. Les regards fixes de la jeune femme l'embarras-
saient un peu, pourtant ; il n'osa pas lui annoncer son mariage. Elle le contemplait longuement, les yeux encore
gonflés par les larmes. Elle le trouvait pauvre, étroit, mépri-
sable, et elle l'aimait toujours, de cette tendresse qu'elle
avait pour ses dentelles. Il était joli sous la lumière du
candélabre, placé au bord de la cheminée, à côté de lui.
Comme il renversait la tête, la lueur des bougies lui dorait
les cheveux, lui glissait sur la face, dans le duvet léger des
joues, avec des blondeurs charmantes.

— Il faut pourtant que je m'en aille, dit-il à plusieurs
reprises.

Il était bien décidé à ne pas rester. Renée ne l'aurait pas
voulu, d'ailleurs. Tous deux le pensaient, le disaient : ils
n'étaient plus que deux amis. Et quand Maxime eut enfin
serré la main de la jeune femme et qu'il fut sur le point
de quitter la chambre, elle le retint encore un instant, en
lui parlant de son père. Elle en faisait un grand éloge.

— Vois-tu, j'avais trop de remords. Je préfère que ça soit
arrivé... Tu ne connais pas ton père ; j'ai été étonnée de le
trouver si bon, si désintéressé. Le pauvre homme a de si
gros soucis en ce moment !

Maxime regardait la pointe de ses bottines, sans répondre, d'un air gêné. Elle insistait.

— Tant qu'il ne venait pas dans cette chambre, ça m'était égal. Mais après... Quand je le voyais ici, affectueux, m'apportant un argent qu'il avait dû ramasser dans tous les coins de Paris, se ruinant pour moi sans une plainte, j'en devenais malade... Si tu savais avec quel soin il a veillé à mes intérêts !

Le jeune homme revint doucement à la cheminée, contre laquelle il s'adossa. Il restait embarrassé, la tête basse, avec un sourire qui montait peu à peu à ses lèvres.

— Oui, murmura-t-il, mon père est très-fort pour veiller aux intérêts des gens.

Le son de sa voix étonna Renée. Elle le regarda, et lui, comme pour se défendre :

— Oh ! je ne sais rien... Je dis seulement que mon père est un habile homme.

— Tu aurais tort d'en mal parler, reprit-elle. Tu dois le juger un peu en l'air... Si je te faisais connaître tous ses embarras, si je te répétais ce qu'il me confiait encore ce soir, tu verrais comme on se trompe, quand on croit qu'il tient à l'argent...

Maxime ne put retenir un haussement d'épaules. Il interrompit sa belle-mère, d'un rire d'ironie.

— Va, je le connais, je le connais beaucoup... Il a dû te dire de bien jolies choses. Conte-moi donc ça.

Ce ton railleur la blessait. Alors elle renchérit encore sur ses éloges, elle trouva son mari tout à fait grand, elle parla de l'affaire de Charonne, de ce tripotage où elle n'avait rien compris, comme d'une catastrophe dans laquelle s'étaient révélées à elle l'intelligence et la bonté de Saccard. Elle ajouta qu'elle signerait l'acte de cession le lendemain, et que si c'était réellement là un désastre, elle acceptait ce désastre en punition de ses fautes. Maxime la laissait aller, ricanant, la regardant en dessous; puis, il dit à demi-voix :

— C'est ça, c'est bien ça...

Et, plus haut, mettant la main sur l'épaule de Renée :

— Ma chère, je te remercie, mais je savais l'histoire...
C'est toi qui es d'une bonne pâte !

Il fit de nouveau mine de s'en aller. Il éprouvait une
démangeaison furieuse de tout conter. Elle l'avait exaspéré,
avec ses éloges sur son mari, et il oubliait qu'il s'était promis de ne pas parler, pour s'éviter tout désagrément.

— Quoi ! que veux-tu dire ? demanda-t-elle.

— Eh ! pardieu ! que mon père te met dedans de la plus
jolie façon du monde... Tu me fais de la peine, vrai ; tu es
trop godiche !

Et il lui conta ce qu'il avait entendu chez Laure, lâchement, sournoisement, goûtant une secrète joie à descendre
dans ces infamies. Il lui semblait qu'il se vengeait d'une in-
jure vague qu'on venait de lui faire. Son tempérament de
fille s'attardait béatement à cette dénonciation, à ce bavar-
dage cruel, surpris derrière une porte. Il n'épargna rien à
Renée, ni l'argent que son mari lui avait prêté à usure, ni
celui qu'il comptait lui voler, à l'aide d'histoires ridicules,
bonnes à endormir les enfants. La jeune femme l'écoutait,
très-pâle, les lèvres serrées. Debout devant la cheminée, elle
baissait un peu la tête, elle regardait le feu. Sa toilette de
nuit, cette chemise que Maxime avait fait chauffer, s'écartait, laissait voir des blancheurs immobiles de statue.

— Je te dis tout cela, conclut le jeune homme, pour que
tu n'aies pas l'air d'une sotte... Mais tu aurais tort d'en
vouloir à mon père. Il n'est pas méchant. Il a ses défauts
comme tout le monde... A demain, n'est-ce pas ?

Il s'avançait toujours vers la porte. Renée l'arrêta, d'un
geste brusque.

— Reste ! cria-t-elle impérieusement.

Et le prenant, l'attirant à elle, l'asseyant presque sur

ses genoux, devant le feu, elle le baisa sur les lèvres, en disant :

— Ah bien ! ce serait trop bête de nous gêner, maintenant... Tu ne sais donc pas que, depuis hier, depuis que tu as voulu rompre, je n'ai plus la tête à moi. Je suis comme une imbécile. Ce soir, au bal, j'avais un brouillard devant les yeux. C'est qu'à présent, j'ai besoin de toi pour vivre. Quand tu t'en iras, je serai vidée... Ne ris pas, je te dis ce que je sens.

Elle le regardait avec une tendresse infinie, comme si elle ne l'eût pas vu depuis longtemps.

— Tu as trouvé le mot, j'étais godiche, ton père m'aurait fait voir aujourd'hui des étoiles en plein midi. Est-ce que je savais ! Pendant qu'il me contait son histoire, je n'entendais qu'un grand bourdonnement, et j'étais tellement anéantie, qu'il m'aurait fait mettre à genoux, s'il avait voulu, pour signer ses paperasses. Et je m'imaginais que j'avais des remords !... Vrai, j'étais bête à ce point !...

Elle éclata de rire, des lueurs de folie luisaient dans ses yeux. Elle continua, en serrant plus étroitement son amant :

— Est-ce que nous faisons le mal, nous autres ! Nous nous aimons, nous nous amusons comme il nous plaît. Tout le monde en est là, n'est-ce pas?... Vois, ton père ne se gêne guère. Il aime l'argent et il en prend où il en trouve. Il a raison, ça me met à l'aise... D'abord, je ne signerai rien, et puis tu reviendras tous les soirs. J'avais peur que tu ne veuilles plus, tu sais, pour ce que je t'ai dit... Mais puisque ça ne te fait rien... D'ailleurs, je lui fermerai ma porte, tu comprends, maintenant.

Elle se leva, elle alluma la veilleuse. Maxime hésitait, désespéré. Il voyait la sottise qu'il avait commise, il se reprochait durement d'avoir trop causé. Comment annoncer son mariage maintenant ! C'était sa faute, la rupture était

23.

faite, il n'avait pas besoin de remonter dans cette chambre, ni surtout d'aller prouver à la jeune femme que son mari la dupait. Et il ne savait plus à quel sentiment il venait d'obéir, ce qui redoublait sa colère contre lui-même. Mais, s'il eut la pensée un instant d'être brutal une seconde fois, de s'en aller, la vue de Renée qui laissait tomber ses pantoufles, lui donna une lâcheté invincible. Il eut peur. Il resta.

Le lendemain, quand Saccard vint chez sa femme pour lui faire signer l'acte de cession, elle lui répondit tranquillement qu'elle n'en ferait rien, qu'elle avait réfléchi. D'ailleurs, elle ne se permit pas même une allusion ; elle s'était juré d'être discrète, ne voulant pas se créer des ennuis, désirant goûter en paix le renouveau de ses amours. L'affaire de Charonne s'arrangerait comme elle pourrait ; son refus de signer n'était qu'une vengeance ; elle se moquait bien du reste. Saccard fut sur le point de s'emporter. Tout son rêve croulait. Ses autres affaires allaient de mal en pis. Il se trouvait à bout de ressources, se soutenant par un miracle d'équilibre ; le matin même, il n'avait pu payer la note de son boulanger. Cela ne l'empêchait pas de préparer une fête splendide pour le jeudi de la mi-carême. Il éprouva, devant le refus de Renée, cette colère blanche d'un homme vigoureux arrêté dans son œuvre par le caprice d'un enfant. Avec l'acte de cession en poche, il comptait bien battre monnaie, en attendant l'indemnité. Puis, quand il se fut un peu calmé et qu'il eut l'intelligence nette, il s'étonna du brusque revirement de sa femme ; à coup sûr, elle avait dû être conseillée. Il flaira un amant. Ce fut un pressentiment si net, qu'il courut chez sa sœur, pour l'interroger, lui demander si elle ne savait rien sur la vie cachée de Renée. Sidonie se montra très-aigre. Elle ne pardonnait pas à sa belle-sœur l'affront qu'elle lui avait fait en refusant de voir M. de Saffré,

Aussi, quand elle comprit, aux questions de son frère, que celui-ci accusait sa femme d'avoir un amant, s'écria-t-elle qu'elle en était certaine. Et elle s'offrit d'elle-même pour espionner « les tourtereaux. » Cette pimbêche verrait comme cela de quel bois elle se chauffait. Saccard, d'habitude, ne cherchait pas les vérités désagréables ; son intérêt seul le forçait à ouvrir des yeux qu'il tenait sagement fermés. Il accepta l'offre de sa sœur.

— Va, sois tranquille, je saurai tout, lui dit-elle d'une voix pleine de compassion... Ah ! mon pauvre frère, ce n'est pas Angèle qui t'aurait jamais trahi ! Un mari si bon, si généreux ! Ces poupées parisiennes n'ont pas de cœur... Et moi qui ne cesse de lui donner de bons conseils !

VI

Il y avait bal travesti, chez les Saccard, le jeudi de la mi-carême. Mais la grande curiosité était le poëme des *Amours du beau Narcisse et de la nymphe Écho*, en trois tableaux, que ces dames devaient représenter. L'auteur de ce poëme, M. Hupel de la Noue, voyageait depuis plus d'un mois, de sa préfecture à l'hôtel du parc Monceaux, afin de surveiller les répétitions et de donner son avis sur les costumes. Il avait d'abord songé à écrire son œuvre en vers; puis il s'était décidé pour des tableaux vivants; c'était plus noble, disait-il, plus près du beau antique.

Ces dames n'en dormaient plus. Certaines d'entre elles changeaient jusqu'à trois fois de costume. Il y eut des conférences interminables que le préfet présidait. On discuta longuement d'abord le personnage de Narcisse. Serait-ce une femme ou un homme qui le représenterait? Enfin, sur les instances de Renée, il fut décidé que l'on confierait le rôle à Maxime; mais il serait le seul homme, et encore madame de Lauwerens disait-elle qu'elle ne consentirait jamais à cela, si « le petit Maxime ne ressemblait pas à une

vraie fille. » Renée devait être la nymphe Écho. La question
des costumes fut beaucoup plus laborieuse. Maxime donna
un bon coup de main au préfet, qui se trouvait sur les dents,
au milieu de neuf femmes, dont l'imagination folle menaçait de compromettre gravement la pureté des lignes de son
œuvre. S'il les avait écoutées, son Olympe aurait porté de
la poudre. Madame d'Espanet voulait absolument avoir une
robe à traîne pour cacher ses pieds un peu forts, tandis que
madame Haffner rêvait de s'habiller avec une peau de bête.
M. Hupel de la Noue fut énergique ; il se fâcha même une
fois ; il était convaincu, il disait que s'il avait renoncé aux
vers, c'était pour écrire son poëme « avec des étoffes savamment combinées et des attitudes choisies parmi les plus
belles. »

— L'ensemble, mesdames, répétait-il à chaque nouvelle
exigence, vous oubliez l'ensemble... Je ne puis cependant
pas sacrifier l'œuvre entière aux volants que vous me demandez.

Les conciliabules se tenaient dans le salon bouton d'or.
On y passa des après-midi entières à arrêter la forme d'une
jupe. Worms fut convoqué plusieurs fois. Enfin tout fut réglé, les costumes arrêtés, les poses apprises, et M. Hupel de
la Noue se déclara satisfait. L'élection de M. de Mareuil lui
avait donné moins de mal.

Les *Amours du beau Narcisse et de la nymphe Écho*
devaient commencer à onze heures. Dès dix heures et demie, le grand salon se trouvait plein, et comme il y avait
bal ensuite, les femmes étaient là, costumées, assises sur
des fauteuils rangés en demi-cercle devant le théâtre im-
provisé, une estrade que cachaient deux larges rideaux de
velours rouge à franges d'or, glissant sur des tringles. Les
hommes, derrière, se tenaient debout, allaient et venaient.
Les tapissiers avaient donné à dix heures les derniers
coups de marteau. L'estrade s'élevait au fond du salon,

tenant tout un bout de cette longue galerie. On montait sur le théâtre par le fumoir, converti en foyer pour les artistes. En outre, au premier étage, ces dames avaient à leur disposition plusieurs pièces, où une armée de femmes de chambre préparaient les toilettes des différents tableaux.

Il était onze heures et demie, et les rideaux ne s'ouvraient pas. Un grand murmure emplissait le salon. Les rangées de fauteuils offraient la plus étonnante cohue de marquises, de châtelaines, de laitières, d'espagnoles, de bergères, de sultanes; tandis que la masse compacte des habits noirs mettait une grande tache sombre, à côté de cette moire d'étoffes claires et d'épaules nues, toutes braisillantes des étincelles vives des bijoux. Les femmes étaient seules travesties. Il faisait déjà chaud. Les trois lustres allumaient le ruissellement d'or du salon.

On vit enfin M. Hupel de la Noue sortir par une ouverture ménagée à gauche de l'estrade. Depuis huit heures du soir, il aidait ces dames. Son habit avait, sur la manche gauche, trois doigts marqués en blanc, une petite main de femme qui s'était posée là, après s'être oubliée dans une boîte de poudre de riz. Mais le préfet songeait bien aux misères de sa toilette! Il avait les yeux énormes, la face bouffie et un peu pâle. Il parut ne voir personne. Et, s'avançant vers Saccard, qu'il reconnut au milieu d'un groupe d'hommes graves, il lui dit à demi-voix :

— Sacrebleu ! votre femme a perdu sa ceinture de feuillages... Nous voilà propres !

Il jurait, il aurait battu les gens. Puis, sans attendre de réponse, sans rien regarder, il tourna le dos, replongea sous les draperies, disparut. Les dames sourirent de la singulière apparition de ce monsieur.

Le groupe au milieu duquel se trouvait Saccard s'était formé derrière les derniers fauteuils. On avait même tiré un fauteuil hors du rang, pour le baron Gouraud, dont les jambes enflaient depuis quelque temps. Il y avait là M. Toutin-Laroche, que l'empereur venait d'appeler au sénat ; M. de Mareuil, dont la chambre avait bien voulu valider la deuxième élection ; M. Michelin, décoré de la veille ; et, un peu en arrière, les Mignon et Charrier, dont l'un avait un gros diamant à sa cravate, tandis que l'autre en montrait un plus gros encore à son doigt. Ces messieurs causaient. Saccard les quitta un instant pour aller échanger une parole à voix basse avec sa sœur qui venait d'entrer et de s'asseoir entre Louise de Mareuil et madame Michelin. Madame Sidonie était en magicienne ; Louise portait crânement un costume de page, qui lui donnait tout à fait l'air d'un gamin ; la petite Michelin, en almée, souriait amoureusement, dans ses voiles brodés de fils d'or.

— Sais-tu quelque chose ? demanda doucement Saccard à sa sœur.

— Non, rien encore, répondit-elle. Mais le galant doit être ici... Je les pincerai ce soir, sois tranquille.

— Préviens-moi tout de suite, n'est-ce pas ?

Et Saccard, se tournant à droite et à gauche, complimenta Louise et madame Michelin. Il compara l'une à une houri de Mahomet, l'autre à un mignon d'Henri III. Son accent provençal semblait faire chanter de ravissement toute sa personne grêle et stridente. Quand il revint au groupe des hommes graves, M. de Mareuil le prit à l'écart et lui parla du mariage de leurs enfants. Rien n'était changé, c'était toujours le dimanche suivant qu'on devait signer le contrat.

— Parfaitement, dit Saccard. Je compte même annoncer ce soir le mariage à nos amis, si vous n'y voyez aucun inconvénient... J'attends pour cela mon frère le ministre qui m'a promis de venir.

Le nouveau député fut ravi. Cependant M. Toutin-

Laroche élevait la voix, comme en proie à une vive indignation.

— Oui, messieurs, disait-il à M. Michelin et aux deux entrepreneurs qui se rapprochaient, j'avais eu la bonhomie de laisser mêler mon nom à une telle affaire.

Et comme Saccard et Mareuil les rejoignaient

— Je racontais à ces messieurs la déplorable aventure de la Société générale des ports de Maroc, vous savez, Saccard?

Celui-ci ne broncha pas. La société en question venait de crouler avec un effroyable scandale. Des actionnaires trop curieux avaient voulu savoir où en était l'établissement des fameuses stations commerciales sur le littoral de la Méditerranée, et une enquête judiciaire avait démontré que les ports du Maroc n'existaient que sur les plans des ingénieurs, de fort beaux plans, pendus aux murs des bureaux de la Société. Depuis ce moment, M. Toutin-Laroche criait plus fort que les actionnaires, s'indignant, voulant qu'on lui rendît son nom pur de toute tache. Et il fit tant de bruit, que le gouvernement, pour calmer et réhabiliter devant l'opinion cet homme utile, se décida à l'envoyer au sénat. Ce fut ainsi qu'il pêcha le siége tant ambitionné dans une affaire qui avait failli le conduire en police correctionnelle.

— Vous êtes bien bon de vous occuper de cela, dit Saccard. Vous pouvez montrer votre grande œuvre, le Crédit viticole, cette maison qui est sortie victorieuse de toutes les crises.

— Oui, murmura Mareuil, cela répond à tout.

Le Crédit viticole, en effet, venait de sortir de gros embarras, soigneusement cachés. Un ministre très-tendre pour cette institution financière, qui tenait la Ville de Paris à la gorge, avait inventé un coup de hausse dont M. Toutin-Laroche s'était merveilleusement servi. Rien ne le chatouillait davantage que les éloges donnés à la prospérité du Crédit

viticole. Il les provoquait d'ordinaire. Il remercia M. de
Mareuil d'un regard, et se penchant vers le baron Gouraud,
sur le fauteuil duquel il s'appuyait familièrement, il lui
demanda :

— Vous êtes bien? vous n'avez pas trop chaud?

Le baron eut un léger grognement.

— Il baisse, il baisse tous les jours, ajouta M. Toutin-Laroche à demi-voix, en se tournant vers ces messieurs.

M. Michelin souriait, fermait de temps à autre les paupières, d'un mouvement doux, pour voir son ruban rouge.
Les Mignon et Charrier, plantés carrément sur leurs grands
pieds, semblaient beaucoup plus à l'aise dans leur habit
depuis qu'ils portaient des brillants. Cependant il était près
de minuit, l'assemblée s'impatientait ; elle ne se permettait
pas de murmurer, mais les éventails battaient plus nerveusement, et le bruit des conversations grandissait.

Enfin M. Hupel de la Noue reparut. Il avait passé une
épaule par l'étroite ouverture, lorsqu'il aperçut madame
d'Espanet qui montait enfin sur l'estrade; ces dames, déjà
en place pour le premier tableau, n'attendaient plus qu'elle.
Le préfet se tourna, montrant son dos aux spectateurs, et
l'on put le voir causant avec la marquise que les rideaux cachaient. Il étouffa sa voix, disant, avec des saluts lancés du
bout des doigts :

— Mes compliments, marquise. Votre costume est délicieux.

— J'en ai un bien plus joli dessous! répliqua cavalièrement la jeune femme, qui lui éclata de rire au nez, tant
elle le trouvait drôle, enfoui de la sorte dans les draperies.

L'audace de cette plaisanterie étonna un instant le galant
M. Hupel de la Noue; mais il se remit, et goûtant de plus
en plus le mot, à mesure qu'il l'approfondissait :

— Ah! charmant! charmant! murmura-t-il d'un air
ravi.

24

Il laissa retomber le coin du rideau, il vint se joindre au groupe des hommes graves, voulant jouir de son œuvre. Ce n'était plus l'homme effaré courant après la ceinture de feuillages de la nymphe Écho. Il était radieux, soufflant, s'essuyant le front. Il avait toujours la petite main blanche sur la manche de son habit; et, de plus, le gant de sa main droite était taché de rouge, au bout du pouce; sans doute il avait trempé ce doigt dans le pot de fard d'une de ces dames. Il souriait, il s'éventait, il balbutiait :

— Elle est adorable, ravissante, stupéfiante.

— Qui donc? demanda Saccard.

— La marquise. Imaginez-vous qu'elle vient de me dire...

Et il raconta le mot. On le trouva tout à fait réussi. Ces messieurs se le répétèrent. Le digne M. Haffner, qui s'était approché, ne put lui-même s'empêcher d'applaudir. Cependant, un piano que peu de personnes avaient vu, se mit à jouer une valse. Il se fit alors un grand silence. La valse avait des enroulements capricieux, interminables; et toujours une phrase très-douce montait le clavier, se perdait dans un trille de rossignol; puis des voix sourdes reprenaient, plus lentement. C'était très-voluptueux. Les dames, la tête un peu inclinée, souriaient. Le piano avait, au contraire, fait tomber brusquement la gaieté de M. Hupel de la Noue. Il regardait les rideaux de velours rouges d'un air anxieux, il se disait qu'il aurait dû placer lui-même madame d'Espanet comme il avait placé les autres.

Les rideaux s'ouvrirent doucement, le piano reprit en sourdine la valse sensuelle. Un murmure courut dans le salon, les dames se penchaient, les hommes allongeaient la tête, tandis que l'admiration se traduisait çà et là par une parole dite trop haut, un soupir inconscient, un rire étouffé. Cela dura cinq grandes minutes, sous le flamboiement des trois lustres.

M. Hupel de la Noue, rassuré, souriait béatement à son poëme. Il ne put résister à la tentation de répéter aux personnes qui l'entouraient, ce qu'il disait depuis un mois :

— J'avais songé à faire ça en vers... Mais, n'est-ce pas ? c'est plus noble de lignes...

Puis, pendant que la valse allait et venait dans un bercement sans fin, il donna des explications. Les Mignon et Charrier s'étaient approchés et l'écoutaient attentivement.

— Vous connaissez le sujet, n'est-ce pas ? Le beau Narcisse, fils du fleuve Céphise et de la nymphe Liriope, méprise l'amour de la nymphe Écho... Écho était de la suite de Junon, qu'elle amusait par ses discours pendant que Jupiter courait le monde... Écho, fille de l'Air et de la Terre, comme vous savez...

Et il se pâmait devant la poésie de la Fable. Puis, d'un ton plus intime :

— J'ai cru pouvoir donner carrière à mon imagination... La nymphe Écho conduit le beau Narcisse chez Vénus, dans une grotte marine, pour que la déesse l'enflamme de ses feux. Mais la déesse reste impuissante. Le jeune homme témoigne par son attitude qu'il n'est pas touché.

L'explication n'était pas inutile, car peu de spectateurs, dans le salon, comprenaient le sens exact des groupes. Quand le préfet eut nommé ses personnages à demi-voix, on admira davantage. Les Mignon et Charrier continuaient à ouvrir des yeux énormes. Ils n'avaient pas compris.

Sur l'estrade, entre les rideaux de velours rouge, une grotte se creusait. Le décor était fait d'une soie tendue à grands plis cassés, imitant des anfractuosités de rocher, et sur laquelle étaient peints des coquillages, des poissons, de grandes herbes marines. Le plancher, accidenté, montant en forme de tertre, se trouvait recouvert de la même soie, où le décorateur avait représenté un sable fin constellé de perles et de paillettes d'argent. C'était un réduit de déesse. Là, sur le sommet du tertre, madame de Lauwerens, en Vénus, se tenait debout ; un peu forte, portant son maillot rose avec la dignité d'une duchesse de l'Olympe, elle avait compris son personnage en souveraine de l'amour, avec de grands yeux sévères et dévorants. Derrière elle, ne montrant que sa tête malicieuse, ses ailes et son carquois, la petite madame Daste donnait son sourire au personnage aimable de Cupidon. Puis, d'un côté du tertre, les trois Grâces, mesdames de Guende, Teissière, de Meinhold, tout en mousseline, se souriaient, s'enlaçaient, comme dans le groupe de Pradier ; tandis que, de l'autre côté, la marquise d'Espanet et madame Haffner, enveloppées du même flot de dentelle, les bras à la taille, les cheveux mêlés, mettaient un coin risqué dans le tableau, un souvenir de Lesbos, que M. Hupel de la Noue expliquait à voix plus basse, pour les hommes seulement, en disant qu'il avait voulu montrer par là la puissance de Vénus. En bas du tertre, la comtesse Vanska faisait la Volupté ; elle s'allongeait, tordue par un dernier spasme, les yeux entr'ouverts et mourants, comme lasse ; très-brune, elle avait dénoué sa chevelure noire, et sa tunique striée de flammes fauves montrait des bouts de sa peau ardente. La gamme des costumes, du blanc de neige du voile de Vénus au rouge sombre de la tunique de la Volupté, était douce, d'un rose général, d'un ton de chair. Et sous le rayon électrique, ingénieusement dirigé sur la scène par une des fenêtres du jardin, la gaze, les dentelles, toutes ces étoffes légères et transparentes se fondaient si bien avec les épaules et les maillots, que ces blancheurs rosées vivaient, et qu'on ne savait plus si ces dames n'avaient pas poussé la vérité plastique jusqu'à se mettre toutes nues. Ce n'était là que l'apothéose ; le drame se passait au premier plan. A gauche, Renée, la nymphe Écho, tendait les bras vers la grande déesse, la tête à demi tournée du côté de Narcisse, suppliante, comme pour l'inviter à regarder Vénus, dont la vue seule allume de terribles feux ; mais Narcisse, à droite, faisait un geste de refus, il se cachait les yeux de la main, et restait d'une froideur de glace. Les costumes de ces deux personnages avaient surtout coûté une peine infinie à l'imagination de M. Hupel de la Noue. Narcisse, en demi-dieu rôdeur de forêts, portait un costume de chasseur idéal : maillot verdâtre, courte veste collante, rameau de chêne dans les cheveux. La robe de la nymphe Écho était, à elle seule, toute une allégorie ; elle tenait des grands arbres et des grands monts, des lieux retentissants où les voix de la Terre et de l'Air se répondent ; elle était rocher par le satin blanc de la jupe, taillis par les feuillages de la ceinture, ciel pur par la nuée de gaze bleue du corsage. Et les groupes gardaient une immobilité de statue, la note charnelle de l'Olympe chantait dans l'éblouissement du large rayon, pendant que le piano continuait sa plainte d'amour aiguë, coupée de profonds soupirs.

On trouva généralement que Maxime était admirablement fait. Dans son geste de refus, il développait sa hanche gauche, qu'on remarqua beaucoup. Mais tous les éloges furent pour l'expression de visage de Renée. Selon le mot de M. Hupel de la Noue, elle était « la douleur du désir inassouvi. » Elle avait un sourire aigu qui cherchait à se faire humble, elle quêtait sa proie avec des supplications de louve affamée qui ne cache ses dents qu'à demi. Le premier tableau marcha bien, sauf cette folle d'Adeline qui bougeait et qui retenait à grand' peine une irrésistible envie de rire. Puis, les rideaux se refermèrent, le piano se tut.

Alors, on applaudit discrètement, et les conversations reprirent. Un grand souffle d'amour, de désir contenu, était venu des nudités de l'estrade, courait le salon, où les femmes s'alanguissaient davantage sur leurs siéges, tandis que les hommes, à l'oreille, se parlaient bas, avec des sourires. C'était un chuchotement d'alcôve, un demi-silence de bonne

24.

compagnie, un souhait de volupté à peine formulé par un frémissement de lèvres ; et, dans les regards muets, se rencontrant au milieu de ce ravissement de bon ton, il y avait la hardiesse brutale d'amours offertes et acceptées d'un coup d'œil.

On jugeait sans fin les perfections de ces dames. Leurs costumes prenaient une importance presque aussi grande que leurs épaules. Quand les Mignon et Charrier voulurent questionner M. Hupel de la Noue, ils furent tout surpris de ne plus le voir à côté d'eux ; il avait déjà plongé derrière l'estrade.

— Je vous racontais donc, ma toute belle, dit madame Sidonie, en reprenant une conversation interrompue par le premier tableau, que j'avais reçu une lettre de Londres, vous savez ? pour l'affaire des trois milliards... La personne que j'ai chargée de faire des recherches m'écrit qu'elle croit avoir trouvé le reçu du banquier. L'Angleterre aurait payé... J'en suis malade depuis ce matin.

Elle était en effet plus jaune que de coutume, dans sa robe de magicienne semée d'étoiles. Et, comme madame Michelin ne l'écoutait pas, elle continua à voix plus basse, murmurant que l'Angleterre ne pouvait avoir payé et que décidément elle irait à Londres elle-même.

— Le costume de Narcisse était bien joli, n'est-ce pas ? demanda Louise à madame Michelin.

Celle-ci sourit. Elle regardait le baron Gouraud, qui semblait tout ragaillardi dans son fauteuil. Madame Sidonie, voyant où allait son regard, se pencha, lui chuchota à l'oreille, pour que l'enfant n'entendît pas :

— Est-ce qu'il s'est exécuté ?

— Oui, répondit la jeune femme, languissante, jouant à ravir son rôle d'almée. J'ai choisi la maison de Louveciennes, et j'en ai reçu les actes de propriété par son homme d'affaires... Mais nous avons rompu, je ne le vois plus.

Louise avait une finesse d'oreille particulière pour saisir ce qu'on voulait lui cacher. Elle regarda le baron Gouraud avec sa hardiesse de page, et dit tranquillement à madame Michelin :

— Vous ne trouvez pas qu'il est affreux, le baron?

Puis elle ajouta, en éclatant de rire :

— Dites! on aurait dû lui confier le rôle de Narcisse. Il serait délicieux en maillot vert-pomme.

La vue de Vénus, de ce coin voluptueux de l'Olympe, avait en effet ranimé le vieux sénateur. Il roulait des yeux charmés, se tournait à demi pour complimenter Saccard. Dans le brouhaha qui emplissait le salon, le groupe des hommes graves continuait à causer affaires, politique. M. Haffner dit qu'il venait d'être nommé président d'un jury chargé de régler des questions d'indemnités. Alors la conversation s'engagea sur les travaux de Paris, sur le boulevard du Prince-Eugène, dont on commençait à causer sérieusement dans le public. Saccard saisit l'occasion, parla d'une personne qu'il connaissait, d'un propriétaire qu'on allait sans doute exproprier. Et il regardait en face ces messieurs. Le baron hocha doucement la tête; M. Toutin-Laroche poussa les choses jusqu'à déclarer que rien n'était plus désagréable que d'être exproprié; M. Michelin approuvait, louchait davantage, en regardant sa décoration.

— Les indemnités ne sauraient jamais être trop fortes, conclut doctement M. de Mareuil, qui voulait être agréable à Saccard.

Il s'étaient compris. Mais les Mignon et Charrier mirent en avant leurs propres affaires. Ils comptaient se retirer prochainement, sans doute à Langres, disaient-ils, en gardant un pied-à-terre à Paris. Ils firent sourire ces messieurs, lorsqu'ils racontèrent qu'après avoir achevé la construction de leur magnifique hôtel du boulevard Malesherbes, ils l'avaient trouvé si beau, qu'ils n'avaient pu résister à l'envie de le vendre. Leurs brillants devaient être une consolation qu'ils s'étaient offerte. Saccard riait de mauvaise grâce ; ses anciens associés venaient de réaliser des bénéfices énormes dans une affaire où il avait joué un rôle de dupe. Et, comme l'entr'acte s'allongeait, des phrases d'éloges sur la gorge de Vénus et sur la robe de la nymphe Écho coupaient la conversation des hommes graves.

Au bout d'une grande demi-heure, M. Hupel de la Noue reparut. Il marchait en plein succès, et le désordre de sa toilette croissait. En regagnant sa place, il rencontra M. de Mussy. Il lui serra la main en passant ; puis il revint sur ses pas pour lui demander :

— Vous ne connaissez pas le mot de la marquise ?

Et il le lui conta, sans attendre sa réponse. Il le pénétrait de plus en plus, il le commentait, il finissait par le trouver exquis de naïveté. « J'en ai un bien plus joli dessous ! » C'était un cri du cœur.

Mais M. de Mussy ne fut pas de cet avis. Il jugea le mot indécent. Il venait d'être attaché à l'ambassade d'Angleterre, où le ministre lui avait dit qu'une tenue sévère était de rigueur. Il refusait de conduire le cotillon, se vieillissait, ne parlait plus de son amour pour Renée, qu'il saluait gravement quand il la rencontrait.

M. Hupel de la Noue rejoignait le groupe formé derrière le fauteuil du baron, lorsque le piano entama une marche triomphale. De grands placages d'accords, frappés d'aplomb sur les touches, ouvraient un chant large, où, par instants, sonnaient des éclats métalliques. Après chaque phrase, une voix plus haute reprenait, en accentuant le rhythme. C'était brutal et joyeux.

— Vous allez voir, murmura M. Hupel de la Noue ; j'ai poussé peut-être un peu loin la licence poétique ; mais je crois que l'audace m'a réussi... La nymphe Écho, voyant que Vénus est sans puissance sur le beau Narcisse, le con-

duit chez Plutus, dieu des richesses et des métaux précieux... Après la tentation de la chair, la tentation de l'or.

— C'est classique, répondit le sec M. Toutin-Laroche,
avec un sourire aimable. Vous connaissez votre temps,
monsieur le préfet.

Les rideaux s'ouvraient, le piano jouait plus fort. Ce fut
un éblouissement. Le rayon électrique tombait sur une
splendeur flambante, dans laquelle les spectateurs ne virent
d'abord qu'un brasier, où des lingots d'or et des pierres
précieuses semblaient se fondre. Une nouvelle grotte se
creusait; mais celle-là n'était pas le frais réduit de Vénus,
baigné par le flot mourant sur un sable fin semé de perles;
elle devait se trouver au centre de la terre, dans une couche
ardente et profonde, fissure de l'enfer antique, crevasse
d'une mine de métaux en fusion habitée par Plutus. La soie
imitant le roc montrait de larges filons métalliques, des
coulées qui étaient comme les veines du vieux monde,
charriant les richesses incalculables et la vie éternelle du
sol. A terre, par un anachronisme hardi de M. Hupel de la
Noue, il y avait un écroulement de pièces de vingt francs;
des louis étalés, des louis entassés, un pullulement de louis
qui montaient. Au sommet de ce tas d'or, madame de
Guende, en Plutus, était assise, Plutus femme, Plutus montrant sa gorge, dans les grande lames de sa robe, prises à
tous les métaux. Autour du dieu, se groupaient, debout, à
demi couchées, unies en grappe, ou fleurissant à l'écart, les
efflorescences féeriques de cette grotte, où les califes des
Mille et une nuits avaient vidé leur trésor : madame Haffner
en Or, avec une jupe roide et resplendissante d'évêque; madame d'Espanet en Argent, luisante comme un clair de
lune; madame de Lauwerens, d'un bleu ardent, en Saphir,
ayant à son côté la petite madame Daste, une Turquoise
souriante, qui bleuissait tendrement; puis s'égrenaient
l'Émeraude, madame de Meinhold, et la Topaze, ma-

dame Teissière ; et, plus bas, la comtesse Vanska donnait
son ardeur sombre au Corail, allongée, les bras levés, chargés de pendeloques rouges, pareille à un polype monstrueux
et adorable, qui montrait des chairs de femme dans des na-
cres roses et entre-bâillées de coquillage. Ces dames avaient
des colliers, des bracelets, des parures complètes, faites
chacune de la pierre précieuse que le personnage représentait. On remarqua beaucoup les bijoux originaux de mesdames d'Espanet et Haffner, composés uniquement de petites pièces d'or et de petites pièces d'argent neuves. Puis,
au premier plan, le drame restait le même : la nymphe
Écho tentait le beau Narcisse, qui refusait encore du geste.
Et les yeux des spectateurs s'accoutumaient avec ravissement à ce trou béant ouvert sur les entrailles enflammées
du globe, à ce tas d'or sur lequel se vautrait la richesse
d'un monde.

Ce second tableau eut encore plus de succès que le premier. L'idée en parut particulièrement ingénieuse. La hardiesse des pièces de vingt francs, ce ruissellement de coffre-
fort moderne tombé dans un coin de la mythologie grecque,
enchanta l'imagination des dames et des financiers qui
étaient là. Les mots : « Que de pièces ! que d'argent ! »
couraient, avec des sourires, de longs frémissements d'aise ;
et sûrement chacune de ces dames, chacun de ces messieurs faisait le rêve d'avoir tout ça à lui, dans une cave.

— L'Angleterre a payé, ce sont vos milliards, murmura
malicieusement Louise à l'oreille de madame Sidonie.

Et madame Michelin, la bouche un peu ouverte par un
désir ravi, écartait son voile d'almée, caressait l'or d'un regard luisant, tandis que le groupe des hommes graves se
pâmait. M. Toutin-Laroche, tout épanoui, murmura quelques mots à l'oreille du baron, dont la face se marbrait de
taches jaunes. Mais les Mignon et Charrier, moins discrets,
dirent avec une naïveté brutale :

— Sacrebleu! il y aurait là de quoi démolir Paris et le rebâtir.

Le mot parut profond à Saccard, qui commençait à croire que les Mignon et Charrier se moquaient du monde en faisant les imbéciles. Quand les rideaux se refermèrent, et que le piano termina la marche triomphale par un grand bruit de notes jetées les unes sur les autres, comme de dernières pelletées d'écus, les applaudissements éclatèrent, plus vifs, plus prolongés.

Cependant, au milieu du tableau, le ministre, accompagné de son secrétaire, M. de Saffré, avait paru à la porte du salon. Saccard, qui guettait impatiemment son frère, voulut se précipiter à sa rencontre. Mais celui-ci, d'un geste, le pria de ne pas bouger. Et il vint doucement jusqu'au groupe des hommes graves. Quand les rideaux se furent refermés et qu'on l'eut aperçu, un long chuchotement courut le salon, les têtes se retournèrent : le ministre balançait le succès des *Amours du beau Narcisse et de la nymphe Écho.*

— Vous êtes un poëte, monsieur le préfet, dit-il en souriant à M. Hupel de la Noue. Vous avez publié autrefois un volume de vers, *les Volubilis*, je crois ?... Je vois que les soucis de l'administration n'ont pas tari votre imagination.

Le préfet sentit, dans ce compliment, la pointe d'une épigramme. La présence brusque de son chef le décontenança d'autant plus, qu'en s'examinant d'un coup d'œil pour voir si sa tenue était correcte, il aperçut, sur la manche de son habit, la petite main blanche, qu'il n'osa pas essuyer. Il s'inclina, balbutia.

— Vraiment, continua le ministre en s'adressant à M. Toutin-Laroche, au baron Gouraud, aux personnages qui se trouvaient là, tout cet or était un merveilleux spectacle... Nous ferions de grandes choses, si M. Hupel de la Noue battait monnaie pour nous.

C'était, en langue ministérielle, le même mot que celui
des Mignon et Charrier. Alors M. Toutin-Laroche et les autres firent leur cour, jouèrent sur la dernière phrase du
ministre : l'empire avait déjà fait des merveilles ; ce n'était
pas l'or qui manquait, grâce à la haute expérience du pouvoir ; jamais la France n'avait eu une situation aussi belle
devant l'Europe ; et ces messieurs finirent par devenir si
plats, que le ministre changea lui-même la conversation. Il
les écoutait, la tête haute, les coins de la bouche un peu
relevés, ce qui donnait à sa grosse face blanche, soigneusement rasée, un air de doute et de dédain souriant.

Saccard, qui voulait amener l'annonce du mariage de
Maxime et de Louise, manœuvrait pour trouver une transition habile. Il affectait une grande familiarité, et son frère
faisait le bonhomme, consentait à lui rendre le service de
paraître l'aimer beaucoup. Il était réellement supérieur,
avec son regard clair, son visible mépris des coquineries
mesquines, ses larges épaules qui, d'un haussement, auraient culbuté tout ce monde-là. Quand il fut enfin question
du mariage, il se montra charmant, il laissa entendre qu'il
tenait prêt son cadeau de noces ; il voulait parler de la nomination de Maxime, comme auditeur au conseil d'État. Il
alla jusqu'à répéter deux fois à son frère, d'un ton tout à fait
bon garçon :

— Dis bien à ton fils que je veux être son témoin.

M. de Mareuil rougissait d'aise. On complimenta Saccard.
M. Toutin-Laroche s'offrit comme second témoin. Puis,
brusquement, on arriva à parler du divorce. Un membre de
l'opposition venait d'avoir « le triste courage, » disait
M. Haffner, de défendre cette honte sociale. Et tous se ré-
crièrent. Leur pudeur trouva des mots profonds. M. Michelin souriait délicatement au ministre, pendant que les Mignon et Charrier remarquaient avec étonnement que le
collet de son habit était usé.

Pendant ce temps, M. Hupel de la Noue restait embarrassé, s'appuyant au fauteuil du baron Gouraud, qui s'était contenté d'échanger avec le ministre une poignée de mains silencieuse. Le poëte n'osait quitter la place. Un sentiment indéfinissable, la crainte de paraître ridicule, la peur de perdre les bonnes grâces de son chef, le retenaient, malgré l'envie furieuse qu'il avait d'aller placer ces dames sur l'estrade, pour le dernier tableau. Il attendait qu'un mot heureux lui vînt et le fît rentrer en faveur. Mais il ne trouvait rien. Il se sentait de plus en plus gêné, lorsqu'il aperçut M. de Saffré; il lui prit le bras, s'accrocha à lui comme à une planche de salut. Le jeune homme entrait, c'était une victime toute fraîche.

— Vous ne connaissez pas le mot de la marquise ? lui demanda le préfet..

Mais il était si troublé, qu'il ne savait plus présenter la chose d'une façon piquante. Il pataugeait.

— Je lui ai dit : «Vous avez un charmant costume; » et elle m'a répondu...

— « J'en ai un bien plus joli dessous, » ajouta tranquillement M. de Saffré. C'est vieux, mon cher, très-vieux.

M. Hupel de la Noue le regarda, consterné. Le mot était vieux, et lui qui allait approfondir encore son commentaire sur la naïveté de ce cri du cœur !

— Vieux, vieux comme le monde, répétait le secrétaire. Madame d'Espanet l'a déjà dit deux fois aux Tuileries.

Ce fut le dernier coup. Le préfet se moqua alors du ministre, du salon entier. Il se dirigeait vers l'estrade, lorsque le piano préluda, d'une voix attristée, avec des tremblements de notes qui pleuraient; puis la plainte s'élargit, traîna longuement, et les rideaux s'ouvrirent. M. Hupel de la Noue, qui avait déjà disparu à moitié, rentra dans le salon, en entendant le léger grincement des anneaux. Il était pâle, exaspéré; il faisait un violent effort sur lui-même pour

ne pas apostropher ces dames. Elles s'étaient placées toutes
seules ! Ce devait être cette petite d'Espanet qui avait monté
le complot de hâter les changements de costume, et de se
passer de lui. Ça n'était pas ça, ça ne valait rien !

Il revint, mâchant de sourdes paroles. Il regardait sur
l'estrade, avec des haussements d'épaules, murmurant :

— La nymphe Écho est trop au bord... Et cette jambe
du beau Narcisse, pas de noblesse, pas de noblesse du
tout...

Les Mignon et Charrier, qui s'étaient approchés pour
entendre « l'explication, » se hasardèrent à lui demander
« ce que le jeune homme et la jeune fille faisaient, couchés
par terre. » Mais il ne répondit pas, il refusait d'expliquer davantage son poëme ; et comme les entrepreneurs in-
sistaient :

— Eh ! ça ne me regarde plus, du moment que ces dames se placent sans moi !

Le piano sanglotait mollement. Sur l'estrade, une clairière, où le rayon électrique mettait une nappe de soleil,
ouvrait un horizon de feuilles. C'était une clairière idéale,
avec des arbres bleus, de grandes fleurs jaunes et rouges,
qui montaient aussi haut que les chênes. Là, sur une butte
de gazon, Vénus et Plutus se tenaient côte à côte, entou-
rés de nymphes accourues des taillis voisins pour leur faire
escorte. Il y avait les filles des arbres, les filles des sources,
les filles des monts, toutes les divinités rieuses et nues de
la forêt. Et le dieu et la déesse triomphaient, punissaient
les froideurs de l'orgueilleux qui les avait méprisés, tandis
que le groupe des nymphes regardaient curieusement, avec
un effroi sacré, la vengeance de l'Olympe, au premier plan.
Le drame s'y dénouait. Le beau Narcisse, couché sur le
bord d'un ruisseau, qui descendait du lointain de la scène,
se regardait dans le clair miroir ; et l'on avait poussé la
vérité jusqu'à mettre une lame de vraie glace au fond du

ruisseau. Mais ce n'était déjà plus le jeune homme libre, le rôdeur de forêts ; la mort le surprenait au milieu de l'admiration ravie de son image, la mort l'alanguissait, et Vénus, de son doigt tendu, comme une fée d'apothéose, lui jetait le sort fatal. Il devenait fleur. Ses membres verdissaient, 'allongeaient, dans son costume collant de satin vert ; la tige flexible, les jambes légèrement recourbées, allaient s'enfoncer en terre, prendre racine, pendant que le buste, orné de larges pans de satin blanc, s'épanouissait en une corolle merveilleuse. La chevelure blonde de Maxime complétait l'illusion, mettait, avec ses longues frisures, des pistils jaunes au milieu de la blancheur des pétales. Et la grande fleur naissante, humaine encore, penchait la tête vers la source, les yeux noyés, le visage souriant d'une extase voluptueuse, comme si le beau Narcisse eût enfin contenté dans la mort les désirs qu'il s'était inspirés à lui-même. A quelques pas, la nymphe Écho se mourait aussi, se mourait de désirs inassouvis ; elle se trouvait peu à peu prise dans la raideur du sol, elle sentait ses membres brûlants se glacer et se durcir. Elle n'était pas rocher vulgaire, sali de mousse, mais marbre blanc, par ses épaules et ses bras, par sa grande robe de neige, dont la ceinture de feuillages et l'écharpe bleue avaient glissé. Affaissée au milieu du satin de sa jupe, qui se cassait à larges plis, pareil à un bloc de Paros, elle se renversait, n'ayant plus de vivant, dans son corps figé de statue, que ses yeux de femme, des yeux qui luisaient, fixés sur la fleur des eaux, penchée languissamment sur le miroir de la source. Et il semblait déjà-que tous les bruits d'amour de la forêt, les voix prolongées des taillis, les frissons mystérieux des feuilles, les soupirs profonds des grands chênes, venaient battre sur la chair de marbre de la nymphe Écho, dont le cœur saignant toujours dans le bloc, résonnait longuement, répétait au loin les moindres plaintes de la Terre et de l'Air.

— Oh! l'ont-ils affublé, ce pauvre Maxime! murmura Louise. Et madame Saccard, on dirait une morte.

— Elle est couverte de poudre de riz, dit madame Michelin.

D'autres mots peu obligeants couraient. Ce troisième tableau n'eut pas le succès franc des deux autres. C'était pourtant ce dénoûment tragique qui enthousiasmait M. Hupel de la Noue sur son propre talent. Il s'y admirait, comme son Narcisse dans sa lame de glace. Il y avait mis une foule d'intentions poétiques et philosophiques. Quand les rideaux se furent refermés pour la dernière fois, et que les spectateurs eurent applaudi en gens bien élevés, il éprouva un regret mortel d'avoir cédé à la colère en n'expliquant pas la dernière page de son poëme. Il voulut donner alors aux personnes qui l'entouraient la clef des choses charmantes, grandioses ou simplement polissonnes, que représentait le beau Narcisse et la nymphe Écho, et il essaya même de dire ce que Vénus et Plutus faisaient au fond de la clairière; mais ces messieurs et ces dames, dont les esprits nets et pratiques avaient compris la grotte de la chair et la grotte de l'or, ne se souciaient pas de descendre dans les complications mythologiques du préfet. Seuls, les Mignon et Charrier, qui voulaient absolument savoir, eurent la bonhomie de l'interroger. Il s'empara d'eux, il les tint debout, dans l'embrasure d'une fenêtre, pendant près de deux heures, à leur raconter les *Métamorphoses* d'Ovide.

Cependant le ministre se retirait. Il s'excusa de ne pouvoir attendre la belle madame Saccard pour la complimenter sur la grâce parfaite de la nymphe Écho. Il venait de faire trois ou quatre fois le tour du salon au bras de son frère, donnant quelques poignées de mains, saluant les dames. Jamais il ne s'était tant compromis pour Saccard. Il le laissa radieux, lorsque, sur le seuil de la porte, il lui dit, à voix haute :

— Je t'attends demain matin. Viens déjeuner avec moi.

Le bal allait commencer. Les domestiques avaient rangé le long des murs les fauteuils des dames. Le grand salon allongeait maintenant, du petit salon jaune à l'estrade, son tapis nu, dont les grandes fleurs de pourpre s'ouvraient, sous l'égouttement de lumière tombant du cristal des lustres. La chaleur croissait, les tentures rouges brunissaient de leurs reflets l'or des meubles et du plafond. On attendait pour ouvrir le bal que ces dames, la nymphe Écho, Vénus, Plutus et les autres, eussent changé de costumes.

Madame d'Espanet et madame Haffner parurent les premières. Elles avaient remis leurs costumes du second tableau; l'une était en Or, l'autre en Argent. On les entoura, on les félicita; et elles racontaient leurs émotions.

— C'est moi qui ai failli m'éclater, disait la marquise, quand j'ai vu de loin le grand nez de M. Toutin-Laroche qui me regardait!

— Je crois que j'ai un torticolis, reprenait languissamment la blonde Suzanne. Non, vrai, si ça avait duré une minute de plus, j'aurais remis ma tête d'une façon naturelle, tant j'avais mal au cou.

M. Hupel de la Noue, de l'embrasure où il avait poussé les Mignon et Charrier, jetait des coups d'œil inquiets sur le groupe formé autour des deux jeunes femmes; il craignait qu'on ne s'y moquât de lui. Les autres nymphes arrivèrent les unes après les autres; toutes avaient repris leurs costumes de pierres précieuses; la comtesse Vanska, en Corail, eut un succès fou, lorsqu'on put examiner de près les ingénieux détails de sa robe. Puis Maxime entra, correct dans son habit noir, l'air souriant; et un flot de femmes l'enveloppa, on le mit au centre du cercle, on le plaisanta sur son rôle de fleur, sur sa passion des miroirs; lui, sans un embarras, comme charmé de son personnage, continuait à sourire, répondait aux plaisanteries, avouait qu'il s'adorait

et qu'il était assez guéri des femmes pour se préférer à elles.
On riait plus haut, le groupe grandissait, tenait tout le
milieu du salon, tandis que le jeune homme, noyé dans ce
peuple d'épaules, dans ce tohu-bohu de costumes éclatants,
gardait son parfum d'amour monstrueux, sa douceur vicieuse de fleur blonde.

Mais lorsque Renée descendit enfin, il se fit un demi-
silence. Elle avait mis un nouveau costume, d'une grâce si
originale et d'une telle audace, que ces messieurs et ces
dames, habitués pourtant aux excentricités de la jeune
femme, eurent un premier mouvement de surprise. Elle
était en Otaïtienne. Ce costume, paraît-il, est des plus primitifs : un maillot couleur tendre, qui lui montait des
pieds jusqu'aux seins, en lui laissant les épaules et les bras
nus ; et, sur ce maillot, une simple blouse de mousseline,
courte et garnie de deux volants, pour cacher un peu les
hanches. Dans les cheveux, une couronne de fleurs des
champs ; aux chevilles et aux poignets, des cercles d'or.
Et rien autre. Elle était nue. Le maillot avait des souplesses
de chair, sous la pâleur de la blouse ; la ligne pure de cette
nudité se retrouvait, des genoux aux aisselles vaguement effacée par les volants, mais s'accentuant et reparaissant entre
les mailles de la dentelle, au moindre mouvement. C'était
une sauvagesse adorable, une fille barbare et voluptueuse, à
peine cachée dans une vapeur blanche, dans un pan de
brume marine, où tout son corps se devinait.

Renée, les joues roses, avançait d'un pas vif. Céleste avait
fait craquer un premier maillot ; heureusement que la jeune
femme, prévoyant le cas, s'était précautionnée. Ce maillot
déchiré l'avait mise en retard. Elle parut se soucier peu de
son triomphe. Ses mains brûlaient, ses yeux brillaient de
fièvre. Elle souriait pourtant, répondait par de petites phrases
aux hommes qui l'arrêtaient, qui la complimentaient sur sa
pureté d'attitudes, dans les tableaux vivants. Elle laissait

derrière elle un sillage d'habits noirs étonnés et charmés
de la transparence de sa blouse de mousseline. Quand elle
fut arrivée au groupe de femmes qui entouraient Maxime,
elle souleva de courtes exclamations, et la marquise se mit
à la regarder de la tête aux pieds, d'un air tendre, en murmurant :

— Elle est adorablement faite.

Madame Michelin, dont le costume d'almée devenait horriblement lourd à côté de ce simple voile, pinçait les lèvres,
tandis que madame Sidonie, ratatinée dans sa robe noire de
magicienne, murmurait à son oreille :

—. C'est de la dernière indécence, n'est-ce pas ? ma toute
belle.

— Ah bien ! dit enfin la jolie brune, c'est M. Michelin qui
se fâcherait, si je me déshabillais comme ça !

— Et il aurait raison, conclut la courtière.

La bande des hommes graves n'était pas de cet avis. Ils
s'extasiaient de loin. M. Michelin, que sa femme mettait si
mal à propos en cause, se pâmait, pour faire plaisir à M. Toutin-Laroche et au baron Gouraud, que la vue de Renée ravissait. On complimenta fortement Saccard sur la perfection
des formes de sa femme. Il s'inclinait, se montrait très-tou-
ché. La soirée était bonne pour lui, et sans une préoccupation qui passait par instants dans ses yeux, lorsqu'il jetait
un regard rapide sur sa sœur, il eût paru parfaitement heureux.

— Dites, elle ne nous en avait jamais autant montré, dit
plaisamment Louise à l'oreille de Maxime, en lui désignant
Renée du coin de l'œil.

Elle se reprit, et avec un sourire indéfinissable :

— A moi, du moins.

Le jeune homme la regarda, d'un air inquiet ; mais elle
continuait à sourire, drôlement, comme un écolier enchanté
d'une plaisanterie un peu forte.

Le bal fut ouvert. On avait utilisé l'estrade des tableaux
vivants, en y plaçant un petit orchestre, où les cuivres dominaient ; et les bugles, les cornets à pistons, jetaient leurs
notes claires dans la forêt idéale, aux arbres bleus. Ce fut
d'abord un quadrille : *Ah ! il a des bottes, il a des bottes,
Bastien !* qui faisait alors les délices des bastringues. Ces
dames dansèrent. Les polkas, les valses, les mazurkas, alter-
nèrent avec les quadrilles. Le large balancement des couples
allait et venait, emplissait la longue galerie, sautant sous le
fouet des cuivres, se balançant au bercement des violons.
Les costumes, ce flot de femmes de tous les pays et de toutes
les époques, roulait, avec un fourmillement, une bigarrure
d'étoffes vives. Le rhythme, après avoir mêlé et emporté les
couleurs, dans un tohu-bohu cadencé, ramenait brusquement, à certains coups d'archet, la même tunique de satin
rose, le même corsage de velours bleu, à côté du même
habit noir. Puis un autre coup d'archet, une sonnerie des
cornets à pistons, poussaient les couples, les faisaient voyager à la file autour du salon, avec des mouvements balancés
de nacelle s'en allant à la dérive, sous un soufffe de vent
qui a brisé l'amarre. Et toujours, sans fin, pendant des
heures. Parfois, entre deux danses, une dame s'approchait
d'une fenêtre, étouffant, respirant un peu d'air glacé ; un
couple se reposait sur une causeuse du petit salon bouton
d'or, ou descendait dans la serre, faisant doucement le tour
des allées. Sous les berceaux de lianes, au fond de l'ombre
tiède, où arrivaient les *forte* des cornets à pistons, dans les
quadrilles d'*Ohé ! les p'tits agneaux* et de *J'ai un pied qui
r'mue*, des jupes dont on ne voyait que le bord, avaient des
rires languissants.

Quand on ouvrit la porte de la salle à manger, transformé
en buffet, avec des dressoirs contre les murs et une longue
table au milieu, chargée de viandes froides, ce fut une poussée, un écrasement. Un grand bel homme qui avait eu la

timidité de garder son chapeau à la main, fut si violemment collé contre le mur, que le malheureux chapeau creva avec une plainte sourde. Cela fit rire. On se ruait sur les pâtisseries et les volailles truffées, en s'enfonçant les coudes dans les côtes, brutalement. C'était un pillage, les mains se rencontraient au milieu des viandes, et les laquais ne savaient à qui répondre, au milieu de cette bande d'hommes comme il faut, dont les bras tendus exprimaient la seule crainte d'arriver trop tard et de trouver les plats vides. Un vieux monsieur se fâcha, parce qu'il n'y avait pas de bordeaux, et que le champagne, assurait-il, l'empêchait de dormir.

— Doucement, messieurs, doucement, disait Baptiste de sa voix grave. Il y en aura pour tout le monde.

Mais on ne l'écoutait pas. La salle à manger était pleine, et des habits noirs inquiets se haussaient à la porte. Devant les dressoirs, des groupes stationnaient, mangeant vite, se serrant. Beaucoup avalaient sans boire, n'ayant pu mettre la main sur un verre. D'autres, au contraire, buvaient, en courant inutilement après un morceau de pain.

— Écoutez, dit M. Hupel de la Noue, que les Mignon et Charrier, las de mythologie, avaient entraîné au buffet, nous n'aurons rien, si nous ne faisons pas cause commune... C'est bien pis aux Tuileries, et j'y ai acquis quelque expérience... Chargez-vous du vin, je me charge de la viande.

Le préfet guettait un gigot. Il allongea la main, au bon moment, dans une éclaircie d'épaules, et l'emporta tranquillement, après s'être bourré les poches de petits pains. Les entrepreneurs revinrent de leur côté, Mignon avec une bouteille, Charrier avec deux bouteilles de champagne; mais ils n'avaient pu trouver que deux verres; ils dirent que ça ne faisait rien, qu'ils boiraient dans le même. Et ces messieurs soupèrent sur le coin d'une jardinière, au fond de la pièce. Ils ne retirèrent pas même leurs gants, mettant les tranches toutes détachées du gigot dans leur pain, gardant les bouteilles sous leur bras. Et, debout, ils causaient, la bouche pleine, écartant leur menton de leur gilet, pour que le jus tombât sur le tapis.

Charrier, ayant fini son vin avant son pain, demanda à un domestique s'il ne pourrait avoir un verre de champagne.

— Il faut attendre, monsieur ! répondit avec colère le domestique effaré, perdant la tête, oubliant qu'il n'était pas à l'office. On a déjà bu trois cents bouteilles.

Cependant, on entendait les voix de l'orchestre qui grandissaient, par souffles brusques. On dansait la polka des *Baisers*, célèbre dans les bals publics, et dont chaque danseur devait marquer le rhythme en embrassant sa danseuse. Madame d'Espanet parut à la porte de la salle à manger, rouge, un peu décoiffée, traînant, avec une lassitude charmante, sa grande robe d'argent. On s'écartait à peine, elle était obligée d'insister du coude pour s'ouvrir un passage. Elle fit le tour de la table, hésitante, une moue aux lèvres. Puis elle vint droit à M. Hupel de la Noue, qui avait fini et qui s'essuyait la bouche avec son mouchoir.

— Que vous seriez aimable, monsieur, lui dit-elle avec un adorable sourire, de me trouver une chaise ! j'ai fait le tour de la table inutilement...

Le préfet avait une rancune contre la marquise, mais sa galanterie n'hésita pas ; il s'empressa, trouva la chaise, installa madame d'Espanet, et resta derrière son dos, à la servir. Elle ne voulut que quelques crevettes, avec un peu de beurre, et deux doigts de champagne. Elle mangeait avec des mines délicates, au milieu de la gloutonnerie de hommes. La table et les chaises étaient exclusivement réservées aux dames. Mais on faisait toujours une exception en faveur du baron Gouraud. Il était là, carrément assis, devant un morceau de pâté, dont ses mâchoires broyaient la croûte

avec lenteur. La marquise reconquit le préfet en lui disant
qu'elle n'oublierait jamais ses émotions d'artiste, dans *les
Amours du beau Narcisse et de la nymphe Écho*. Elle lui
expliqua même pourquoi on ne l'avait pas attendu, d'une
façon qui le consola complétement : ces dames, en apprenant
que le ministre était là, avaient pensé qu'il serait peu convenable de prolonger l'entr'acte. Elle finit par le prier d'aller
chercher madame Haffner, qui dansait avec M. Simpson, un
homme brutal, disait-elle, et qui lui déplaisait. Et, quand
Suzanne fut là, elle ne regarda plus M. Hupel de la Noue.

Saccard, suivi de MM. Toutin-Laroche, de Mareuil, Haffner, avait pris possession d'un dressoir. Comme la table était
pleine, et que M. de Saffré passait avec madame Michelin
au bras, il les retint, voulut que la jolie brune partageât avec
eux. Elle croqua des pâtisseries, souriante, levant ses yeux
clairs sur les cinq hommes qui l'entouraient. Ils se penchaient vers elle, touchaient ses voiles d'almée brodés de
fils d'or, l'acculaient entre le dressoir, où elle finit par
s'adosser, prenant des petits fours de toutes les mains, très-
douce et très-caressante, avec la docilité amoureuse d'une
esclave au milieu de ses seigneurs. M. Michelin achevait tout
seul, à l'autre bout de la pièce, une terrine de foie gras
dont il avait réussi à s'emparer.

Cependant, madame Sidonie, qui rôdait dans le bal depuis
les premiers coups d'archet, entra dans la salle à manger, et
appela Saccard du coin de l'œil.

— Elle ne danse pas, lui dit-elle à voix basse. Elle paraît
inquiète. Je crois qu'elle médite quelque coup de tête...
Mais je n'ai pu encore découvrir le damoiseau... Je vais manger quelque chose et me remettre à l'affût.

Et elle mangea debout, comme un homme, une aile de
volaille qu'elle se fit donner par M. Michelin, qui avait fini
sa terrine. Elle se versa du malaga dans une grande coupe à
champagne ; puis, après s'être essuyé les lèvres du bout des

doigts, elle retourna dans le salon. La traîne de sa robe de
magicienne semblait avoir déjà ramassé toute la poussière
des tapis.

Le bal languissait, l'orchestre avait des essoufflements,
lorsqu'un murmure courut : « Le cotillon ! le cotillon ! » qui
ranima les danseurs et les cuivres. Il vint des couples de
tous les massifs de la serre; le grand salon s'emplit, comme
pour le premier quadrille; et, dans la cohue réveillée, on
discutait. C'était la dernière flamme du bal. Les hommes
qui ne dansaient pas regardaient, du fond des embrasures,
avec des bienveillances molles, le groupe bavard grandissant
au milieu de la pièce; tandis que les soupeurs du buffet,
sans lâcher leur pain, allongeaient la tête, pour voir.

— M. de Mussy ne veut pas, disait une dame. Il jure qu'il
ne le conduit plus... Voyons, une fois encore, monsieur de
Mussy, rien qu'une petite fois. Faites cela pour nous.

Mais le jeune attaché d'ambassade restait gourmé dans
son col cassé. C'était vraiment impossible, il avait juré. Il
y eut un désappointement. Maxime refusa aussi, disant qu'il
ne pourrait, qu'il était brisé. M. Hupel de la Noue n'osa
s'offrir; il ne descendait que jusqu'à la poésie. Une dame
ayant parlé de M. Simpson, on la fit taire; M. Simpson était
le plus étrange conducteur de cotillon qu'on pût voir; il se
livrait à des imaginations fantasques et malicieuses; dans un
salon où l'on avait eu l'imprudence de le choisir, on racontait qu'il avait forcé les dames à sauter par dessus des chaises,
et qu'une de ses figures favorites était de faire marcher tout
le monde à quatre pattes autour de la pièce.

— Est-ce que M. de Saffré est parti? demanda une voix
d'enfant.

Il partait, il faisait ses adieux à la belle madame Saccard,
avec laquelle il était au mieux, depuis qu'elle ne voulait
pas de lui. Ce sceptique aimable avait l'admiration des caprices des autres. On le ramena triomphalement du vesti-

bule. Il se défendait, il disait avec un sourire qu'on le compromettait, qu'il était un homme sérieux. Puis, devant toutes les mains blanches qui se tendaient vers lui :

— Allons, dit-il, prenez vos places... Mais je vous préviens que je suis classique. Je n'ai pas pour deux liards d'imagination.

Les couples s'assirent autour du salon, sur tous les siéges qu'on put réunir; des jeunes gens allèrent chercher jusqu'aux chaises de fonte de la serre. C'était un cotillon monstre. M. de Saffré, qui avait l'air recueilli d'un prêtre officiant, choisit pour dame la comtesse Vanska, dont le costume de Corail le préoccupait. Quand tout le monde fut en place, il jeta un long regard sur cette file circulaire de jupes flanquées chacune d'un habit noir. Et il fit signe à l'orchestre, dont les cuivres sonnèrent. Des têtes se penchaient le long du cordon souriant des visages.

Renée avait refusé de prendre part au cotillon. Elle était d'une gaieté nerveuse, depuis le commencement du bal, dansant à peine, se mêlant aux groupes, ne pouvant rester en place. Ses amies la trouvaient singulière. Elle avait parlé, dans la soirée, de faire un voyage en ballon avec un célèbre aéronaute dont tout Paris s'occupait. Quand le cotillon commença, elle fut ennuyée de ne plus marcher à l'aise, elle se tint à la porte du vestibule, donnant des poignées de mains aux hommes qui se retiraient, causant avec les intimes de son mari. Le baron Gouraud, qu'un laquais emportait dans sa pelisse de fourrure, trouva un dernier éloge sur son costume d'Otaïtienne.

Cependant M. Toutin-Laroche serrait la main de Saccard.

— Maxime compte sur vous, dit ce dernier.

— Parfaitement, répondit le nouveau sénateur.

Et se tournant vers Renée :

— Madame, je ne vous ai pas complimentée... Voilà donc cher enfant casé !

26

Et comme elle avait un sourire étonné :

— Ma femme ne sait pas encore, reprit Saccard... Nous avons arrêté ce soir le mariage de mademoiselle de Mareuil et de Maxime.

Elle continua de sourire, s'inclinant devant M. Toutin-Laroche, qui partait en disant :

— Vous signez le contrat dimanche, n'est-ce pas ? Je vais à Nevers pour une affaire de mines, mais je serai de retour.

Elle resta un instant seule au milieu du vestibule. Elle ne souriait plus ; et, à mesure qu'elle descendait dans ce qu'elle venait d'apprendre, elle était prise d'un grand frisson. Elle regarda les tentures de velours rouge, les plantes rares, les pots de majolique, d'un regard fixe. Puis elle dit tout haut :

— Il faut que je lui parle.

Et elle revint dans le salon. Mais elle dut rester à l'entrée. Une figure du cotillon obstruait le passage. L'orchestre jouait en sourdine une phrase de valse. Les dames, se tenant par la main, formaient un rond, un de ces ronds de petites filles chantant *Giroflé girofla* ; et elles tournaient le plus vite possible, tirant sur leurs bras, riant, glissant. Au milieu, un cavalier, — c'était le malicieux M. Simpson, — avait à la main une longue écharpe rose ; il l'élevait, avec le geste d'un pêcheur qui va jeter un coup d'épervier ; mais il ne se pressait pas, il trouvait drôle, sans doute, de laisser tourner ces dames, de les fatiguer. Elles soufflaient, elles demandaient grâce. Alors il lança l'écharpe, et il la lança avec tant d'adresse, qu'elle alla s'enrouler autour des épaules de madame d'Espanet et de madame Haffner, tournant côte à côte. C'était une plaisanterie de l'Américain. Il voulut ensuite valser avec les deux dames à la fois, et il les avait déjà prises à la taille toutes deux, l'une de son bras gauche, l'autre de son bras droit, lorsque M. de Saffré dit, de sa voix sévère de roi du cotillon :

— On ne danse pas avec deux dames.

Mais M. Simpson ne voulait pas lâcher les deux tailles. Adeline et Suzanne se renversaient dans ses bras avec des rires. On jugeait le coup, les dames se fâchaient, le tapage se prolongeait, et les habits noirs, dans les embrasures des fenêtres, se demandaient comment Saffré allait sortir à sa gloire de ce cas délicat. Il parut, en effet, perplexe un moment, cherchant par quel raffinement de grâce il mettrait les rieurs de son côté. Puis il eut un sourire, il prit madame d'Espanet et madame Haffner, chacune d'une main, leur posa une question à l'oreille, reçut leur réponse, et s'adressant ensuite à M. Simpson :

— Cueillez-vous la verveine ou cueillez-vous la pervenche?

M. Simpson, un peu sot, dit qu'il cueillait la verveine. Alors M. de Saffré lui donna la marquise, en disant :

— Voici la verveine.

On applaudit discrètement. Cela fut trouvé très-joli. M. de Saffré était un conducteur de cotillon « qui ne restait jamais à court; » telle fut l'expression de ces dames. Pendant ce temps, l'orchestre avait repris de toutes ses voix la phrase de valse, et M. Simpson, après avoir fait le tour du salon en valsant avec madame d'Espanet, la reconduisait à sa place.

Renée put passer. Elle s'était mordu les lèvres au sang, devant toutes « ces bêtises. » Elle trouvait ces femmes et ces hommes stupides de lancer des écharpes et de prendre des noms de fleurs. Ses oreilles bourdonnaient, une furie d'impatience lui donnait des envies brusques de se jeter la tête en avant et de s'ouvrir un chemin. Elle traversa le salon d'un pas rapide, heurtant les couples attardés qui regagnaient leurs siéges. Elle alla droit à la serre. Elle n'avait vu ni Louise ni Maxime parmi les danseurs, elle se disait qu'ils devaient être là, dans quelque trou des feuillages,

réunis par cet instinct des drôleries et des polissonneries,
qui leur faisait chercher les petits coins, dès qu'ils se trouvaient ensemble quelque part. Mais elle visita inutilement le
demi-jour de la serre. Elle n'aperçut, au fond d'un berceau,
qu'un grand jeune homme qui baisait dévotement les mains
de la petite madame Daste, en murmurant :

— Madame de Lauwerens me l'avait bien dit : vous êtes
un ange !

Cette déclaration, chez elle, dans sa serre, la choqua.
Vraiment madame de Lauwerens aurait dû porter son commerce ailleurs ! Et Renée se serait soulagée à chasser de ses
appartements tout ce monde qui criait si fort. Debout devant le bassin, elle regardait l'eau, elle se demandait où
Louise et Maxime avaient pu se cacher. L'orchestre jouait
toujours cette valse dont le bercement ralenti lui tournait
le cœur. C'était insupportable, on ne pouvait réfléchir chez
soi. Elle ne savait plus. Elle oubliait que les jeunes gens
n'étaient pas encore mariés, et elle se disait que c'était
bien simple, qu'ils étaient allés se coucher. Puis elle songea
à la salle à manger, elle remonta vivement l'escalier de la
serre. Mais, à la porte du grand salon, elle fut arrêtée une
seconde fois par une figure du cotillon.

— Ce sont les « Points noirs, » mesdames, disait galamment M. de Saffré. Ceci est de mon invention, et je vous en
donne la primeur.

On riait beaucoup. Les hommes expliquaient l'allusion
aux jeunes femmes. L'empereur venait de prononcer un
discours qui constatait, à l'horizon politique, la présence de
certains « points noirs. » Ces points noirs, on ne savait
pourquoi, avaient fait fortune. L'esprit de Paris s'était em-
paré de cette expression, au point que, depuis huit jours,
on accommodait tout aux points noirs. M. de Saffré plaça
les cavaliers à l'un des bouts du salon, en leur faisant tourner le dos aux dames, laissées à l'autre bout. Puis il leur

commanda de relever leurs habits, de façon à s'en cacher le
derrière de la tête. Cette-opération s'accomplit au milieu
d'une gaieté folle. Bossus, les épaules serrées, avec les pans
des habits qui ne leur tombaient plus qu'à la taille, les cavaliers étaient vraiment affreux.

— Ne riez pas, mesdames, criait M. de Saffré avec un
sérieux des plus comiques, ou je vous fais mettre vos dentelles sur la tête.

La gaieté redoubla. Et il usa énergiquement de sa souve-
raineté vis-à-vis de quelques-uns de ces messieurs qui ne
voulaient pas cacher leur nuque.

— Vous êtes les « points noirs, » disait-il ; masquez vos
têtes, ne montrez que le dos, il faut que ces dames ne
voient plus que du noir... Maintenant, marchez, mêlez-
vous les uns aux autres, pour qu'on ne vous reconnaisse
pas.

L'hilarité était à son comble. Les « points noirs » allaient
et venaient, sur leurs jambes grêles, avec des balancements
de corbeaux sans tête. On vit la chemise d'un monsieur,
avec le coin de la bretelle. Alors ces dames demandèrent
grâce, elles étouffaient, et M. de Saffré voulut bien leur or-
donner d'aller chercher les « points noirs. » Elles partirent, comme un vol de jeunes perdrix, avec un grand bruit
de jupes. Puis, au bout de sa course, chacune saisit le cavalier qui lui tomba sous la main. Ce fut un tohu-bohu
inexprimable. Et, à la file, les couples improvisés se déga-
geaient, faisaient le tour du salon en valsant, dans le chant
plus haut de l'orchestre.

Renée s'était appuyée au mur. Elle regardait, pâle, les
lèvres serrées. Un vieux monsieur vint lui demander galamment pourquoi elle ne dansait pas. Elle dut sourire, répondre quelque chose. Elle s'échappa, elle entra dans la
salle à manger. La pièce était vide. Au milieu des dressoirs
pillés, des bouteilles et des assiettes qui traînaient, Maxime

26.

et Louise soupaient tranquillement, à un bout de la table, côte à côte, sur une serviette qu'ils avaient étalée. Ils paraissaient à l'aise, ils riaient, dans ce désordre, ces verres sales, ces plats tachés de graisse, ces débris encore tièdes de la gloutonnerie des soupeurs en gants blancs. Ils s'étaient contentés d'épousseter les miettes autour d'eux. Baptiste se promenait gravement le long de la table, sans un regard pour cette pièce, qu'une bande de loups semblait avoir traversée; il attendait que les domestiques vinssent remettre un peu d'ordre sur les dressoirs.

Maxime avait encore pu réunir un souper très-confortable. Louise adorait les nougats aux pistaches, dont une assiette pleine était restée sur le haut d'un buffet. Ils avaient devant eux trois bouteilles de champagne entamées.

— Papa est peut-être parti, dit la jeune fille.

— Tant mieux ! répondit Maxime, je vous reconduirai.

Et comme elle riait :

— Vous savez que, décidément, on veut que je vous épouse. Ce n'est plus une farce, c'est sérieux... Qu'est-ce que nous ferons donc, quand nous allons être mariés?

— Nous ferons ce que font les autres, donc !

Cette drôlerie lui avait échappé un peu vite; elle reprit vivement, comme pour la retirer :

— Nous irons en Italie. Ça me fera du bien à la poitrine. Je suis très-malade... Ah ! mon pauvre Maxime, la drôle de femme que vous allez avoir ! Je ne suis pas plus grosse que deux sous de beurre.

Elle souriait, avec une pointe de tristesse, dans son costume de page. Une toux sèche fit monter des lueurs rouges à ses joues.

— C'est le nougat, dit-elle. A la maison, on me défend d'en manger... Passez-moi l'assiette, je vais fourrer le reste dans ma poche.

Et elle vidait l'assiette, quand Renée entra. Elle vint

droit à Maxime, en faisant des efforts inouïs pour ne pas jurer, pour ne pas battre cette bossue qu'elle trouvait là, attablée avec son amant.

— Je veux te parler, bégaya-t-elle d'une voix sourde.

Il hésitait, pris de peur, redoutant un tête-à-tête.

— A toi seul, tout de suite, répétait Renée.

— Allez donc, Maxime, dit Louise avec son regard indéfinissable. Vous tâcherez, en même temps, de retrouver mon père. Je l'égare à chaque soirée.

Il se leva, il essaya d'arrêter la jeune femme au milieu de la salle à manger, en lui demandant ce qu'elle avait de si pressé à lui dire. Mais elle reprit entre ses dents :

— Suis-moi, ou je dis tout devant le monde !

Il devint très-pâle, il la suivit avec une obéissance d'animal battu. Elle crut que Baptiste la regardait ; mais, à cette heure, elle se souciait bien des regards clairs de ce valet ! A la porte, le cotillon la retint une troisième fois.

— Attends, murmura-t-elle. Ces imbéciles n'en finiront pas.

Et elle lui prit la main, pour qu'il n'essayât pas de s'échapper.

M. de Saffré plaçait le duc de Rozan, le dos contre le mur, dans un angle du salon, à côté de la porte de la salle à manger. Il mit une dame devant lui, puis un cavalier dos à dos avec la dame, puis une autre dame devant le cavalier, et cela à la file, couple par couple, en long serpent. Comme des danseuses causaient, s'attardaient :

— Voyons, mesdames, cria-t-il, en place pour les « Colonnes. »

Elles vinrent, « les colonnes » furent formées. L'indécence qu'il y avait à se trouver ainsi prise, serrée entre deux hommes, appuyée contre le dos de l'un, ayant devant soi la poitrine de l'autre, égayait beaucoup les dames. Les pointes des seins touchaient les parements des habits, les

jambes des cavaliers disparaissaient dans les jupes des dan
seuses, et quand une gaieté brusque faisait pencher une tête,
les moustaches d'en face étaient obligées de s'écarter, pour
ne pas pousser les choses jusqu'au baiser. Un farceur, à un
moment, dut donner une légère poussée ; la file se raccour-
cit, les habits entrèrent plus profondément dans les jupes ;
il y eut de petits cris, et des rires, des rires qui n'en finissaient plus. On entendit la baronne de Meinhold dire :
« Mais, monsieur, vous m'étouffez ; ne me serrez pas si
fort ! » ce qui parut si drôle, ce qui donna à toute la file un
accès d'hilarité si fou, que « les colonnes, » ébranlées,
chancelaient, s'entre-choquaient, s'appuyaient les unes sur
les autres, pour ne pas tomber. M. de Saffré, les mains
levées, prêt à frapper, attendait. Puis il frappa. A ce signal,
tout d'un coup, chacun se retourna. Les couples qui étaient
face à face, se prirent à la taille, et la file égrena dans le salon son chapelet de valseurs. Il n'y eut que le pauvre duc
de Rozan qui, en se tournant, se trouva le nez contre le
mur. On se moqua de lui.

— Viens, dit Renée à Maxime.

L'orchestre jouait toujours la valse. Cette musique molle,
dont le rhythme monotone s'affadissait à la longue, redoublait l'exaspération de la jeune femme. Elle gagna le petit
salon, tenant Maxime par la main ; et, le poussant dans l'escalier qui allait au cabinet de toilette :

— Monte, lui ordonna-t-elle.

Elle le suivit. A ce moment, madame Sidonie, qui avait
rôdé toute la soirée autour de sa belle-sœur, étonnée de ses
promenades continuelles à travers les pièces, arrivait justement sur le perron de la serre. Elle vit les jambes d'un
homme s'enfoncer au milieu des ténèbres du petit escalier.
Un sourire pâle éclaira son visage de cire, et, retroussant sa
jupe de magicienne pour aller plus vite, elle chercha son
frère, bouleversant une figure du cotillon, s'adressant aux

domestiques qu'elle rencontrait. Elle trouva enfin Saccard avec M. de Mareuil, dans une pièce contiguë à la salle à manger, et que l'on avait transformée provisoirement en fumoir. Les deux pères parlaient de dot, de contrat. Mais quand sa sœur lui eut dit un mot à l'oreille, Saccard se leva, s'excusa, disparut.

En haut, le cabinet de toilette était en plein désordre. Sur les siéges traînaient le costume de la nymphe Écho, le maillot déchiré, des bouts de dentelle froissés, des linges jetés en paquet, tout ce que la hâte d'une femme attendue laisse derrière elle. Les petits outils d'ivoire et d'argent gisaient un peu partout ; il y avait des brosses, des limes tombées sur le tapis ; et les serviettes encore humides, les savons oubliés sur le marbre, les flacons laissés débouchés, mettaient, dans la tente couleur de chair, une odeur forte, pénétrante. La jeune femme, pour enlever le blanc de ses bras et de ses épaules, s'était trempée dans la baignoire de marbre rose, après les tableaux vivants. Des plaques irisées s'arrondissaient sur la nappe d'eau refroidie.

Maxime marcha sur un corset, faillit tomber, essaya de rire. Mais il grelottait devant le visage dur de Renée. Elle s'approcha de lui, le poussant, disant à voix basse :

— Alors tu vas épouser la bossue ?

— Mais pas le moins du monde, murmura-t-il. Qui t'a dit cela ?

— Eh ! ne mens pas, c'est inutile...

Il eut une révolte. Elle l'inquiétait, il voulait en finir avec elle.

— Eh bien, oui, je l'épouse. Après ?... Est-ce que je ne suis pas le maître ?

Elle vint à lui, la tête un peu baissée, avec un rire mauvais, et lui prenant les poignets :

Le maître ! toi, le maître !... Tu sais bien que non. C'est

moi qui suis le maître. Je te casserais les bras, si j'étais méchante; tu n'as pas plus de force qu'une fille.

Et comme il se débattait, elle lui tordit les bras, de toute la violence nerveuse que lui donnait la colère. Il poussa un faible cri. Alors elle le lâcha, en reprenant :

— Ne nous battons pas, vois-tu; je serais la plus forte.

Il resta blême, avec la honte de cette douleur qu'il sentait à ses poignets. Il la regardait aller et venir dans le cabinet. Elle repoussait les meubles, réfléchissant, arrêtant le plan qui tournait dans sa tête, depuis que son mari lui avait appris le mariage.

— Je vais t'enfermer ici, dit-elle enfin; et quand il fera jour, nous partirons pour le Havre.

Il blêmit encore d'inquiétude et de stupeur.

— Mais c'est une folie ! s'écria-t-il. Nous ne pouvons pas nous en aller ensemble. Tu perds la tête...

— C'est possible. En tout cas, c'est toi et ton père qui me l'avez fait perdre... J'ai besoin de toi et je te prends. Tant pis pour les imbéciles !

Des lueurs rouges luisaient dans ses yeux. Elle continua, s'approchant de nouveau de Maxime, lui brûlant le visage de son haleine :

— Qu'est-ce que je deviendrais donc, si tu épousais la bossue ! Vous vous moqueriez de moi, je serais peut-être forcée de reprendre ce grand dadais de Mussy, qui ne me réchaufferait pas même les pieds... Quand on a fait ce que nous avons fait, on reste ensemble. D'ailleurs, c'est bien clair, je m'ennuie lorsque tu n'es pas là, et comme je m'en vais, je t'emmène... Tu peux dire à Céleste ce que tu veux qu'elle aille chercher chez toi.

Le malheureux tendit les mains, supplia :

— Voyons, ma petite Renée, ne fais pas de bêtise. Reviens à toi... Pense un peu au scandale.

— Je m'en moque du scandale ! Si tu refuses, je descends

dans le salon et je crie que j'ai couché avec toi et que tu es
assez lâche pour vouloir maintenant épouser la bossue.

Il plia la tête, l'écouta, cédant déjà, acceptant cette volonté qui s'imposait si rudement à lui.

— Nous irons au Havre, reprit-elle plus bas, caressant
son rêve, et de là nous gagnerons l'Angleterre. Personne ne
nous embêtera plus. Si nous ne sommes pas assez loin, nous
partirons pour l'Amérique. Moi qui ai toujours froid, je
serai bien là-bas. J'ai souvent envié les créoles...

Mais à mesure qu'elle agrandissait son projet, la terreur
reprenait Maxime. Quitter Paris, aller si loin avec une
femme qui était folle assurément, laisser derrière lui une
histoire dont le côté honteux l'exilait à jamais ! c'était comme
un cauchemar atroce qui l'étouffait. Il cherchait avec désespoir un moyen pour sortir de ce cabinet de toilette, de
ce réduit rose où battait le glas de Charenton. Il crut avoir
trouvé.

— C'est que je n'ai pas d'argent, dit-il avec douceur,
afin de ne pas l'exaspérer. Si tu m'enfermes, je ne pourrai
pas m'en procurer.

— J'en ai, moi, répondit-elle d'un air de triomphe. J'ai
cent mille francs. Tout s'arrange très-bien...

Elle prit, dans l'armoire à glace, l'acte de cession que
son mari lui avait laissé, avec le vague espoir que sa tête
tournerait. Elle l'apporta sur la table de toilette, força
Maxime à lui donner une plume et un encrier qui se trouvaient dans la chambre à coucher, et repoussant les savons,
signant l'acte :

— Voilà, dit-elle, la bêtise est faite. Si je suis volée, c'est
que je le veux bien... Nous passerons chez Larsonneau,
avant d'aller à la gare... Maintenant, mon petit Maxime,
je vais t'enfermer, et nous nous sauverons par le jardin,
quand j'aurai mis tout ce monde à la porte. Nous n'avons
même pas besoin d'emporter des malles.

Elle redevenait gaie. Ce coup de tête la ravissait. C'était une excentricité suprême, une fin qui, dans cette crise de fièvre chaude, lui semblait tout à fait originale. Ça dépassait de beaucoup son désir de voyage en ballon. Elle vint prendre Maxime dans ses bras, en murmurant :

— Je t'ai fait mal tout à l'heure, mon pauvre chéri! Aussi tu refusais... Tu verras comme ce sera gentil. Est-ce que ta bossue t'aimerait comme je t'aime?... Ce n'est pas une femme, ce petit moricaud-là...

Elle riait, elle l'attirait à elle, le baisait sur les lèvres, lorsqu'un bruit leur fit tourner la tête. Saccard était debout sur le seuil de la porte.

Un silence terrible se fit. Lentement, Renée détacha ses bras du cou de Maxime; et elle ne baissait pas le front, elle continuait à regarder son mari de ses grands yeux fixes de morte; tandis que le jeune homme, écrasé, terrifié, chancelait, la tête basse, maintenant qu'il n'était plus soutenu par son étreinte. Saccard, foudroyé par ce coup suprême qui faisait enfin crier en lui l'époux et le père, n'avançait pas, livide, les brûlant de loin du feu de ses regards. Dans l'air moite et odorant de la pièce, les trois bougies flambaient très-haut, la flamme droite, avec l'immobilité d'une larme ardente. Et, coupant seul le silence, le terrible silence, par l'étroit escalier un souffle de musique montait; la valse, avec ses enroulements de couleuvre, se glissait, se nouait, s'endormait sur le tapis de neige, au milieu du maillot déchiré et des jupes tombées à terre.

Puis le mari avança. Un besoin de brutalité marbrait sa face, il serrait les poings pour assommer les coupables. La colère, dans ce petit homme remuant, éclatait avec des bruits de coups de feu. Il eut un ricanement étranglé, et, s'approchant toujours :

— Tu lui annonçais ton mariage, n'est-ce pas?

Maxime recula, s'adossa au mur :

— Écoute, balbutia-t-il, c'est elle...

Il allait l'accuser lâchement, rejeter sur elle le crime, dire qu'elle voulait l'enlever, se défendre avec l'humilité et les frissons d'un enfant pris en faute. Mais il n'eut pas la force, les mots se séchaient dans sa gorge. Renée gardait sa roideur de statue, son défi muet. Alors Saccard, sans doute pour trouver une arme, jeta un coup d'œil rapide autour de lui. Et, sur le coin de la table de toilette, au milieu des peignes et des brosses à ongles, il aperçut l'acte de cession, dont le papier timbré jaunissait le marbre. Il regarda l'acte, regarda les coupables. Puis, se penchant, il vit que l'acte était signé. Ses yeux allèrent de l'encrier ouvert à la plume encore humide, laissée au pied du candélabre. Il resta droit devant cette signature, réfléchissant.

Le silence semblait grandir, les flammes des bougies s'allongeaient, la valse se berçait le long des tentures avec plus de mollesse. Saccard eut un imperceptible mouvement d'épaules. Il regarda encore sa femme et son fils d'un air profond, comme pour arracher à leur visage une explication qu'il ne trouvait pas. Puis il plia lentement l'acte, le mit dans la poche de son habit. Ses joues étaient devenues toutes pâles.

— Vous avez bien fait de signer, ma chère amie, dit-il doucement à sa femme... C'est cent mille francs que vous gagnez. Ce soir, je vous remettrai l'argent.

Il souriait presque, et ses mains seules gardaient un tremblement. Il fit quelques pas, en ajoutant :

— On étouffe ici. Quelle idée de venir comploter quelqu'une de vos farces dans ce bain de vapeur !...

Et s'adressant à Maxime, qui avait relevé la tête, surpris de la voix apaisée de son père :

— Allons, viens, toi ! reprit-il. Je t'avais vu monter, je te cherchais pour que tu fisses tes adieux à M. de Mareuil et à sa fille.

27

Les deux hommes descendirent, causant ensemble. Renée resta seule, debout au milieu du cabinet de toilette, regardant le trou béant du petit escalier, dans lequel elle venait de voir disparaître les épaules du père et du fils. Elle ne pouvait détourner les yeux de ce trou. Eh quoi! ils étaient partis tranquillement, amicalement. Ces deux hommes ne s'étaient pas écrasés. Elle prêtait l'oreille, elle écoutait si quelque lutte atroce ne faisait pas rouler les corps le long des marches. Rien. Dans les ténèbres tièdes, rien qu'un bruit de danse, un long bercement. Elle crut entendre, au loin, les rires de la marquise, la voix claire de M. de Saffré. Alors le drame était fini? Son crime, les baisers dans le grand lit gris et rose, les nuits farouches de la serre, tout cet amour maudit qui l'avait brûlée pendant des mois, aboutissait à cette fin plate et ignoble. Son mari savait tout et ne la battait même pas. Et le silence autour d'elle, ce silence où traînait la valse sans fin, l'épouvantait plus que le bruit d'un meurtre. Elle avait peur de cette paix, peur de ce cabinet tendre et discret, empli d'une odeur d'amour.

Elle s'aperçut dans la haute glace de l'armoire. Elle s'approcha, étonnée de se voir, oubliant son mari, oubliant Maxime, toute préoccupée par l'étrange femme qu'elle avait devant elle. La folie montait. Ses cheveux jaunes, relevés sur les tempes et sur la nuque, lui parurent une nudité, une obscénité. La ride de son front se creusait si profondément, qu'elle mettait une barre sombre au-dessus des yeux, là meurtrissure mince et bleuâtre d'un coup de fouet. Qui donc l'avait marquée ainsi? Son mari n'avait pas levé la main, pourtant. Et ses lèvres l'étonnaient par leur pâleur, ses yeux de myope lui semblaient morts. Comme elle était vieille! Elle pencha le front, et quand elle se vit dans son maillot, dans sa légère blouse de gaze, elle se contempla, les cils baissés, avec des rougeurs subites. Qui l'avait mise nue? que faisait-elle dans ce débraillé de fille qui se découvre jusqu'au ventre? Elle ne savait plus. Elle regardait ses cuisses que le maillot arrondissait, ses hanches dont elle suivait les lignes souples sous la gaze, son buste largement ouvert; et elle avait honte d'elle, et un mépris de sa chair l'emplissait d'une colère sourde contre ceux qui la laissaient ainsi, avec de simples cercles d'or aux chevilles et aux poignets pour lui cacher la peau.

Alors, cherchant, avec l'idée fixe d'une intelligence qui se noie, ce qu'elle faisait là, toute nue, devant cette glace, elle remonta d'un saut brusque à son enfance, elle se revit à sept ans, dans l'ombre grave de l'hôtel Béraud. Elle se souvint d'un jour où la tante Élisabeth les avait habillées, elle et Christine, de robes de laine grise à petits carreaux rouges. On était à la Noël. Comme elles étaient contentes de ces deux robes semblables! La tante les gâtait, et elle poussa les choses jusqu'à leur donner à chacune un bracelet et un collier de corail. Les manches étaient longues, le corsage montait jusqu'au menton, les bijoux s'étalaient sur l'étoffe, ce qui leur semblait bien joli. Renée se rappelait encore que son père était là, qu'il souriait de son air triste. Ce jour-là, sa sœur et elle, dans la chambre des enfants, s'étaient promenées comme de grandes personnes, sans jouer, pour ne pas se salir. Puis, chez les dames de la Visitation, ses camarades l'avaient plaisantée sur « sa robe de Pierrot, » qui lui allait au bout des doigts et qui lui montait par-dessus les oreilles. Elle s'était mise à pleurer pendant la classe. A la récréation, pour qu'on ne se moquât plus d'elle, elle avait retroussé les manches et rentré le tour de cou du corsage. Et le collier et le bracelet de corail lui semblaient plus jolis sur la peau de son cou et de son bras. Était-ce jour-là qu'elle avait commencé à se mettre nue?

Sa vie se déroulait devant elle. Elle assistait à son long effarement, à ce tapage de l'or et de la chair qui était monté en elle, dont elle avait eu jusqu'aux genoux, jusqu'au ventre,

puis jusqu'aux lèvres, et dont elle sentait maintenant le flot
passer sur sa tête, en lui battant le crâne à coups pressés.
C'était comme une séve mauvaise; elle lui avait lassé les
membres, mis au cœur des excroissances de honteuses tendresses, fait pousser au cerveau des caprices de malade et de
bête. Cette séve, la plante de ses pieds l'avait prise sur le tapis de sa calèche, sur d'autres tapis encore, sur toute cette
soie et tout ce velours, où elle marchait depuis son mariage.
Les pas des autres devaient avoir laissé là ces germes de
poison, éclos à cette heure dans son sang, et que ses veines
charriaient. Elle se rappelait bien son enfance. Lorsqu'elle
était petite, elle n'avait que des curiosités. Même plus tard,
après ce viol qui l'avait jetée au mal, elle ne voulait pas tant
de honte. Certes, elle serait devenue meilleure, si elle était
restée à tricoter auprès de la tante Élisabeth. Et elle entendait le tic-tac régulier des aiguilles de la tante, tandis qu'elle
regardait fixement dans la glace pour lire cet avenir de paix
qui lui avait échappé. Mais elle ne voyait que ses cuisses roses,
ses hanches roses, cette étrange femme de soie rose qu'elle
avait devant elle, et dont la peau de fine étoffe, aux mailles
serrées, semblait faite pour des amours de pantins et de poupées. Elle en était arrivée à cela, à être une grande poupée
dont la poitrine déchirée ne laisse échapper qu'un filet de
son. Alors, devant les énormités de sa vie, le sang de son
père, ce sang bourgeois, qui la tourmentait aux heures de
crise, cria en elle, se révolta. Elle qui avait toujours tremblé
à la pensée de l'enfer, elle aurait dû vivre au fond de la sévérité noire de l'hôtel Béraud. Qui donc l'avait mise nue?

Et, dans l'ombre bleuâtre de la glace, elle crut voir se
lever les figures de Saccard et de Maxime. Saccard, noirâtre,
ricanant, avait une couleur de fer, un rire de tenaille, sur
ses jambes grêles. Cet homme était une volonté. Depuis dix
ans, elle le voyait dans la forge, dans les éclats du métal
rougi, la chair brûlée, haletant, tapant toujours, soulevant

des marteaux vingt fois trop lourds pour ses bras, au risque de s'écraser lui-même. Elle le comprenait maintenant;
il lui apparaissait grandi par cet effort surhumain, par cette
coquinerie énorme, cette idée fixe d'une immense fortune
immédiate. Elle se le rappelait sautant les obstacles, rou-
lant en pleine boue, et ne prenant pas le temps de s'essuyer
pour arriver avant l'heure, ne s'arrêtant même pas à
jouir en chemin, mâchant ses pièces d'or en courant. Puis
la tête blonde et jolie de Maxime apparaissait derrière l'é-
paule rude de son père; il avait son clair sourire de fille, ses
yeux vides de catin qui ne se baissaient jamais, sa raie au
milieu du front, montrant la blancheur du crâne. Il se moquait de Saccard, il le trouvait bourgeois de se donner tant
de peine pour gagner un argent qu'il mangeait, lui, avec
une si adorable paresse. Il était entretenu. Ses mains longues et molles contaient ses vices. Son corps épilé avait
une pose lassée de femme assouvie. Dans tout cet être lâche
et mou, où le vice coulait avec la douceur d'une eau tiède,
ne luisait seulement pas l'éclair de la curiosité du mal. Il
subissait. Et Renée, en regardant les deux apparitions sortir
des ombres légères de la glace, recula d'un pas, vit que
Saccard l'avait jetée comme un enjeu, comme une mise de
fonds, et que Maxime s'était trouvé là, pour ramasser ce
louis tombé de la poche du spéculateur. Elle restait une valeur dans le portefeuille de son mari; il la poussait aux toilettes d'une nuit, aux amants d'une saison; il la tordait dans
les flammes de sa forge, se servant d'elle, ainsi que d'un
métal précieux, pour dorer le fer de ses mains. Peu à peu, le
père l'avait ainsi rendue assez folle, assez misérable, pour les
baisers du fils. Si Maxime était le sang appauvri de Saccard,
elle se sentait, elle, le produit, le fruit véreux de ces deux
hommes, l'infamie qu'ils avaient creusée entre eux, et dans
laquelle ils roulaient l'un et l'autre.

Elle savait maintenant. C'étaient ces gens qui l'avaient

27.

mise nue. Saccard avait dégrafé le corsage, et Maxime avait
fait tomber la jupe. Puis, à eux deux, ils venaient d'arracher la chemise. A présent, elle se trouvait sans un lambeau,
avec des cercles d'or, comme une esclave. Ils la regardaient
tout à l'heure, ils ne lui disaient pas : « Tu es nue. » Le
fils tremblait comme un lâche, frissonnait à la pensée d'aller
jusqu'au bout de son crime, refusait de la suivre dans sa
passion. Le père, au lieu de la tuer, l'avait volée; cet
homme punissait les gens en vidant leurs poches ; une signature tombait comme un rayon de soleil au milieu de la
brutalité de sa colère, et pour vengeance, il emportait la
signature. Puis elle avait vu leurs épaules qui s'enfonçaient
dans les ténèbres. Pas de sang sur le tapis, pas un cri, pas
une plainte. C'étaient des lâches. Ils l'avaient mise nue.

Et elle se dit qu'une seule fois elle avait lu l'avenir, le
jour où, devant les ombres murmurantes du parc Monceaux, la pensée que son mari la salirait et la jetterait un
jour à la folie, était venue effrayer ses désirs grandissants.
Ah! que sa pauvre tête souffrait! comme elle sentait, à
cette heure, la fausseté de cette imagination, qui lui faisait
croire qu'elle vivait dans une sphère bien heureuse de jouissance et d'impunité divines ! Elle avait vécu au pays de la
honte, et elle était châtiée par l'abandon de tout son corps,
par la mort de son être qui agonisait. Elle pleurait de ne
pas avoir écouté les grandes voix des arbres.

Sa nudité l'irritait. Elle tourna la tête, elle regarda autour d'elle. Le cabinet de toilette gardait sa lourdeur musquée, son silence chaud, où les phrases de la valse arrivaient
toujours, comme les derniers cercles mourants sur une
nappe d'eau. Ce rire affaibli de lointaine volupté passait sur
elle avec des railleries intolérables. Elle se boucha les
oreilles, pour ne plus entendre. Alors elle vit le luxe du
cabinet. Elle leva les yeux sur la tente rose, jusqu'à la couronne d'argent qui laissait apercevoir un Amour joufflu ap-

prêtant sa flèche ; elle s'arrêta aux meubles, au marbre de la table de toilette, encombré de pots et d'outils qu'elle ne reconnaissait plus ; elle alla à la baignoire, pleine encore, et dont l'eau dormait ; elle repoussa du pied les étoffes traînant sur le satin blanc des fauteuils, le costume de la nymphe Écho, les jupons, les serviettes oubliées. Et de toutes ces choses montaient des voix de honte : la robe de la nymphe Écho lui parlait de ce jeu qu'elle avait accepté, pour l'originalité de s'offrir à Maxime en public ; la baignoire exhalait l'odeur de son corps, l'eau où elle s'était trempée, mettait, dans la pièce, sa fièvre de femme malade ; la table, avec ses savons et ses huiles, les meubles, avec leurs rondeurs de lit, lui parlaient brutalement de sa chair, de ses amours, de toutes ces ordures qu'elle voulait oublier. Elle revint au milieu du cabinet, le visage pourpre, ne sachant où fuir ce parfum d'alcôve, ce luxe qui se décolletait avec une impudeur de fille, qui étalait tout ce rose. La pièce était nue comme elle ; la baignoire rose, la peau rose des tentures, les marbres roses des deux tables s'animaient, s'étiraient, se pelotonnaient, l'entouraient d'une telle débauche de voluptés vivantes, qu'elle ferma les yeux, baissant le front, s'abîmant sous les dentelles du plafond et des murs qui l'écrasaient.

Mais, dans le noir, elle revit la tache de chair du cabinet de toilette, et elle aperçut en outre la douceur grise de la chambre à coucher, l'or tendre du petit salon, le vert cru de la serre, toutes ces richesses complices. C'était là où ses pieds avaient pris la séve mauvaise. Elle n'aurait pas dormi avec Maxime sur un grabat, au fond d'une mansarde. C'eût été trop ignoble. La soie avait fait son crime coquet. Et elle rêvait d'arracher ces dentelles, de cracher sur cette soie, de briser son grand lit à coups de pieds, de traîner son luxe dans quelque ruisseau d'où il sortirait usé et sali comme elle.

Quand elle rouvrit les yeux, elle s'approcha de la glace,

se regarda encore, s'examina de près. Elle était finie. Elle
se vit-morte. Toute sa face lui disait que le craquement cérébral s'achevait. Maxime, cette perversion dernière de ses
sens, avait terminé son œuvre, épuisé sa chair, détraqué son
intelligence. Elle n'avait plus de joies à goûter, plus d'espérances de réveil. A cette pensée, une colère fauve se ralluma en elle. Et, dans une crise dernière de désir, elle rêva
de reprendre sa proie, d'agoniser aux bras de Maxime et de
l'emporter avec elle. Louise ne pouvait l'épouser ; Louise
savait bien qu'il n'était pas à elle, puisqu'elle les avait vus
s'embrasser sur les lèvres. Alors, elle jeta sur ses épaules
une pelisse de fourrure, pour ne pas traverser le bal toute
nue. Elle descendit.

Dans le petit salon, elle se rencontra face à face avec madame Sidonie. Celle-ci, pour jouir du drame, s'était postée
de nouveau sur le perron de la serre. Mais elle ne sut plus
que penser, quand Saccard reparut avec Maxime, et qu'il
répondit brutalement à ses questions faites à voix basse,
qu'elle rêvait, qu'il n'y avait « rien du tout. » Puis elle
flaira la vérité. Sa face jaune blêmit, elle trouvait la chose
vraiment forte. Et, doucement, elle vint coller son oreille
à la porte de l'escalier, espérant qu'elle entendrait Renée
pleurer, en haut. Lorsque la jeune femme ouvrit la porte,
le battant souffleta presque sa belle-sœur.

— Vous m'espionnez ! lui dit-elle avec colère.

Mais madame Sidonie répondit avec un beau dédain :

— Est-ce que je m'occupe de vos saletés !

Et retroussant sa robe de magicienne, se retirant avec
un regard majestueux :

— Ma petite, ce n'est pas ma faute s'il vous arrive des
accidents... Mais je n'ai pas de rancune, entendez-vous ? Et
sachez bien que vous auriez trouvé et que vous trouveriez
encore en moi une seconde mère. Je vous attends chez moi,
quand il vous plaira.

Renée ne l'écoutait pas. Elle entra dans le grand salon, elle traversa une figure très-compliquée du cotillon, sans même voir la surprise que causait sa pelisse de fourrure. Il y avait, au milieu de la pièce, des groupes de dames et de cavaliers qui se mêlaient, en agitant des banderoles, et la voix flûtée de M. de Saffré disait :

— Allons, mesdames, « la Guerre du Mexique... » Il faut que les dames qui font les broussailles, étalent leurs jupes en rond et restent par terre... Maintenant, les cavaliers tournent autour des broussailles... Puis, quand je taperai dans mes mains, chacun d'eux valsera avec sa broussaille.

Il tapa dans ses mains. Les cuivres sonnèrent, la valse déroula une fois encore les couples autour du salon. La figure avait eu peu de succès. Deux dames étaient demeurées sur le tapis, empêtrées dans leurs jupons. Madame Daste déclara que ce qui l'amusait, dans « la Guerre du Mexique, » c'était seulement de faire « un fromage » avec sa robe, comme au pensionnat.

Renée, arrivée au vestibule, trouva Louise et son père, que Saccard et Maxime accompagnaient. Le baron Gouraud était parti. Madame Sidonie se retirait avec les Mignon et Charrier, tandis que M. Hupel de la Noue reconduisait madame Michelin, que son mari suivait discrètement. Le préfet avait employé le reste de la soirée à faire la cour à la jolie brune. Il venait de la déterminer à passer un mois de la belle saison dans son chef-lieu, « où l'on voyait des antiquités vraiment curieuses. »

Louise, qui croquait en cachette le nougat qu'elle avait dans la poche, fut prise d'un accès de toux, au moment de sortir.

— Couvre-toi bien, dit le père.

Et Maxime s'empressa de serrer davantage le lacet du capuchon de sa sortie de bal. Elle levait le menton, elle se

laissait emmaillotter. Mais quand madame Saccard parut,
M. de Mareuil revint, lui fit ses adieux. Ils restèrent tous là
à causer un instant. Elle dit, voulant expliquer sa pâleur,
son frissonnement, qu'elle avait eu froid, qu'elle était mon-
tée chez elle pour jeter cette fourrure sur ses épaules. Et
elle épiait l'instant où elle pourrait parler bas à Louise, qui
la regardait avec sa tranquillité curieuse. Comme les
hommes se serraient encore la main, elle se pencha, elle
murmura :

— Vous ne l'épouserez pas, dites? Ce n'est pas possible.
Vous savez bien...

Mais l'enfant l'interrompit, se haussant, lui disant à l'o-
reille :

— Oh! soyez tranquille, je l'emmène... Ça ne fait rien,
puisque nous partons pour l'Italie.

Et elle souriait, de son sourire vague de sphinx vicieux.
Renée resta balbutiante. Elle ne comprenait pas, elle s'i-
magina que la bossue se moquait d'elle. Puis, quand les
Mareuil furent partis, en répétant à plusieurs reprises : « A
dimanche! » elle regarda son mari, elle regarda Maxime, de
ses yeux épouvantés, et, les voyant la chair tranquille,
l'attitude satisfaite, elle se cacha la face dans les mains, elle
s'enfuit, se réfugia au fond de la serre.

Les allées étaient désertes. Les grands feuillages dormaient, et, sur la nappe lourde du bassin, deux boutons
de nymphéa s'épanouissaient lentement. Renée aurait voulu
pleurer; mais cette chaleur humide, cette odeur forte
qu'elle reconnaissait, la prenait à la gorge, étranglait son
désespoir. Elle regardait à ses pieds, au bord du bassin, à
cette place du sable jaune, où elle étalait la peau d'ours,
l'autre hiver. Et quand elle leva les yeux, elle vit encore
une figure du cotillon, tout au fond, par les deux portes
laissées ouvertes.

C'était un bruit assourdissant, une mêlée confuse où elle

ne distingua d'abord que des jupes volantes et des jambes noires piétinant et tournant. La voix de M. de Saffré criait : « Le Changement de dames! le Changement de dames! » Et les couples passaient au milieu d'une fine poussière jaune ; chaque cavalier, après avoir fait trois ou quatre tours de valse, jetait sa dame aux bras de son voisin, qui lui jetait la sienne. La baronne de Meinhold, dans son costume d'Émeraude, tombait des mains du comte de Chibray aux mains de M. Simpson; il la rattrapait au petit bonheur, par une épaule, tandis que le bout de ses gants glissait sous le corsage. La comtesse Vanska, rouge, faisant sonner ses pendeloques de corail, allait, d'un bond, de la poitrine de M. de Saffré, sur la poitrine du duc de Rozan, qu'elle enlaçait, qu'elle forçait à pirouetter pendant cinq mesures, pour se pendre ensuite à la hanche de M. Simpson, qui venait de lancer l'Émeraude au conducteur du cotillon. Et madame Teissière, madame Daste, madame de Lauwerens, luisaient, comme de grands joyaux vivants, avec la pâleur blonde de la Topaze, le bleu tendre de la Turquoise, le bleu ardent du Saphir, s'abandonnaient un instant, se cambraient sous le poignet tendu d'un valseur, puis repartaient, arrivaient de dos ou de face dans une nouvelle étreinte, visitaient à la file toutes les embrassades d'homme du salon. Cependant, madame d'Espanet, devant l'orchestre, avait réussi à saisir madame Haffner au passage, et valsait avec elle, sans vouloir la lâcher. L'Or et l'Argent dansaient ensemble, amoureusement.

Renée comprit alors ce tourbillonnement des jupes, ce piétinement des jambes. Elle était placée en contre-bas, elle voyait la furie des pieds, le pêle-mêle des bottes vernies et des chevilles blanches. Par moments, il lui semblait qu'un souffle de vent allait enlever les robes. Ces épaules nues, ces bras nus, ces chevelures nues qui volaient, qui tourbillonnaient, prises, jetées et reprises, au fond de cette galerie, où la valse de l'orchestre s'affolait, où les tentures rouges se pâmaient sous les fièvres dernières du bal, lui apparurent comme l'image tumultueuse de sa vie à elle, de ses nudités, de ses abandons. Et elle éprouva une telle douleur, en pensant que Maxime, pour prendre la bossue entre ses bras, venait de la jeter là, à cette place où ils s'étaient aimés, qu'elle rêva d'arracher une tige du Tanghin qui lui frôlait la joue, de la mâcher jusqu'au bois. Mais elle était lâche, elle resta devant l'arbuste à grelotter sous la fourrure que ses bras ramenaient, serraient étroitement, avec un grand geste de honte terrifiée.

VII

Trois mois plus tard, par une de ces tristes matinées de
rintemps qui ramènent dans Paris le jour bas et l'humidité
sale de l'hiver, Aristide Saccard descendait de voiture, place
du Château-d'Eau, et s'engageait, avec quatre autres messieurs, dans la trouée de démolitions que creusait le futur
boulevard du Prince-Eugène. C'était une commission d'enquête que le jury des indemnités envoyait sur les lieux pour
estimer certains immeubles, dont les propriétaires n'avaient
pu s'entendre à l'amiable avec la Ville.

Saccard renouvelait le coup de fortune de la rue de la
Pépinière. Pour que le nom de sa femme disparût complè-
tement, il imagina d'abord une vente des terrains et du
café-concert. Larsonneau céda le tout à un créancier supposé.
L'acte de vente portait le chiffre colossal de trois millions.
Ce chiffre était tellement exorbitant, que la commission de
l'Hôtel de Ville, lorsque l'agent d'expropriation, au nom du
propriétaire imaginaire, réclama le prix d'achat pour indemnité, ne voulut jamais accorder plus de deux millions
cinq cent mille francs, malgré le sourd travail de M. Miche-

lin et les plaidoyers de M. Toutin-Laroche et du baron Gouraud. Saccard s'attendait à cet échec ; il refusa l'offre, il
laissa le dossier aller devant le jury, dont il faisait justement
partie avec M. de Mareuil, par un hasard qu'il devait avoir
aidé. Et c'était ainsi qu'il se trouvait chargé, avec quatre
de ses collègues, de faire une enquête sur ses propres terrains.

M. de Mareuil l'accompagnait. Sur les trois autres jurés,
il y avait un médecin qui fumait un cigare, sans se soucier
le moins du monde des platras qu'il enjambait, et deux industriels, dont l'un, fabricant d'instruments de chirurgie,
avait anciennement tourné la meule dans les rues.

Le chemin où ces messieurs s'engagèrent était affreux. Il
avait plu toute la nuit. Le sol détrempé devenait un fleuve
de boue, entre les maisons écroulées, sur cette route tracée
en pleines terres molles, où les tombereaux de transport entraient jusqu'aux moyeux. Aux deux côtés, des pans de
murs, crevés par la pioche, restaient debout ; de hautes bâ-
tisses éventrées, montrant leurs entrailles blafardes, ouvraient
en l'air leurs cages d'escalier vides, leurs chambres béantes,
suspendues, pareilles aux tiroirs brisés de quelque grand
vilain meuble. Rien n'était plus lamentable que les papiers
peints de ces chambres, des carrés jaunes ou bleus qui s'en
allaient en lambeaux, indiquant, à une hauteur de cinq et
six étages, jusque sous les toits, de pauvres petits cabinets,
des trous étroits, où toute une existence d'homme avait
peut-être tenu. Sur les murailles dénudées, les rubans des
cheminées montaient côte à côte, avec des coudes brusques,
d'un noir lugubre. Une girouette oubliée grinçait au bord
d'une toiture, tandis que des gouttières à demi détachées
pendaient, pareilles à des guenilles. Et la trouée s'enfonçait toujours, au milieu de ces ruines, pareille à une brèche
que le canon aurait ouverte ; la chaussée, encore à peine
indiquée, emplie de décombres, avait des bosses de terre,

des flaques d'eau profondes, s'allongeait sous le ciel gris, dans la pâleur sinistre de la poussière de plâtre qui tombait, et comme bordée de filets de deuil par les rubans noirs des cheminées.

Ces messieurs, avec leurs bottes bien cirées, leurs redingotes et leurs chapeaux de haute forme, mettaient une singulière note dans ce paysage boueux, d'un jaune sale, où ne passaient que des ouvriers blêmes, des chevaux crottés jusqu'à l'échine, des chariots dont le bois disparaissait sous une croûte de poussière. Ils se suivaient à la file, sautaient de pierre en pierre, évitant les mares de fange coulante, parfois enfonçaient jusqu'aux chevilles et juraient alors en secouant les pieds. Saccard avait parlé d'aller prendre la rue de Charonne, ce qui leur aurait évité cette promenade dans ces terres défoncées ; mais ils avaient malheureusement plusieurs immeubles à visiter sur la longue ligne du boulevard ; la curiosité les poussant, ils s'étaient décidés à passer au beau milieu des travaux. D'ailleurs, ça les intéressait beaucoup. Ils s'arrêtaient parfois en équilibre sur un platras roulé au fond d'une ornière, levaient le nez, s'appelaient pour se montrer un plancher béant, un tuyau de cheminée resté en l'air, une solive tombée sur un toit voisin. Ce coin de ville détruite, au sortir de la rue du Temple, leur semblait tout à fait drôle.

— C'est vraiment curieux, disait M. de Mareuil. Tenez, Saccard, regardez donc cette cuisine, là-haut ; il y reste une vieille poêle pendue au-dessus du fourneau... Je la voi parfaitement.

Mais le médecin, le cigare aux dents, s'était planté devant une maison démolie, et dont il ne restait que les pièces du rez-de-chaussée, emplies des gravats des autres étages. Un seul pan de mur se dressait du tas des décombres ; pour le renverser d'un coup, on l'avait entouré d'une corde, sur laquelle tiraient une trentaine d'ouvriers

—Ils ne l'auront pas, murmura le médecin. Ils tirent trop à gauche.

Les quatre autres étaient revenus sur leurs pas, pour voir tomber le mur. Et tous les cinq les yeux tendus, la respiration coupée, attendaient la chute avec un frémissement de jouissance. Les ouvriers, lâchant, puis se roidissant brusquement, criaient : « Ohé ! hisse ! »

—Ils ne l'auront pas, répétait le médecin.

Puis, au bout de quelques secondes d'anxiété :

—Il remue, il remue, dit joyeusement un des industriels.

Et quand le mur céda enfin, s'abattit avec un fracas épouvantable, en soulevant un nuage de plâtre, ces messieurs se regardèrent avec des sourires. Ils étaient enchantés. Leurs redingotes se couvrirent d'une poussière fine, qui leur blanchit les bras et les épaules.

Maintenant, ils parlaient des ouvriers, en reprenant leur marche prudente au milieu des flaques. Il n'y en avait pas beaucoup de bons. C'étaient tous des fainéants, des mange-tout, et entêtés avec cela, ne rêvant que la ruine des patrons. M. de Mareuil, qui, depuis un instant, regardait avec un frisson deux pauvres diables perchés au coin d'un toit, attaquant une muraille à coups de pioche, émit cette idée que ces hommes-là avaient pourtant un fier courage. Les autres s'arrêtèrent de nouveau, levèrent les yeux vers les démolisseurs en équilibre, courbés, tapant à toute volée ; ils poussaient les pierres du pied et les regardaient tranquillement s'écraser en bas ; si leur pioche avait porté à faux, le seul élan de leurs bras les aurait précipités.

—Bah ! c'est l'habitude, dit le médecin en reportant son cigare à ses lèvres. Ce sont des brutes.

Cependant, ils étaient arrivés à un des immeubles qu'ils devaient voir. Ils bâclèrent leur travail en un quart d'heure, et reprirent leur promenade. Peu à peu, ils n'avaient plus

tant d'horreur pour la boue ; ils marchaient au milieu des
mares, abandonnant l'espoir de préserver leurs bottes.
Comme ils avaient dépassé la rue Ménilmontant, l'un des industriels, l'ancien rémouleur, devint inquiet. Il examinait
les ruines autour de lui, ne reconnaissait plus le quartier. Il
disait qu'il avait demeuré par là, il y avait plus de trente
ans, à son arrivée à Paris, et que ça lui ferait bien plaisir
de retrouver l'endroit. Il furetait toujours du regard, lorsque la vue d'une maison que la pioche des démolisseurs avait
déjà coupée en deux, l'arrêta net au milieu du chemin. Il
en étudia la porte, les fenêtres. Puis, montrant du doigt un
coin de la démolition, tout en haut :

— La voilà, s'écria-t-il, je la reconnais !
— Quoi donc ? demanda le médecin.
— Ma chambre, parbleu ! C'est elle !

C'était, au cinquième, une petite chambre qui devait
anciennement donner sur une cour. Une muraille ouverte
la montrait toute nue, déjà entamée d'un côté, avec son
papier à grands ramages jaunes, dont une large déchirure
tremblait au vent. On voyait encore le creux d'une armoire,
à gauche, tapissé de papier bleu. Et il y avait, à côté, le
trou d'un poêle, où se trouvait un bout de tuyau.

L'émotion prenait l'ancien ouvrier.

— J'y ai passé cinq ans, murmura-t-il. Ça n'allait pas
fort, dans ce temps-là ; mais, c'est égal, j'étais jeune... Vous
voyez bien l'armoire ; c'est là que j'ai économisé trois cents
francs, sou à sou. Et le trou du poêle, je me rappelle encore
le jour où je l'ai creusé. La chambre n'avait pas de cheminée,
il faisait un froid de loup, d'autant plus que nous n'étions
pas souvent deux.

— Allons, interrompit le médecin en plaisantant, on ne
vous demande pas des confidences. Vous avez fait vos farces
comme les autres.

— Ça, c'est vrai, continua naïvement le digne homme. Je

28.

me souviens encore d'une repasseuse de la maison d'en
face... Voyez-vous, le lit était à droite, près de la fenêtre...
Ah! ma pauvre chambre, comme ils me l'ont arrangée!

Il était vraiment très-triste.

— Allez donc, dit Saccard, ce n'est pas un mal qu'on
jette ces vieilles cambuses-là par terre. On va bâtir à la place
de belles maisons de pierres de taille... Est-ce que vous
habiteriez encore un pareil taudis? Tandis que vous pourriez très-bien vous loger sur le nouveau boulevard.

— Ça, c'est vrai, répondit de nouveau le fabricant, qui
parut tout consolé.

La commission d'enquête s'arrêta encore dans deux immeubles. Le médecin restait à la porte, fumant, regardant
le ciel. Quand ils arrivèrent à la rue des Amandiers, les
maisons se firent rares, ils ne traversaient plus que de grands
enclos, des terrains vagues, où traînaient quelques masures
à demi écroulées. Saccard semblait réjoui par cette promenade à travers des ruines. Il venait de se rappeler le
dîner qu'il avait fait jadis, avec sa première femme, sur les
buttes Montmartre, et il se souvenait parfaitement d'avoir
indiqué, du tranchant de sa main, l'entaille qui coupait Paris
de la place du Château-d'Eau à la barrière du Trône. La
réalisation de cette prédiction lointaine l'enchantait. Il suivait l'entaille, avec des joies secrètes d'auteur, comme s'il
eût donné lui-même les premiers coups de pioche, de ses
doigts de fer. Et il sautait les flaques, en songeant que trois
millions l'attendaient sous des décombres, au bout de ce
fleuve de fange grasse.

Cependant, ces messieurs se croyaient à la campagne. La
voie passait au milieu de jardins, dont elle avait abattu les
murs de clôture. Il y avait de grands massifs de lilas en
boutons. Les verdures était d'un vert tendre très-délicat.
Chacun de ces jardins se creusait, comme un réduit tendu
du feuillage des arbustes, avec un bassin étroit, une cascade

en miniature, des coins de muraille où étaient peints des
trompe-l'œil, des tonnelles en raccourci, des fonds bleuâtres
de paysage. Les habitations, éparses et discrètement cachées,
ressemblaient à des pavillons italiens, à des temples grecs ;
et des mousses rongeaient le pied des colonnes de plâtre,
tandis que des herbes folles avaient disjoint la chaux des
frontons.

— Ce sont des petites maisons, dit le médecin, avec un
clignement d'œil.

Mais comme il vit que ces messieurs ne comprenaient pas,
il leur expliqua que les marquis, sous Louis XV, avaient des
retraites pour leurs parties fines. C'était la mode. Et il
reprit :

— On appelait ça des petites maisons. Ce quartier en
était plein.... Il s'y en est passé de fortes, allez !

La commission d'enquête était devenue très-attentive.
Les deux industriels avaient des yeux luisants, souriaient,
regardaient avec un vif intérêt ces jardins, ces pavillons,
auxquels ils ne donnaient pas un coup d'œil avant les explications de leur collègue. Une grotte les retint longtemps.
Mais lorsque le médecin eut dit, en voyant une habitation
déjà touchée par la pioche, qu'il reconnaissait la petite maison du comte de Savigny, bien connue par les orgies de ce
gentilhomme, toute la commission quitta le boulevard pour
aller visiter la ruine. Ils montèrent sur les décombres, entrèrent par les fenêtres dans les pièces du rez-de-chaussée ;
et, comme les ouvriers étaient à déjeuner, ils purent s'oublier là, tout à leur aise. Ils y restèrent une grande demi-
heure, examinant les rosaces des plafonds, les peintures des
dessus de porte, les moulures tourmentées de ces platras
jaunis par l'âge. Le médecin reconstruisait le logis.

— Voyez-vous, disait-il, cette pièce doit être la salle des
festins. Là, dans cet enfoncement du mur, il y avait certainement un immense divan. Et tenez, je suis même certain

qu'une glace surmontait ce divan ; voilà les pattes de la glace... Oh ! c'étaient des coquins qui savaient joliment jouir de la vie !

Ils n'auraient pas quitté ces vieilles pierres qui chatouillaient leur curiosité, si Aristide Saccard, pris d'impatience, ne leur avait dit en riant :

— Vous aurez beau chercher, ces dames n'y sont plus... Allons à nos affaires.

Mais avant de s'éloigner, le médecin monta sur une cheminée, pour détacher délicatement, d'un coup de pioche, une petite tête d'Amour peinte, qu'il mit dans la poche de sa redingote.

Ils arrivèrent enfin au terme de leur course. Les anciens terrains de madame Aubertot étaient très-vastes ; le café-concert et le jardin n'en occupaient guère que la moitié ; le reste se trouvait semé de quelques maisons, sans importance. Le nouveau boulevard prenait ce grand parallélogramme en écharpe, ce qui avait calmé une des craintes de Saccard ; il s'était imaginé pendant longtemps que le café-concert seul serait écorné. Aussi Larsonneau avait-il l'ordre de parler très-haut, les bordures de plus-value devant au moins quintupler de valeur. Il menaçait déjà la Ville de se servir d'un récent décret autorisant les propriétaires à ne livrer que le sol nécessaire aux travaux d'utilité publique.

Ce fut l'agent d'expropriation qui reçut ces messieurs. Il les promena dans le jardin, leur fit visiter le café-concert, leur montra un dossier énorme. Mais les deux industriels étaient redescendus, accompagnés du médecin, le questionnant encore sur cette petite maison du comte de Savigny, dont ils avaient plein l'imagination. Ils l'écoutaient, la bouche ouverte, plantés tous les trois à côté d'un jeu de tonneau. Et il leur parlait de la Pompadour, leur racontait les amours de Louis XV, pendant que M. de Mareuil et Saccord continuaient seuls l'enquête.

— Voilà qui est fait, dit ce dernier en revenant dans le jardin. Si vous le permettez, messieurs, je me chargerai de rédiger le rapport.

Le fabricant d'instruments de chirurgie n'entendit même pas. Il était en pleine régence.

— Quels drôles de temps, tout de même! murmura-t-il.

Puis ils trouvèrent un fiacre, rue de Charonne, et ils s'en allèrent, crottés jusqu'aux genoux, satisfaits de leur promenade comme d'une partie de campagne. Dans le fiacre, la conversation tourna, ils parlèrent politique, ils dirent que l'empereur faisait de grandes choses. On n'avait jamais rien vu de pareil à ce qu'ils venaient de voir. Cette grande rue toute droite serait superbe, quand on aurait bâti des maisons.

Ce fut Saccard qui rédigea le rapport, et le jury accorda trois millions. Le spéculateur était aux abois, il n'aurait pu attendre un mois de plus. Cet argent le sauvait de la ruine, et même un peu de la cour d'assises. Il donna cinq cent mille francs sur le million qu'il devait à son tapissier et à son entrepreneur, pour l'hôtel du parc Monceaux. Il combla d'autres trous, se lança dans des sociétés nouvelles, assourdit Paris du bruit de ces vrais écus qu'il jetait à la pelle sur les tablettes de son armoire de fer. Le fleuve d'or avait enfin des sources. Mais ce n'était pas encore là une fortune solide, endiguée, coulant d'un jet égal et continu. Saccard, sauvé d'une crise, se trouvait misérable avec les miettes de ses trois millions, disait naïvement qu'il était encore trop pauvre, qu'il ne pouvait s'arrêter. Et, bientôt, le sol craqua de nouveau sous ses pieds.

Larsonneau s'était si admirablement conduit dans l'affaire de Charonne, que Saccard, après une courte hésitation, poussa l'honnêteté jusqu'à lui donner ses dix pour cent et son pot-de-vin de trente mille francs. L'agent d'expropriation ouvrit alors une maison de banque. Quand son com-

plice, d'un ton bourru, l'accusait d'être plus riche que lui
le bellâtre à gants jaunes répondait en riant :

— Voyez-vous, cher maître, vous êtes très-fort pour faire
pleuvoir les pièces de cent sous, mais vous ne savez pas les
ramasser.

Madame Sidonie profita du coup de fortune de son frère
pour lui emprunter dix mille francs, avec lesquels elle alla
passer deux mois à Londres. Elle revint sans un sou. On ne
sut jamais où les dix mille francs étaient passés.

— Dame, ça coûte, répondait-elle, quand on l'interrogeait.
J'ai fouillé toutes les bibliothèques. J'avais trois secrétaires
pour mes recherches.

Et lorsqu'on lui demandait si elle avait enfin des données
certaines sur ses trois milliards, elle souriait d'abord d'un
air mystérieux, puis elle finissait par murmurer :

— Vous êtes tous des incrédules... Je n'ai rien trouvé,
mais ça ne fait rien. Vous verrez, vous verrez un jour.

Elle n'avait cependant pas perdu tout son temps en Angleterre. Son frère le ministre profita de son voyage pour la
charger d'une commission délicate. Quand elle revint, elle
obtint de grandes commandes du ministère. Ce fut une
nouvelle incarnation. Elle passait des marchés avec le gouvernement, se chargeait de toutes les fournitures imagi-
nables. Elle lui vendait des vivres et des armes pour les
troupes, des ameublements pour les préfectures et les admi-
nistrations publiques, du bois de chauffage pour les bureaux
et les musées. L'argent qu'elle gagnait ne put la décider à
changer ses éternelles robes noires, et elle garda sa face
jaune et dolente. Saccard pensa alors que c'était bien elle
qu'il avait vue jadis sortir furtivement de chez leur frère Eugène. Elle devait avoir entretenu de tous temps de secrètes
relations avec lui, pour des besognes que personne au monde
ne connaissait.

Au milieu de ces intérêts, de ces soifs ardentes qui ne

pouvaient se satisfaire, Renée agonisait. La tante Élisabeth était morte; sa sœur, mariée, avait quitté l'hôtel Béraud, où son père seul restait debout, dans l'ombre grave des grandes pièces. Elle mangea en une saison l'héritage de la tante. Elle jouait, maintenant. Elle avait trouvé un salon où les dames s'attablaient jusqu'à trois heures du matin, perdant des centaines de mille francs par nuit. Elle dut essayer de boire; mais elle ne put pas, elle avait des soulèvements de dégoût invincibles. Depuis qu'elle s'était retrouvée seule, livrée à ce flot mondain qui l'emportait, elle s'abandonnait davantage, ne sachant à quoi tuer le temps. Elle acheva de goûter à tout. Et rien ne la touchait, dans l'ennui immense qui l'écrasait. Elle vieillissait, ses yeux se cerclaient de bleu, son nez s'amincissait, la moue de ses lèvres avait des rires brusques, sans cause. C'était la fin d'une femme.

Quand Maxime eut épousé Louise, et que les jeunes gens furent partis pour l'Italie, elle ne s'inquiéta plus de son amant, elle parut même l'oublier tout à fait. Et quand, au bout de six mois, Maxime revint seul, ayant enterré « la bossue » dans le cimetière d'une petite ville de la Lombardie, ce fut de la haine qu'elle montra pour lui. Elle se rappela *Phèdre*, elle se souvint sans doute de cet amour empoisonné auquel elle avait entendu la Ristori prêter ses sanglots. Alors, pour ne plus rencontrer chez elle le jeune homme, pour creuser à jamais un abîme de honte entre le père et le fils, elle força son mari à connaître l'inceste, elle lui raconta que, le jour où il l'avait surprise avec Maxime, c'était celui-ci qui la poursuivait depuis longtemps, qui cherchait à la violenter. Saccard fut horriblement contrarié de l'insistance qu'elle mit à vouloir lui ouvrir les yeux. Il dut se fâcher avec son fils, cesser de le voir. Le jeune veuf, riche de la dot de sa femme, alla vivre en garçon, dans un petit hôtel de l'avenue de l'Impératrice. Il avait renoncé au conseil d'État, il faisait courir. Renée goûta là une de ses dernières satisfactions. Elle se vengeait, elle jetait à la face de ces deux hommes l'infamie qu'ils avaient mise en elle; elle se disait que maintenant, elle ne les verrait plus se moquer d'elle, au bras l'un de l'autre, comme des camarades.

Dans l'écroulement de ses tendresses, il vint un moment où Renée n'eut plus que sa femme de chambre à aimer. Elle s'était prise peu à peu d'une affection maternelle pour Céleste. Peut-être cette fille, qui était tout ce qu'il restait autour d'elle de l'amour de Maxime, lui rappelait-elle des heures de jouissance mortes à jamais. Peut-être se trouvait-elle simplement touchée par la fidélité de cette servante, de ce brave cœur dont rien ne semblait ébranler la tranquille sollicitude. Elle la remerciait, au fond de ses remords, d'avoir assisté à ses hontes, sans la quitter de dégoût; elle s'imaginait des abnégations, toute une vie de renoncement, pour arriver à comprendre le calme de la chambrière devant l'inceste, ses mains glacées, ses soins respectueux et tranquilles. Et elle se trouvait d'autant plus heureuse de son dévouement, qu'elle la savait honnête et économe, sans amant, sans vices.

Elle lui disait parfois, dans ses heures tristes :

— Va, ma fille, c'est toi qui me fermeras les yeux.

Céleste ne répondait pas, avait un singulier sourire. Un matin, elle lui apprit tranquillement qu'elle s'en allait, qu'elle retournait au pays. Renée en resta toute tremblante, comme si quelque grand malheur lui arrivait. Elle se récria, la pressa de questions. Pourquoi l'abandonnait-elle, lorsqu'elles s'entendaient si bien ensemble? Et elle lui offrit de doubler ses gages.

Mais la femme de chambre, à toutes ses bonnes paroles, disait non du geste, d'une façon paisible et têtue.

— Voyez-vous, madame, finit-elle par répondre, vous m'offririez tout l'or du Pérou, que je ne resterais pas une semaine de plus. Vous ne me connaissez pas, allez!... Il y

a huit ans que je suis avec vous, n'est-ce pas ? Eh bien,
dès le premier jour, je me suis dit : « Dès que j'aurai amassé
cinq mille francs, je m'en retournerai là-bas ; j'achèterai la
maison à Lagache, et je vivrai bien heureuse... » C'est une
promesse que je me suis faite, vous comprenez. Et j'ai les
cinq mille francs d'hier, quand vous m'avez payé mes gages.

Renée eut froid au cœur. Elle voyait Céleste passer derrière elle et Maxime, pendant qu'ils s'embrassaient, et elle
la voyait avec son indifférence, son parfait détachement,
songeant à ses cinq mille francs. Elle essaya pourtant encore
de la retenir, épouvantée du vide où elle allait vivre, rêvant,
malgré tout de garder auprès d'elle cette bête entêtée qu'elle
avait crue dévouée, et qui n'était qu'égoïste. L'autre, souriait, branlait toujours la tête, en murmurant :

— Non, non, ce n'est pas possible. Ce serait ma mère que
je refuserais... J'achèterai deux vaches. Je monterai peut-
être un petit commerce de mercerie... C'est très-gentil chez
nous. Ah ! pour ça, je veux bien que vous veniez me voir.
C'est près de Caen. Je vous laisserai l'adresse.

Alors Renée n'insista plus. Elle pleura à chaudes larmes,
quand elle fut seule. Le lendemain, par un caprice de malade, elle voulut accompagner Céleste à la gare de l'Ouest,
dans son propre coupé. Elle lui donna une de ses couvertures
de voyage, lui fit un cadeau d'argent, s'empressa autour
d'elle comme une mère dont la fille entreprend quelque pénible et long voyage. Dans le coupé, elle la regardait avec
des yeux humides. Céleste causait, disait combien elle était
contente de s'en aller. Puis, enhardie, elle s'épancha, elle
donna des conseils à sa maîtresse.

— Moi, madame, je n'aurais pas compris la vie comme
vous. Je me le suis dit bien souvent, quand je vous trouvais
avec M. Maxime : « Est-il possible qu'on soit si bête pour
les hommes ! » Ça finit toujours mal... Ah bien ! c'est moi
qui me suis toujours méfiée !

                                                    29

Elle riait, elle se renversait dans le coin du coupé.

— C'est mes écus qui auraient dansé! continua-t-elle, et aujourd'hui, je m'abîmerais les yeux à pleurer. Aussi, dès que je voyais un homme, je prenais un manche à balai... Je n'ai jamais osé vous dire tout ça. D'ailleurs, ça ne me regardait pas. Vous étiez bien libre, et moi je n'avais qu'à gagner honnêtement mon argent.

A la gare, Renée voulut payer pour elle et lui prit une place de première. Comme elles étaient arrivées en avance, elle la retint, lui serrant les mains, lui répétant :

— Et prenez bien garde à vous, soignez-vous bien, ma bonne Céleste.

Celle-ci se laissait caresser. Elle restait heureuse sous les yeux noyés de sa maîtresse, le visage frais et souriant. Renée parla encore du passé. Et, brusquement, l'autre s'écria :

— J'oubliais : je ne vous ai pas conté l'histoire de Baptiste, le valet de chambre de monsieur... On n'aura pas voulu vous dire...

La jeune femme avoua qu'en effet elle ne savait rien.

— Eh bien, vous vous rappelez ses grands airs de dignité, ses regards dédaigneux, vous m'en parliez vous-même... Tout ça, c'était de la comédie... Il n'aimait pas les femmes, il ne descendait jamais à l'office, quand nous y étions; et même, je puis le répéter maintenant, il prétendait que c'était dégoûtant au salon, à cause des robes décolletées. Je le crois bien, qu'il n'aimait pas les femmes!

Et elle se pencha à l'oreille de Renée; elle la fit rougir, tout en gardant elle-même son honnête placidité.

— Quand le nouveau garçon d'écurie, continua-t-elle, eut tout appris à monsieur, monsieur préféra chasser Baptiste que de l'envoyer en justice. Il paraît que ces vilaines choses se passaient depuis des années dans les écuries... Et dire que ce grand escogriffe avait l'air d'aimer les chevaux! C'était les palefreniers qu'il aimait.

La cloche l'interrompit. Elle prit à la hâte les huit ou dix paquets dont elle n'avait pas voulu se séparer. Elle se laissa embrasser. Puis elle s'en alla, sans se retourner.

Renée resta dans la gare jusqu'au coup de sifflet de la locomotive. Et, quand le train fut parti, désespérée, elle ne sut plus que faire; ses journées lui semblaient s'étendre devant elle, vides comme cette grande salle, où elle était demeurée seule. Elle remonta dans son coupé, elle dit au cocher de retourner à l'hôtel. Mais, en chemin, elle se ravisa; elle eut peur de sa chambre, de l'ennui qui l'attendait; elle ne se sentait pas même le courage de rentrer changer de toilette, pour son tour de lac habituel. Elle avait un besoin de soleil, un besoin de foule.

Elle ordonna au cocher d'aller au Bois.

Il était quatre heures. Le Bois s'éveillait des lourdeurs de la chaude après-midi. Le long de l'avenue de l'Impératrice, des fumées de poussière volaient, et l'on voyait, au loin, les nappes étalées des verdures, que bornaient les coteaux de Saint-Cloud et de Suresnes, couronnés par la grisaille du Mont-Valérien. Le soleil, haut sur l'horizon, coulait, emplissait d'une poussière d'or les creux des feuillages, allumait les branches hautes, changeait cet océan de feuilles en un océan de lumière. Mais, après les fortifications, dans l'allée du Bois qui conduit au lac, on venait d'arroser; les voitures roulaient sur la terre brune, comme sur la laine d'une moquette, au milieu d'une fraîcheur, d'une senteur de terre mouillée qui montait. Aux deux côtés, les petits arbres des taillis enfonçaient, parmi les broussailles basses, la foule de leurs jeunes troncs, se perdant au fond d'un demi-jour verdâtre, que des coups de lumière trouaient, çà et là, de clairières jaunes; et, à mesure qu'on approchait du lac, les chaises des trottoirs étaient plus nombreuses, des familles assises regardaient, de leur visage tranquille et silencieux, l'interminable défilé des roues. Puis, en arrivant au carrefour, devant le lac,

c'était un éblouissement ; le soleil oblique faisait de la rondeur de l'eau un grand miroir d'argent poli, reflétant la
face éclatante de l'astre. Les yeux battaient, on ne distinguait, à gauche, près de la rive, que la tache sombre de la
barque de promenade. Les ombrelles des voitures s'inclinaient, d'un mouvement doux et uniforme, vers cette splendeur, et ne se relevaient que dans l'allée, le long de la nappe
d'eau, qui, du haut de la berge, prenait alors des noirs
de métal rayés par des brunissures d'or. A droite, les bouquets de conifères alignaient leurs colonnades, tiges frêles
et droites, dont les flammes du ciel rougissaient le violet
tendre ; à gauche, les pelouses s'étendaient, noyées de clarté,
pareilles à des champs d'émeraudes, jusqu'à la dentelle lointaine de la porte de la Muette. Et, en approchant de la cascade, tandis que, d'un côté, le demi-jour des taillis recom-
mençait, les îles, au delà du lac, se dressaient dans l'air
bleu, avec les coups de soleil de leurs rives, les ombres éner-
giques de leurs sapins, au pied desquels le Chalet ressemblait à un jouet d'enfant perdu au coin d'une forêt vierge.
Tout le bois frissonnait et riait sous le soleil.

Renée eut honte de son coupé, de son costume de soie
puce, par cette admirable journée. Elle se renfonça un
peu, les glaces ouvertes, regardant ce ruissellement de lumière sur l'eau et sur les verdures. Aux coudes des allées,
elle apercevait la file des roues qui tournaient comme des
étoiles d'or, dans une longue traînée de lueurs aveuglantes.
Les panneaux vernis, les éclairs des pièces de cuivre et d'a-
cier, les couleurs vives des toilettes, s'en allaient, au trot
régulier des chevaux, mettaient, sur les fonds du Bois, une
large barre mouvante, un rayon tombé du ciel, s'allongeant
et suivant les courbes de la chaussée. Et, dans ce rayon, la
jeune femme, clignant les yeux, voyait par instants se détacher le chignon blond d'une femme, le dos noir d'un laquais, la crinière blanche d'un cheval. Les rondeurs moirées

des ombrelles miroitaient comme des lunes de métal.

Alors, en face de ce grand jour, de ces nappes de soleil, elle songea à la cendre fine du crépuscule qu'elle avait vue tomber un soir sur les feuillages jaunis. Maxime l'accompagnait. C'était à l'époque où le désir de cet enfant s'éveillait en elle. Et elle revoyait les pelouses trempées par l'air du soir, les taillis assombris, les allées désertes. La file des voitures passait avec un bruit triste, le long des chaises vides, tandis qu'aujourd'hui le roulement des roues, le trot des chevaux, sonnaient avec des joies de fanfare. Puis toutes ses promenades au Bois lui revinrent. Elle y avait vécu, Maxime avait grandi là, à côté d'elle, sur le coussin de sa voiture. C'était leur jardin. La pluie les y surprenait, le soleil les y ramenait, la nuit ne les en chassait pas toujours. Ils s'y promenaient par tous les temps, ils y goûtaient les ennuis et les joies de leur vie. Dans le vide de son être, dans la mélancolie du départ de Céleste, ces souvenirs lui causaient une joie amère. Son cœur disait : Jamais plus ! jamais plus ! Et elle resta glacée, quand elle évoqua ce paysage d'hiver, ce lac figé et terni, sur lequel ils avaient patiné ; le ciel était couleur de suie, la neige cousait aux arbres des guipures blanches, la bise leur jetait aux yeux et aux lèvres un sable fin.

Cependant, à gauche, sur la voie réservée aux cavaliers, elle avait reconnu le duc de Rozan, M. de Mussy et M. de Saffré. Larsonneau avait tué la mère du duc, en lui présentant, à l'échéance, les cent cinquante mille francs de billets signés par son fils, et le duc mangeait son deuxième demi-million avec Blanche Müller, après avoir laissé les premiers cinq cent mille francs aux mains de Laure d'Aurigny. M. de Mussy, qui avait quitté l'ambassade d'Angleterre pour l'ambassade d'Italie, était redevenu galant ; il conduisait le cotillon avec de nouvelles grâces. Quant à M. de Saffré, il restait le sceptique et le viveur le plus aimable du monde.

Renée le vit qui poussait son cheval vers la portière de la comtesse Vanska, dont il était amoureux fou, disait-on, depuis le jour où il l'avait vue en Corail, chez les Saccard.

Toutes ces dames se trouvaient là, d'ailleurs : la duchesse de Sternich, dans son éternel huit-ressorts ; madame de Lauwerens, ayant devant elle la baronne de Meinhold et la petite madame Daste, dans un landau ; madame Teissière et madame de Guende, en victoria. Au milieu de ces dames, Sylvia et Laure d'Aurigny s'étalaient, sur les coussins d'une magnifique calèche. Madame Michelin passa même, au fond d'un coupé ; la jolie brune était allée visiter le chef-lieu de M. Hupel de la Noue ; et, à son retour, on l'avait vue au Bois dans ce coupé, auquel elle espérait bientôt ajouter une voiture découverte. Renée aperçut aussi la marquise d'Espanet et madame Haffner, les inséparables, cachées sous leurs ombrelles, qui riaient tendrement, les yeux dans les yeux, étendues côte à côte.

Puis passaient ces messieurs : M. de Chibray, en mail ; M. Simpson, en dog-cart ; les sieurs Mignon et Charrier, plus âpres à la besogne, malgré leur rêve de retraite prochaine, dans un coupé qu'ils laissaient au coin des allées, pour faire un bout de chemin à pied ; M. de Mareuil, encore en deuil de sa fille, quêtant des saluts pour sa première interruption lancée la veille au corps législatif, promenant son importance politique dans la voiture de M. Toutin-Laroche, qui venait une fois de plus de sauver le Crédit viticole, après l'avoir mis à deux doigts de sa perte, et que le sénat maigrissait et rendait plus considérable encore.

Et, pour clore ce défilé, comme majesté dernière, le baron Gouraud s'appesantissait au soleil, sur les doubles oreillers dont on garnissait sa voiture. Renée eut une surprise, un dégoût, en reconnaissant Baptiste à côté du cocher, la face blanche, l'air solennel. Le grand laquais était entré **au** service du baron.

Les taillis fuyaient toujours, l'eau du lac s'irisait sous les rayons plus obliques, la file des voitures allongeait ses lueurs dansantes. Et la jeune femme, prise elle-même et emportée dans cette jouissance, avait la vague conscience de tous ces appétits qui roulaient au milieu du soleil. Elle ne se sentait pas l'indignation contre ces mangeurs de curée. Mais elle les haïssait, pour leur joie, pour ce triomphe qui les lui montraient en pleine poussière d'or du ciel. Ils étaient superbes et souriants; les femmes s'étalaient, blanches et grasses; les hommes avaient des regards vifs, des allures charmées d'amants heureux. Et elle, au fond de son cœur vide, ne trouvait plus qu'une lassitude, qu'une envie sourde. Était-elle donc meilleure que les autres, pour plier ainsi sous les plaisirs? ou était-ce les autres qui étaient louables d'avoir les reins plus forts que les siens? Elle ne savait pas, elle souhaitait de nouveaux désirs pour recommencer la vie, lorsque, en tournant la tête, elle aperçut, à côté d'elle, sur le trottoir longeant le taillis, un spectacle qui la déchira d'un coup suprême.

Saccard et Maxime marchaient à petits pas, au bras l'un de l'autre. Le père avait dû rendre visite au fils, et tous deux étaient descendus de l'avenue de l'Impératrice jusqu'au lac, en causant.

— Tu m'entends, répétait Saccard, tu es un nigaud... Quand on a de l'argent comme toi, on ne le laisse pas dormir au fond de ses tiroirs. Il y a cent pour cent à gagner dans l'affaire dont je te parle. C'est un placement sûr. Tu sais bien que je ne voudrais pas te mettre dedans !

Mais le jeune homme semblait ennuyé de cette insistance. Il souriait de son air joli, il regardait les voitures.

— Vois donc cette petite femme là-bas, la femme en violet, dit-il à coup. C'est une blanchisseuse que cet animal de Mussy a lancée.

Ils regardèrent la femme en violet. Puis Saccard tira un

cigare de sa poche, et s'adressant à Maxime qui fumait :

— Donne-moi du feu.

Alors ils s'arrêtèrent un instant, face à face, rapprochant leurs visages. Quand le cigare fut allumé :

— Vois-tu, continua le père en reprenant le bras du fils, en le serrant étroitement sous le sien, tu serais un imbécile, si tu ne m'écoutais pas. Hein ! est-ce entendu ? M'apporteras-tu demain les cent mille francs ?

— Tu sais bien que je ne vais plus chez toi, répondit Maxime en pinçant les lèvres.

— Bah ! des bêtises ! il faut que ça finisse, à la fin !

Et comme ils faisaient quelques pas en silence, au moment où Renée, se sentant défaillir, enfonçait la tête dans le capiton du coupé, pour ne pas être vue, une rumeur grandit, courut le long de la file des voitures. Sur les trottoirs, les piétons s'arrêtaient, se retournaient, la bouche ouverte, suivant des yeux quelque chose qui approchait. Il y eut un bruit de roues plus vif, les équipages s'écartèrent respectueusement, et deux piqueurs parurent, vêtus de vert, avec des calottes rondes sur lesquelles sautaient des glands d'or, dont les fils retombaient en nappe. Ils couraient, un peu penchés, au trot de leurs grands chevaux bais. Derrière eux, ils laissaient un vide. Alors, dans ce vide, l'empereur parut.

Il était au fond d'un landau, seul sur la banquette. Vêtu de noir, avec sa redingote boutonnée jusqu'au menton, il avait un chapeau très-haut de forme, légèrement incliné, et dont la soie luisait. En face de lui, occupant l'autre banquette, deux messieurs, mis avec cette élégance correcte qui était bien vue aux Tuileries, restaient graves, les mains sur les genoux, de l'air muet de deux invités de noce promenés au milieu de la curiosité d'une foule.

Renée trouva l'empereur vieilli. Sous les grosses moustaches cirées, la bouche s'ouvrait plus mollement. Les pau-

pières s'alourdissaient au point de couvrir à demi l'œil
éteint, dont le gris jaune se brouillait davantage. Et le nez
seul gardait toujours son arête sèche, dans le visage vague.

Cependant, tandis que les dames des voitures souriaient
discrètement, les piétons se montraient le prince. Un gros
homme affirmait que l'empereur était le monsieur qui tournait le dos au cocher, à gauche. Quelques mains se levèrent
pour saluer. Mais Saccard, qui avait retiré son chapeau,
avant même que les piqueurs eussent passé, attendit que la
voiture impériale se trouvât juste en face de lui, et alors il
cria de sa grosse voix provençale :

— Vive l'empereur !

L'empereur, surpris, se tourna, reconnut sans doute l'en-
thousiaste, rendit le salut en souriant. Et tout disparut
dans le soleil, les équipages se refermèrent, Renée n'aperçut
plus, au-dessus des crinières, entre les dos des laquais, que
les calottes vertes des piqueurs, qui sautaient avec leurs
glands d'or.

Elle resta un moment les yeux grands ouverts, pleins de
cette apparition, qui lui rappelait une autre heure de sa
vie. Il lui semblait que l'empereur, en se mêlant à la file
des voitures, venait d'y mettre le dernier rayon nécessaire,
et de donner un sens à ce défilé triomphal. Maintenant,
c'était une gloire. Toutes ces roues, tous ces hommes décorés, toutes ces femmes étalées languissamment, s'en allaient dans l'éclair et le roulement du landau impérial.
Cette sensation devint si aiguë et si douloureuse, que la
jeune femme éprouva l'impérieux besoin d'échapper à ce
triomphe, à ce cri de Saccard qui lui sonnait encore aux
oreilles, à cette vue du père et du fils, les bras unis, causant et marchant à petits pas. Elle chercha, les mains sur
la poitrine, comme brûlée par un feu intérieur ; et ce fut
avec une soudaine espérance de soulagement, de fraîcheur
salutaire, qu'elle se pencha et dit au cocher :

— A l'hôtel Béraud !

La cour avait sa froideur de cloître. Renée fit le tour des arcades, heureuse de l'humidité qui lui tombait sur les épaules. Elle s'approcha de l'auge verte de mousse, polie sur les bords par l'usure ; elle regarda la tête de lion à demi effacée, la gueule entr'ouverte, qui jetait un filet d'eau par un tube de fer. Que de fois elle et Christine avaient pris cette tête entre leurs bras de gamines, pour se pencher, pour arriver jusqu'au filet d'eau, dont elles aimaient à sentir le jaillissement glacé sur leurs petites mains. Puis elle monta le grand escalier silencieux, elle aperçut son père au fond de l'enfilade des vastes pièces ; il redressait sa haute taille, il s'enfonçait lentement dans l'ombre de la vieille demeure, de cette solitude hautaine où il s'était absolument cloîtré depuis la mort de sa sœur ; et elle songea aux hommes du Bois, à cet autre vieillard, au baron Gouraud, qui faisait rouler sa chair au soleil, sur des oreillers. Elle monta encore, elle prit les corridors, les escaliers de service, elle fit le voyage de la chambre des enfants. Quand elle arriva tout en haut, elle trouva la clef au clou habituel, une grosse clef rouillée, où les araignées avaient filé leur toile. La serrure jeta un cri plaintif. Que la chambre des enfants était triste ! Elle eut un serrement de cœur à la retrouver si vide, si grise, si muette. Elle referma la porte de la volière laissée ouverte, avec la vague idée que ce devait être par cette porte que s'étaient envolées les joies de son enfance. Devant les jardinières, pleines encore d'une terre durcie et fendillée comme de la fange sèche, elle s'arrêta, elle cassa de ses doigts une tige de rhododendron ; ce squelette de plante, maigre et blanc de poussière, était tout ce qu'il restait de leurs vivantes corbeilles de verdure. Et la natte, la natte elle-même, déteinte, mangée par les rats, s'étalait avec une mélancolie de linceul qui attend depuis des années la morte promise. Dans un coin, au milieu de ce désespoir muet, de cet abandon dont le silence pleurait, elle retrouva une de ses anciennes poupées ; tout le son avait coulé par un trou, et la tête de porcelaine continuait à sourire de ses lèvres d'émail, au-dessus de ce corps mou, que des folies de poupée semblaient avoir épuisé.

Renée étouffait, au milieu de cet air gâté de son premier âge. Elle ouvrit la fenêtre, elle regarda l'immense paysage. Là rien n'était sali. Elle retrouvait les éternelles joies, les éternelles jeunesses du grand air. Derrière elle, le soleil devait baisser ; elle ne voyait que les rayons de l'astre à son coucher jaunissant avec des douceurs infinies ce bout de ville qu'elle connaissait si bien. C'était comme une chanson dernière du jour, un refrain de gaieté qui s'endormait lentement sur toutes choses. En bas, l'estacade avait des luisants de flammes fauves, tandis que le pont de Constantine détachait la dentelle noire de ses cordages de fer sur la blancheur de ses piliers. Puis, à droite, les ombrages de la Halle aux vins et du Jardin des Plantes faisaient une grande mare, aux eaux stagnantes et moussues, dont la surface verdâtre allait se noyer dans les brumes du ciel. A gauche, le quai Henri IV et le quai de la Râpée alignaient la même rangée de maisons, ces maisons que les gamines, vingt ans auparavant, avaient vues là, avec les mêmes taches brunes de hangars, les mêmes cheminées rougeâtres d'usines. Et, au-dessus des arbres, le toit ardoisé de la Salpêtrière, bleui par l'adieu du soleil, lui apparut tout d'un coup comme un vieil ami. Mais ce qui la calmait, ce qui mettait de la fraîcheur dans sa poitrine, c'étaient les longues berges grises, c'était surtout la Seine, la géante, qu'elle regardait venir du bout de l'horizon, droit à elle, comme en ces heureux temps où elle avait peur de la voir grossir et monter jusqu'à la fenêtre. Elle se souvenait de leurs tendresses pour la rivière, de leur amour de sa coulée colossale, de ce frisson de l'eau grondante, s'étalant en nappe à leurs pieds, s'ouvrant autour d'elles, derrière elles, en deux bras qu'elles ne voyaient plus, et dont elles sentaient encore la grande et pure caresse. Elles étaient coquettes déjà, et elles disaient, les jours de ciel clair, que la Seine avait passé sa belle robe de soie verte mouchetée de flammes blanches ; et les courants où l'eau frisait mettaient à la robe des ruches de satin, pendant qu'au loin, au delà de la ceinture des ponts, des plaques de lumière étalaient des pans d'étoffe couleur de soleil.

Et Renée, levant les yeux, regarda le vaste ciel qui se creusait, d'un bleu tendre, peu à peu fondu dans l'effacement du crépuscule. Elle songeait à la ville complice, au flamboiement des nuits du boulevard, aux après-midi ardentes du Bois, aux journées blafardes et crues des grands hôtels neufs. Puis, quand elle baissa la tête, qu'elle revit d'un regard le paisible horizon de son enfance, ce coin de cité bourgeoise et ouvrière où elle rêvait une vie de paix, une amertume dernière lui vint aux lèvres. Les mains jointes, elle sanglota dans la nuit tombante.

L'hiver suivant, lorsque Renée mourut d'une méningite aiguë, ce fut son père qui paya ses dettes. La note de Worms se montait à deux cent cinquante-sept mille francs.

FIN

CORBEIL. Typ. et stér. CRÉTÉ.